Prête-moi ta vie
2

J'AI LU

JUDITH MICHAEL	*ŒUVRES*
PRÊTE-MOI TA VIE - 1	*J'ai lu* 1844****
PRÊTE-MOI TA VIE - 2	*J'ai lu* 1845****
L'AMOUR ENTRE LES LIGNES - 1	*J'ai lu* 2441****
L'AMOUR ENTRE LES LIGNES - 2	*J'ai lu* 2442****

Judith Michael

Prête-moi ta vie
2

traduit de l'américain par Nicole BENSOUSSAN

Éditions J'ai lu

Pour Cynthia, Andrew et Eric.

Ce roman est un ouvrage de pure fiction. Les noms, les caractères, les lieux et événements sont nés de l'imagination de l'auteur et utilisés de façon fictive. Toute ressemblance avec des faits réels, des lieux existants ou des personnes, vivantes ou mortes, serait due à une totale coïncidence.

Ce roman a paru sous le titre original :

DECEPTIONS

LIVRE II
(suite)

14

Stéphanie et Max Stuyvesant pénétrèrent ensemble sous l'immense tente blanche, dans le parc de Chilton House. La tenant par le bras, il la guida à travers la foule; ils trouvèrent des sièges près de Nicholas Blackford et Alexandra au moment précis où le commissaire-priseur montait à la tribune. Les chaises étaient rapprochées et Stéphanie sentait la pression du bras de Max contre le sien, tout comme sa présence imposante et ses yeux fixés sur elle. Elle détourna le regard quand le commissaire-priseur commença son discours de bienvenue.

La vente de Chilton. Le grand événement de la saison. Trois cents amateurs de Grande-Bretagne et du Continent; riches, d'une politesse extrême, certains ayant l'allure de *gentlemen-farmers.* Ils avaient trouvé une place assise ou se tenaient debout, loin de la tribune. A l'extérieur, une centaine de personnes regardaient de loin, assises sur une pelouse bien tondue, ou appuyées sur des cannes-sièges. Le soleil perçait à travers de minces nuages, haut dans le ciel; l'air fleurait bon l'herbe coupée et les haies récemment taillées.

La vente de Chilton. Ce genre d'événement lointain,

extravagant, dont Stéphanie lisait les comptes rendus dans les journaux. Et Max Stuyvesant, rencontré par hasard dans le parc, et qui avait le bras appuyé contre le sien, ce qui la ramenait toujours à la réalité, même quand son esprit était absorbé par la vente.

Le commissaire-priseur termina l'historique de Chilton House, bâtie au temps de la reine Anne, et fit une courte biographie de son dernier propriétaire, un peintre en renom, mort intestat. Les exécuteurs testamentaires vendaient la demeure et ce qu'elle contenait, de même qu'un atelier séparé, une serre, quatre garages, et dix hectares de parc.

– J'ouvre les enchères pour la maison à 200000 livres, dit le commissaire-priseur, gaiement.

Des murmures réprobateurs s'élevèrent d'un groupe, près de la tente.

– Les villageois, commenta Max. Ils ont peur d'hériter d'un voisin indésirable. C'est un problème dans un village de deux cents habitants.

– Adjugé, dit le commissaire-priseur; un mouvement de surprise agita la foule. En moins de deux minutes, la demeure avait trouvé un acquéreur à 215 000 livres.

Stéphanie entendit Alexandra dire, d'un air dépité :

– Si j'avais su qu'elle serait vendue pour rien, je l'aurais achetée.

– Le comte de Wexon, chuchota quelqu'un.

– Il l'a achetée pour sa mère.

Les villageois poussèrent un soupir de soulagement, et la plupart d'entre eux s'en allèrent, alors que le commissaire-priseur descendait de l'estrade, remplacé aussitôt par un confrère de Christie's.

– Maintenant les chiffres vont monter, murmura Max. Le contenu se vend toujours mieux que le contenant. Vous allez faire des enchères?

– Oui. Sur les vases de Meissen, dit Stéphanie, ébahie devant le calme de sa propre voix.

Vêtue de la jupe de daim de Sabrina et de sa veste de tweed, d'un pull-over en cachemire qui lui caressait la peau et accompagnée de Max Stuyvesant, dont la présence la rassurait, elle se fondait dans la foule et se sentait intégrée. Elle tourna les pages de son catalogue.

– La commode Louis XVI en bois de rose et la petite table George III. Lord et lady Raddison désirent acquérir une encoignure Regency, mais je ne pense pas qu'on y arrivera; ils ne veulent pas dépasser 3 500 livres.

– Vous achetez pour Peter et Rose? Sont-ils venus à genoux ou est-ce la saison du pardon? (Stéphanie fronça les sourcils. De quoi parlait-il? Sabrina s'était-elle disputée avec Peter et Rose Raddison?) Question indiscrète, dit Max doucement. Permettez-moi de changer de sujet. Je vais enchérir sur les trois statues de bois, ainsi, entre vous et moi, il n'y aura pas de duel. Je suis ravi de vous avoir rencontrée ce matin.

Elle sourit, feignant de parcourir la catalogue. Elle avait failli ne pas venir. Quand Nicolas lui avait téléphoné aux *Ambassadeurs*, la veille, lui offrant de l'accompagner, elle avait manqué de présence d'esprit, et s'était montrée stupide.

– Quelle vente?

– Ma chère Sabrina, la vente de Chilton! Amélia vous a téléphoné pour vous le rappeler; Christie's a dû vous envoyer le catalogue. Votre présence est indispensable, comment pourrais-je m'aventurer, seul, dans les profondeurs du Wiltshire?

Elle se mit à rire. L'aveugle conduisant un autre aveugle; jamais elle n'était allée dans le Wiltshire. Il allait falloir étudier une carte.

– Bien sûr, Nicholas; à quelle heure partirons-nous?

– Huit heures; c'est une heure absurde, mais que pouvons-nous faire d'autre?

Elle trouva le catalogue et fut vite engloutie dans le tourbillon de ses pages resplendissantes, savourant les reproductions en couleurs, comme elle en avait l'habitude quand elle n'avait pas les moyens de se les offrir. Puis, soudain, une idée lui traversa l'esprit : elle en avait les moyens. *Les Ambassadeurs* avaient un compte en banque spécial pour les ventes. Dans leur longue conversation de lundi, Sabrina lui avait dit de dépenser autant d'argent qu'elle voulait pour le magasin. Pour une fois, elle participerait à une vente au lieu d'y être en spectatrice et de rêver, comme une enfant muette, assise près de sa sœur, tandis que sa mère enchérissait.

Sabrina lui avait dit de s'adresser à Brian pour tout ce qui concernait le magasin. « Nous discutons et nous comparons nos points de vue, aussi n'aura-t-il aucun soupçon si tu lui poses des questions. (Après un temps d'hésitation, elle avait ajouté :) Il y a une chose qu'il ne sait pas. N'achète rien à un gentleman du nom de Rory Carr ou à sa compagnie, Westbridge Imports. Dis-le à Brian, veux-tu? Il est probable qu'ils sont impliqués dans des histoires de faux; évite-le tant qu'on n'aura pas de preuves. Si tu as besoin de quoi que ce soit, demande à Brian. »

– Avez-vous une idée de ce qu'on pourrait acquérir à la vente de Chilton? demanda Stéphanie à Brian.

Ils feuilletèrent le catalogue ensemble. Brian suggéra les vases de Meissen, une commode Louis XVI et une encoignure George III.

– Oui. Merci. Voudriez-vous m'apporter le livre des estimations?

Elle étala les épais ouvrages sur la table, vérifiant les

prix d'objets similaires dans des ventes précédentes. Prenant des notes, elle eut vite une idée de la somme à ne pas dépasser, afin de retirer un bénéfice à la revente. Elle était grisée. Pour la première fois depuis cet incroyable instant, deux jours auparavant, où Sabrina lui avait parlé de son poignet cassé, elle avait l'impression que, maintenant, cette vie était la sienne.

Lundi toute la journée et jusqu'à une heure avancée de la nuit, assise, seule, aux *Ambassadeurs*, elle avait parcouru dossiers et catalogues, se documentant sur les affaires de Sabrina et cherchant dans les livres qui se trouvaient sur les étagères à parfaire ses connaissances en matière d'antiquités. « Je ne suis pas à la hauteur de Sabrina », pensait-elle; mais, au fur et à mesure qu'elle lisait, des détails lui revenaient en mémoire, sur ce qu'elle avait acquis, lorsqu'elle s'occupait d'immobilier. « Ça n'a pas été un échec total, pensa-t-elle, nostalgique. C'était une préparation pour devenir ma sœur. »

Dans le calme du bureau de Sabrina, à minuit, elle respirait les odeurs mêlées des meubles vernis, des velours sombres et des brocarts, et aussi des œillets que Brian avait posés sur son bureau, le matin, dans un vase. Elle effleura le bord, faisant tinter le cristal. Quatre semaines. *Les Ambassadeurs,* Cadogan Square, Mme Thirkell. Les boutiques et les vieilles rues de Londres, les théâtres, les restaurants, les soirées, l'amitié fascinante d'Alexandra et de Gabrielle. La liberté.

Le tintement cessa. Un sentiment de culpabilité l'envahit, mêlé à une froideur et une dureté comparables à ce vase de cristal. Elle était épouse et mère; quel droit avait-elle à la liberté?

Les responsabilités, les liens familiaux la ramenaient à la réalité. Que devenaient-ils? Pourquoi n'éprouvait-elle aucun sentiment de solitude, d'inquiétude, d'anxiété? Pourquoi n'avait-elle aucune envie de reprendre sa vraie vie?

– Parce que je n'ai pas le choix, dit-elle à voix haute, dans le calme de la nuit. C'est impossible. Ce serait catastrophique, si je rentrais maintenant.

« Et tu en es très malheureuse », ricana une petite voix intérieure. « Non, pensa-t-elle avec défi. Les enfants me manquent, certes, mais je sais qu'ils vont bien, ils ont Sabrina. Puisque j'ai le temps, je veux jouir intensément de la vie dont j'ai rêvé. Jamais plus cette occasion ne se représentera. Est-ce si terrible de ressentir un tel désir? Je vais bientôt rentrer chez moi, tout reprendre en main, redevenir moi-même. Mais pas encore. Pas encore. »

Le mardi, elle donna à Brian la liste des achats que Sabrina avait faits en Chine.

– Ceux qui ont été répertoriés sont pour la salle d'exposition; les autres devraient être livrés, dès leur arrivée, aux clients dont voici les noms. Toutes les adresses sont indiquées.

– Oui, milady, je m'en occupe.

– Brian, je n'arrive pas à trouver les acomptes de septembre.

– Oh! milady, je suis désolé; le livre de comptes est dans mon bureau. Lady Vernon a envoyé son chèque la semaine dernière...

Il attendit une réponse. Pourquoi? Que dire? Surprise! Peut-être lady Vernon était-elle connue pour ne pas payer facilement.

– Ah bon?

– Cette fois, elle n'a payé qu'avec six mois de retard.

– Il y a des progrès.

– Considérables, milady. La dernière fois, c'était huit mois.

– Si on vit assez longtemps, Brian, peut-être verra-t-on lady Vernon payer en temps voulu.

Il sourit.

– Les chèques seront prêts après-demain, milady, vous n'aurez plus qu'à les signer.

Rose Raddison était venue prendre des nouvelles du meuble Regency acquis à Chilton.

Assise à côté de Max, sous la tente, Stéphanie eut l'idée d'essayer de découvrir ce qu'il savait de la querelle avec les Raddison. « Il a dû entendre parler de cette histoire depuis son retour de New York. » Mais elle renonça à cette idée.

Devant son regard secret et sa bouche légèrement souriante, elle se sentit jeune et ingénue, elle savait qu'il pouvait déjouer ses intentions et obtenir d'elle plus d'informations qu'il ne lui en donnerait.

Les enchères se succédaient rapidement, bon nombre de lots avaient été vendus. Stéphanie observait les enchérisseurs, surtout Alexandra, qui avait fait le voyage avec eux, à la dernière minute. Elle faisait monter les prix avec grâce et hardiesse, sans les crispations et les gesticulations des autres; Stéphanie comprit que la suprême habileté dans de telles circonstances était d'être discret, de ne pas laisser les autres savoir à qui ils avaient affaire. Ignorant la richesse des amateurs, ils ne savaient absolument pas jusqu'où ils pourraient aller. Elle se rappela Garth et Nat Goldner parlant de coups de poker, et sourit. La vente de Chilton était un jeu de poker de grande classe.

Quand on présenta la commode Louis XVI, le commissaire-priseur décrivit sa provenance, son histoire et ouvrit à 1 800 livres. Il marqua un temps d'arrêt, le visage alerte, balayant du regard toute la salle. Quand son regard se posa sur elle, Stéphanie leva le menton.

– 2000, dit-il. (Elle ressentit un élan de triomphe. Il avait compris.) 2000? 2000? (Sa voix monocorde prononçait des sommes de plus en plus élevées, au signal d'autres enchérisseurs. Puis, dans un silence difficile à soutenir, son regard rencontra de nouveau celui de Stéphanie. Elle effleura la broche sur le revers de sa veste.) 6000, dit-il. (Et il ajouta rapidement, tandis que Stéphanie l'effleurait de nouveau :) Pardon, 7000.

Il y eut un instant de confusion sous la tente, puis deux autres enchères. Stéphanie entendit la voix monotone du commissaire-priseur annoncer « 8000 » et « 8500 »; sa colère monta. Elle ne serait pas battue à sa première tentative.

De nouveau le commissaire-priseur scruta la foule. Puis son regard se posa sur elle. Stéphanie tourna légèrement la tête vers la droite puis se redressa.

– 9000, dit-elle. (Mais elle avait déjà tourné la tête vers la gauche pour la redresser de nouveau.) 10000. (Il attendit. Les oreilles de Stéphanie bourdonnaient; elle était terrifiée.) Adjugé, fit le commissaire-priseur, à lady Longworth pour 10000 livres.

La foule applaudit. Stéphanie fixa le visage de Max, trop abasourdi pour réagir. 10000 livres. Plus de 20000 dollars. Deux fois ce qu'elle gagnait dans toute une année, à l'université. Quel souvenir inoubliable!

– Extraordinaire, lady Longworth, dit Max, ses yeux gris reflétant de l'admiration. Habile, subtile et prudente. J'espère ne jamais être votre adversaire.

Elle lui lança un regard ténébreux. S'il se moquait d'elle, tout le monde le saurait très vite.

– J'aurais deviné que c'était Sabrina Longworth, dit une voix toute proche. Je l'ai vue déjà utiliser ce tour, faire une enchère puis une autre, sans laisser à personne le temps de surenchérir. C'est étonnant comme cela arrête net les autres.

« Comment le savais-je? » se demanda Stéphanie. Elle tremblait. « Comment le savais-je? »

Max se leva.

– Voulez-vous déjeuner avec moi?

Instinctivement, elle se tourna vers Alexandra et Nicholas qui s'étaient levés, tandis que la foule s'écoulait.

– Nous pouvons déjeuner ensemble, dit Nicholas. Amelia a des provisions suffisantes pour tout le Wiltshire.

Il sortit de sa voiture un panier de pique-nique et en étala le contenu sur l'une des douzaines de tables disséminées sur la pelouse, recouvertes de nappes en papier blanc et de serviettes vertes. Max alla chercher de la bière pour quatre, à un bar dirigé par le propriétaire du pub local. Ils s'assirent sur des chaises pliantes, savourant ce qu'Amelia Blackford avait apporté : dinde fumée au chutney, pain, fromage, fruits.

– Amelia voulait venir, dit Nicholas entre deux bouchées, mais elle garde la boutique. C'est étonnant, vous savez, de voir avec quelle maestria elle dirige cette affaire. Une véritable professionnelle. Jamais je n'avais pressenti de telles capacités chez elle. (Il se leva et se mit à sautiller légèrement.) Sabrina, ma chère. Savez-vous à quoi j'ai pensé? Que diriez-vous d'une association? Je ne suis pas assez occupé. Une fois livrée à elle-même, Amelia a pris beaucoup plus d'assurance que prévu. La vérité, c'est que j'ai peu de chose à faire. Mais je suis trop vieux ou peut-être trop bien pour monter une nouvelle affaire et j'ai pensé à une collaboration. Vous pourriez vous intéresser uniquement à la décoration; moi, je m'occuperais de la gestion de Blackford et des *Ambassadeurs.*

« Personne ne me prendra *Les Ambassadeurs* », pensa Stéphanie, et à haute voix, elle fit une réponse catégorique :

– Non.

Le visage de Nicholas se renfrogna, comme celui d'un enfant giflé. Alexandra parut surprise et Stéphanie sentit battre son cœur. Sabrina n'aurait pas été aussi maladroite; elle aurait envisagé l'offre avec grâce et amitié.

Max passa la main sous son coude.

– Nicholas, précisez votre pensée, dit-il. Sabrina a...

– ... été très grossière, dit Stéphanie, s'écartant de lui. (Elle n'avait pas besoin de l'aide de Max Stuyvesant.) Nicholas, je vous prie de m'excuser. J'avais l'esprit ailleurs, et j'ai répondu d'une façon rapide et impolie. Puis-je réfléchir quelques jours? Nous en reparlerons plus tard, si vous n'êtes pas trop fâché contre moi...

– Fâché! Ma chère Sabrina, je vous adore! Réfléchissez autant que vous voudrez, je ne fais cette offre à personne. Voulez-vous rentrer de nouveau? Je crois que la vente touche à sa fin.

– Je n'ai pas trop envie de me rasseoir tout de suite, dit Alexandra. Sabrina, si nous allions explorer le parc, pendant que ces messieurs vont chercher des cafés?

« Bénie soit-elle! » pensa Stéphanie; elles s'éloignèrent, traversant la pelouse, parmi des groupes de pique-niqueurs qui remballaient leurs paniers et ramenaient leurs chiens vers les autos, où ils allaient passer le reste de l'après-midi, surveillés par les chauffeurs en livrée. Tout le monde était vêtu de tweed. Devant la pelouse vert pâle et la demeure en brique d'un rouge défraîchi sous les chênes sombres, Stéphanie eut l'impression de voir un tableau vivant ancien. Tout semblait paisible et parfait : un lieu dépourvu de malheur ou d'anxiété. C'était étrange mais Sabrina avait éprouvé le besoin de s'en éloigner.

– Tu vas bien, chérie? demanda Alexandra.

– Un peu agacée.

– Réaction tardive après ton voyage. Peut-être as-tu besoin de repartir, pour te remettre.

Stéphanie se mit à rire.

– Pas de sitôt.

– Où est l'amant brésilien?

– Au Brésil, je suppose.

– Et Max?

– Comment, Max?

– Je me demandais ce que tu pensais de lui, maintenant qu'il a changé.

Max. La force de sa présence l'impressionnait même lorsqu'il était loin.

– Le connais-tu depuis longtemps? demanda-t-elle d'un ton détaché.

– Chérie, reviens sur terre, tu n'as tout de même pas oublié cette fameuse croisière! Ne serait-ce que parce que c'est là que nous avons fait connaissance.

– Tu sais, l'espace d'une minute, j'ai eu un trou de mémoire. Serait-ce intentionnel?

– Eh bien! J'espère que je n'en suis pas la cause. Moi, je m'en souviens. Max a beaucoup d'ennemis, je crois, sans doute le mérite-t-il. Je n'en sais rien, je ne veux pas le savoir. Nous avons passé de bons moments ensemble, il a toujours été très gentil, et nous restons amis. Enfin, il y a longtemps, et nous avons tous changé, aussi ces souvenirs ne sont-ils pas douloureux à évoquer.

Elles parvinrent à l'atelier de brique, où le dernier propriétaire avait travaillé, puis à une allée de garages.

– Lady Longworth, fit une voix ravie. (Stéphanie se

retourna et aperçut un homme, impeccablement vêtu, aux cheveux gris, des poches sous les yeux. Il se pencha et lui fit un baisemain.) J'espérais vous rencontrer ici. J'ai entendu dire que vous étiez en Chine.

Stéphanie attendait un indice qui lui permette de le présenter à Alexandra.

– Achetiez-vous pour votre belle galerie d'art?

Il avait regardé Alexandra à deux reprises. Stéphanie, embarrassée, était furieuse; il ne faisait rien pour l'aider. Elle le regarda froidement.

– En partie.

– Avec succès, j'espère, dit-il. Mais j'ose espérer que vous n'avez pas trouvé toutes les porcelaines dont vous aviez besoin? J'espère recevoir des objets dans quelques jours, qui, je crois, vous impressionneront. Pourrais-je vous les montrer?

Un revendeur. Ou un marchand.

– Certainement, dit-elle, soulagée maintenant, parce qu'elle n'avait aucune raison de présenter un revendeur à Alexandra. Je serai heureuse d'y jeter un coup d'œil.

D'un signe de tête, elle prit congé et se tourna vers Alexandra pour continuer leur promenade, alors qu'il s'inclinait légèrement.

– Les revendeurs s'habillent-ils comme des aristocrates français? demanda Alexandra.

– Seulement en Angleterre. En France, ils s'habillent comme des lords.

– Et en Allemagne?

– Comme des ducs italiens.

Alexandra se mit à rire.

– Tu veux dire que ce sont tous des faussaires?

– Probablement, dit Stéphanie, d'un ton léger.

Elle se sentait hardie, tout ce qu'elle faisait aujourd'hui tournait bien.

– Penses-tu vraiment que Max ait changé? demanda-t-elle incidemment.

– Fondant. Comme une poire : plus doux, plus moelleux, peut-être plus mou, mais sans doute aussi dur que les pépins, quand il le faut. Si je ne le connaissais pas si bien, j'aurais l'impression qu'il est exactement celui que je cherchais.

– C'est-à-dire?

– Oh! tu le sais. Quelqu'un qui m'offrirait un château, mais me laisserait être moi-même. Ce qui ne veut pas dire aller coucher à droite et à gauche; je n'ai aucun mal à être fidèle à un seul homme; en fait, ça me plaît. Les hommes ne sont pas tellement différents, tu sais; quand tu as couché avec un, c'est pareil avec tous, à quelques détails près. Tu n'as pas l'air d'accord?

– J'ai couché avec un seul homme dans ma vie.

– Ça se défend.

– Je suppose. Si tu veux prendre ton temps. Enfin, je cherche autre chose que les coucheries, quelque chose de beau. Je n'arrive pas encore à le définir. C'est pourquoi j'attends celui qui me montrera le chemin sans m'ordonner de m'y engager. Possible? Qu'en penses-tu? Malheureusement, la perfection ne se trouve pas à chaque coin de rue.

Elles étaient parvenues à la tente.

– J'aperçois nos chevaliers qui nous font signe. Max, que veut-il acquérir?

– Les statues de bois.

– Probablement pour sa nouvelle maison. Regarde son visage quand il enchérit, on a toujours l'impression qu'il assassinerait ses adversaires, s'il le pouvait.

Tandis que la foule s'installait, dans le brouhaha et le froissement dcs catalogues, les statues furent mises aux enchères. Discrètement, Stéphanie observa Max. A chaque enchère, son regard se faisait plus sombre, ses pommettes plus saillantes, son visage plus blême. Il en faisait une affaire personnelle; deux ou trois autres enchérisseurs s'opposèrent à lui; il leur fit lâcher prise, allant au-delà de l'imaginable. S'il l'avait laissée enchérir à sa place, pensa Stéphanie, elle aurait pu lui épargner des milliers de livres.

– Ainsi, vous pensez que vous auriez fait mieux, dit-il, une fois les statues acquises.

Elle se mit à rire.

– Etait-ce si évident?

– Non, ma chère Sabrina. Mais nous savons, tous deux, que vous auriez pu mieux faire. La prochaine fois, je vous laisserai enchérir pour moi.

Il la regarda avec étonnement et approbation, quand elle acheta la petite table George III, moins chère qu'elle ne pensait. Puis le meuble Regency fut mis à prix et Stéphanie se rendit compte que c'était lui qu'elle désirait le plus. Les Raddison avaient causé du tort à Sabrina – autrement, pourquoi se serait-elle disputée avec eux? –, elle ne désirait pas repartir vaincue.

Le commissaire-priseur mit les enchères à 2000 livres. A 2500, Stéphanie capta son attention. Elle renouvela ses petits signes du matin, variant à peine, cette fois, ils étaient plus subtils parce qu'elle était plus sûre d'elle. Mais elle était aussi plus combative et s'efforçait de se retenir quand il ne le fallait plus.

– Adjugé, dit enfin le commissaire-priseur. A lady Longworth, pour 3100 livres.

Des applaudissements éclatèrent, comme le matin, et Max fit un petit signe de tête, comme pour confirmer.

– Impérial, murmura-t-il.

« Je les ai battus, pensa Stéphanie, triomphante.

S'ils pensaient qu'ils pouvaient ennuyer Sabrina, en limitant le prix, ils se sont bien trompés. Quand je vais lui dire... » Elle regarda autour d'elle, gonflée d'orgueil, mais dans toute la foule, il n'y avait pas une personne à qui se confier. « Je téléphonerai ce soir; quand elle va apprendre ce que j'ai fait... » Mais, impossible, aussi. Comment parler à Sabrina, prisonnière à Evanston pour protéger Stéphanie, des émotions qui lui faisaient défaut? Elle sentit la joie de son triomphe s'évanouir. Il lui faudrait la savourer seule.

– Mes compliments, une fois de plus, Sabrina, répéta Max. Peut-être me donnerez-vous des leçons, un jour?

Elle sourit. Max apprécierait la mystification; elle souhaitait pouvoir lui raconter son histoire.

Pourquoi avait-elle cette idée? Un air de mystère et de danger l'entourait; comme s'il aimait toujours aller plus loin et admirait cela chez les autres. « C'est une qualité que je n'aurais probablement pas appréciée chez un homme, à un autre moment. Maintenant, c'est moi qui prends des risques. Et je découvre à quel point je peux réussir. »

– J'ai une nouvelle maison, poursuivit Max. A Eaton Square. Du XVIIIe siècle, autrefois grandiose, mais saccagée par des propriétaires qui ont pensé qu'il fallait y apporter des modifications. (Sur le dos du catalogue, il esquissa les pièces en traits précis, les décrivant l'une après l'autre.) Ces trois derniers mois, une demi-douzaine de décorateurs se sont succédé dans la maison. Le premier a ôté un objet du manteau de la cheminée, un autre a endommagé un lustre, un troisième a suggéré de remplacer la rampe en chêne massif par du fer forgé. Les autres ont été tout aussi stupides. Accepteriez-vous de sauver cette maison et son propriétaire de ces vandales? (Stéphanie jeta un coup d'œil aux esquisses. Une maison à décorer. Depuis son anniversaire célébré chez Alexandra, elle avait envié la chance de Sabrina, rêvant d'avoir la même. Maintenant, l'occasion se présentait.) J'ai des meubles, disait-il. Trop de meubles. Trop d'objets d'art. Trop de tapis, de tentures, de lampes. Tout cela provient de ma vieille demeure de Londres et de ma maison de campagne du Connecticut. J'ai une équipe d'ouvriers. J'ai besoin de quelqu'un pour les diriger; pour me dire quels meubles garder, comment les disposer; pour me conseiller sur leur choix. J'ai besoin de vous.

– Non. (Elle secoua la tête.) Je suis désolée, c'est impossible.

– Si, c'est possible. Je paie très bien.

– L'argent n'a rien à voir.

Au début, elle avait pensé décliner l'offre pour s'éloigner de Max, mais ce n'était pas là la raison. La véritable raison, c'était qu'elle avait peur d'échouer.

Depuis des années, elle s'était dit qu'elle réussirait aussi bien que Sabrina, si elle menait la même vie et avait les mêmes chances. Maintenant Max lui offrait cette chance, et elle sentait la peur la gagner.

Elle secoua la tête, rejetant cette occasion. « Laissez-moi garder mes illusions », pensa-t-elle.

– C'est absurde, dit Max. J'ai vu la maison d'Alexandra et celle d'Olivia Chasson, à Londres. Vous êtes la seule décoratrice que je désire.

– Mais je suis la septième à qui vous faites l'offre.

– Ah! vous êtes vexée. D'accord, je le comprends. Les autres m'ont été envoyées par des amis incompétents. Oubliez-les, ils n'existent pas.

Elle se mit à rire.

– Ce n'est pas la raison.

– Alors, Grand Dieu, quelle est-elle?

– Je n'ai pas le temps, dit-elle, un peu éperdue. (Puis elle dit la vérité :) Je n'ai que quatre semaines.

– Et après? Vous vous volatilisez? Vous vous dissolvez? Vous vous désintégrez? (Elle rit de nouveau.) Si vous avez d'autres engagements, vous ferez le maximum dans le temps imparti. Je veux que vous vous en occupiez. Vous aurez carte blanche et aucune limite financière.

Stéphanie finit par céder. Etudiant les esquisses, elle imagina les pièces qu'il avait décrites, des idées germant déjà dans son esprit.

– Très bien, dit-elle, tandis que la vente touchait à sa fin et qu'ils se dirigeaient vers la sortie.

« Et je réussirai, se jura-t-elle. Tout comme aujourd'hui. Après tout, pourquoi échouerais-je? Je peux faire aussi bien que Sabrina. Je n'ai besoin que d'une chose : l'occasion. »

Quant à Max, elle ne le verrait que lorsque cela serait nécessaire. Dès qu'elle le désirerait, elle se retirerait du projet, le passerait à quelqu'un d'autre et ne reverrait jamais plus Max.

– Quand pouvez-vous commencer? demanda-t-il, au moment où ils se dirent au revoir.

– C'est déjà commencé, dit-elle.

Le matin suivant, Stéphanie trouva, sur son bureau de merisier, une pile de chèques qui attendaient sa signature. C'étaient des commandes pour lesquelles Sabrina avait donné son accord avant son départ pour la Chine.

Stéphanie les mémorisa pour connaître la somme dont elle disposait pour les achats du mois à venir. Elle se sentait hardie. Tant d'argent à dépenser. Pas le sien, mais tout de même – sa signature sur des chèques de plusieurs milliers de livres, en une seule matinée.

Elle signait son dernier chèque quand le téléphone sonna. Brian vint aussitôt la prévenir.

– Le señor Molena, milady.

Stéphanie s'arrêta d'écrire. Sabrina avait dit qu'Antonio serait absent jusqu'à la première semaine d'octobre. Ce qui faisait au moins encore huit jours. Elle fit la grimace; il lui fallait trouver une excuse jusqu'au retour de Sabrina.

– Si milady veut que je donne une excuse... dit Brian.

– Non, mais je vous remercie, Brian.

Elle s'approcha du téléphone.

– Ma Sabrina, dit Antonio, la voix grave et chaleureuse. J'ai terminé mon travail à São Paulo, et me suis empressé de courir vers vous. Me pardonnez-vous cette impatience? Ce soir, nous dînons ensemble.

– Non...

– Vous avez des projets pour ce soir?

Elle hésita. C'était absurde. Elle disait toujours « non », comme si elle allait partir dans quelques jours. Mais, maintenant, cela n'avait plus de sens. Elle était chez elle, et elle devait affronter tous les problèmes; elle ne pouvait se réfugier nulle part.

– Je serai ravie de dîner avec vous, dit-elle.

– Huit heures, ma Sabrina. Ça a été si long.

Il vint la chercher en voiture et, par des rues étroites, ils arrivèrent à Fulham Road. Tandis qu'Antonio faisait une description amusante d'une personne dont il avait fait la connaissance dans l'avion, à son retour du Brésil, Stéphanie vit le paysage changer. Antonio remarqua son air intrigué, quand ils tournèrent à droite, longeant le cimetière de Brompton.

– Une surprise, dit-il en souriant.

Il gara sa voiture. Descendant les escaliers derrière lui, Stéphanie regardait son visage brun et son nez de faucon. D'après les descriptions de Sabrina, elle s'attendait à voir un homme exigeant, difficile à manier et un dîner raffiné. A la place, semblait se présenter un compagnon agréable et un repas dans les bas-fonds, le long d'une route précaire, près d'un cimetière.

Mais à l'intérieur, *La Croisette* était tout ce qu'elle avait imaginé, et Antonio, un hôte charmant. Il eut un regard étincelant quand il vit qu'elle portait le collier de saphirs et sa voix se fit possessive quand il la présenta à M. Martin, qui avait osé ouvrir son restaurant dans Ifield Road, ce quartier peu élégant dont, en quelques mois, il avait fait l'un des lieux les plus recherchés et les plus chers de Londres. Puis, ignorant Stéphanie, ils se lancèrent dans une discussion sérieuse sur le meilleur poisson à commander pour leur dîner.

Stéphanie écoutait, comme perdue dans un rêve; aucun d'eux ne s'intéressait à elle; mais peu lui importait. Elle était ravie de se laisser subjuguer par le charme de l'atmosphère : lumières tamisées, belles nappes, garçons prévenants derrière elle, l'aidant à ôter l'ample veste de satin qu'elle portait sur un fourreau assorti, les conversations discrètes de ces gens fortunés qui pensaient que le monde existait pour leur seul plaisir. « Mon univers », pensa-t-elle; quand le maître d'hôtel versa du vin dans son verre, elle sourit, non parce qu'il le faisait, mais pour l'élégance de son geste.

Antonio parla de São Paulo et de Rio de Janeiro, des bals costumés, des soirées, des hôpitaux, des écoles qu'il envisageait de construire dans les villages. Il essayait de l'impressionner et il y parvenait. « Il aurait impressionné Sabrina, pensa Stéphanie. Je ne sais comment il s'est comporté dans le passé, mais s'il continuait ainsi, elle pourrait l'épouser. »

« Je ne peux l'épouser, avait dit Sabrina, durant leur longue conversation téléphonique de lundi. Tout serait plus facile, mais ça ne marcherait pas, je ne peux me résoudre à être ce qu'il désire. Mais je le lui dirai moi-même, à mon retour. Dis-lui simplement que tu as besoin de réfléchir encore, je le fais attendre depuis si longtemps. »

Stéphanie avait suggéré :

« Tu pourrais lui écrire? Je ne suis pas assez habile pour le faire patienter encore quatre semaines.

– Oui bien sûr... mais, enfin... pourquoi pas? avait répondu Sabrina. Je t'enverrai la lettre pour que tu la postes là-bas. Je la fais aujourd'hui; tu devrais la recevoir lundi. S'il t'appelle avant, dis simplement que tu as besoin de quelques jours. Je pense qu'il acceptera. »

Il était trop tôt pour recevoir cette lettre, mais Antonio semblait se contenter de bavarder et de la regarder; il ne l'avait même pas interrogée. Quand il lui demanda d'évoquer son voyage, Stéphanie parla avec grâce et légèreté de M. Su, des guerriers en terre cuite enterrés avec leur empereur à Sian, des *house-boats* sur le fleuve Li, et des orchidées du zoo de Canton. Antonio lui posa des questions sur les paysans, elle décrivit le peu qu'elle avait vu, mais ce n'était pas suffisant pour satisfaire sa curiosité.

– Allez-y, vous apprécieriez beaucoup le voyage.

– Nous irons. Ce serait merveilleux d'y aller ensemble.

Il fit signe au garçon de leur apporter du cognac, puis il raconta une longue légende guarani, sur la quête de joyaux rares, qui semblait s'apparenter à la quête de l'amour. Mais Stéphanie n'écoutait que sa voix grave, détendue.

Dans l'intime obscurité de la voiture, elle soupira, soulagée.

– Et votre boutique? Tout va bien?

– Oui. Pas de problèmes.
– Ainsi qu'avec vos amis journalistes?
– Quoi?
– Ils n'ont pas publié leur article. J'avais demandé à des amis de me l'adresser au Brésil, mais il n'est pas sorti. Ont-ils changé d'avis?
– Non. (Tirée brusquement de son rêve, Stéphanie devint prudente, ignorant ce qu'il savait exactement.) Il a été repoussé de deux mois.
– Ah! Excellent. Alors, pendant qu'Olivia pense encore que sa cigogne de Meissen est authentique, j'ai le temps de vous aider.
– Non, s'empressa-t-elle de dire, notant cette nouvelle information, pour y songer plus tard. (Puis, comme il se montrait pressant et qu'elle ne voulait pas le blesser, elle ajouta :) Pas pendant quelques semaines.
– Quand vous serez prête, ma Sabrina. Mais n'attendez pas trop longtemps. Je ne désire qu'une chose : votre bien.
– Merci, dit-elle chaleureusement, se demandant pourquoi Sabrina le renvoyait avec autant de désinvolture.

Elle tourna la tête pour regarder les boutiques et les bâtiments devant lesquels ils passaient. Aucun d'eux ne lui était familier. Il la ramenait chez elle par un chemin différent, mais elle ne pouvait poser de questions.

Sabrina Longworth, à Londres, devait savoir où ils se trouvaient. Elle envisageait de lui dire, dès qu'ils arriveraient à Cadogan Square, de ne plus lui téléphoner avant qu'elle lui fasse signe, quand il s'engagea dans une allée circulaire et arrêta la voiture devant une bâtisse moderne. Un portier en uniforme les accueillit.

– Vous pouvez rentrer la voiture, dit Antonio.

– Oui, monsieur, dit le portier, faisant le tour pour ouvrir la portière de Stéphanie.

Elle ne fit pas un geste. Son appartement. Son lit. Comment n'y avait-elle pas pensé plus tôt? Elle n'avait pas imaginé qu'elle coucherait avec lui. Parce qu'ils n'étaient pas amants.

Sabrina et Antonio, eux, l'étaient. Stéphanie Andersen n'avait jamais fait l'amour avec quelqu'un d'autre que son mari.

– Sabrina, dit Antonio, avec une pointe d'impatience.

– Je pensais que vous me ramèneriez chez moi, dit-elle, se sentant stupide, tandis que le portier attendait, la main tendue pour l'aider à descendre.

Se dirigeant vers elle à grandes enjambées, Antonio passa devant le portier, lui saisit le bras et la fit sortir.

– Vous avez bien vu où je vous emmenais et vous ne m'avez pas arrêté. A quoi jouez-vous?

– Je ne joue pas, dit-elle, furieuse d'avoir été surprise et aussi de sa stupidité. Je ne pensais pas devoir vous guider, dit-elle, d'un ton glacial. Que vous ayez osé imaginer que je viendrais ici, sans que vous me l'ayez demandé... (Elle s'arrêta, consciente de l'intérêt non dissimulé qui se lisait sur le visage du portier. Derrière lui, de l'autre côté de la rue, se trouvait un petit parc.) Voulez-vous que nous allions faire une petite promenade? (Sans attendre de réponse, elle se tourna vers le portier.) Ne rentrez pas la voiture, je vous prie.

– Caramba! marmonna Antonio. (Il s'écarta, tenant toujours Stéphanie par le bras.) Laissez la voiture ici! hurla-t-il au portier.

Dans le parc, Stéphanie se dégagea.

– Vous n'auriez jamais dû faire une chose pareille!

dit Antonio, fulminant. Ce n'est pas ce que j'attends de vous. La femme que je vais épouser ne doit pas se conduire ainsi. Nous avons fait un compromis...

– Le seul compromis que nous ayons fait est que nous ne devions pas nous voir pendant un mois. Vous êtes revenu avant, et j'ai accepté votre invitation. Je n'ai rien accepté d'autre.

– Vous portiez les bijoux que je vous ai offerts, vous étiez souriante, chaleureuse, douce, délicieuse. Vous étiez heureuse de votre soirée avec moi, et vous vous êtes conduite exactement comme je le désirais. Rappelez-vous que, ce soir, vous avez dit que je vous sortirais de tout ce bazar dans lequel vous vous êtes fourrée, avec votre petite boutique...

– Petite boutique! Le bazar dans lequel je me suis fourrée? Vous m'insultez de façon impardonnable! (Son regard lança des éclairs. Elle s'arrêta. Etonnée, Stéphanie s'écoutait parler. Elle devrait faire attention; si Sabrina changeait d'avis et n'écrivait pas la lettre, si elle décidait de réfléchir davantage, si même elle décidait d'épouser Antonio pendant qu'elle-même le repoussait? Mais la colère l'emporta sur la prudence. Stéphanie et Sabrina étaient furieuses et insultées. Sabrina ne l'épouserait pas, et Stéphanie lui expliquerait pourquoi.) Vous me traitez comme une enfant. Je ne peux tolérer cela. Je fais ce que je veux. Personne ne me force à faire quoi que ce soit.

– Sabrina, je ne vous force pas, je veux simplement prendre soin de vous.

– A votre façon, comme vous le décidez.

– Quoi d'autre? Petite fille stupide, pensez-vous vraiment que, seule, vous parvenez à de bons résultats? Vous n'auriez pas eu d'ennuis dans votre petite... dans votre boutique, si vous m'aviez permis de m'occuper de vos affaires. Vous êtes au bord de la catastrophe. Je vous offre la sécurité, la position sociale, la richesse. Et vous me lancez à la figure une idée absurde d'indépendance.

– Antonio, je vous prie, ramenez-moi chez moi.

– Qu'est-ce que cela signifie?

– Que mon idée absurde d'indépendance est très importante et que je n'y renoncerai pas.

– Vous ne voulez pas m'épouser?

– Non.

– Vous m'épouserez. Je n'aurais pas attendu de longs mois, si je n'en avais été certain.

– Voulez-vous me raccompagner ou dois-je prendre un taxi?

– Je vous appellerai demain.

– Je ne serai pas chez moi.

– Si, vous y serez. Redevenue calme et raisonnable.

« Heureusement qu'il y a Mme Thirkell pour répondre au téléphone, pensa-t-elle, tandis qu'il la ramenait à Cadogan Square. Ce week-end, je ne serai pas là et la semaine prochaine la lettre de Sabrina mettra pour toujours un terme à cette aventure. »

Mais, culpabilisée par ce qu'elle avait fait, elle téléphona à Sabrina le soir même. La liaison était mauvaise et elles ne parlèrent pas longtemps; Sabrina semblait lointaine et non concernée.

– Ne t'inquiète pas pour Antonio, dit-elle.

Cependant, le jour suivant, quand Stéphanie se prépara à partir en week-end chez Olivia Chasson, elle se sentit perdue et sans personne pour la conseiller. Olivia, qu'elle voyait pour la première fois, était un excellent antidote, rusée, la langue acerbe.

– Pas d'Antonio? demanda-t-elle, quand elle vit Stéphanie arriver seule.

– Pas pour le moment.

Olivia hocha la tête, avec sagesse.

– Je pensais que ça ne durerait pas. Quel homme arrogant! J'ai remarqué que tous les parvenus, non contents de se former eux-mêmes, sont hautement décidés à former tout le monde à leur image. Ceux qui sont nés riches ont rarement ce problème.

– Et pourquoi donc? demanda Stéphanie, en riant.

– Parce que évoluer dans un milieu trop aisé les laisse dans un tel ennui que, seul un vaste projet, comme par exemple sauver le monde, peut les satisfaire. Regardez les Rockefeller, par exemple. Oh! ciel! je dois faire des grâces aux Raddison; pourquoi dois-je les inviter, alors que je déteste Rose?

– Peut-être qu'une rose à épines fait paraître les autres fleurs plus douces.

Olivia rejeta la tête en arrière et rit. Les invités, dans le vaste salon, se retournèrent et rirent avec elle.

– Vous êtes une pierre précieuse, Sabrina. Comme la vie serait triste sans vous. J'aimerais vous avoir à ma droite, au dîner.

– Bien sûr, dit Stéphanie, d'un ton désinvolte. (Mais elle lut, dans le visage d'Olivia, l'importance que revêtait son invitation.) Je serai très flattée, s'empressa-t-elle d'ajouter.

Elle observait Olivia, de l'autre côté de la pièce, et sourit à Rose Raddison qui lui fit un geste amical. Un garçon lui servit un verre de champagne. Les lumières des lustres se reflétaient dans les verres, s'éparpillant comme des joyaux, au fur et à mesure que Stéphanie se déplaçait, accueillie et admirée par tous. Aucun de ces invités ne lui refusait le droit de faire partie de leur monde, ce monde où personne n'avait de problèmes de traites ou de notes à payer chez l'épicier, où personne ne se demandait si on avait sorti les poubelles, le soir. « Un univers enchanté, pensa-t-elle, auquel j'appartiens. »

La maison de campagne des Chasson, dans le Kent, avait de vastes pièces carrées, de hautes fenêtres qui donnaient sur les jardins, une pelouse où l'on jouait au croquet, et un petit lac. Le salon où lord et lady Chasson recevaient avant le dîner était célèbre pour son plafond peint et ses lustres imposants. L'année précédente, Sabrina l'avait redécoré, recouvrant les chaises de daim crème et les divans de velours vert pâle. Elle avait teinté le plancher de chêne clair pour que les lumières des lustres s'y reflètent mieux, aussi les invités semblaient-ils flotter entre les taches de lumière scintillante. Sur une commode Chippendale rutilante, était posée une collection de danseurs en porcelaine du XIXe siècle, et sur une petite console, à l'autre extrémité de la pièce, reflétée dans un miroir du même style, se dressait une grande cigogne de Meissen, d'une blancheur immaculée.

En regardant la cigogne, Stéphanie, pensive, se dirigea nonchalamment vers elle, souriant, l'air serein, aux inconnus qui l'accueillaient. Elle se sentait détendue. Elle avait reçu une lettre de Sabrina, qui disait que tout allait bien; Dolorès avait même envoyé Juanita l'aider. « Aucun problème », écrivait Sabrina, ajoutant : « Je suis si raide et si meurtrie qu'au lit, je ne peux faire qu'une chose : dormir. »

Entourée de lumières étincelantes et de doux chuchotements, Stéphanie se représentait Sabrina à Evanston, sauvegardant son mariage, pour qu'elle puisse revenir, sans faire de mal à personne. Elle regarda la robe de laine blanche de Sabrina, dont le bas était tissé de fils d'argent et revit son armoire à Evanston. Sabrina, en jeans, devait préparer le dîner. « Je lui dois tout », pensa-t-elle.

Elle prit la cigogne, effleura la patine lisse, le galbe délicat des ailes, les plumes, les griffes, le petit poisson dans le bec. « Olivia pense que la cigogne de Meissen est authentique », avait dit Antonio. A la soirée d'Alexandra, Michel avait parlé d'une histoire de faux. A propos de lady Olivia. Il avait parlé de « récupérer la cigogne ». Sabrina lui avait précisé de ne rien acheter à un certain Rory Carr, parce qu'il semblait mêlé à des affaires louches.

Stéphanie sentit une sorte d'exaltation monter en elle. Sabrina avait acheté des porcelaines à Rory Carr, et l'une d'entre elles au moins était une cigogne de Meissen fausse. Vendue à Olivia Chasson. La cigogne qu'elle tenait dans ses mains était une porcelaine de Meissen, probablement faite par Kandler. Elle la retourna pour voir la signature. Oui. Et elle était superbe, si parfaite que les ailes semblaient battre, quand elle les effleurait. Pas étonnant que Sabrina ait été dupée.

« Il faudrait récupérer la cigogne de Meissen », avait dit Antonio. Elle pouvait faire cela pour Sabrina, elle la tenait dans sa main. Mais comment faire? Elle ne pouvait dire à Olivia qu'elle n'était pas authentique – seule, Sabrina pouvait révéler la vérité. Elle ne pouvait dire qu'elle avait besoin d'être réparée, parce que, de toute évidence, c'était faux. Elle ne pouvait pas la voler, elle était trop grande et la maison était pleine de monde. Mais, avant la fin de la semaine...

– Sabrina, je suis si heureuse de vous voir!

Stéphanie sursauta. Rose Raddison s'était glissée derrière elle, lui hurlant à l'oreille. Elle était aussi mince que l'arête étroite de son nez et son menton pointu tremblotait. Ses yeux étaient ce qu'elle avait de mieux; pour les mettre en valeur, elle les fardait à l'excès.

– Quand vous m'avez parlé de l'encoignure, l'autre jour, j'étais stupéfaite, je l'avoue, et je ne vous ai pas remerciée comme il le fallait. Maintenant, je suis sûre que cette rumeur stupide est fausse. Vous nous aimez, n'est-ce pas?

– Etrange entrée en matière, dit Stéphanie, pensant : « Vas-y, vas-y, dis-moi pourquoi. »

– Eh bien, certains aiment créer des ennuis.

– Mais pas ma petite Rose, dit un homme sympathique mais effacé, à côté d'elle. Ma chère épouse ne dispense qu'amour et bonté. Ai-je bien parlé, mon amour?

– Peter se trouve amusant, susurra Rose.

– Aussi se demande-t-elle, Sabrina, pourquoi vous l'évitez. Serait-ce qu'après quatre ans, vous vous rappelez l'avoir surprise en train de vous calomnier, au bal donné par Andréa Vernon?

– L'avoir surprise... répéta Stéphanie, d'un ton neutre.

– Peter est totalement irresponsable; nous ne vous avons jamais accusée d'écouter aux portes. Votre amie Alexandra a dit récemment que, ce soir-là – oh! il y a si longtemps –, vous vous trouviez là par hasard, quand nous évoquions, avec tristesse, votre séparation d'avec Denton...

– Quand vous disiez, l'interrompit Peter, que Sabrina avait pris Denton pour sa fortune. Mais, bien entendu, Sabrina n'aimerait pas se rappeler cela, n'est-ce pas, chère Rose?

Rose allongea le cou.

– Sabrina a de bonnes manières, Peter. Ta grossièreté lui est parfaitement indifférente. Si elle avait cru ce mensonge, elle n'aurait pas réalisé une affaire aussi fabuleuse pour moi, à la vente. Comment avez-vous réussi?

Stéphanie parut surprise. Sabrina ne lui avait jamais raconté cette histoire, qui avait dû être terrible. Mais maintenant, en évoquant la vente, pourquoi la voix de Rose Raddison tremblait-elle de colère?

– Réussi quoi? demanda-t-elle froidement.

– A l'avoir acquis, bien sûr, à ce prix incroyable. Vous êtes extraordinaire!

Stéphanie comprit. Rose avait tout fait pour qu'elle échoue : c'était son vœu le plus cher. Sentant la colère monter en elle, pour l'amour de Sabrina, elle lui lança :

– Je voulais vous éviter la peine d'être malheureuse si j'échouais.

Peter Raddison éclata de rire.

– C'est un direct, ma chère Rose.

Rose ne releva pas. Mais le sourire calme de Stéphanie la mortifia.

– Vous avez toujours été arrogante, pour une intruse...

Soudain, à cet instant, Stéphanie sut ce qu'elle allait faire de la cigogne, qu'elle tenait encore, froide et fragile, dans sa main.

– Je vous demande pardon? dit-elle doucement. Je n'ai pas bien entendu...

Rose la regarda droit dans les yeux.

– J'ai dit que vous étiez une intruse...

Stéphanie fit un pas en arrière, et Rose la suivit.

– Et si vous pensez que vous dupez tout le monde...

– Oh! s'écria Stéphanie.

En reculant, elle prit son talon dans les franges du tapis persan et perdit l'équilibre, en essayant désespérément de se retenir. La cigogne s'échappa de ses mains et s'écrasa sur le parquet.

– Oh! mon Dieu! murmura Rose.

Stéphanie, se frottant la cheville, regardait calmement les fragments de porcelaine blanche, à ses pieds. Les invités s'empressèrent autour d'elle. Peter Raddison s'écarta de sa femme. Deux garçons accoururent. Olivia s'approcha et Stéphanie se tourna vers elle.

– Je suis vraiment désolée. Je ne sais ce qui m'a rendue aussi maladroite...

– Vous étiez sur la défensive, ma chère, dit Olivia. Un peu plus et Rose vous aurait dévorée.

– Nous bavardions, dit Rose, les lèvres serrées. Mais, si je suis en quoi que ce soit responsable de la surexcitation de lady Longworth, il faut m'envoyer la note de... cet oiseau... c'était bien un oiseau, n'est-ce pas?

– Olivia, dit Stéphanie calmement, je vous remplacerai la cigogne. J'attends un autre Meissen, tout à fait similaire...

– Non, ma chère, il n'en est pas question. Vous avez des assurances qui pourraient remplacer les îles Britanniques si quelqu'un les perdait. Trouvez-m'en une autre, je vous en prie, et nous nous chargerons des frais. Votre cheville vous fait-elle mal? Dois-je appeler un médecin?

– Non, merci, je me la suis simplement tordue.

– Bon, venez vous asseoir.

– Olivia, dit Peter Raddison d'une voix de stentor, Rose ne se sent pas bien. Nous pardonneriez-vous, si je la ramenais à Londres? Vous savez, elle a parfois de terribles maux de tête. Si elle n'a pas besoin d'aide, je reviendrai, si toutefois je ne bouleverse pas l'organisation de votre soirée.

– Comme vous voudrez, dit Olivia, indifférente. Je vais vous raccompagner. Sabrina, asseyez-vous et reposez-vous.

Stéphanie s'assit tranquillement sur le divan, tandis que des voix bourdonnaient autour d'elle : on critiquait les Raddison, on parlait de la collection de tableaux des Chasson dans la galerie du haut, d'une nouvelle pièce à Londres, du prochain bal de charité de Borchester Towers, en décembre. Olivia disparut derrière la double porte avec Peter et Rose. Les garçons ramassèrent les derniers morceaux de la cigogne de Meissen.

« Maintenant, je cache mon jeu à merveille », pensa Stéphanie.

Très vite, elle se rendit compte qu'il n'y avait pas de routine dans la vie de Sabrina. *Les Ambassadeurs* était le point de convergence des affaires et de la vie mondaine de la haute société. Brian s'occupait des affaires courantes, laissant lady Longworth libre d'assister aux ventes, de visiter les demeures qu'elle allait décorer, de partir en croisière ou en week-end ou de travailler dans la boutique. Après une vie bien réglée à Evanston, Stéphanie s'était sentie désemparée, regardant toujours sa montre pour être rentrée à l'heure, pour que le dîner soit prêt à temps, pour faire les courses avant que l'épicerie ne ferme. Maintenant, lorsqu'elle jetait un coup d'œil à sa montre, c'était pour organiser ses loisirs. Il n'y avait qu'une limite à sa liberté, inscrite sur son calendrier : les radios du poignet de Sabrina dans trois semaines.

Le lundi matin, 1er octobre, elle se réveilla, projetant un rendez-vous avec l'entrepreneur de la maison de Max, pour suivre l'évolution des travaux. L'après-midi, elle devait aller avec Max à l'entrepôt choisir les meubles. Si elle pouvait s'en tenir à son programme, elle commencerait à meubler les étages supérieurs dans deux semaines.

Les propriétaires successifs avaient depuis longtemps transformé l'intérieur, modifiant l'agencement des pièces : ici, une cloison avait été supprimée, là, une fenêtre condamnée, une cheminée enlevée. Durant ces dernières années, la maison avait été transformée en école privée et les élèves avaient couvert les murs et les plafonds des chambres du quatrième étage de graffiti obscènes.

– M. Stuyvesant dit qu'ils donnent un certain charme, dit l'entrepreneur. Il veut qu'on les laisse.

Stéphanie esquissa un sourire.

– J'en prends note.

Ils parcoururent la maison, vérifiant les travaux effectués selon les plans de Stéphanie. Chaque jour, elle voyait ses idées se concrétiser; elle restituait une harmonie aux murs et aux fenêtres, utilisant les angles d'ombre et de lumière pour redonner vie aux pièces. Jamais elle n'avait été aussi épanouie.

Son bonheur se lisait sur son visage.

– Vous avez l'air parfaitement heureuse, lui fit observer Max, alors qu'ils traversaient l'entrepôt sombre. Toujours un nouveau projet en tête? Ou celui-ci est-il particulier?

– Toujours.

– Ah! je suis déçu.

– Mais non, surpris, dit-elle en riant.

Elle était contente de le voir. A côté des gens pleins d'arrière-pensées que comptait l'univers de Sabrina, il semblait confiant, naturel, mystérieux et secret. Il écoutait les questions personnelles, et ses yeux gris étaient dépourvus d'émotion. Il ne pourrait y avoir aucune intimité entre eux, pensa Stéphanie. Elle était tranquille pour le peu de temps qui lui restait.

Ils traversèrent une aile où s'entassaient jusqu'au plafond des caisses de bois sur deux mètres de haut, deux mètres de profondeur, deux mètres de large et remplies de meubles. Un chariot élévateur déposa sur le sol de ciment vingt-deux meubles, un à un; les ouvriers cherchaient à voir ce que contenaient les caisses, les ouvrant avec des pinces. Ils sortaient les meubles, et au fur et à mesure, Max vérifiait la liste. Stéphanie l'observait, essayant de ne pas se montrer trop maladroite.

Ce n'était pas facile; elle n'avait jamais rien vu de semblable. Tout y était, depuis les samovars russes, jusqu'aux chaises signées William Morris, en passant par des lampes Art déco, et même un lit à baldaquin du XVIIe siècle de cinq mètres de haut, tout démonté. La collection de Max transforma les ailes défraîchies en un palais étincelant.

– Avez-vous pillé un musée? demanda-t-elle, d'un ton détaché, pour masquer sa stupéfaction.

Une lueur traversa son regard. Il leva les yeux de sa liste.

– Une douzaine. Vous voyez des choses utilisables?

Il poussait le détachement trop loin.

– Ne soyez pas absurde, Max. C'est magnifique, et vous le savez; mais il faudra éliminer.

– Bien. Me voilà désolé, Sabrina, je dois vous quitter. Je n'ai pu repousser un autre rendez-vous, cet après-midi. Je vous laisse faire votre choix, mon chauffeur viendra vous chercher dans une demi-heure, d'accord? Il attendra aussi longtemps que vous le souhaiterez pour vous ramener chez vous.

Elle se tourna pour cacher sa déception, et, d'une caisse, sortit un canari de porcelaine, perché sur un bouquet de fleurs.

– Copenhague, murmura-t-elle, se rappelant le jour où sa mère, triomphante, en avait rapporté un, d'un marché aux Puces de Paris. Oui, bien sûr, dit-elle. Mais je risque d'être longue. Votre chauffeur ne va pas attendre...

– Il est payé pour cela. Accepteriez-vous de dîner avec moi, jeudi soir?

– Oui.

Il lui baisa la main.

– A bientôt.

La vaste collection enflammait l'imagination de Stéphanie et ajoutait à son euphorie. La maison remplissait ses pensées, elle y consacrait de plus en plus de temps, travaillant avec l'entrepreneur que Max payait un prix exorbitant pour qu'il suive à la lettre les plans qu'elle avait établis.

« Il faut que je voie tout terminé, songea-t-elle; je ne peux partir avant. »

Max paya également un bon prix pour qu'on livre, en temps voulu, meubles et tapisseries...

– Y a-t-il quelqu'un que vous ne connaissiez pas? demanda Stéphanie quand il téléphona pour s'assurer qu'on avait bien livré les tapis suédois, tissés main, destinés aux chambres.

– Oui, vous. Du moins, pas encore.

Le vendredi, Stéphanie passa aux *Ambassadeurs* voir le courrier et songer quelques instants au dîner de la veille avec Max : amical, naturel, plein d'humour, mais presque impersonnel. Pas une seule fois, ils n'avaient baissé la garde, durant ces heures de conversation. « Je me suis remise à l'escrime », songea-t-elle, amèrement. Le carillon de la porte interrompit ses pensées; en levant les yeux, elle aperçut le vieux monsieur très élégant qui l'avait accueillie à la vente de Chilton. Mais il n'était pas aussi doucereux que la dernière fois. Stéphanie était intriguée; il l'observait attentivement, l'étudiant presque. Elle lui tendit la main.

– Milady. (Il s'inclina.) Je vous apporte quelque chose de très spécial.

De façon théâtrale, il ouvrit un paquet et sortit une statue de porcelaine, composée de deux figurines : une

Vénus au port de reine, regardant un petit Cupidon malicieux, les ailes repliées, le visage penché sur son arc. La statue était faite de porcelaine dégourdie d'un rose pâle appelé « rose Pompadour ». Tout euphorique devant cette découverte, Stéphanie l'identifia : Sèvres, fin XVIIe, d'une valeur inestimable.

Il l'observait; elle gardait un regard impassible, les mains croisées devant elle. « Encore un coup de poker, pensa-t-elle, tout comme la vente. »

– Très beau, dit-elle calmement.

– Milady, murmura-t-il, d'un ton de reproche, c'est un objet tout à fait exceptionnel. Vendu à un particulier en Allemagne, la semaine dernière; j'ai été prévenu qu'il était possible de l'acquérir. Dès que je l'ai vu, j'ai pensé à vous. (« Ne l'achète pas. » Stéphanie inclina la tête. D'où lui venait cette pensée? Elle détacha son regard de la statue et, par-delà la vitrine, vit le ciel obscurci et la rue grouillante. Elle laissa le silence se prolonger. Il ajusta son foulard, petit mouvement qui trahissait sa nervosité.) Nous n'avons pas parlé du prix, milady, mais, bien sûr, vous en connaissez la valeur. (Lentement, son regard se détacha de la fenêtre et se fixa sur lui. Il s'éclaircit la gorge.) Peut-être souhaitez-vous réfléchir. Je peux vous le laisser : nous nous faisons confiance... (Ses yeux étaient toujours braqués sur lui; il était très mal à l'aise. Promenant son regard dans le magasin, il lui dit :) Ce qui vous est arrivé chez lady Chasson est fort ennuyeux. Etrange coïncidence, tout de même : vous brisez un objet que vous lui avez vendu!

Soudain Stéphanie eut une illumination : Rory Carr! Il était venu découvrir la vérité sur la cigogne – se rendre compte si c'était vraiment un accident.

– Monsieur Carr, dit-elle pour le tester.

– Milady?

« En plein dans le mille, pensa-t-elle, triomphalement. Et c'est toi qui as vendu la cigogne à Sabrina. »

– En ce moment, je n'ai pas besoin de porcelaines. (Elle laissa échapper une note de regret sincère.) Il me faut refuser celle-ci, si belle soit-elle.

– Mais milady, c'est inattendu. Nous traitons des affaires ensemble depuis si longtemps...

– Oui, dit-elle fermement, prenant d'autant plus d'assurance que des failles apparaissaient dans son discours suave, mais pas aujourd'hui. J'ai acheté de nombreuses porcelaines en Chine, et tant que je n'aurai pas fait mon inventaire, je n'achèterai rien d'autre.

– Milady!

– Rien, monsieur Carr. Et maintenant, si vous voulez bien m'excuser...

Elle remarqua, dans son regard, une lueur de panique.

– Milady, peut-être puis-je vous faire changer d'avis.

– Vous ne pouvez rien m'apprendre de nouveau, dit Stéphanie.

C'était, de toute évidence, un peu dur, mais elle fut prise d'une folle envie de le pousser dans ses derniers retranchements. Seule, elle avait réglé le problème de la cigogne; maintenant, elle prenait sa revanche sur Rory Carr, pour avoir dupé Sabrina. Il payait maintenant, en tremblant comme une feuille. Sabrina avait dû être effrayée, quand elle avait découvert la supercherie. Si seulement elle lui en avait parlé, sur le moment; elle ne l'aurait pas encouragé, à la vente de Chilton. Mais qu'importe. C'était terminé. Il partait, et cette fois, pour toujours.

– Je vais garder la Vénus quelques jours, milady, et je vous téléphonerai.

– Si j'ai envie de vous acheter un objet, monsieur Carr, je vous appellerai.

Dès qu'il fut parti, elle se précipita dans son bureau, ferma la porte et téléphona à Sabrina.

Personne ne répondit. Dix heures du matin, vendredi, à Evanston. Où pouvait-elle se trouver? A l'épicerie? la quincaillerie? la teinturerie? au bureau? Cette semaine, allait-elle s'y rendre? Stéphanie ne se rappelait pas. Elle ferma les yeux, repensant à leur dernier coup de fil. De quoi avaient-elles parlé? Elle ne pouvait s'en souvenir non plus. Elle perdait contact avec son autre vie, sa vraie vie, son foyer.

« C'est impossible, pensa-t-elle; je ne peux pas les oublier. C'est la seule chose vraie que je possède. » Derrière ses yeux clos, elle imaginait la maison, le porche, le salon. Et la nouvelle lampe; les fusains de Penny, la déchirure sur le divan qu'elle voulait réparer avant son départ pour la Chine; dans la cuisine, la nouvelle étagère pour les chopes à bière et... sur la table de travail, qu'y avait-il déjà? « Ah, oui! le robot de cuisine, offert pour mon anniversaire; Sabrina m'en a parlé. En haut, dans la chambre, le couvre-lit et la tapisserie rayée... Non, non, je confonds, la tapisserie rayée, c'est ici, à Cadogan Square, avec le tapis bleu, et... et quoi? » Dans son esprit, les deux chambres se confondaient. Laquelle était la sienne? Où était sa vraie chambre?

En fait, elle était trop lasse pour penser. Elle faisait trop de choses à la fois et ne se reposait pas suffisamment. Quotidiennement, elle était invitée à des soirées, à des pièces de théâtre, à des concerts. Elle collectionnait les invitations, comme dans un album, et les divertissements l'accaparaient. Mais elle se rendait compte qu'il était aussi éreintant qu'émoustillant d'être au fait des commérages incessants, consciente des regards qu'on lui lançait et des souvenirs partagés de certains groupes dont elle avait du mal à se défaire.

Quand elle rentra chez elle, elle était si tendue qu'elle eut un sommeil agité. Le jour suivant, tout se confondait dans son esprit : sa vie à Londres, sa propre vie.

– Où en est mon foyer? dit-elle à haute voix.

– Milady?

Brian ouvrit la porte de son bureau et, debout devant la porte, attendit un ordre. Stéphanie éloigna ses pensées nostalgiques.

– Brian, dit-elle, je viens de dire à Rory Carr que nous ne lui achèterons rien pendant un certain temps. Pouvez-vous en tenir compte, je vous prie? On a des doutes sur son honnêteté.

– Dans quel domaine, milady?

– Il se peut qu'il ait vendu des faux. Tant que nous n'aurons pas de certitude, nous l'éviterons.

Brian, par discrétion, ne posa plus de questions; Stéphanie rassembla ses esquisses et se rendit à la maison de Max.

Le soir, Gabrielle téléphona. Elle avait des ennuis avec Brooks. Sa voix était mal assurée. Chaque soir, lorsque Stéphanie tournait la clé dans la porte, le téléphone sonnait : c'était toujours Gabrielle qui déversait ses nouvelles craintes :

– Il a changé, dit Gabrielle, une semaine après son premier coup de téléphone. Il est froid... et... méfiant. Il m'observe; si j'écris une lettre, il regarde par-dessus mon épaule. Si quelqu'un me téléphone, il faut qu'il sache qui c'est. Et maintenant, il se met à aller au bureau, le soir. Il s'y trouve en ce moment; j'en suis sûre, je viens de l'appeler...

– Lui as-tu demandé ce qui n'allait pas? demanda Stéphanie.

– Il ne me dira rien... il ne m'adresse pratiquement plus la parole. Il rentre très tard, je dors quand il arrive. J'ai peur de l'attendre, parce qu'il ne me parle pas quand il rentre. Il me culpabilise rien qu'en me regardant et je préfère faire semblant de dormir, plutôt que de l'affronter. Le matin, lorsque je m'éveille, il est déjà sur le point de partir.

« Oui, songea Stéphanie, je sais ce que l'on éprouve à être avec quelqu'un qui se rend à peine compte de votre présence. »

– Je ne sais pas ce qui arrive, dit Gabrielle, éperdue, telle une enfant.

Comme Penny, éplorée et s'accrochant à elle, quand elle avait peur.

– Veux-tu que je vienne passer la nuit avec toi?

Il était minuit et Stéphanie ne souhaitait qu'une chose : rester chez elle; elle était allée dîner chez Max pour la troisième fois de la semaine et elle se sentait lasse et revigorée à la fois. Elle voulait réfléchir. Mais la panique que trahissait la voix de Gabrielle provoqua une vague d'inquiétude protectrice qu'elle n'avait pas ressentie depuis longtemps.

– Non, Sabrina, tu es merveilleuse, et je t'aime, je ne sais pas ce que je ferais sans toi. Mais si Brooks rentre de bonne heure, je ne veux pas qu'il sache que tu es au courant. Je te rappellerai.

Le jour suivant, Gabrielle arriva à la boutique de Stéphanie.

– Il m'a dit de partir, que j'étais une espionne; que je vendais les secrets des nouveaux produits Westermark à une autre compagnie, je ne me rappelle plus laquelle...

Elle leva un regard désespéré. Stéphanie passa ses bras autour d'elle. Elle se mit à sangloter. Elles s'assirent sur le divan. Stéphanie berça Gabrielle dans ses bras.

– Doucement, ma petite Penny, dit-elle. (Elle s'arrêta net, mais Gabrielle n'avait pas entendu.) Tout va rentrer dans l'ordre, Gaby; nous découvrirons la vérité et tout ira bien. (Le fait d'avoir prononcé le nom de Penny lui avait fait mal; des larmes coulèrent le long de ses joues. Elle cligna des yeux pour les sécher.) Gaby, as-tu parlé à quelqu'un des cosmétiques Westermark?

– Non, je te le jure. Je n'y connais rien. Je n'y pense même jamais, sauf lorsque je me maquille. Pourquoi y songerais-je? Je ne sais même pas faire la différence entre les marques Westermark, Revlon, Estée Lauder... pour moi, elles se ressemblent toutes. Oh! mon Dieu, ne raconte pas cela à Brooks!

Stéphanie esquissa un sourire.

– As-tu emporté quelques vêtements?

– Non.

– Bon. On va aller en chercher.

– Impossible. Je ne peux pas retourner là-bas, tant qu'il ne téléphone pas. Il va m'appeler, n'est-ce pas?

– S'il ne le fait pas, c'est moi qui le ferai.

Stéphanie accompagna Gabrielle dans la chambre rose et vert, que lui avait donnée Sabrina lors de son dernier passage.

– Prends ce que tu veux dans mon placard, ensuite, on parlera de l'avenir.

Le téléphone sonna. Elle décrocha rapidement. Ce n'était pas Brooks mais Alexandra.

– On m'a invitée à dîner, dans un nouveau restaurant italien à Soho; je l'ai honoré de ma présence, pour qu'il devienne le restaurant « in ».

– Ce n'est pas très malin. Cela arrive-t-il souvent?

– Chérie, tu vas bien?

– Bien sûr, pourquoi?

– Parce que, soit tu es endormie, soit... oh! tu es au lit avec quelqu'un?

– Non. De quoi parles-tu?

– Je parle de nous, de toi et de moi, et de toutes ces invitations. Qu'as-tu?

– Oh!... on en parlera plus tard.

– Ah!... il y a donc quelque chose. Bon. On dîne ensemble ce soir? J'ai accepté cette invitation, parce que le propriétaire m'a rendu service, une fois.

– Quel est le nom du restaurant?

– *Il Cocchio di Oro.* Cela veut peut-être dire le coq d'or?

Stéphanie se mit à rire.

– Plutôt *Le Carrosse d'Or.* Tes Italiens aiment le vernis. A quelle heure?

– Huit heures. Je passe te prendre.

Stéphanie n'eut pas le temps de se retourner vers Gabrielle, le téléphone sonna de nouveau.

Cette fois, c'était Sabrina.

– Je n'ai pas beaucoup de temps, Stéphanie, mais il fallait que je te le dise.

– Qu'est-ce qui ne va pas?

– Rien. Tout va bien. Nat fera la radio de contrôle le 22 octobre.

– Le 22? Mais c'est seulement dans une semaine!

– Dix jours. Seulement?

– Oui, ça me semble si proche. Ton poignet va-t-il mieux?

– On ne peut pas savoir ce qui se passe sous un plâtre. Attends une seconde. (Sabrina interrompit leur conversation.) Oui, Cliff, tu vas venir à l'aéroport avec moi. Oui, Penny, toi aussi. Nous allons tous y aller. (Elle reprit l'appareil, sa voix était claire et exaspérée.) Quand parvient-on à être seule dans une famille?

– Pas souvent, dit Stéphanie, se souvenant du passé. Qui vas-tu chercher à l'aéroport?

– Garth. Il a passé la semaine à Berkeley. Stéphanie,

il faut que je parte. Il y a du bazar en bas. Je voulais simplement que tu saches la date. Le 22. Téléphone-moi vite. J'ai beaucoup de choses à te dire.

Stéphanie répéta dans sa tête : « Plus que dix jours. » Sabrina avait semblé si... neutre. Ni heureuse ni triste. « Que ressent-elle? Et moi? » Mais elle n'eut pas le temps d'y penser; Gabrielle avait besoin de parler; en fait, elle lui fit ses confidences jusqu'à l'heure du thé.

Stéphanie était si ennuyée de la voir désespérée, si furieuse contre Brooks, qui l'avait traitée d'une façon aussi minable qu'elle téléphona à ce dernier et lui demanda de venir au *Cocchio di Oro*, prendre le café avec Alexandra, et elle ne lui laissa pas le temps de refuser.

– Ça t'est égal? demanda-t-elle plus tard à Alexandra, tout en savourant du veau aux amandes et aux raisins et des scampi frits.

Plusieurs garçons s'affairaient autour d'elles, ayant reçu l'ordre de rendre ce repas mémorable.

– Chérie, après ce que tu me racontes, j'ai hâte de le voir. Va-t-on utiliser un fouet ou le pendre par les pieds?

– D'abord, on va lui donner une chance. Pour Gaby.

Elles échangèrent un sourire; les murs recouverts de glaces reflétaient leur image dans la salle blanc et or : deux femmes étonnantes, vêtues simplement et servies comme des reines. Lorsque Brooks arriva, à dix heures, il n'eut pas besoin de les chercher, on ne voyait qu'elles, joyaux étincelants, au centre de la pièce.

– *Zabaglioni* et *espressos* pour trois, dit Stéphanie au garçon. (Elle fixa Brooks, sans un sourire.) Gaby est chez moi. Je viendrai chercher ses affaires demain. Je vous serais très reconnaissante de tout préparer.

– Bien. Mais tout cela ne me fait pas vraiment plaisir, vous savez?

– Oh! vous allez me faire pleurer!

Brooks ne prêta pas attention à ses propos.

– Je n'ai pas agi à la légère. J'ai la preuve qu'elle a vendu des informations à Rymer Cosmetics pour 250000 dollars.

– Ridicule, répondit spontanément Stéphanie. Gaby ne vous aurait jamais trahi. Elle n'a pas besoin d'argent.

– Elle a des dettes partout : chez le tailleur, le marchand de chaussures, les instituts de beauté, la salle de sport. Elle a signé des factures à Monte-Carlo, le mois dernier; elle ne m'en a parlé que la semaine dernière.

– Tout le monde a des dettes, dit Alexandra. Je parie que vous en avez aussi.

– Non.

– Alors, vous n'êtes pas normal, fit-elle, d'un ton cassant.

– Quelle preuve avez-vous? demanda Stéphanie.

– J'ai été informé par celui qui a acheté l'information. Rymer a sorti sa nouvelle gamme, il y a deux semaines, nous battant d'un mois, avec des appellations, des couleurs et des emballages identiques. Pas semblables, identiques. Tout cela a été volé. Savez-vous ce que nous coûte la formulation d'une nouvelle gamme? Savez-vous à combien se chiffrent nos pertes, à sortir nos produits des mois après Rymer, Revlon et les autres?

– Non, mais vous partez du postulat que cet homme dit la...

– Plus d'un million de dollars. Quatre fois plus que ce que l'on a donné à Gabrielle pour son petit boulot.

Si j'avais su, je l'aurais achetée et aurais économisé 250000 dollars.

– Vous êtes un salaud, Brooks, dit Alexandra.

Stéphanie se taisait. Le garçon servit le *zabaglione* et l'*espresso*. Ramassant le petit zeste de citron dans sa soucoupe, elle le laissa tomber dans sa tasse.

– Si j'étais vous, je surveillerais mes employés. Votre ami informateur protège quelqu'un en accusant Gaby.

– Pour l'amour de Dieu, ce n'est pas une histoire d'espionnage compliquée. Gaby, depuis un mois, sursaute chaque fois que je l'approche, cache lettres et coups de téléphone. Vous auriez agi exactement comme moi, si vous aviez subi une perte d'un million de dollars et si on vous avait donné le nom du coupable. J'aime Gaby...

– Oh! allez vous faire foutre, dit Alexandra, écœurée. Ma mère, qui est vieux jeu, m'a toujours dit que l'amour signifiait d'abord la confiance en l'être cher; ensuite, seulement, vient sa destruction.

– J'aime Gaby, poursuivit Brooks, moins affirmatif, cette fois. Mais nous savons tous que c'est une enfant. Et une enfant peut se laisser tenter...

– Mais n'est-ce pas ce que vous attendez d'elle? Qu'elle agisse comme une enfant?

Brooks lui lança un regard atterré.

– Je ne lui ai jamais demandé de se comporter comme une enfant.

Mais tous deux pensaient à cette soirée où Gaby lui avait reproché de la traiter comme une enfant.

– Elle n'a qu'un désir : vous plaire.

– Elle me plairait si elle m'expliquait la raison de ses dettes.

Stéphanie haussa légèrement les épaules.

– Peut-être n'aime-t-elle pas demander la permission de dépenser de l'argent.

– Cela n'a rien à voir avec une permission. Je veux savoir ce qu'elle fait. A vrai dire...

– A vrai dire, vous êtes furieux, parce que vous n'êtes pas vraiment sûr de vos accusations, dit-elle, montrant soudain plus de compréhension.

– On m'a dit... peut-être devrais-je avoir une explication avec elle?

– N'est-ce pas vous rabaisser que de converser avec un traître qui laisse filtrer des informations? demanda Alexandra.

– Ce n'est pas un traître, dit-il froidement. Elle a peut-être des ennuis. Et si j'ai agi avec trop de précipitation...

– Trop de précipitation? dit-elle, mais vous l'avez effrayée au point de la laisser sans voix. Et maintenant, vous allez lui accorder une faveur en ayant une explication avec elle! Et si vous essayiez d'abord de trouver le véritable espion? Ensuite, vous serez prêt à ramper et à présenter vos excuses. Elle se sent plus rassurée et a meilleur moral maintenant qu'elle est chez Sabrina.

– Sabrina, dit une voix nouvelle. (Stéphanie se retourna. Antonio était là, devant elle.) Comment allez-vous? dit-il. Je ne vous ai pas téléphoné.

– Je sais, dit-elle en souriant. (Il y eut un court silence.) Voulez-vous vous joindre à nous?

Il prit une chaise à une table voisine; il s'assit, saluant Brooks et Alexandra et commanda du cognac pour tout le monde.

– Si j'interromps une conversation intime...

De nouveau, le silence régna.

– Nous parlions du plombier, dit Alexandra.

– Pardon?

Stéphanie étouffa un petit rire.

– On parlait de fuites, d'éviction des locataires qui les provoquent. Avez-vous entendu parler de tout cela?

– Non. J'ai des gens qui s'en occupent. Quoique, récemment, j'aie abordé ces problèmes pour le village que je construis.

– Qu'est-ce que cela signifie : construire un village?

– C'est pourtant clair.

– Vous prenez une terre déserte et vous construisez un village? Avec des maisons, des magasins, tout?

– Tout. Des écoles, des hôpitaux...

– Et les gens, où les trouvez-vous?

– Ils sont là et vivent dans des masures. Je leur construis une nouvelle vie.

Le regard d'Alexandra s'illumina.

– J'ai toujours pensé que les villes naissaient comme ça... d'un coup de baguette magique.

– C'est moi qui tiens la baguette et j'en fais ce que je veux.

Stéphanie les observait. Antonio et Alexandra se fixaient, bavardaient, écoutaient, chacun commençant à évaluer l'autre. Ils étaient semblables; issus de rien, à la force du poignet, ils s'étaient hissés au sommet de la fortune, n'hésitant pas à se servir de tout et de tous ceux qui étaient à leur portée. Tous deux désiraient ardemment trouver un partenaire de la même trempe.

– Alexandra, dit Stéphanie, je dois rentrer de bonne heure pour téléphoner en Amérique. Me pardonneras-tu si je pars maintenant?

Alexandra tiqua si peu que personne, sauf Stéphanie, ne s'en rendit compte.

– Appelle-moi quand tu voudras, qu'on règle le problème du plombier.

– Je vais vous accompagner, dit Brooks, je veux vous demander...

Leurs regards se rencontrèrent. Stéphanie eut un sourire forcé. Elle l'aimait bien. Même à ce stade, ils se comprenaient sans rien dire; le problème était de laisser Alexandra et Antonio seuls. « Si seulement il n'avait pas fait de mal à Gaby, pensait-elle, quels bons amis nous pourrions être! »

Une fois rentrée, elle raconta sa soirée à Gabrielle. Blottie dans un fauteuil, vêtue d'une robe de Sabrina, les yeux rouges, Gabrielle s'illuminait, tandis que Stéphanie parlait.

– Je dois l'appeler! s'écria-t-elle. Il déteste admettre qu'il a tort. C'est de ma faute; j'aurais dû lui poser des questions.

– Gaby, c'est faux. (Stéphanie était assise sur le bras du fauteuil.) N'endosse pas la responsabilité. Tu aurais peut-être dû lui demander, mais sa faute est bien pire : il a entendu des racontars et t'a crue coupable sans même t'entendre.

Gabrielle soupira.

– Peut-être. Tu vois plus clairement le problème.

« Plus clairement le problème! songea Stéphanie, une fois Gabrielle couchée. Qui donc donne un avis sur la façon de vivre avec un homme? » Elle pensait à Garth, assis dans la cuisine, lisant le journal, tandis qu'elle lui tournait le dos en préparant le dîner. « Depuis longtemps, moi aussi, j'aurais dû avoir une explication. Je n'aurais pas dû croire cette lettre affreuse, pas plus que Brooks n'aurait dû prêter attention à cette histoire sur Gaby. C'est notre faute à tous les deux si nous sommes peu à peu devenus des étrangers. C'est notre faute à tous les deux, si nous n'avons pas fait l'amour souvent. Je voulais le punir. De quoi? D'être Garth Andersen; d'avoir une carrière réussie, d'être reconnu aux yeux de tous, alors que moi, je n'ai même pas été capable de réussir mon affaire. Et ma vie familiale. Oui, mais c'est sa famille à lui aussi. Il avait tout. Bon, je me suis vengée, non? Je lui ai joué un tour fabuleux; je l'ai quitté sans même qu'il s'en aperçoive; j'ai découvert que je pouvais organiser ma vie seule. Non. Ce n'est pas vrai. J'ai besoin de ma famille. Je n'ai tout simplement pas le temps de penser à eux, maintenant. »

Les affaires reprenaient aux *Ambassadeurs*; Stéphanie accepta trois nouveaux contrats pour novembre et décembre. « Je ne pourrai pas m'en occuper, songea-t-elle, avec nostalgie : ce sera Sabrina. » Elle se rendit à une autre vente avec Nicholas, et une fois de plus il souleva le problème d'une éventuelle association.

– J'y pense. Je vous donnerai une réponse très vite.

Le vendredi, elle supervisa l'agencement des meubles, aux deux étages supérieurs de la demeure de Max. Mme Thirkell lui avait préparé quelques sandwichs; mais elle n'y pensa plus jusqu'au départ des déménageurs. Là, elle se trouva seule, parcourant chaque pièce, la liste à la main. Il était presque cinq heures, quand elle se rendit compte qu'elle n'avait pas déjeuné. « Le premier repas dans ma nouvelle maison », pensa-t-elle; assise par terre dans le bureau, les jambes croisées, elle ouvrit le panier du repas.

Elle mangeait une escalope, sortie d'une boîte en plastique, quand Max apparut.

– Un pique-nique inaugural. Et je n'étais pas invité!

Sursautant, elle leva les yeux.

– Comment êtes-vous entré?

– Avec ma clé. Suis-je indiscret?

Elle éclata de rire.

– Bien sûr que non, je suis désolée.

Il la regarda gentiment.

– Vous avez oublié que c'était chez moi.

– Tout à fait. (Elle gardait un ton léger.) Je me suis laissée emporter. Mais je promets de ne pas venir m'installer ici.

– La maison n'en aurait que plus d'éclat. Puis-je m'asseoir ?

– Bien sûr.

Elle avait un visage chaleureux, tout en remplissant une petite assiette de biscuits et de pâté.

– On pend la crémaillère ! Mais je suis désolée. Je n'ai pas de vin.

– Un instant.

Il se leva et revint avec une bouteille et un tire-bouchon.

– Avez-vous toujours, à portée de la main, une bouteille de beaujolais ?

– Seulement aujourd'hui. Une maison n'est pas meublée tant qu'elle n'a pas un lit, une table et un bon vin. Vous m'avez dit que les deux premiers seraient livrés aujourd'hui. Je fournis le troisième. Bien... Avons-nous des gobelets ?

Elle lui tendit son verre.

– Je suis vraiment désolée. En principe, ce pique-nique n'était prévu que pour une seule personne.

– Alors, nous allons partager. (Tout en déjeunant, il lui parla de ses projets de créer une galerie d'art, qui vendrait des tapisseries d'Europe de l'Est.) Il faut que vous les voyiez. Des pièces énormes, au style hardi et vigoureux. J'aimerais en mettre une dans cette maison sur le grand mur du salon, si vous êtes d'accord.

– Mais vous n'avez pas besoin de mon approbation. Si vous avez envie d'embellir votre maison, achetez ce qui vous plaît.

– Votre jugement est important à mes yeux. Si vous me serviez de guide pour faire le tour de la maison?

– Certainement.

Elle remit tout dans le panier, avec des gestes lents, essayant de se rappeler le secret plaisir qui l'avait ébranlée. Il remplissait cette maison qu'elle commençait à croire sienne; maintenant, c'était sa maison à lui; le silence se refermait autour d'eux. Il se leva, lui-même silencieux. Elle respira profondément pour ralentir les battements de son cœur.

Mais la maison, c'était son œuvre, et tout en traversant les pièces, elle en oublia presque Max. Elle savait qu'elle n'avait pas réussi à lui conférer cette légèreté, ces combinaisons particulières, ces contrastes inhabituels, propres à Sabrina. Mais Stéphanie se dit fièrement : « J'ai créé une demeure pour Max Stuyvesant, réputé pour ses exigences. Voilà mon œuvre. »

Cependant, les pièces avaient une élégance et une personnalité incontestables. Stéphanie avait donné à chacune un cachet, un équilibre particulier, en mêlant un ou deux meubles massifs et d'autres plus légers; les murs étaient couverts de ramie ou de daim. Les tons se fondaient dans un bois et des tissus sombres; les pièces étaient éclairées par des lumières tamisées, et, çà et là, par des taches de couleur, afin de créer une atmosphère à la fois sensuelle et hautaine, mêlée d'une intimité presque secrète. Exactement à l'image de Max.

Debout, au centre de chaque pièce, allumant les lumières qui contrastaient avec l'obscurité d'octobre, Stéphanie masquait ses sentiments de fierté et de possession, tout en mentionnant en phrases concises les détails de ce qui restait à faire et ses plans pour les deux étages du bas.

– Je n'aurai pas le temps de tout faire. Je n'ai que

jusqu'à lundi. Mais le plus gros est fait, dit-elle à voix basse.

Max acquiesça en hochant la tête. Lorsqu'ils eurent fini, ils se trouvaient dans le couloir du quatrième étage; leurs ombres se profilaient dans les rais de lumière qui venaient des chambres. Il prit les mains de Stéphanie :

– C'est superbe. Je n'y changerai pas le moindre détail.

Il lui baisa les mains, sentant, du bout des lèvres, le frisson qui la parcourait. Stéphanie pencha la tête et la posa sur sa poitrine. Il passa le bras autour de son cou et la conduisit vers sa chambre.

Elle n'avait plus le temps de penser, mais qu'importait? Max avait été une ombre qui planait sur toutes ses pensées et ses gestes depuis qu'elle avait dansé avec lui, chez *Annabel*; tout l'après-midi, depuis le moment où il était rentré, elle avait su qu'elle allait couper le cordon ombilical qui la reliait à la Stéphanie Andersen, arrivée à Londres quatre semaines plus tôt. « Et après tout, pourquoi pas? se dit-elle, en un éclair défensif. Garth a Sabrina. C'est idiot d'imaginer que maintenant, ils n'ont pas... » Max resserra ses bras autour d'elle; leurs bouches se réunirent. Stéphanie éprouva un sentiment de triomphe, le désir l'emportant sur la prudence.

« Tout cela est à moi! exulta-t-elle, en silence. A moi! Ma maison, mon amant. La vie de Sabrina. Et la mienne. »

Max lui ôta ses vêtements et l'allongea sur son lit, avant de se déshabiller. Debout devant elle il contemplait son corps svelte.

– J'ai attendu cet instant si longtemps, l'entendit-elle murmurer.

Il s'allongea près d'elle; elle sentit la force de son

corps, ses cheveux roux frisés. Elle ne distinguait qu'une silhouette faiblement éclairée par la lumière du couloir, une ombre, aux mains dures et froides. Elle s'approcha de lui, mais il hocha la tête. Prenant ses deux mains dans l'une des siennes, il les maintint au-dessus de sa tête, et, de son autre main, la caressa, effleurant lentement son corps bien cambré, jusqu'à ce qu'il sente un frisson à fleur de peau. Il pencha la tête pour mordiller ses bouts de sein, et donner de petits coups de langue rapides, puis il remonta le long de son corps enflammé, vers le cou. Sa chair tentait de se refuser.

– Non... gémit Stéphanie.

Elle essaya de s'écarter mais l'attira sur elle. Max la retenait captive. Elle ferma les yeux, éprouvant un sentiment contradictoire de désir et de honte tandis qu'il plongeait ses lèvres dans les recoins de son corps. Elle essayait d'être aussi raide que ses pensées, de s'éloigner de la douleur et du plaisir intense de sa bouche acharnée, mais ses hanches se mouvaient d'elles-mêmes; la tête en arrière, elle poussa bientôt un cri, étonnée du plaisir qu'il lui avait donné.

Au plus profond d'elle-même, Stéphanie reconnaissait l'habileté calculée des mains et des lèvres de Max, mais elle ne lui fit aucune remarque. Quand, enfin, il lui libéra les mains et la posséda, elle leva les yeux et rencontra les siens, gris, inexpressifs, qui l'observaient. Il prit alors son plaisir, la pénétrant lentement, jusqu'à ce qu'elle fût au comble du désir; elle lui tendit ses lèvres, posa ses mains sur ses reins, et, d'un geste brusque, le pressa contre elle.

La pièce résonnait de la cacophonie de ses pensées. Ses lèvres murmurèrent son nom. Max sourit.

– Chérie, dit Alexandra, tandis que Stéphanie versait du thé, dans son bureau, le lundi matin, tu as l'air fatiguée.

– Je n'ai pas beaucoup dormi ce week-end. Toi, par contre, tu es radieuse. Je ne t'ai pas revue depuis ton dîner italien.

– Je pensais te téléphoner. Puis-je te parler d'Antonio?

– Si cela te plaît.

– J'aimerais savoir si tu penses toujours l'épouser.

– Non.

– Sans aucun regret?

– Aucun. Alexandra, il espère... Non, je ne vais pas t'infliger mes sentiments à son égard.

– Chérie, combien de fois, cette année, me l'as-tu répété? Et combien de fois t'ai-je dit ce que je recherchais?

Ne sachant que répondre, Stéphanie la regarda sans rien dire.

– Je suppose que tu penses à ma performance avec Brooks, la semaine dernière.

Elle tendit sa tasse et mordit dans un croissant.

– J'ai vraiment pris plaisir à le broyer, non seulement parce que j'aime Gabrielle (en fait, je crois qu'elle est idiote), mais parce que je suis révoltée de voir des hommes contents d'eux démolir leur petite femme fidèle. Mais en vérité, j'ai toujours su que Brooks était mon type d'homme.

– Brooks?

– Une partie de lui. Non le bâtard qui veut que sa femme-enfant l'adule, mais l'autre – brillant, sûr de lui, qui construit un empire et le protège. Voilà ce que je désire. Je pourrai faire confiance à un homme pour bâtir mon château et m'aider à mener ma vie. J'ai été seule assez longtemps, tu sais; maintenant, j'en ai assez. Antonio est assez riche pour acheter tout ce qu'on peut imaginer et il me laissera diriger une partie de son empire. Je serai plus qu'un objet de plaisir; je l'aiderai à construire des villages – comment résister? S'il exige en retour que je me consacre à lui, que je reste à ses côtés, c'est un marché honnête. Après tout, j'aurai bientôt trente-cinq ans. Et je les paraîtrai. Et puis zut, chérie; j'ai besoin qu'on s'occupe de moi. N'est-ce pas, au fond, tout ce que nous désirons?

Stéphanie remuait son thé. Au fond de la tasse, quelques feuilles s'étaient agglutinées, formant une fleur à quatre pétales. Ou une famille. « C'est lundi, pensa-t-elle. Le 22 octobre. Jour de la radio de Sabrina. »

– Sabrina? Tu écoutes? Tu as vraiment l'air fatiguée!

– Je me demandais où était l'amour, dans tout cela.

– Oh! l'amour! Antonio dit que l'amour vient par la suite. C'est une vieille légende guarani. Si nous pouvions être amis, je serais satisfaite. C'est peut-être ce qu'on peut souhaiter de mieux, pour nous.

– Excusez-moi, milady, mais M. Michel Bernard insiste pour vous parler, les interrompit Brian.

Alexandra se leva, dans un élan d'énergie.

– Je vais te dire au revoir, chérie, nous partons à Rio pour une semaine.

– Déjà?

– Bon, ne le dis pas à Antonio, mais il pense qu'il vaut mieux avoir une idée de ce qui m'attend, avant de m'enfoncer jusqu'aux genoux dans les grains de café et les Indiens guaranis.

– Antonio t'a-t-il parlé de moi?

– Il dit qu'il t'a perdue parce qu'il a été trop patient. La vigueur et la rapidité sont à l'ordre du jour pour me faire plonger dans ses bras. Il m'a raconté une légende des Indiens guaranis pour l'illustrer. C'est trop long à raconter.

Elles se mirent à rire. Spontanément, Stéphanie étreignit Alexandra et l'embrassa sur les deux joues; surprise, elle recula légèrement. « Encore une erreur, pensa-t-elle; ici, ça ne se fait pas. Mais peu importe. A son retour, je ne serai pas là. Peut-être ne la verrai-je jamais plus. »

– Je te téléphonerai quand nous rentrerons.

– D'accord, dit Stéphanie, en prenant l'appareil. Michel? Ne devais-tu pas m'appeler, il y a quatre semaines?

– Je me rappelle ma promesse, et m'en excuse. J'étais à Bonn, Jolie est en Turquie. J'ai entendu dire qu'il t'est arrivé un accident chez lady Chasson.

– Oui, je me suis montrée très maladroite.

– Tout à fait étonnant pour une jeune femme raffinée qui connaît si bien la fragilité des objets d'art. J'ai aussi entendu parler d'un petit accrochage avec Rose Raddison.

– Tu as entendu parler de tout cela à Bonn?

– Non, à Paris. Lady Chasson était chez des amis. Le monde est petit.

– Oui. (Avec un sourire triste, Stéphanie se rappela combien l'univers de Sabrina lui avait paru infini comparé à sa vie étriquée d'Evanston.) Que fait Jolie en Turquie?

– Elle photographie des vases confisqués au moment où ils passaient la frontière. Je te téléphone pour te demander de l'aide. Nous sommes sûrs maintenant que les faux ne sont qu'une infime partie du trafic, pour faire diversion. Les grosses affaires frauduleuses viennent de pays où les gouvernements ont interdit l'exportation d'objets d'art et d'antiquités. Quelqu'un forme des groupes dans ces pays, pour piller les musées, les tombes et d'anciens temples, puis quelqu'un d'autre fait passer en fraude la marchandise et la vend en Europe et en Amérique. En as-tu entendu parler?

– Eh bien...

– En fait, cela ne te touche pas de près, parce que tu ne vends pas ce style d'objets : des bijoux provenant de tombes d'Egypte et de Turquie; des sculptures des temples du Cambodge, de Thaïlande, de Colombie, des éléments entiers de temples – des porches, des parois, des autels.

– Mais en quoi puis-je t'être utile, si cela ne me concerne pas?

– Nous pensons qu'Ivan Lazlo, qui est censé être le propriétaire de Westbridge Imports, et son revendeur, Rory Carr, ont volé les objets passés en fraude dans leur entrepôt. Certains sont dirigés vers des acheteurs spécifiques; d'autres sont vendus avec d'autres objets authentiques. Mais il semble qu'Ivan et Rory aient voulu se partager le magot. Aussi, se sont-ils lancés dans un marché frauduleux.

– Mais qui est à la tête de Westbridge?

– Ah! c'est notre mystérieux cerveau que nous n'avons pas encore découvert. Quand nous le saurons, le puzzle sera complet. Mais des rumeurs courent en ce moment sur une éventuelle mésentente entre le cerveau et ses hommes de paille, pour une question d'argent; ils ont peur que tout soit étalé au grand jour, si les faux sont découverts, les livres de comptes examinés. Les escrocs tombent toujours, non? Aussi a-t-on pensé que, peut-être, il t'était parvenu quelques rumeurs. On murmure que des vendeurs ont été brusquement renvoyés, ou sont partis d'eux-mêmes, des distributeurs ont trouvé d'autres associés. Tu peux entendre parler de tout cela; si tu glanes quelques indices, peux-tu nous appeler, ici, à Paris? Dans deux semaines, nous serons à Londres. Réserve-nous une soirée, et nous en discuterons. D'accord?

– Oui.

« Je ne serai plus là », pensa-t-elle.

Brian apporta le courrier.

– Gabrielle de Martel a téléphoné, milady. Elle a demandé que vous la rappeliez. Puis-je vous servir le déjeuner?

– Non, merci, Brian. Je vais sortir.

Elle parcourut le courrier, tout en faisant le numéro.

– Sabrina, Brooks a appelé, dit Gabrielle. (Il y avait une lettre de Sabrina; elle l'ouvrit...) Je ne lui ai pas parlé, j'ai dit à Mme Thirkell de dire que j'étais sortie... (Des nouvelles d'Evanston; des nouvelles de la famille. Sur un ton banal; rien de personnel...) Mais je crois que je vais le rappeler. Il est furieux, quand... (Comment est-ce possible? Rien de personnel dans une lettre concernant sa propre famille?...) Mais je ne voulais rien faire avant de t'en avoir parlé. Et si j'agissais mal?... (Rien sur Garth...) En fait, je ne sais trop que dire. (Elles ne s'étaient pas parlé depuis une semaine. Stéphanie avait évité les conversations; elle était obnubilée par Max.) Sabrina, tu m'as entendue?

– Oui, Gaby. (Elle avait tout de même écouté.) Je ne pense pas que tu devrais le rappeler.

– Tu crois que je dois attendre?

– Ne penses-tu pas que ce serait la meilleure solution pour vous assurer que vous savez ce que vous faites et ce que vous voulez? Vous ne devriez pas vous leurrer, ni sur vous-mêmes ni réciproquement.

Gabrielle soupira.

– Je suppose que tu as raison. Grand Dieu, j'ai horreur d'être sensée!

A Evanston, ce n'était pas encore l'aube; il restait des heures avant le rendez-vous de Sabrina chez Nat Goldner, des heures avant qu'elle téléphone pour donner à Stéphanie son diagnostic. Enfin, Stéphanie eut le temps de penser à Max. Un week-end entier avec lui, dans sa maison, avec des mets que le maître d'hôtel était allé chercher dans les meilleurs restaurants de Londres, servis sur son bureau. Sa camériste lui avait apporté une valise; il portait une robe de chambre pourpre, Stéphanie une en velours bleu, beaucoup trop grande pour elle. Elle avait remonté les manches jusqu'aux coudes. Elle avait les cheveux en bataille, le regard radieux, frissonnant au moindre changement de température, au moindre souffle d'air ou rayon de soleil sur sa peau, à la moindre caresse de Max sur ses seins, au café fort du matin, au souvenir de la saveur du bourgogne, dont la couleur sombre chatoyait à la lueur des flammes mourantes de la cheminée.

Elle se laissait glisser sur la crête du désir et de l'excitation, toute rouge de sa découverte triomphale.

– Merveilleuse, ma beauté, étonnante, dit Max.

– Compliment suprême d'un connaisseur, dit-elle d'un ton léger.

Cependant, sur son visage, il pouvait lire le triomphe.

« Mais, lundi, assise dans mon bureau, où sera le triomphe?, se disait-elle. Non le triomphe de l'intimité ou de l'affection, ou même de l'amitié. Le triomphe de la passion. Voilà le dernier point sur ma liste. Je voulais faire exactement comme Sabrina, goûter à sa vie, dans tous les domaines différents du mien. C'était là le dernier : la sensualité calculée de Max Stuyvesant. »

Elle frissonna. Sa fierté aux *Ambassadeurs*, la décoration de la maison de Max, ses attentions envers Gabrielle, son affection pour Alexandra. Tout n'était qu'un rêve. « Mais même si je pouvais garder tout cela, ce ne serait pas suffisant. J'aime l'amour et l'affection, mais toujours sans avoir à m'engager. Cette errance m'insupporte. A quel univers puis-je bien appartenir? Là où j'ai des amis. Autrefois, j'en avais, ou du moins, je pensais en avoir, puis j'ai tout perdu. Et maintenant, je découvre que l'univers de Sabrina n'est pas non plus celui que je souhaite. Mais comment saurais-je ce que je veux, avant de retourner vers Garth? Garth. Penny. Cliff. Mon foyer. »

– Ils me manquent, dit-elle à haute voix, sursautant dans le silence. Et j'ai besoin d'eux.

« Leur ai-je manqué? Ont-ils eu besoin de moi? Ne sois pas absurde. Ils ne savent même pas que je suis partie. »

La sonnerie du téléphone retentit. Brian était sorti. Elle répondit et entendit la voix douce de Max.

– Sans l'avoir projeté, je me suis trouvé installé dans ma nouvelle maison, ce week-end. Maintenant, à chaque pas, je tombe sur des ouvriers. Je crois qu'il me faut disparaître quelques jours.

– Oh!

Coup de poignard. Sa voix reflétait la consternation.

– J'ai pensé qu'une croisière serait agréable. En cette période de l'année, la Méditerranée est magnifique. Les ouvriers pourraient ainsi finir tranquillement.

– Oui.

– Peuvent-ils terminer sans vous?

Elle soupira. Elle avait oublié un détail sur la liste de ses souhaits : une croisière. Sabrina en avait fait un si grand nombre; Stéphanie n'en souhaitait qu'une.

« Ensuite, je retournerai, songea-t-elle, à ce qui m'attend. Je retrouverai Garth, et nous redécouvrirons l'amour. Maintenant, tout m'est possible. Cette expérience a été, pour moi, riche d'enseignements. J'essaierai. Je le promets. Mais d'abord, je désire réaliser un autre rêve. Le dernier. »

– Brian peut diriger les travaux, dit-elle.

– Nous embarquerons à Monaco, et nous irons jusqu'à la Riviera italienne; durée : quatre à cinq jours. Cela vous convient-il?

– Oui.

– Excellent. Trois autres couples viendront avec nous : vous les trouverez sympathiques. Nous partirons mercredi matin, le 24. Pouvez-vous être prête à neuf heures?

– Oui.

Une fois le combiné raccroché, son regard se perdit dans le vague. Son bureau, la salle d'exposition, une fenêtre, et au-delà...

Le ciel était couvert, mais il faisait bon. Un voile gris argent formait comme un écran entre Stéphanie et les gens pressés. Elle décida d'appeler Sabrina pour avoir des nouvelles de la radio; lui dire également qu'elle s'absentait quelques jours. Puis l'aventure se terminerait.

Tout arrivait à son terme. Mme Thirkell prendrait soin de Gaby; Brooks allait venir la chercher. Alexandra était avec Antonio. La cigogne de Meissen était brisée, et elle avait demandé à Rory Carr d'espacer ses visites. *Les Ambassadeurs* avaient bien marché : elle avait vendu de grosses pièces, gagné une somme impressionnante pour la décoration de la maison de Max, pris de nouvelles commandes pour le mois suivant.

Quand Brian revint, elle se leva et enfila sa veste. Il

lui restait bon nombre de choses à faire : téléphoner à Sabrina, ranger les tiroirs et les armoires à Cadogan. Elle s'était tout approprié. Tout naturellement, elle songea aux vêtements qu'elle allait emporter en croisière. Debout, au centre de la salle d'exposition, elle jeta un coup d'œil alentour, comme pour se rappeler le moindre détail, puis, en silence, fit ses adieux aux *Ambassadeurs*.

15

Sabrina s'étira, à moitié endormie. « 6 octobre. Départ de Garth pour la Californie », pensa-t-elle. Elle ouvrit les yeux et s'aperçut que l'aube était à peine levée, les pâles lueurs du jour tressaient une résille gris perle aux fenêtres. Sur l'érable, un oiseau chantait. Sabrina se tourna; leurs mains étaient toujours unies, leurs doigts entrelacés. Puis le souvenir de la veille l'assaillit; la bouche avide de Garth sur ses seins, ses caresses, ses murmures, son corps sur le sien, sa réponse passionnée.

Non, ce n'était pas un rêve; elle avait aspiré à ce ballet des sens. « *Mais non, je n'ai pu empêcher...* »

La main de Garth se resserra dans son sommeil. Sabrina se sentait envahie par la violente poussée de ses désirs.

Comme le monde change, quand une main tient la vôtre, dans la pénombre.

Elle avait peur. « *Va-t'en. Cet univers ne t'appartient pas.* » Mais cette pensée s'évanouit; elle se rendormit. Quand elle se réveilla, un soleil éclatant perçait à travers les fenêtres. Elle était seule. Elle regarda autour d'elle. La valise de Garth, faite mais encore ouverte, était posée sur une chaise. « Il faudrait que je me lève, pensa-t-elle, que j'aille l'aider. » Mais elle craignait son regard. « *Stéphanie, je t'en prie, pardonne-moi. Je ne l'ai pas voulu. Comprends-moi...* »

Elle se rappela, soudain, leur folle nuit d'amour, et le sentiment de joie éphémère et de culpabilité qui l'avait accablée, ensuite. « *Je ne connaîtrai jamais le bonheur éternel avec lui.* »

Mais elle n'avait même pas le droit d'y penser; honteuse, elle referma les yeux, telle une enfant qui se cache d'elle-même. Parce qu'elle ne pouvait nier qu'elle avait désiré de tout son cœur, de toute son âme, faire l'amour avec Garth. Elle ne saurait jamais si c'était la raison pour laquelle, la veille, pour la première fois, il s'était tourné vers elle, non avec l'air interrogateur, mais avec l'assurance d'un mari.

Il n'aurait pas attendu indéfiniment; elles avaient été stupides de croire la chose possible. Le risque était permanent, normal; en fait, tout cela était sans importance.

Elle entendit le bruit assourdi de ses pas dans l'escalier et ferma rapidement les yeux. Il s'approcha du lit, l'embrassa, prit sa valise et quitta la pièce.

Il était parti. Elle ressentit une sensation extraordinaire de légèreté. Bien sûr, ils avaient fait l'amour, mais ce n'était qu'un accident. Elle n'avait, en réalité, rien éprouvé, elle s'était à peine donnée à lui. C'était un acte sans importance.

« *Tu le désirais. Il le savait. Tes bras l'étreignaient, et la nuit entière, tu as laissé ta main dans la sienne.*

« Ce n'est arrivé qu'une fois. Après tout, j'étais

éreintée; j'ai baissé la garde. Il y avait un risque. Mais sans conséquence.

« *Menteuse.*

« Stéphanie ne doit pas s'inquiéter. Tout ce que j'ai ressenti, je peux facilement l'oublier. J'ai un rôle à remplir, ici, et mon temps est limité. En fait, rien ne me concerne vraiment. (Elle évita de se regarder dans la glace.) *Jamais plus cela ne se reproduira. Et puis, Garth s'en va une semaine.* »

Linda Talvia téléphona pour inviter Sabrina et les enfants à dîner.

– Pas ces jours-ci. Peut-être à la fin de la semaine.

– Ah! tu as besoin d'être seule; je sais ce que c'est. Quand Marty s'en va, je me sens si légère. A moi, la liberté. La maison vide. Le paradis! (« Telle était ma vie, à Londres. Aucun compte à rendre à personne. Exactement ce que je voulais fuir. ») Mais ça me ferait plaisir de te voir, dit Linda. Quand Garth rentre-t-il?

– Dimanche prochain.

– Peux-tu venir mercredi ou même mardi? Trop tôt? J'ai pensé qu'on pourrait bavarder un peu.

« Elle a besoin de parler », pensa Sabrina.

– Et si on venait ce soir? J'adorerais, pour une fois, ne pas avoir à faire la cuisine.

– C'est vrai? Oh! Stéphanie, que ferais-je sans toi? Viens à quatre heures trente. Marty a un séminaire toute la journée et ne sera pas de retour avant six heures. Les gosses pourront jouer dans la cour.

– D'accord.

Dans l'après-midi, elle emmena Penny et Cliff faire des courses. Elle les avait chaque fois repoussées, espérant qu'elles pourraient attendre le retour de Stéphanie; mais les chaussures de Cliff partaient en lambeaux; Penny gémissait : toutes ses petites camarades avaient des jeans Beene, elle mourait d'envie d'en avoir un. Sabrina se trouva à court d'excuses. « Dans tous les domaines, je suis à bout de souffle. Peut-être devrais-je me briser l'autre poignet? »

Ils se rendirent d'abord chez le marchand de chaussures. Le vendeur mesura le pied de Cliff et apporta plusieurs modèles. Cliff les essaya. Il posait chaque fois un regard interrogateur sur Sabrina. Qu'attendait-il d'elle?

– Lesquelles te vont le mieux? Quelle paire préfères-tu?

Avec hésitation, Cliff prit des boots.

– Ne crois-tu pas qu'elles sont un peu trop chaudes pour l'école?

– Non.

– D'accord, alors. Allons maintenant acheter le jean de Penny.

– Maman, vraiment, tu me les achètes?

« *Qu'ai-je fait encore*? » Elle prit l'une des chaussures et fit semblant de l'examiner. De toute évidence, Stéphanie aurait refusé, probablement parce qu'elles ne convenaient pas pour l'école, ou peut-être à cause du prix. « En fait, je n'ai aucune idée de ce que coûtent des chaussures d'enfant. »

– Si tu les veux, elles sont à toi. J'ai décidé d'acheter ce qui te fera le plus d'usage. Mais il faudra que tu en prennes soin. Sont-elles imperméabilisées?

Sabrina chercha dans son sac la carte de crédit de Stéphanie. Pendant ce temps, Cliff, fou de joie, enfilait ses boots neuves.

Une fois sorti du magasin, il partit retrouver ses amis sur le terrain de sport. Mais il hésita.

– Maman, merci, merci beaucoup.

Puis il partit en courant, laissant Sabrina rouge de

plaisir. A l'entrée de Marshall Field, elles rencontrèrent Vivian Goodman et sa fille Barbara.

– On cherche des jeans Beene, dit Vivian.

– Etonnant! Geoffrey Beene a hypnotisé toute la classe de sixième!

– Maman, puis-je aller avec Barbara?

– Pourquoi ne pas aller choisir vos jeans toutes seules? Vivian et moi, nous pourrions faire un tour. Voici la carte de crédit de Field's. Mais n'en achète qu'un, pour le moment.

Vivian la regarda, ébahie.

– Je dois être vieux jeu! je n'ai jamais confié à Barbara une carte de crédit.

– Penny se lance, dit Sabrina, remarquant les yeux écarquillés de Penny. Je me sens hardie. Mais je ne veux pas t'influencer.

– Au contraire, j'adore. On va prendre un café?

– Si tu n'y vois pas d'inconvénient, il y a un magasin d'antiquités tout près. J'aimerais bien y jeter un coup d'œil.

– Ah, oui! Garth m'a dit que tu aimais les objets d'art.

C'était une petite boutique appelée *La Brocante* enserrée entre une maroquinerie de luxe et une crêperie. « Bien placée, pensa Sabrina; le propriétaire sait ce qu'il fait. » A l'intérieur, des douzaines de petits tapis d'orient recouvraient le plancher d'une pièce carrée, bourrée de meubles.

Vivian effleura une lampe en cristal de plomb, en forme de tulipe.

– Comment peut-on acheter une lampe Tiffany, de nos jours?

Sabrina y jeta un coup d'œil.

– Ce n'est pas une Tiffany : on dirait du verre de

Bohême. Ce sont de merveilleux imitateurs de Tiffany. Ça ne devrait pas valoir plus de 50 ou 60 dollars.

– Exactement, fit une voix.

Sabrina aperçut une femme svelte qui se dirigeait vers elles. Ses cheveux courts, d'un gris argenté, étaient tirés en arrière. De grands yeux noirs illuminaient son visage d'une délicate beauté. Malgré la simplicité de ses vêtements, elle était d'une élégance rare. Sabrina éprouva de l'admiration. « Avec un minimum d'argent, elle tire le maximum », pensa-t-elle.

– Quel prix est inscrit? demanda-t-elle à Sabrina.

Vivian lut la petite étiquette collée sur le pied de la lampe.

– 55 dollars. Stupéfiant!

– Pas pour celui qui connaît le verre de Bohême.

L'antiquaire tendit la main à Sabrina.

– Madeline Kane. Etes-vous du métier?

– Sa... Stéphanie Andersen. Oui. Je l'ai été dans le passé.

Elles échangèrent une poignée de main.

– Je vous en prie, faites le tour du magasin et dites-moi ce que vous en pensez. Je n'ai ouvert que depuis une semaine. Ce n'est pas encore bien organisé.

Sabrina se sentait revivre au milieu de tous ces meubles. Pour la première fois, elle avait failli dire son nom. Pourquoi? Elle était prise sous le charme, enivrée par le parfum âcre du vernis des meubles, des velours et des brocarts moisis, de la poussière d'or dansant dans les rais de lumière.

« *J'ai envie de repartir chez moi. D'être aux* Ambassadeurs. *De m'asseoir dans mon bureau. J'ai envie de retrouver mon affaire.* »

Elle éprouva une nostalgie cruelle. Ses yeux se remplirent de larmes. Vivian, inquiète, s'approcha :

– Stéphanie, qu'y a-t-il?

– Rien.

Elle cligna des paupières. Un divan, d'une horreur suprême, capitonné de velours pourpre, se dessinait à travers ses larmes. « Une pensée irréalisable. »

– Puis-je faire quelque chose pour toi?

– Non... Oh! autrefois, j'ai eu ma propre affaire, de l'immobilier, j'avais également des meubles, des objets d'art, de la brocante. Mais tout a périclité; il m'a fallu fermer le magasin et trouver autre chose. Sentir ma boutique, la voir, la toucher. Tout cela me manque...

– Tu avais une boutique?

– Oh! non, mais j'ai toujours désiré en avoir une.

Madeline Kane les suivait, d'assez loin. Un je ne sais quoi, chez cette cliente, la maintenait à distance. Son allure, son port de tête. La façon dont elle embrassait du regard le magasin, en connaisseuse avertie. Elle avait éveillé la curiosité de Madeline qui la regardait, pensive.

– Peut-être pouvez-vous m'aider. J'essaie de trouver des informations sur cette table Duncan Phyfe. Savez-vous quelque chose? Je sais seulement qu'elle date de 1850...

– Ce n'est pas une Phyfe, dit Sabrina, sèchement.

Elle l'examina attentivement, se penchant pour en regarder les pieds.

– C'est une Belter. Première période. 1840. Phyfe n'a jamais travaillé ainsi le bois de rose; regardez le galbe des pieds griffés.

Madeline se pencha, éberluée.

– Oui, bien sûr.

Elle se redressa, les lèvres pincées.

– Stéphanie, pourquoi ne vous relancez-vous pas dans l'immobilier? (Sabrina la regarda froidement.) Vous pensez sans doute que je me mêle de ce qui ne me regarde pas, dit Madeline. Mais j'ai besoin d'une collaboratrice occasionnelle, lors d'un inventaire ou pour tenir le magasin, mais surtout pour diriger des affaires immobilières. C'est ce que je faisais auparavant, et ça me déplaisait, je préfère passer mon temps ici. Il y a de l'argent à gagner dans l'immobilier et c'est la meilleure façon d'approvisionner mon affaire. Voilà, je vous fais donc une offre. A mi-temps, si vous devez rester chez vous avec vos enfants. Alors, je continue seule? Ou avec vous?

« *Non, merveilleuse, merveilleuse madame. Cela concerne Stéphanie. Cette offre, c'est à Stéphanie que tu l'as faite.* »

– Notre affaire, acquiesça Sabrina, en souriant. Quand dois-je commencer?

– Tout de suite.

– Bien. Je serai là lundi matin, vers dix heures.

– Dix heures, c'est pour les clients. Neuf heures conviendrait mieux.

– Bien sûr.

« *J'ai oublié ce que signifie travailler pour quelqu'un.* »

– Je dois d'abord passer un coup de téléphone pour annuler un autre engagement. Je serai là dès que possible.

– Bien. Et le salaire? Ça ne vous intéresse pas?

– Pardon?

– Vous n'avez même pas parlé de votre salaire.

Sabrina se mit à rire.

– Oh! on verra cela quand je m'occuperai des ventes. Mais ça peut attendre lundi; vous me direz combien d'heures je dois travailler et ce que vous attendez de moi. (Madeline la dévisageait, vraiment intriguée. Sabrina se rendit compte qu'elle devait se montrer plus prudente. Elle avait le comportement de lady Longworth, pas celui d'une femme qui avait besoin de travailler pour joindre les deux bouts.) Si cela vous convient, ajouta-t-elle.

Madeline esquissa un sourire.

– Bien sûr. Je vous attends lundi.

En repartant chercher Penny et Barbara, Vivian lui dit :

– Garth ne m'a jamais parlé de tes talents d'expert.

– On n'en parle pas souvent.

Sabrina était au comble du bonheur. Un travail pour Stéphanie. Et pour elle-même, tant qu'elle resterait là. Mais le mal du pays ne l'avait pas quittée; elle avait besoin des *Ambassadeurs*. « Je vais téléphoner à Nat et lui demander d'avancer la date de la radio, songea-t-elle. Si c'est possible, dès le retour de Garth, je partirai.

Mais le souvenir de sa main dans la sienne, au réveil, lui revint en mémoire. « Il faut que je parte immédiatement. »

– Maman, regarde ce que j'ai acheté. Et puis, tu ne sais pas? La vendeuse ne voulait pas s'occuper de nous, alors je lui ai montré la carte – tiens, la voilà – et elle nous a traitées comme des adultes, elle m'a même appelée « mademoiselle »!

Les petites filles tournaient leur regard radieux de Vivian à Sabrina.

– Quelle idée merveilleuse tu as eue. Je suis vexée de ne pas y avoir pensé moi-même. Mais onze ans me semble si jeune...

« J'y ai pensé parce que je ne suis pas sa mère »,

songea Sabrina. Mais lorsque Penny se jeta dans ses bras, en signe de remerciement, elle éprouva le même bonheur qu'avec Cliff pour ses chaussures. Elle les avait rendus heureux. Et ils l'aimaient.

Sur le chemin du retour, Penny lui prit la main et la garda dans la sienne. Une pensée glaça Sabrina : « Quand je partirai, je laisserai tout cela derrière moi. »

Penny, d'un coup de pied, fit voltiger les feuilles brun et or, sur le trottoir, tout en parlant gaiement des costumes de marionnettes qu'elle confectionnait.

– Je vais t'offrir un spectacle fantastique dans quelques jours; il m'en reste quatre à faire. J'ai besoin de ton aide.

« Je ne vais pas appeler Nat tout de suite, pensa Sabrina. Je ne veux pas montrer trop d'impatience. Il pourrait avoir des soupçons. »

Penny et Cliff allaient se coucher lorsque Garth téléphona de Berkeley, le dimanche soir. Sabrina, maladroite avec son fil et son aiguille, penchée sur la veste déchirée de Cliff, fulminait contre sa maladresse, sans se rendre compte qu'elle n'avait jamais appris à coudre.

Elle les laissa bavarder avec leur père, sans bouger. De sa chaise, dans le salon, elle les entendait converser, comme si Garth était parti depuis un mois et non deux jours; le rire de Penny résonna dans toute la maison.

– Maman! Papa veut te parler! cria Cliff, de la chambre.

Elle alla dans le coin-repas, et soudain, étonnamment proche, chaleureuse, familière, la voix grave de Garth se fit entendre. Le cœur de Sabrina se mit à battre. « Mon Dieu, comme il me manque... »

– Tout est beau ici. J'aimerais que tu sois auprès de moi, pour admirer le soleil à travers le brouillard. Le paysage est vert et or, l'eau passe d'un gris acier à un bleu argent merveilleux.

– Comment peux-tu admirer tout cela d'une salle de conférences?

– Les conférences commencent demain. Jusqu'à présent, je n'ai fait que rencontrer les autres directeurs du séminaire pour organiser le programme de la semaine. D'après ce que j'ai compris, tu as offert à Cliff et à Penny une journée mémorable.

– Hier? Oui, nous nous sommes bien amusés.

– Et où es-tu allée, pendant que Penny et Barbara essayaient leurs sacs à haricots.

– Leurs jeans? dit-elle en riant. (Leur complicité lui manquait. Même si elle l'avait repoussé, ils étaient devenus amis. Elle avait envisagé avec plaisir une semaine de plus pour goûter les joies de la famille. « *Mais sans Garth, ce n'est pas une famille.* ») As-tu parlé à Penny de son sac à haricots?

– Oui. Elle a ri. Mais où es-tu allée pendant ce temps-là?

– Chez une antiquaire, à Sherman Avenue. Une femme sympathique, très piquante, qui, je crois, a voulu me faire passer un test sur ce qu'elle appelait une table Duncan Phyfe.

– As-tu réussi?

– Avec brio. Elle m'a proposé du travail. Je commence demain matin.

– Tu quittes ton emploi à l'université?

– Demain, à la première heure.

– Eh bien, c'est merveilleux!

– Tu n'es pas content? Tu penses que je ne devrais pas accepter?

– Mais non, rappelle-toi. Combien de fois t'ai-je

poussée à trouver un travail qui te plaise davantage. Comme tu as bien voulu me le faire remarquer, il n'y a pas si longtemps, tu participes au remboursement de l'emprunt, je n'ai aucun droit de t'imposer mon choix.

– Garth, qu'as-tu? (L'inquiétude l'envahissait. Qu'est-ce qui l'avait rendu furieux? Elle essaya de bredouiller quelques mots gentils, puis se ressaisit. C'était pour Stéphanie; après tout, peu importait qu'il soit mécontent. « *Ce n'est pas vrai. Cela m'importe. Quand Garth est en colère, c'est parce qu'il est blessé. Je ne veux pas lui faire de mal.* ») Garth, es-tu là?

– Oui, excuse-moi, je...

– Non, c'est moi qui m'excuse. J'aurais dû t'en parler, mais j'étais folle de joie et... Tu sais, je n'ai même pas abordé le problème du salaire. Demain, je le saurai, avant de démissionner, ensuite, je pourrai décider.

– Non, démissionne. Si ça ne marche pas, tu trouveras une autre activité.

« Nous essayons de nous rendre mutuellement la vie plus facile », pensa Sabrina. Garth continuait à parler.

– Quoi? demanda-t-elle.

– Je t'ai demandé comment s'est passé ton dîner, avec Linda et Marty.

– Oh! pas très drôle.

– Ah?

– Non, le dîner allait. Mais Linda m'a demandé de venir de bonne heure, pour que nous puissions bavarder; elle était si bouleversée... Garth, Marty t'a-t-il jamais dit qu'il avait des maîtresses?

Un silence.

– S'il te plaît, c'étaient des confidences.

« *Oh, tout se sait un jour ou l'autre. Les gens parlent. Mais Garth est différent. Il ne révèle rien.* »

– Bon, mais peux-tu au moins me dire s'il pense que Linda, de son côté, a une liaison?

– C'est ce qu'il lui a reproché?

– En fait, elle veut le lui faire croire. Mais ce n'est pas vrai. Elle agit pour le rendre jaloux et l'empêcher d'avoir des aventures. Elle croit qu'ainsi, il l'aimera davantage et la surveillera de plus près pour lui éviter des tentations. Vraiment, je n'ai jamais vu un tel malentendu. Ils sont absolument incapables de se confier l'un à l'autre.

– Jamais?

Oh, Zut! Elle ne releva pas; il n'allait pas la piéger en lui parlant de leur couple.

– Garth, il y a des bruits qui courent sur certaines étudiantes qui couchent avec leur professeur pour obtenir leurs diplômes. En as-tu entendu parler?

Cette fois, le silence se prolongea.

– Où as-tu entendu dire cela?

– C'est Linda. A la bibliothèque de l'université. En as-tu entendu parler?

– Ce n'est rien de vraiment sérieux.

– Tu en as donc entendu parler. Marty est-il l'un d'eux?

– Mon Dieu, non. Est-ce ce qu'a entendu dire Linda?

– C'est la raison pour laquelle elle voulait me parler. Est-ce fondé?

– La rumeur? Je crois. Mais je ne sais pas qui est impliqué. Les accusations en elles-mêmes ne signifient rien; n'importe quel étudiant mécontent peut désigner quelqu'un. Mais il y a eu d'autres commérages au club de la fac, plus sérieux. En as-tu parlé à quelqu'un d'autre?

– Je n'ai pas l'habitude de propager des rumeurs.

– Je sais. Excuse-moi. Qu'as-tu répondu à Linda?

– De se taire tant que je ne t'aurais pas parlé.

– Vraiment?

– Oui. Pourquoi? J'ai confiance en toi, plus qu'en n'importe qui au monde. Et tu sais parfaitement ce qui se trame à l'université. C'est comme partout dans les petites communautés, non? Tout le monde ressasse des rumeurs, au petit déjeuner et au dîner, comme si cela revêtait une importance capitale. Je me rappelle, une fois, Alexandra m'avait parlé d'une croisière...

Elle s'arrêta net.

– Alexandra?

– Oui, quelqu'un... enfin, pendant le voyage en Chine. Elle avait fait une croisière et elle racontait que, dès le troisième jour, les rumeurs allaient bon train; avec assurance, on affirmait qu'Un tel se trouvait dans le lit de X, etc. Un peu comme à l'université, tu ne crois pas? Sauf, peut-être, qu'à l'université, le langage est plus châtié.

– Ah, ah! Tu es merveilleuse. Tu me manques. Pourquoi ne me rejoins-tu pas à la fin de la semaine?

« *Oh! que j'en serais heureuse!* »

– Je ne peux pas tout laisser en plan et abandonner les enfants.

– Tu pourrais les confier à quelqu'un.

– Et mon nouvel emploi?

– Oui. Bien sûr... A Evanston, qu'y a-t-il de nouveau?

Ils bavardèrent une heure, sans s'en rendre compte.

– L'université paie les communications, dit Garth, le lendemain soir, lorsqu'elle lui en fit la remarque.

– Tu as raison, c'est une folie. Ton voyage en avion coûterait trop cher à l'université.

Elle se mit à rire mais ne répondit pas. Il lui

manquait, mais elle était soulagée. S'ils étaient séparés par 3 500 kilomètres, c'était mieux pour tout le monde.

Chaque matin, les cris des enfants et du voisinage la réveillaient; elle se levait avec fébrilité. Chaque soir, quand Garth téléphonait, elle se demandait comment la journée avait passé si vite.

Elle faisait le ménage le matin. Elle en voulait inconsciemment à Stéphanie, de la forcer à ce genre de besogne; elle aurait tout laissé à Juanita, mais il y avait trop à faire. Même avec l'aide de Penny et Cliff, elle se sentait esclave : la poussière, la lessive, le rangement, c'était trop. Après le ménage, elle avait l'impression de prendre des vacances à *La Brocante*. Avec Madeline, elle répertoriait les marchandises, inscrivant l'historique, le prix, les agençant de manière à les mettre en valeur. Sabrina aimait Madeline et malgré son désir d'autonomie, elle montait l'affaire pour que Stéphanie n'ait plus qu'à s'installer, à son retour.

La journée fila à une rapidité incroyable : Cliff allait bientôt rentrer de l'école avec ses copains. Il lui fallut rentrer dare-dare, pour éviter l'invasion de la maison et la razzia sur le réfrigérateur.

Dans la soirée, ils firent tous trois une sorte de petit pique-nique, dans le patio. Penny et Cliff furent de corvée de vaisselle. Après, ils rejoignirent Sabrina pour leur partie de Scrabble, qui se terminait généralement par le coup de téléphone de Garth.

Plus tard, dans le silence de la maison, Sabrina se blottit dans un fauteuil de la chambre pour lire tranquillement jusqu'à ce qu'elle sentît sa tête dodeliner.

Le jeudi, elle rapporta un livre de cuisine et prépara un repas chinois. Penny ajouta deux douzaines de grains de poivre rouge piquant sur le poulet, à leur insu.

– Tu nous aurais vus, papa! dit-elle quand Garth téléphona, on avait tous les yeux baignés de larmes. Mais maman a dit que, malgré tout, c'était bon. (Elle tendit le téléphone à Sabrina :) Papa veut te dire qu'il t'aime.

Sabrina tressaillit :

– Est-ce vraiment ce qu'il a dit?

– Pas exactement, mais c'est ce qu'il te dit chaque fois qu'il t'appelle, non?

Sabrina sourit et prit le téléphone.

– Dîner plutôt corrosif, d'après ce que j'ai cru comprendre, dit Garth.

– On s'en souviendra longtemps.

– J'aurais aimé être là.

– Moi aussi.

– Tu le referas dimanche, pour moi? Avec le poivre et le reste?

– Si tu te sens du courage, si tu ne défailles pas, on te fera un petit plat seulement pour toi.

– Vivement mon retour! A propos, Penny avait raison.

– Raison?

– De te dire que je t'aime.

Elle tressaillit de nouveau. Elle en avait le souffle coupé. « C'est parce que je suis fatiguée, pensa-t-elle; la journée a été longue. Dès que j'aurai un peu de temps à moi, je me reposerai. »

– Mon avion arrive à quatorze heures, dimanche. Tu peux venir me chercher?

– Oui, bien entendu.

– Que fais-tu demain soir? Encore de la cuisine chinoise?

– Dolorès et Nat nous ont invités à dîner.

– Transmets-leur mes amitiés.

– Oui.

Après dîner, le vendredi soir, quand Penny et Cliff montèrent se coucher avec les trois enfants des Goldner, Sabrina donna à Nat et Dolorès maints détails sur les conférences de Garth et les gens qu'il rencontrait.

– Lui ne l'avouera pas, mais je crois qu'il est la vedette.

Elle surprit un regard complice entre eux.

– Qu'y a-t-il?

– Rien, s'empressa de dire Nat.

Sabrina se gratta le front. Quelle gaffe avait-elle encore faite?

– Stéphanie a le droit de savoir, dit Dolorès. Voilà, chaque fois que Garth réussit brillamment, tu remets sur le tapis le poste qu'on lui a offert à Stamford. Ce n'est pas le cas, cette fois.

« *J'oublie sans cesse l'importance que revêt ce poste, aux yeux de Stéphanie, il faut que je demande son avis à Garth avant de partir. Je l'ai promis à Stéphanie.* »

Nat alluma sa pipe.

– Avez-vous encore des maux de tête, Stéphanie?

– Non, dit-elle, surprise. (Puis une idée effleura son esprit.) En fait, oui. Mais je ne voulais pas en parler.

– Pourquoi?

Elle haussa les épaules.

– Je savais que j'allais vous voir bientôt pour la radio de mon poignet et si elle est mauvaise...

– Ces maux de tête sont-ils violents?

– Parfois.

– Quand?

– Oh! la plupart du temps, le soir. Sans doute parce que je suis fatiguée.

– Où avez-vous mal? Montrez-moi.

Elle lui indiqua un point précis. « Excuse-moi, Garth, se dit-elle. J'aurais aimé inventer quelque chose de mieux, pour me refuser à toi. Mais ce mensonge m'est venu immédiatement à l'esprit. Il ne reste plus que quelques jours, avant le retour de Stéphanie. Ce sera la fin de mes maux de tête. »

– ... devrait être terminé, maintenant; il faut voir cela de plus près avec votre médecin traitant. Nous allons bientôt faire une radio de contrôle. La fracture date de quand?

– Du 22 septembre.

– Encore une dizaine de jours. Appelez mon cabinet et prenez rendez-vous lundi en huit. Si les radios sont bonnes, nous enlèverons le plâtre.

– Très bien.

Maintenant, elle savait. Elle appellerait Stéphanie le lendemain matin. Dix jours. Elle ne pourrait jamais garder ses distances vis-à-vis de Garth.

« Il rentre dimanche, pensa-t-elle; enfin, je vais le retrouver. Ce sera bon. » Puis elle se rappela les paroles de Dolorès.

Ce n'est que le mercredi suivant que Garth reprit son travail à l'université et parcourut le courrier accumulé depuis son départ. Il était agité. Il en avait assez des détails administratifs fastidieux qui le retenaient à son bureau. Il était revenu de Berkeley comme un adolescent pressé de retrouver son premier amour, vibrant au souvenir du rire chaleureux de Stéphanie au téléphone et de leur nuit d'amour, la veille de son départ. Il était revenu, impatient de se retrouver en famille. Mais, bloqué dans son bureau, son laboratoire, ses salles de cours, il avait eu à peine le temps de les voir.

Sa femme l'avait presque encouragé à rester loin de la maison. A son grand désespoir, elle avait perdu son enthousiasme débordant, sa réserve était restée intacte.

Tout avait été différent, au début. Le dimanche, à l'aéroport, elle avait paru souriante, si heureuse de le retrouver qu'il avait ralenti, en s'avançant vers elle, subjugué par sa beauté. « Grand Dieu! avait murmuré un homme derrière lui, j'aimerais être le type qu'elle attend. »

Le cœur chantant, Garth se dirigea vers elle mais, quand il s'approcha, le sourire de Sabrina s'évanouit, son regard s'assombrit, comme si elle avait été elle-même surprise par le bonheur qu'elle avait montré à le retrouver.

– Bienvenue au pays, lui dit-elle, très maîtresse d'elle-même.

Il l'embrassa, il pressa ses lèvres contre les siennes, un léger frisson la parcourut. Puis, d'un air détaché, elle s'écarta. Au dîner, quand ils défirent les cadeaux, son visage s'illumina, de nouveau. Pour Penny et Cliff, il y avait des assemblages de wagons comme ceux utilisés par les mineurs dans la ruée vers l'or, en Californie. Et pour sa femme, d'une boutique de Ghirardelli, un blazer de daim, très souple, simple mais élégant, d'un vert sombre, aux boutons dorés.

Le regard brillant, elle l'enfila, tournant sur elle-même, jouant les mannequins.

– Pour moi? murmura-t-elle, comme si elle s'adressait à elle-même.

Il était touché mais attristé par sa surprise.

– Pour personne d'autre.

Elle approcha sa joue de la sienne.

– Merci, il me plaît beaucoup.

– Il m'a semblé que c'était ta taille, dit-il, avec une pointe d'ironie. Je crois que tu n'en as pas, il est dans le ton de ce que tu portes actuellement.

– Tu trouves que je m'habille différemment?

– Oui, tu ne crois pas?

– Dans quel sens?

– De façon plus gaie. Des combinaisons de couleurs différentes. Peut-être plus décontractées? Auparavant, ne boutonnais-tu pas tes chemisiers jusqu'en haut? (Devant son sourire amusé, il secoua la tête.) Tous ces temps-ci, tu m'as accusé de ne pas remarquer ce que tu portais. Tu avais raison, je suis désolé. Toutefois, j'ai noté les différences et je les aime.

Une joyeuse soirée familiale. Elle fit allusion à ses maux de tête, à sa conversation avec Nat. Peu à peu, elle reprit cette distance amicale qu'elle avait maintenue depuis son retour de Chine. Mais elle semblait de plus en plus agitée.

Avec persévérance, il parcourut le courrier posé sur son bureau. En haut de la pile, datée de deux jours plus tôt, il y avait une autre invitation d'Horace Kallen, le président des Laboratoires Foster, pour Stamford, le 23 octobre. Le mardi suivant. Impossible, il ne pouvait pas, de nouveau, annuler ses cours. Mais... Foster et Stamford étaient le rêve de Stéphanie. Il savait qu'il aurait des moyens de recherche plus sophistiqués à sa disposition. Il pourrait demander à Vivian de faire son cours à sa place. Il n'en raterait que deux. Sans réfléchir davantage, il griffonna quelques lignes pour donner son accord et les mit au courrier. Sans doute cela ferait-il plaisir à Stéphanie. En vérité, les changements d'humeur de sa femme l'affectaient, il commençait à se demander s'il ne valait pas mieux forcer une confrontation, au risque de tout détruire, plutôt que de continuer indéfiniment à lui parler avec des précautions. Toute une vie de recherche scientifique lui avait enseigné calme et tolérance. Mais une fois les éléments en main, il voulait des résultats. Soit ils étaient mari et femme et devaient tout partager, soit ils ne l'étaient plus. Si tel était le cas, ils devraient envisager un mode de vie différent parce qu'ils vivaient dans le mensonge.

Le téléphone sonna; la secrétaire du vice-président lui demandait de passer au bureau de M. Strauss quelques instants. C'était un ordre, pas une requête; une fois de plus, Garth ne put rentrer chez lui de bonne heure.

Lloyd Strauss n'avait que quelques années de plus que Garth; c'était son partenaire de tennis et un ami de longue date. Petit et trapu, d'une énergie incessante, il connaissait tous les arcanes universitaires, ce qui lui avait permis de s'élever à la vice-présidence. Chacun savait que la majorité du conseil d'administration était prête à l'élire président, quand le président actuel se retirerait; rares étaient ceux qui discutaient ses décisions.

– Voilà, le conseil d'administration a tout vérifié, dit-il, arpentant la pièce devant Garth, assis à l'extrémité de son bureau. Il a parcouru la liste que vous lui avez remise, avec les noms des jeunes assistantes dont la candidature a été rejetée. On a étudié l'attitude de Webster envers elles, en fait, envers les femmes en général – et on a fait une enquête auprès des scientifiques et du comité en place. Aucun doute, vous aviez raison, il a violé la loi de l'égalité des chances. Bien entendu, on ne s'en est pas rendu compte jusqu'à présent; il s'est conduit comme un salaud légal, durant toute sa vie de tyran.

Garth était agité. Strauss posa une main sur son épaule.

– Attendez, laissez-moi terminer. Le conseil d'administration a demandé au comité de revoir le cas de Vivian Goodman. Il semble pratiquement réglé. Le conseil, avec sagesse, a suggéré au doyen Webster de prendre une retraite anticipée. Il a soixante-deux ans. Nous le supporterons encore trois ans. C'est le plus simple. On lui a dit que s'il s'en allait maintenant, l'année universitaire étant à peine commencée, tout pourrait s'arranger, même si les débuts étaient un peu chaotiques. Comme il serait indélicat de dire qu'il a été renvoyé, je me tairai. Aussi sommes-nous à la recherche d'un nouveau doyen des sciences.

Il s'assit à son bureau et feuilleta une pile de lettres. Garth pivota, les yeux braqués sur lui. Il connaissait la suite. Stéphanie serait heureuse, pensa-t-il. Plus d'argent, de prestige, des heures régulières, plus de temps passé chez lui. Mais il faudrait renoncer à la recherche et aux cours. Le doyen des sciences était un administrateur, il n'avait pas le temps de se consacrer à autre chose. « Je serai assis toute la journée dans un bureau, pensa-t-il, tandis que d'autres exploreront les univers secrets que j'ai commencé à découvrir. Si je dois vraiment changer de poste pour plaire à Stéphanie, les Laboratoires Foster conviendraient mieux. »

Strauss se leva de nouveau.

– Inutile de vous dire que vous êtes la première personne à qui l'on a pensé. Vous avez une réputation internationale en matière de recherche scientifique – bon article, au fait, que celui de *Newsweek*; étonnant ce que votre beau minois dans un hebdomadaire connu peut impressionner les comités, plus qu'une douzaine de journaux scientifiques réunis! Ainsi, vous apportez à ce poste prestige, dignité et intégrité. Mais, à vrai dire, je m'attends à un refus de votre part. (Garth le regarda durement. C'était à lui de décider. Pas à Strauss.) Allons, Garth, dit Strauss, narquois. Si je vous l'offrais, vous viendriez me remercier, me serrer la main, et me dire que je pourrais toujours compter sur vous, mais que vous préféreriez rester dans votre laboratoire et continuer à assurer vos cours. Vous me proposeriez également de m'aider à trouver un nouveau doyen.

Garth se mit à rire.

– C'est vrai. Mais vous n'allez pas m'offrir l'occasion de faire ce beau discours.

– Je vais vous donner l'occasion d'en faire un autre. Que diriez-vous de la direction de notre nouvel institut de Génétique?

Garth redressa la tête, alerte, pesant le pour et le contre de chaque information.

– Quand a-t-on pris la décision de construire un institut de Génétique?

– Récemment.

– Lloyd, j'essaie d'obtenir cet institut depuis cinq ans; la réponse a toujours été la même : pas de fonds. C'est une des raisons...

– ... pour lesquelles vous envisagez la proposition des laboratoires Foster. Leur avez-vous rendu visite?

– Non, la semaine prochaine.

– Quand ils vous montreront leur matériel, comparez-le à ceci. (Il déroula plusieurs plans.) Plus un salaire de directeur de 75 000 dollars et le choix des cours.

Garth étala les plans sur le bureau et les regarda de près.

– Je vois que vous avez fait quelques changements. Pas de salle de conférences.

– Impossible pour l'instant. Question de budget.

– D'où viennent les fonds?
– On les a débloqués.
Il regarda Strauss.
– Ils ont donc toujours été là? Mais bloqués?
– Il y avait des priorités...
– Pourquoi étaient-ils bloqués?
Strauss ouvrit un placard où était encastré un petit réfrigérateur.
– A cette heure-ci, j'aime bien prendre quelque chose. Que désirez-vous?
– Du scotch. Lloyd, je vous ai posé une question...
– Ecoutez-moi. Vous nous avez convaincus que l'institut était nécessaire pour obtenir des fonds de recherche fédéraux et développer des produits dont on aurait la licence. Mais chaque fois qu'on suggérait un nom pour le poste de directeur, ici ou en Europe, c'était toujours la même réponse : pourquoi aller chercher ailleurs celui qu'on avait sous la main?
– Et pourquoi alliez-vous chercher ailleurs?
– Buvez votre scotch.
– Alors?
– Garth, ce poste ne vous aurait pas convenu. Vous êtes un chercheur brillant mais vous n'avez pas le contact. Impatient, mauvais caractère – bon sang! nous savons tous combien de fois, dans votre bureau, vous avez balancé votre raquette de tennis contre des imbéciles ou des ennemis imaginaires. Un peu plus de scotch?
– Non.
Strauss remplit les deux verres et ajouta du soda.
– Vous aviez une réputation de savant heureux dans un univers dépourvu d'êtres humains. Je vois que vous tiquez. Ce n'est pas la première fois qu'on vous le dit?

– Si. « Ma femme y fait souvent allusion, pensa-t-il, remuant le scotch ». Ainsi ne vouliez-vous pas me donner ce poste, vous n'arriviez pas non plus à trouver quelqu'un d'autre. Jusqu'à présent. Le moment est-il maintenant propice pour des savants au mauvais caractère qui se battent contre des ennemis invisibles avec leur raquette?

– Je crois que vous avez changé depuis un an, surtout ces derniers mois. Vous avez fait un travail brillant en tant que président du département – on a beaucoup d'égards, vous le savez, envers les présidents qui obtiennent des bourses de recherche du gouvernement, le soutien que vous avez apporté à Vivian a été admirable et votre témoignage au conseil d'administration sur les accusations contre Webster a été concis et irréfutable. Et puis, il y a eu l'histoire du gosse qui a fait un gâchis au laboratoire, pendant que vous étiez à Berkeley. Mon Dieu! Garth, il y a quelques mois, vous l'auriez pulvérisé et envoyé à l'Ecole d'agriculture balayer les écuries le reste de sa vie. Au lieu de cela, vous ne lui avez donné que des éviers et des éprouvettes à récurer, ceux que personne n'avait nettoyés depuis cent cinquante ans. Un peu plus de scotch?

– Si je suis aussi mûr que vous le dites, je n'en ai pas besoin.

– C'est vrai. Celui-ci célèbre votre nouveau poste.

– Attendez une minute. Je ne l'ai pas encore accepté.

– Garth, il faut que je donne une réponse au conseil d'administration...

– Bon sang! je vous ai dit que j'allais à Stamford, la semaine prochaine.

– Vous n'avez aucune envie d'aller chez Foster! Vous y êtes forcé.

– Ne vous faites pas d'idées. Mardi prochain, je vais

à Stamford. Jeudi ou vendredi, je vous donnerai une réponse.

– Et si je la demande avant?

Garth hésita, l'espace d'une seconde.

– Je désire ce poste, Lloyd, vous savez très bien quelle importance j'y attache. J'espère pouvoir l'accepter. C'est tout ce que je peux vous dire, pour le moment. Il faut que j'aille à Stamford.

– Oh! Stéphanie. Mais Garth, il y a de l'argent et du prestige à la clé, avec le poste de directeur...

– Je sais. Je vais lui en parler. Elle le mérite. Comme je mérite aussi d'aller voir ce qui se passe ailleurs, de temps à autre. Je vous donnerai ma réponse la semaine prochaine, Lloyd.

– D'accord. Pouvez-vous nous donner une réponse définitive vendredi?

– Oui.

Le tapage de Penny et Cliff dans la cuisine réveilla Sabrina. Ils se disputaient et fulminaient contre des toasts brûlés. Samedi matin. Pas d'école. Elle se blottit au creux de l'oreiller. Qu'ils se débrouillent! elle voulait dormir un peu plus. Mais elle ne parvenait pas à se détendre. Quelque chose n'allait pas; il lui fallait réfléchir. Elle les entendit parler de vergers.

– Je vais ramasser des tas de pommes, annonça Cliff.

– On ne va pas te laisser. Il n'en resterait pas pour les autres.

Soudain Sabrina se rappela leur projet. *Penny et Cliff dans la cuisine. Samedi. La cueillette des pommes. Samedi 20 octobre. Lundi, ce serait le 22.*

« Nous ferons une radio, avait dit Nat. Et si tout va bien, nous enlèverons le plâtre. »

Le temps. Il ne restait plus beaucoup de temps. Elle

ouvrit les yeux. Garth dormait à ses côtés, son visage près du sien. Elle le regarda. Il était si calme, confiant, sûr de la route à suivre. Bien qu'il fût souvent dérouté par ses sautes d'humeur de ces dernières semaines, il restait doux, aimant quand elle se montrait froide, généreux quand elle était avare, passant avec elle de longs moments, comme il lui avait promis pour la retrouver.

« Qui aime-t-il? » se demanda-t-elle. Avant de formuler la question, elle connaissait la réponse. Une femme amoureuse du mari de sa sœur.

Depuis combien de temps l'aimait-elle? Elle l'ignorait; c'était sans importance. Cette certitude s'imposait à son esprit avec une telle puissance qu'elle se sentit grisée; elle ressentit à la fois la joie absolue de son amour pour lui et le désespoir total. D'un geste naturel, elle effleura son visage aux pommettes saillantes, à la barbe dure; ses yeux clignèrent, quand, sans faire attention, elle pressa trop fort ses paupières closes. Elle retira sa main, mais Garth avait ouvert les yeux et l'observait.

Il lut, sur son visage à découvert, un amour absolu, mais il n'eut guère le temps de s'approcher, de la prendre dans ses bras. Son visage avait repris une expression neutre; une fois de plus, elle gardait ses distances.

– Bonjour, dit-il sans bouger, d'une voix douce.

Elle lui lança un regard désespéré. Il faisait toujours ce qu'il fallait. Elle, le contraire.

Sans les prononcer, elle dit les mots qu'elle désirait lui adresser : « *Bonjour, mon amour* »; soudain, de la cuisine, parvinrent un bruit retentissant et la voix triomphante de Penny : « Je te l'avais bien dit! »

Sabrina bondit du lit. Sa chemise de nuit se prit dans le coin de la chaise; elle eut un mouvement d'impatience – d'habitude, elle n'en portait pas, mais cela n'aurait pas arrangé les choses, avec Garth allongé près d'elle – et enfila une robe de chambre.

Dans la cuisine, Cliff, debout, contemplait un lac de jus d'orange, et çà et là, des bouts de verre brisé. Penny lui avait lancé un rouleau de serviettes en papier. Il le tenait devant lui, le déroulant en un long ruban qui descendait au milieu du lac et s'imbibait, petit à petit. Quand il vit Sabrina, il leva les yeux, les sourcils froncés, comme Garth lorsqu'il était concentré sur un travail.

– Combien de serviettes crois-tu qu'il faudra, demanda-t-il d'un ton sérieux, accentuant les mots clés, comme son père, pour éponger tout cela? je pourrais utiliser les mouillées pour ramasser les débris de verre et le jus; ensuite je sécherais les serviettes pour récupérer le reste?

Sabrina éclata de rire. Penny était hors d'elle.

– Ce n'est pas drôle!

Sabrina savait que Stéphanie n'aurait pas ri. Elle ne se serait préoccupée que du verre brisé, d'entailles au doigt, de ses enfants qui auraient pu glisser, du désordre occasionné. Mais Sabrina avait une optique différente, elle imaginait la chaleur du lit, sa main sur le visage de Garth, un regard échangé, suivi, non de mots d'amour, mais du bruit retentissant d'un bocal de jus d'orange, un rouleau de serviettes en papier dans l'éclat matinal du soleil, la façon scientifique dont Cliff envisageait le problème, son visage qui était le portrait de Garth.

Elle hocha la tête, s'arrêtant net de rire.

– Tu as raison, ce n'est pas drôle. Comment est-ce arrivé?

Cliff hésita un instant, puis dit la vérité :

– J'avais la bouteille sur la tête.

– Le champion de l'équipe de hockey n'arrive pas à trouver l'équilibre? (Il haussa les épaules, d'un air renfrogné.) Bon, débrouille-toi! Utilise autant de serviettes que tu voudras, mouillées ou sèches. S'il t'en manque, il y en a d'autres. Pas de cueillette de pommes, tant que le sol ne sera pas impeccable.

– Maman! ce n'est pas le travail d'un homme! Je vais ramasser le verre et éponger le jus d'orange, mais...

– Dans cette maison, les hommes nettoient le sol.

Elle s'apprêtait à partir, lorsqu'elle se retourna :

– Viens, Penny. Parlons des pommes que nous allons cueillir.

Sabrina passa son bras autour du cou de Penny pour l'inciter à quitter la pièce. Elle vit le soulagement de Cliff. Il pourrait nettoyer la cuisine sans spectateurs. Elles montèrent dans la chambre. Penny la regardait, intriguée.

– Qu'as-tu voulu dire à propos de pommes? Fin octobre, on ne peut en ramasser qu'une seule variété.

Sabrina soupira. Tant de petits détails dont Stéphanie ne lui avait pas parlé. La vie n'est faite que de détails.

– Tu as parfaitement raison. J'avais oublié.

– Qu'y a-t-il de cassé? demanda Garth de la chambre.

Penny courut le renseigner, tandis que Sabrina se dirigeait vers l'extrémité du couloir. A cet endroit, la maison était ronde comme une tour, et un banc avait été encastré dans le mur incurvé sous une fenêtre arrondie qui donnait sur un côté du jardin. C'était l'un des refuges préférés de Sabrina, loin des bruits de la maison, protégé par un paravent que Stéphanie avait disposé là. Elle s'assit sur le banc, et, par la fenêtre, aperçut les feuilles d'érable d'une teinte orange éclatante. La cueillette des pommes. L'automne.

A Londres, Paris, Rome, tout le monde rentrait de voyage; soirées et bals recommençaient; des clients allaient venir aux *Ambassadeurs*. Que faisait-elle là, à organiser une cueillette de pommes, alors que s'éveillait une saison nouvelle? Elle avait tant à faire. Mme Pemberley devait avoir terminé ses retouches; elle avait besoin d'aller chez le coiffeur, des clients avaient rendez-vous en novembre.

« *Ma vie est là-bas, pas ici.* » Les mots résonnaient durement en cette journée ensoleillée. Cet autre univers, de l'autre côté de l'océan, n'avait pas disparu; Stéphanie y vivait. Quelles que soient les nouvelles qu'elle donnait, par lettre ou par téléphone, Sabrina savait maintenant, mieux que jamais, qu'une vie est faite de petits détails. Que faisait Stéphanie dans l'univers de Sabrina? Quelle route avait-elle tracée? « *Que fait-elle de ma vie?* »

Elle sentit Garth, près d'elle, le bras autour de sa taille. Il l'attira vers lui et, de ses lèvres, frôla doucement son front, le coin des yeux, le bout de son nez.

– Bonjour. Est-il possible d'aller prendre le petit déjeuner dans la cuisine?

Ses pensées étaient encore en Europe.

– Je crois qu'il ne reste plus de jus d'orange.

Son rire la surprit. Il resserra son étreinte. Puis, tout lui revint à l'esprit; le lac de jus d'orange, ses éclats de rire, le regard reconnaissant de Cliff. Sa famille. Cet univers. Garth. Son amour pour lui, son désir de lui, le besoin de sa présence. Un univers qui compensait l'autre.

Frissonnante, elle s'appuya sur son épaule; il l'embrassa sur le front, sur la joue. Elle eut le cœur serré.

Un désir soudain, profond, intense, l'envahit. Elle leva son visage vers lui, ouvrit ses lèvres et l'embrassa pour la première fois; elle avait besoin de lui, de ses baisers. Elle voulait se fondre en lui. Elle savait qu'ils ne pouvaient plus s'arrêter. Il la prit dans ses bras et l'embrassa avec fougue. Puis il plongea sa main sous sa chemise de nuit, lui caressa les seins, qui se raidirent de plaisir sous son emprise.

Sabrina avait le vertige. Tout son corps le désirait. La tête lui tournait. Des larmes se formèrent.

Elle se ressaisit, tremblant d'une façon incontrôlée.

– Je ne peux pas! dit-elle, dans un sanglot.

« *Stéphanie, pardonne-moi. Je ne pensais pas que je l'aimais tant.* » Elle secoua la tête.

– C'est impossible, impossible.

– Que diable t'arrive-t-il? hurla Garth.

– Non! gémit Penny.

Sabrina leva les yeux.

Elle la vit, debout, devant sa chambre, à l'autre extrémité du couloir. « *C'est trop; je ne peux plus trouver d'excuse.* »

Mais le visage de Penny était contracté par la peur. Sabrina s'approcha. Elle se mit à genoux et la prit dans ses bras.

D'en bas, Cliff hurla :

– C'est contre moi que papa est furieux? Qu'ai-je fait encore?

– Bon sang! explosa Sabrina. (Elle tremblait encore de désir et de culpabilité.) On ne peut pas être tranquille. Tout le monde se mêle de tout, ici. On ne peut pas avoir un petit coin à soi, dans cette maison? (Penny se mit à pleurer. Sabrina sentit la joie du matin s'évanouir. Elle gâchait tout.) Je suis désolée. (Elle se tourna et, du haut de l'escalier, cria :) Personne ne te gronde, Cliff. (Elle se retourna vers Penny :) Excuse-moi, ma chérie. N'aie pas peur. Tout va bien. Tout va bien. (Elle se demandait qui elle rassurait. Penny? Garth? ou elle-même?) Tu vois, on se disputait, comme vous deux.

– Papa semblait si fou de colère, dit Penny, apeurée. Il est si rare qu'il soit furieux.

Sabrina attendit que Garth dise quelque chose. Mais il gardait le silence. « Il pourrait m'aider, pensa-t-elle, mais il est trop furieux. » Elle sourit à Penny.

– On a l'impression parfois que Cliff et toi vous allez vous entre-tuer.

Penny sourit tristement. Les parents ne sont pas censés réagir comme leurs enfants, peut-être pensait-elle même à ses amis dont les parents se déchiraient et souvent divorçaient.

– Crier n'est pas la bonne solution, dit-elle d'un ton léger, mais ça éclaircit les poumons pour le football. (Penny, de nouveau, se mit à rire.) Bon. Tu n'es même pas habillée. Allons voir où en est ton frère. Il nous faut vérifier ses talents de laveur de sol. Ensuite on déjeunera.

– Les pommes golden sont délicieuses. Je te l'ai dit, en cette saison, c'est le seul fruit qu'on puisse cueillir. Tu le savais.

– Jusqu'à présent, il n'y a rien de particulièrement délicieux, ce matin, dit Sabrina, embrassant Penny sur la joue. Sauf toi. Allez, maintenant, habille-toi.

Penny monta dans sa chambre. Sabrina resta agenouillée attendant que Garth vienne la réconforter. Mais il alla s'asseoir près de la fenêtre où elle l'avait fui. Ils restèrent longtemps ainsi, séparés par un vaste couloir et un mur d'incompréhension infranchissable. Sabrina leva la tête.

Leurs regards se croisèrent.

– Je suis tellement navrée, dit-elle.

De ses paroles émanait une tendre douceur. Garth les ressentit avec la même émotion qu'une heure plus tôt, lorsque ses doigts avaient effleuré son visage endormi. Il lui sourit avec tant d'amour qu'elle resta bouche bée.

– Bon, très bien, dit-il enfin. Je pensais que peut-être tu avais pris une décision.

Sabrina entendit ses paroles, mais elle n'en comprit pas le sens. Pris une décision sur quoi? Faire l'amour avec lui? Lui dire pourquoi elle oscillait entre la froideur et l'enthousiasme? Avouer? S'il savait ou avait le moindre soupçon, pourquoi ne le disait-il pas simplement?

– Il faut que je m'habille, s'empressa-t-elle de dire, puis elle monta dans leur chambre, fermant la porte derrière elle.

« *Je ne veux pas y penser maintenant, plus tard. Je ne veux pas savoir ce qu'il voulait dire.* »

Elle choisit un Levi's, une chemise jaune pâle et un sweater vert tilleul qui la faisaient paraître, dans la glace, à peine plus âgée que Penny. Elle se sentait parfois ainsi très jeune – non marquée par le temps et les agissements compliqués des adultes. Elle rejeta en arrière ses cheveux auburn, les attachant sur la nuque avec un petit ruban de velours marron. Des boucles à l'anglaise encadraient son visage, lui donnant un air espiègle. Elle se regarda dans la glace, et se remémora d'autres miroirs dans des palais, des propriétés où elle était vêtue de tulle, de dentelle et de soie, pour les bals les plus chic d'Europe. Son apparition, en haut d'un escalier ou à l'entrée, provoquait la stupéfaction générale. Où était-cllc, maintenant, cette femme étonnante? Dans une maison de trois étages d'Evanston, Illinois, vêtue d'un jean délavé, pieds nus.

Elle alla déjeuner. Sur le banc incurvé, à l'extrémité du hall, Garth avait vu sa femme entrer dans leur chambre et fermer la porte. Dix minutes plus tard, elle sortait, toujours pieds nus, sans même regarder dans sa direction. Son entêtement le dépassait; elle refusait systématiquement de se laisser aller. Un pas en avant, un demi-pas en arrière; elle se réfugiait dans cette carapace rigide où elle s'enfermait depuis son retour.

Qu'attendait-elle de lui, refusant de le laisser participer à son débat intérieur : rester ou le quitter? Espérait-elle qu'il forcerait l'issue, qu'il exigerait une explication, l'obligerait à assumer ses contradictions comme les siennes? Qu'attendait-elle de lui? Qu'il dise qu'il l'aimait, comme si c'était la première fois?

– Papa! appela Penny.

Il descendit prendre son petit déjeuner.

Le sol de la cuisine était propre. Dans un coin, la corbeille à papiers regorgeait de serviettes imbibées de jus d'orange. Cliff et Penny avaient mis la table, empli les verres de jus de pamplemousse et posé dans un plat des beignets. Le café était prêt. Sa famille était réunie, le sourire aux lèvres.

– Me suis-je trompé de cuisine? demanda-t-il. (Penny gloussa. Il leva son verre.) A une journée qui s'annonce merveilleuse.

Sabrina et lui échangèrent un regard.

– Merci, dit-elle, doucement.

Dans la voiture, il la sentit détendue.

– Voilà une façon agréable de passer un samedi, dit-elle.

« Comme si c'était la première fois. Et après tout, pourquoi pas? pensa-t-il. Elle ne peut tout de même pas être heureuse ainsi, assaillie par ses pensées contradictoires sur son avenir. Notre avenir, se dit-il; il me faudra le lui rappeler. »

Sur la banquette arrière, Penny et Cliff s'amusaient à identifier les voitures. Garth était plongé dans ses pensées.

Livrée à elle-même, Sabrina observait le paysage : des champs bien labourés, des vaches luisantes, rassemblées par petits groupes, des fermes blanches, des granges rouges, des tracteurs jaune vif; toutes ces couleurs ressortaient dans le bleu du ciel. Tout autour, le brun chatoyant du sol et l'éclat des feuilles d'automne.

En Europe, les fermes étaient plus petites, plus vétustes, plus usées par le temps. En Amérique, elles donnaient une impression d'infini, de progrès constant; un charme particulier émanait de cet univers à la beauté harmonieuse; un souffle de liberté semblait les parcourir : elle aurait voulu saisir ce paysage, le coller dans un album de photos pour s'en souvenir à jamais.

Le verger se trouvait dans une région parsemée de petits lacs. Tout autour, des maisons, des pontons, des parcs; la foule des week-ends s'y pressait. Garth pestait contre la circulation; plus ils approchaient du verger, plus les difficultés grandissaient. Cliff grommela :

– On ne peut pas s'arrêter là? On fera la course, je suis sûr que je vous battrai.

– J'ai encore une meilleure idée, dit Garth, tu vas conduire. Il est grand temps que tu me remplaces; j'ai hâte de prendre du bon temps. Ta mère et moi, nous pourrons marcher tranquillement jusqu'au verger, tandis que Penny et toi vous vous débattrez dans la circulation.

– Tu veux vraiment, papa? Tu me laisses conduire?

– Malheureusement pas. A quinze ans, tu n'as qu'une solution : bien travailler en classe.

– On n'y apprend rien.

– Si c'est vrai, je t'apprendrai, mais en temps voulu. Tu sauras conduire bien assez tôt, et avec ta mère, nous serons fous d'inquiétude dès que tu auras dix minutes de retard. Il ne faut pas vouloir aller trop vite.

Leurs voix semblaient lointaines. Sabrina les percevait vaguement.

« *Je ne serai pas là quand Cliff fêtera ses quinze ans. Garth et moi nous n'aurons jamais l'occasion de flâner en laissant Cliff et Penny aux prises avec la circulation. Ils poursuivront leur route, ils grandiront, évolueront, bien longtemps après mon départ. Et – elle eut un choc – ils ne se rendront même pas compte que je suis partie.* »

La femme de Garth, la mère de Penny et Cliff allait revenir. Tout rentrerait dans l'ordre. C'est elle qui participerait à leurs querelles, leurs plaisanteries, leurs conversations en famille, leurs réveils, leurs couchers. Leur amour aussi. Seule Sabrina ne serait pas là.

Garth, suivant la file des voitures, pénétra dans le parking; il jeta un coup d'œil vers elle, en souriant. Son expression changea.

– Qu'y a-t-il?

– Rien. On y va?

Ils ramassèrent un panier et entrèrent dans le verger. L'air fleurait bon les pommes mûres qui jonchaient l'herbe foulée, sous les arbres. Au-dessus de leurs têtes, des branches ployaient sous le poids des fruits. Tout autour d'eux, des ramasseurs de pommes remplissaient des paniers et des sacs de plastique; ils cherchèrent un coin plus tranquille. Devant le spectacle de tous ces arbres qui s'offraient à son regard, Cliff bondit de joie et grimpa avec habileté, se faufilant à travers le feuillage et les branches.

– Cousin germain du singe, dit Garth, étonné.

Penny voulut le suivre, mais Cliff lui cria :

– Attends, je vais te lancer celles que je cueille, ensuite, ce sera à ton tour de monter.

Sabrina les regardait d'un air attendri. Ils se disputaient toujours mais Stéphanie leur avait appris à partager. Là, ils avaient trouvé le rythme : l'un ramassait, jetait les pommes, l'autre les attrapait au vol.

– Veux-tu que l'on marche un peu? demanda-t-elle à Garth.

– Excellente idée. (Il la prit par le bras et fit signe à Cliff, dans l'arbre.) On revient. Si le panier est plein, remplis-en un autre. Ta seule limite : le nombre de pommes que tu seras en mesure de peler à la maison.

Cliff s'arrêta net, bras tendus, puis acquiesça. Comme ils s'éloignaient, Sabrina l'entendit murmurer à Penny, éberlué :

– Maman ne nous a même pas dit d'être prudents.

Garth et Sabrina s'en allèrent, main dans la main, le long d'un chemin ombragé. Des éclats de voix puériles retentissaient de tous côtés. Le feuillage sombre et les pommes d'or ressortaient dans le bleu profond du ciel, la chevelure de Sabrina flottait dans une brise légère. Elle offrit son visage au soleil et respira longuement. Le bilan? Il n'avait rien de transcendant ni de fascinant; auparavant, elle était le point de mire des riches et des puissants. Là, rien ne s'était produit, hormis le fait qu'elle était tombée amoureuse de l'homme qui se trouvait à ses côtés. Elle ressentait un bonheur infini.

A une intersection, ils virent un panneau : « Défense d'entrer ». Il y avait là des rangées de Jonathan, de MacIntosh et de Red Delicious. Les pommes étaient entreposées dans un petit local. Certaines étaient destinées à la vente, d'autres à la fabrication du cidre ou du jus de pomme.

– Allons-y, dit Garth. Tout en respectant la flore et la faune. (Bras dessus, bras dessous, ils marchaient lentement, à la chaleur du soleil d'octobre, respirant le parfum des pommes et du trèfle.) Tu me rends merveilleusement heureux, dit Garth doucement. Je ne te le dis pas assez souvent. (Elle leva les yeux vers lui.) Et puis, tu es merveilleusement belle. Je ne te le dis pas assez souvent non plus.

Elle continuait à le regarder en silence. Il lui prit le visage entre les mains. Il la sentit se raidir.

– Ne t'éloigne pas, mon amour. Je sais ce qui t'ennuie et je n'essaie pas de te forcer. Mais il faut que tu saches que je n'attendrai pas indéfiniment. Je préfère tout risquer, mais tirer les choses au clair... (Il s'arrêta, lisant dans son regard une crainte soudaine. Avait-elle peur de lui? d'elle?) Stéphanie, dit-il gentiment (il avançait à pas prudents), je ne veux pas te heurter. Jamais. Quelle que soit ta décision, je suppose qu'il me faudra l'accepter. Mais je t'aime plus que jamais, j'ai besoin de toi, les enfants aussi. Si tu décides de rester avec nous, c'est la plus grande joie que tu puisses me faire.

Une pomme rouge tomba à leurs pieds. Une libellule voltigeait sans but, ses ailes diaphanes dans la transparence du soleil; un écureuil sautait sur un tas de feuilles mortes. Sabrina se taisait. Garth, de ses mains, l'empêcha de tourner la tête; leurs regards se rencontrèrent, le sien interrogateur, celui de Sabrina sombre et incertain. Elle était abasourdie par ce qu'elle venait d'entendre, mais une phrase résonnait dans sa tête : « *Plus que jamais. Je t'aime plus que jamais.* » Elle était à l'image du désir qu'il avait éveillé en elle le matin, et qui ne l'avait pas quittée; son cœur battait très fort, ses sens étaient au supplice tandis que le soleil traversait ses paupières closes.

– Regarde-moi, fit Garth, avec fermeté.

Mais elle secoua la tête. Il ne pouvait imaginer la vérité. Sinon il ne l'aurait pas appelée Stéphanie. Toujours est-il que l'idée d'un éventuel départ effleurait son esprit. Il pensait qu'elle allait le quitter. Pourtant, il n'en saurait jamais la raison, ni la signification réelle.

« *Mon amour chéri, je ne peux rien te dire.* »

Il capitula. Elle avait une expression vide; elle ouvrit les yeux. Garth était blême. Elle chercha ses mots pour retrouver ces instants de bonheur perdu. En vain.

– Nous devrions retourner là-bas... les enfants...

– Attends, dit-il brièvement, en empruntant un raccourci. (Sabrina le suivit.) Il faut qu'on s'accorde, parfois, quelques moments d'intimité. Il y a une éternité qu'on ne s'est pas évadés, tous les deux.

– Oui, acquiesça-t-elle, ravie d'avoir à exprimer une banalité.

– Cette semaine, alors. Je voulais te dire, j'ai finalement accepté l'invitation de Kallen, pour les Laboratoire Foster. Départ mardi matin, on passera la nuit à New York, retour mercredi.

Sabrina réagit spontanément.

– Non.

Il fronça les sourcils, elle bredouilla quelques mots, cherchant mille raisons.

– Les enfants... mon travail... mon poignet... l'argent...

Il les repoussa toutes :

– Les gosses resteront chez Vivian, je lui ai déjà demandé. Tes antiquités ont marché sans toi pendant cent ans; elles attendront deux jours de plus. Tu m'as dit qu'on t'enlève le plâtre lundi. Les Laboratoires paient le voyage et l'hôtel, même à New York. Tu m'as poussé, pendant des mois, à accepter ce travail. C'est la raison pour laquelle j'ai accepté.

Sabrina ramassa une pomme et l'essuya sur sa manche. Elle n'avait pas une seule meurtrissure. Elle mordit à pleines dents, le fruit laissait un goût âcre sous la langue. Voyager avec Garth, être seule avec lui. « *Oh, quel rêve!* » avait-elle pensé, quand il lui avait demandé de le rejoindre à Berkeley. Mais comment pouvait-elle voyager avec Garth? Vivre dans son intimité et continuer à le rejeter? Impossible! Mais elle ne pouvait lui dire de laisser tomber ce travail, alors que Stéphanie désirait si ardemment qu'il l'accepte. Elle avait même promis à Stéphanie qu'elle essaierait de le convaincre d'aller à Stamford. Aussi accepta-t-elle, en proie à des sentiments contradictoires. Elle irait avec lui dans le Connecticut. Il lui passa le bras autour du cou, au moment de retrouver Penny et Cliff.

– Je crois que le moment est venu, pour nous, de nous retrouver seuls et de prendre conscience de notre identité véritable.

16

Nathan Goldner accrocha les radios sur l'écran et recula pour permettre à Sabrina de les voir avec lui.

– Elles ne peuvent être meilleures. Vous allez pouvoir recommencer à corriger Garth et les gosses et fouetter la crème pour vos fameux gâteaux. Maintenant, enlevons le plâtre. (Il se pencha vers le bras de Sabrina, puis leva les yeux.) Aucun cri de joie devant la perspective de récupérer votre poignet? (Elle esquissa un léger sourire. Plongée dans ses pensées, elle ne voyait pas un poignet gauche posé sur la table, encore plâtré, mais deux poignets sains et identiques : ceux de Stéphanie et de Sabrina, de nouveau interchangeables.) Stéphanie? dit Nat. Vous allez bien?

« *Je vais bien. C'est ça l'ennui.* »

– Je suis désolée, Nat. Je pensais aux trois paniers de pommes que nous avons cueillis. Si vous laissiez le plâtre encore quelques semaines, la famille pourrait continuer à s'occuper de tout : les tartes, les strudels, les jus de pomme.

Quelle plaisanterie! « Si vous laissiez le plâtre encore quelques semaines... » Etait-elle sincère? Oui. Mais Londres lui manquait également, elle se demandait comment se déroulait son autre vie. Aimerait-elle passer ici quelques semaines de plus? Elle ne savait pas. C'était là le dilemme, elle ne savait pas. Mais où était la différence? Elle n'avait pas le choix.

Pour Nat, c'était une plaisanterie.

– Condamnée à faire des strudels, dit-il, et il se pencha pour ouvrir le plâtre.

Quand il fut enlevé, Sabrina regarda son bras; il était blanc, frêle.

– Dois-je le garder bandé? m'en servir le moins possible?

– Non, Stéphanie, impossible de vous dégonfler. Vous pouvez peler mille pommes, bouger tous les meubles du magasin où vous travaillez. Au contraire, servez-vous de votre poignet aussi souvent que possible pour le rééduquer; il sera encore plus solide qu'avant.

« Je suis plus forte qu'avant, se dit-elle, en montant dans sa voiture. (Elle pensa à Garth.) Et plus vulnérable. »

Elle avait pris une journée de congé. Arrivée chez

Stéphanie, elle ouvrit la porte du patio pour laisser pénétrer la brise et le parfum des roses tardives qui fleurissaient encore autour de la maison. Elle contempla, pensive, les trois paniers alignés devant la porte, où Garth les avait posés, la veille. « Que vais-je en faire? » pensa-t-elle.

Elle alla se préparer une tasse de café et s'assit à la table. Elle ressentait une étrange sensation, son poignet libre. Elle le plia – quelle légèreté! –, le palpa, pour voir si c'était douloureux, leva la tasse. Rien. Elle était guérie. Sabrina Longworth repartait à la conquête du monde. Le téléphone sonna.

Avant même de décrocher, elle savait que c'était Stéphanie.

– Sabrina, dit Stéphanie, d'une voix pressée, un peu essoufflée. Comment vas-tu? Et Penny et Cliff?

– Tout le monde va très bien. (Sabrina était intriguée. Essoufflée. Mais prudente aussi. Comme si elle avait peur de ce qu'elle pourrait dire.) Nous sommes allés cueillir des pommes; Penny et Cliff se sont déchaînés. Stéphanie, j'ai trois paniers de pommes sur les bras. Que dois-je en faire?

Sabrina perçut dans le rire de Stéphanie une pointe de désenchantement.

– Ils ne savent pas s'arrêter. Pourquoi les as-tu laissés faire?

– Nous n'étions pas là...

– Pas là?

– On est allés se promener. Je... n'avais pas envie de cueillir des pommes avec un plâtre, c'était difficile, aussi les a-t-on laissés.

Il y eut un bref silence.

– Comment va Garth?

– Bien... bien... La semaine dernière, il est resté

souvent à la maison, Penny et Cliff étaient fous de joie. Nous allons tous... bien.

– Et?

Sabrina respira longuement.

– Et ce matin, j'ai...

– Non, je te parlais de Garth. Je me demandais si, à son retour de Californie, il avait voulu faire l'amour. Pour te souhaiter la bienvenue, en quelque sorte.

Sa voix, de nouveau, était différente, comme si elle essayait de mettre une certaine distance entre elles. Sabrina était mal à l'aise.

– Etait-ce dans ses habitudes?

– Oui. C'est ce qu'il a fait, n'est-ce pas? Ne t'inquiète pas. Tu fais ce que tu veux. On ne peux pas en demander trop... Après tout, cinq semaines, c'est long...

Elle avait une voix traînante. Soudain, Sabrina comprit. « De qui s'agit-il? se demanda-t-elle. Ça a dû arriver brusquement. »

– Ce n'est pas si long, dit-elle, avec prudence. Tant de choses se sont produites...

– Il t'a forcée, n'est-ce pas? Sabrina, combien de fois avez-vous fait l'amour? Cinq fois? Six? Combien de fois? *Ne me mens pas.*

– Une seule fois, dit Sabrina, piquée au vif. (Sa culpabilité l'envahit de nouveau. Elle entendit Stéphanie soupirer.) La veille de son départ pour la Californie, je n'ai pu l'éviter. Mais, Stéphanie, je n'y ai attaché aucune importance... aucune.

– Mais Garth, oui. (Sabrina ne dit rien. Lasse, Stéphanie se blottit dans un fauteuil de la chambre, souhaitant pouvoir se confier à quelqu'un. Gaby allait revenir, mais elle ne pouvait lui parler. Ni à personne. Pas même à sa sœur, qui avait fait l'amour avec son mari.) Cette idée me fait frémir, dit-elle.

Elle ne voulait pas parler de Garth et Sabrina, mais de ses propres émotions. Elle avait téléphoné à Sabrina pour lui parler de la croisière. En entendant parler de pommes, elle avait eu envie de rentrer chez elle. Quand Sabrina avoua qu'elle avait fait l'amour avec Garth, elle n'eut qu'un seul désir : le faire avec Max.

– Je sais que tu hais cette idée, mais ce n'est pas moi qui l'ai séduit, tu sais. Je dors dans le même lit. Je ne te l'aurais même pas dit.

– Pourquoi? Crois-tu que cela change quoi que ce soit? Tu peux faire l'amour avec Garth, autant que tu voudras.

– Je n'ai pas besoin que tu m'offres ton mari, dit Sabrina froidement. C'est arrivé une seule fois, et je ne veux pas que cela se reproduise. Pas tant pour toi que pour moi.

– Sabrina, ne sois pas fâchée. Excuse-moi. Je ne voulais pas... Sabrina, écoute. Tout cela me semble si lointain. Je ne sais plus où j'en suis. Sabrina? Tu m'écoutes?

– Oui, oui. Qu'est-ce qui ne va pas, Stéphanie?

Stéphanie perçut de l'amour dans la voix de Sabrina, elle désirait tout lui révéler, mais ses pensées étaient si confuses que les mots ne sortaient pas.

– Je ne sais pas ce qui ne va pas. J'ai des frissons; parfois, je ne sais pas qui je veux être réellement. Non, c'est faux... Bien sûr, je sais. Tout passera dès l'instant où je retrouverai ma vraie vie, mais... c'est difficile à décrire. Tant de sentiments insolites.

Dans le coin-repas baigné de soleil, Sabrina passa son doigt sur la table ronde éraflée, le regard fixé sur une feuille morte qui pendait d'un avocat que Penny refusait de jeter. Elle se représentait chaque pièce, à Cadogan Square, comme si elle les avait devant les yeux. Elle sentait leur paisible sérénité, leur douce intimité, la beauté qu'elle avait créée. Distraitement, elle ramassa une carte de membre du club de base-ball que Cliff avait laissée tomber. Elle la posa sur le rebord du placard; soudain, elle se rappela qu'elle avait oublié de sortir le rôti du congélateur.

– Je sais, je fais exactement comme toi.

– A Evanston? demanda Stéphanie, avec une telle naïveté que Sabrina éclata de rire, dans un élan d'amour pour sa sœur.

– Même à Evanston. Tant de choses arrivent, ici.

– Oui, c'est vrai. Tu me l'as dit.

« Très bien, pensa Sabrina. Tout est terminé. Je ne sais pas pourquoi elle ne m'a posé aucune question sur les radios – elle savait que c'était aujourd'hui –, c'est moi qui vais aborder le sujet. Ensuite... je m'en irai. Que je le désire ou non, quelle importance? c'est sa famille. Je suis l'intruse qui apporte la destruction. »

– Stéphanie, j'avais un rendez-vous avec...

– On a eu un travail fou aux *Ambassadeurs*!

– Ah bon? Qu'as-tu vendu?

– La porcelaine Pétunsé que tu as achetée en Chine.

Stéphanie semblait au comble de la joie.

– Elle est arrivée, il y a trois jours, et avant même qu'on ait eu, Brian et moi, le temps d'ouvrir le paquet, un client de Bonn l'a achetée. C'est Brooks qui l'a envoyé. Et puis, un avocat de Manchester a acheté le lit Grendly en acajou orné de coquilles. Oh! Lady Stargrave est venue, elle veut un bonheur-du-jour laqué Chippendale pour sa nouvelle maison. J'ai dit que je le lui trouverai, mais où?

– Thomas Strang en a peut-être un dans son magasin. Il en a acheté deux, l'année dernière. Sinon, il aura probablement un Gillows, et Bettina s'en contentera;

ils sont pratiquement identiques; elle ne verra pas la différence. Mais je peux...

– Je vais lui téléphoner. Gabrielle va bien, quoiqu'elle balade son cafard comme une adolescente à cause de Brooks et refuse de sortir. J'ai pensé lui demander de venir aider Brian, au magasin, pendant mon absence.

Silence.

– Pendant quoi?

– Oh! je m'absente quelques jours seulement. J'ai fait la connaissance d'un homme – ce n'est pas le type d'homme avec qui j'aimerais rester longtemps –, mais il est passionnant, différent de tous les autres, et fabuleusement riche. (Elle rit gaiement.) La fantaisie personnifiée. Il veut que je parte avec lui en croisière en Méditerranée, quatre ou cinq jours sur son yacht, et j'ai accepté. Ce sera la seule occasion de ma vie, je ne veux pas la refuser.

« *C'est la raison pour laquelle tu m'as forcée à dire que j'avais fait l'amour avec Garth. Tu voulais savoir; tu avais besoin d'une excuse. Voilà pourquoi tu ne me laisses pas te parler de mon poignet.* » La douce Stéphanie, qui s'inquiétait de rester dans l'ombre, la prudente Stéphanie, apeurée devant la vie, qui avait rencontré Garth si jeune, s'était mariée, menait une vie stable. Et maintenant, elle vivait une aventure fabuleuse. Sabrina rit intérieurement devant la tournure que prenait leur vie. « Moi aussi, je vis une aventure fabuleuse, pensa-t-elle, j'ai rencontré Garth. Mais trop tard... » Une croisière, un yacht, la Méditerranée. C'était l'univers de Sabrina, et cette seule pensée l'émoustillait. Elle connaissait bien ces croisières : un monde de luxe et de sensualité, replié sur lui-même, coupé du temps et du monde. Un yacht d'une blancheur aveuglante pourfendant la mer bleu-vert, des îles à l'horizon voilé, tel un mirage, le soleil, et des aventures de rêve se tramant jour et nuit. « *Oh! cela me manque! cela me manque. J'en ai besoin.* »

– Mais tu en as déjà fait, des croisières, dit Stéphanie, comme si elle entendait les pensées de Sabrina. Et tu en feras d'autres. C'est la seule occasion de ma vie.

– Une dernière évasion?

– Une dernière évasion.

C'était une promesse qu'elles se faisaient mutuellement.

Sabrina poussa un profond soupir. Une autre semaine. Une autre semaine avec Garth.

– Qui est l'homme de tes rêves? demanda-t-elle distraitement.

Stéphanie hésita :

– Max Stuyvesant.

– Non!

– Ne t'emballe pas. Il a changé. Même Alexandra le dit. Enfin, quand l'as-tu vu pour la dernière fois? Il habite New York depuis trois ans.

– Alexandra dit qu'il a changé?

– Elle dit qu'il est savoureux. Comme une poire mûre.

Sabrina rit de bon cœur.

– Stéphanie, tu ne sais rien de Max. As-tu posé des questions à Alexandra?

– Je n'en ai pas eu besoin. J'ai décoré sa maison. De haut en bas. Dans le même style que celle d'Alexandra. Je ne te l'ai pas dit, parce que j'avais peur d'échouer et d'avoir besoin de t'appeler à l'aide. Mais tout s'est très bien passé. Sabrina, je sais ce que je voulais savoir sur Max. Ce n'est pas une permission que je demande, tu sais; j'ai déjà accepté son invitation. Et ce n'est pas toi qui vas me conseiller de ne pas coucher avec lui.

– Je ne mérite pas cela.

« *Vraiment pas? Tu es amoureuse de mon mari.* »

– Sans doute que non, dit Stéphanie d'un ton détaché. Quelle est la véritable raison pour laquelle tu ne veux pas que j'y aille? Ce n'est pas Max, tout de même. T'ennuies-tu au point de ne plus pouvoir attendre? Il ne reste que quelques jours, tu sais. Ce n'est pas une faveur que je te demande, nous n'avons pas le choix, n'est-ce pas, Sabrina? Nat n'a pas fait la dernière radio?

« *Elle me pousse à mentir.* »

– Non. Non. Il a changé de date. A la fin de la semaine. Juste au moment où tu rentreras de ta croisière.

– Alors, tout est pour le mieux, non? Je ne vais pas te faire attendre plus longtemps. Je prendrai mon billet d'avion pour lundi prochain. Sabrina... ne sois pas fâchée contre moi. J'ai besoin de toi. Après je vais retrouver mon foyer, mes enfants, mon mari... Tout rentrera dans l'ordre. Je n'arrive pas à m'imaginer de nouveau chez moi. J'y penserai plus tard, après la croisière. Et tu m'aideras, n'est-ce pas? Je suppose que tu as mille choses à me raconter sur ma famille. Tu m'aideras, dis, Sabrina?

Sabrina pleurait.

– Oui, de mon mieux.

Elle ferma les yeux, pour ne plus voir le soleil. Elle percevait le ton forcé dans la voix de sa sœur. Elle sentait combien elle redoutait ce retour tout en le désirant. Mais qu'importait? Malgré ce qui s'était passé entre Stéphanie et Garth, Sabrina allait disparaître, Stéphanie retrouverait les bras de Garth, si loin de

Max et de son yacht. Stéphanie oublierait cette croisière. Sabrina souffrirait, en silence, rêvant à son amour impossible.

« *Lundi prochain. Mais jusque-là, que Stéphanie parte en croisière. Qu'elle ait son aventure. Je le lui dois. Qu'elle s'en aille, inconsciente de ce qui m'attend pendant ce voyage dans le Connecticut, sans savoir qu'on m'a enlevé le plâtre. Qu'elle parte! La vérité, on a le temps de la dire.* »

Sabrina, par le hublot, voyait Chicago. L'avion traversa la brume du petit matin et vira vers l'est. Le lac Michigan, au-dessous, étincelait. Les gratte-ciel de la ville s'entassaient sur le rivage. Elle distinguait Evanston, le campus, les grands espaces verts et le feuillage de Lincoln Park, le mur formé par les hautes bâtisses, le long d'une pâle guirlande de plages, où venaient mourir de longues et lentes vagues. Quelques marins audacieux avaient sorti leurs bateaux; les voiles blanches se gonflaient, au-dessus du lac strié de bleu et de vert.

– C'est la fin de la saison, dit Garth, qui regardait avec elle par le hublot. (Il passa son bras autour de ses épaules.) Nous avons un bel automne.

Elle tendit son poignet, fit quelques mouvements, l'œil fixé sur son alliance en or.

– Etrange automne.

Garth songea à leur voyage à Amsterdam, l'année précédente; elle l'avait accompagné, puis s'était envolée pour Londres voir sa sœur. Etaient-ils restés longtemps ensemble? Il n'en avait pas souvenance. Probablement pas. Ils ne faisaient pas grand-chose ensemble, à cette époque. Pourquoi? Il regarda cette jolie femme qui se trouvait à ses côtés et ne put trouver de réponse.

Ils avaient grimpé dans les nuages. Au-dessous, se mouvant dans le blanc paysage, un arc-en-ciel était coupé en son milieu par l'ombre de leur avion.

– On appelle cela l'aura du pilote.

– Sommes-nous au centre d'un arc-en-ciel également?

– Pas à ma connaissance. Pourquoi?

– Je me demandais si, vu d'un autre avion, le nôtre ressemblait à une ombre se profilant sur un fond d'arc-en-ciel.

Il se mit à rire.

– Tu crois qu'on ne pourrait être que des ombres, alors?

– Si nous l'étions, je me demande si nous en serions conscients. (De ses lèvres, il effleura ses cheveux.) Peu importe, si tu restes aussi réelle à mes yeux.

Sabrina se taisait. Garth ôta son bras et ouvrit un livre; elle fit de même. Ils atterrirent à New York. De là, une voiture des laboratoires Foster les conduisit à Stamford. D'un air mélancolique, il murmura :

– Mon premier voyage avec ma femme depuis plus d'un an, et il me faut passer la journée avec le comité des laboratoires. Ça n'a aucun sens.

– Et moi, avec leurs femmes. A ton avis, c'est mieux?

– Non. Et si on se sauvait? Si on repartait à New York passer des vacances et oublier Stamford?

– Impossible.

– Non. (Sa voix changea.) Bien sûr que non. J'ai oublié l'importance que tu accordes à cette entrevue.

« *C'est important pour Stéphanie. Pas pour moi.* »

– Je voulais dire que nous avons accepté cette invitation et ils ont fait des projets pour nous. Garth, que vais-je faire avec toutes ces femmes?

– Rien. Simplement les suivre. Elles ont l'habitude. Leur but est de te rendre le séjour agréable pour que tu aies l'impression que Stamford est le jardin d'Eden et que tu sois folle d'impatience de venir y habiter.

– Mais je ne sais vraiment pas quelle attitude adopter.

– Suis ton intuition.

– Garth, toi, que veux-tu? Je peux écarquiller les yeux et me montrer enthousiaste, ou froide et dédaigneuse, ou lointaine mais amicale. Qu'attends-tu de moi?

– Ma chérie, je ne te demande pas de jouer un rôle. Je veux que tu sois toi-même.

Elle le regarda, les lèvres entrouvertes.

– Je ferai de mon mieux.

Trois personnes l'attendaient dans la salle de réception du P.-D.G. des Laboratoires Foster à Stamford, petite ville du style d'Evanston, à environ cinquante kilomètres de New York. Le bâtiment d'acier et de verre se dressait au centre d'une place dallée de marbre, dans une mer de verdure, où fontaines, bosquets de pins et parterres de chrysanthèmes bordaient l'allée, sur près d'un kilomètre.

Vêtues de tailleurs bleus, beiges ou verts, ces dames l'attendaient dans l'immense salon aux lambris de bois de rose, les talons plantés dans l'épaisse moquette. Dans un coin, une table de verre aux pieds chromés, entourée de grands divans d'angle recouverts de daim, çà et là, sur les tapis, des présentoirs cylindriques à l'intérieur desquels des spots invisibles mettaient en valeur de petits objets : aiguilles hypodermiques, capsules, comprimés, flacons de liquides colorés.

Ces dames laissèrent à Garth et Sabrina le temps de s'extasier devant ces merveilles. Garth ne dit rien. Sabrina savait qu'il n'était pas ému par cette mise en scène; en fait, il la remarquait à peine. Il s'intéressait davantage à l'équipement du laboratoire et à son aspect technique qu'à la décoration. Sabrina se rendait compte que leurs hôtesses voulaient impressionner les Andersen, aussi tourna-t-elle la tête pour embrasser du regard la salle.

– Grandiose, murmura-t-elle. Quelle opulence!

On lui sourit et lui tendit la main, tout en jetant des regards vers Garth, qui fit grande impression, par sa jeunesse et sa beauté. Lorsque les hommes se retirèrent, leurs épouses concentrèrent leur attention sur Sabrina.

– Le monde est petit. Nous revoilà, dit l'une d'entre elles. Bienvenue à Stamford.

Sabrina, surprise, sursauta. Stéphanie ne s'était jamais rendue à Stamford. Cette fcmmc avait dû venir à Evanston. Pourquoi Garth n'avait-il rien dit?

– Nous sommes heureux d'être là, fit-elle.

Il y eut un temps d'arrêt.

– Trop de visages nouveaux, dit quelqu'un d'autre, d'un ton naturel, venant à l'aide de Sabrina. Bien entendu, vous vous rappelez Irma Kallen...

– Président, s'empressa d'ajouter Irma Kallen.

– Elle a fait du chemin, depuis l'époque où, en route vers Los Angeles, elle avait fait escale à Chicago, poursuivit le sauveur de Sabrina. Et je suis Freddie Payne, vice-président, chargé des finances.

– Angie Warner, poursuivit la troisième, vice-président, chargé de la production.

Enfin, Sabrina comprit. Elles s'identifiaient à leurs maris et s'appropriaient leurs titres. Elle sourit.

– Stéphanie Andersen, professeur.

Freddie Payne eut un sourire forcé, mais, en signe d'avertissement, secoua la tête. « Mauvais début, pensa Sabrina. Fais une autre tentative. »

– Nous étions si impatients de venir.

– Ah! dit Irma Kallen. Nous commencions à douter. Votre visite a été remise tant de fois.

– Nous voulons vous faire apprécier notre ville, s'empressa de dire Angie Warner.

Petite et dodue, elle avait le visage angélique et la bouche innocente de l'ange de la paix.

– Nous voulons que vous deveniez notre amie. Nous avons pensé vous faire faire un petit tour, avant d'aller déjeuner chez Irma, puis nous visiterons l'école et notre club, si cela vous convient... enfin... si cela vous fait plaisir...

Sabrina accepta. Comment dire non à Angie Warner? Ou aux autres? Leurs maris gagnaient jusqu'à 300 000 dollars par an; le sien 35 000. Dans leur univers, fortes de leur pouvoir et de leur prestige, elles mettaient Sabrina en position d'infériorité.

Irma Kallen l'amena vers sa voiture, une Rolls-Royce Silver Shadow qui avançait majestueusement, à travers des rues paisibles où l'on apercevait des églises vieilles de deux cents ans; elles passèrent devant la place du village où avait eu lieu une des batailles de la guerre d'Indépendance. Elle s'engagea dans l'allée menant à une demeure de brique à trois étages; des pièces récemment ajoutées formaient une avancée latérale – « comme une poule démente battant des ailes », pensa Sabrina. Elle éprouvait une aversion profonde à l'égard d'Irma Kallen. « Mais c'est l'épouse du président, se dit-elle. Témoigne-lui du respect. »

Irma Kallen était grande, les traits anguleux, le menton en galoche. Ses yeux marron partaient dans deux directions opposées, sans se préoccuper l'un de l'autre, ce qui perturbait son entourage, qui ne savait jamais quel œil fixer. Sabrina choisit le gauche et se trouva dans l'axe la majeure partie du temps. Une telle femme, sèche, dominatrice, n'accepterait pas facilement une intruse, jeune et belle, parée des titres de son mari, qui, comble d'horreur, avait oublié leur précédente rencontre.

Irma Kallen avait une maison magnifique dont la décoration reflétait une imagination sophistiquée. Sabrina fit le tour des pièces, impressionnée par l'éclectisme des styles : quelques meubles Shaker et d'autres en chêne fin XIXe siècle, signés Philip Webb, massifs mais d'une grande sobriété. Ils étaient caractéristiques de la facture de Webb : laqués vert et ornés de motifs d'argent repoussé.

Elle effleura de sa main les entrelacs délicats qui ornaient le piano.

– Webb, murmura-t-elle, que c'est beau!

Irma fut agréablement surprise. L'espace d'un instant, les regards convergèrent vers Sabrina.

– Comment savez-vous cela?

– Je m'intéresse aux arts décoratifs, dit Sabrina. Je travaille chez un antiquaire.

– Oh! s'écria Angie Warner, alors, vous allez adorer Silvermine. (Sabrina prit un air interrogatif.) Une colonie d'artistes à Norwalk. C'est seulement à quelques kilomètres. Nous allons y faire des courses et déjeuner au moins une fois par semaine.

Freddie Payne s'esclaffa.

– J'ai l'impression que Silvermine n'est pas le style de Stéphanie. Elle s'y connaît probablement plus que nous toutes réunies. Même plus que vous, Irma.

Sabrina était sur ses gardes. Une guerre ouverte. Elle avait déjà assisté à une escarmouche dans la voiture.

– Mon vrai nom est Frédérique, avait dit Freddie. (Elle était grande et étonnante, avec des cheveux noirs épais, coupés au carré, et des yeux noisette aux paupières lourdes, sous des sourcils bruns.) Je m'appelle Frédérique probablement à cause d'un ancêtre français. Mais à Stamford, ce n'est pas très bien vu. On préfère descendre d'un pèlerin. Comme Irma, n'est-ce pas, Irma? Ou plutôt, plus vraisemblablement, Irma a un pirate pour ancêtre.

Irma ne releva pas.

Au déjeuner, l'angélique Angie s'évertua à maintenir la paix entre Irma et Freddie. Les épouses conservaient le rang de leurs maris; en tant que présidente, Irma semblait les régenter : mais elle permettait souvent à Angie de tempérer son mauvais caractère.

Sabrina mangea un pamplemousse grillé et de la dinde florentine; avec étonnement, elle se rendit compte qu'elle assistait aux mêmes escarmouches qu'à Londres, dans son cercle d'amis. « Bien sûr, pensa-t-elle, cela existe partout, même à Evanston. Mais je n'y ai jamais prêté attention, parce que Evanston n'est, pour moi, qu'une expérience temporaire. *Avec Garth, rien n'est permanent.* » Elle ressentit ce coup de poignard devenu familier chaque fois que cette idée traversait son esprit. La voix d'Irma la fit sursauter.

– Pardon? dit Sabrina. Oh! je suis désolée, je pensais à tout autre chose.

– J'ai dit, fit Irma, furieuse, que nous avons organisé un petit dîner, ce soir, au club; ainsi, vous pourrez, avec votre mari, faire la connaissance de tout le monde. Il faut que vous sachiez que nous sommes un groupe uni. Bien des hommes, à Stamford, permutent avec New York, mais nous avons conscience de la nécessité de notre présence, ici. Les laboratoires Foster sont une institution prestigieuse, ceux d'entre nous qui les représentent sont les symboles de toute la communauté. Nous faisons la force de Stamford; nous n'allons pas dépenser notre argent à New York. C'est une responsabilité que nous endossons avec joie, mais ce n'est efficace que si nous nous serrons les coudes. Freddie pense que c'est idiot – elle a bon nombre d'amis curieux...

– Dont les maris n'appartiennent pas au comité exécutif, dit Freddie solennellement à Sabrina.

– Mais Freddie ne dépasse jamais les limites, poursuivit Irma. Parce que nous avons besoin les uns des autres, comme vous le découvrirez lorsque votre mari s'installera ici. Avec notre aide, vous serez vite intégrée. Le fait que vous ayez tant à apprendre n'a aucune importance. En venant du Middle West, on ne pouvait pas s'attendre à ce que vous connaissiez nos habitudes.

Sabrina écoutait en silence, les yeux écarquillés, tandis qu'Irma ne cessait d'affirmer sa supériorité.

– Nous dictons à tout le pays notre mode de vie. Souvent, bien sûr, les autres prennent du retard, le temps qu'ils aient adopté notre façon de vivre, et nous avons lancé de nouveaux styles. (Angie sembla gênée; Freddie fit un clin d'œil à Sabrina. Sabrina regardait Irma sans ciller.) Nous prenons comme modèles les centres culturels européens. Nous dînons plus tard que vous, par exemple : huit heures, parfois neuf heures. Ce sont les enfants qui dînent à six heures. Nous ne prenons pas nos repas dans la cour, nous ne faisons pas de barbecues dans un nuage affreux de fumée. Nous ne portons pas de vêtements une pièce, genre casaque ou salopette. Nous parrainons les écoles publiques qui jouent un rôle essentiel dans la vie de notre village mais nous n'y envoyons pas nos enfants. Vous avez des enfants, bien sûr.

– Deux, dit Sabrina, spontanément. (Elle était fascinée, presque hypnotisée par les incantations d'Irma.) Un garçon et une fille.

– Et vous les élevez en bons chrétiens.

– Je crois que nous élevons Cliff dans une optique sportive, pour qu'il devienne un excellent avant de football. Pour Penny, nous ne savons pas encore.

Freddie éclata de rire, Angie gloussa. Irma resta de glace, une tasse de café à hauteur des lèvres.

– Que celles d'entre nous qui ont la chance de posséder les richesses matérielles prennent leurs responsabilités au sérieux.

– Bien, Stéphanie, dit Angie, consciente qu'Irma se moquait d'elle-même. (Angie n'en connaissait pas exactement les raisons, peut-être était-ce la façon dont Sabrina avait identifié le piano Webb, ou son regard souvent indifférent croisant celui d'Irma, ou son allure de reine ou bien encore sa beauté, qu'Angie lui enviait sans arrière-pensée, comme elle enviait un don culinaire ou tout autre talent. Quoi qu'il en soit, Angie savait que Stéphanie ne venait pas de la campagne, elle ne voulait pas non plus être jugée par Irma.) Irma est toujours sérieuse quand elle ne connaît pas vraiment quelqu'un, mais dans notre groupe, elle plaisante souvent. Elle joue au tennis et il est parfois dur de la battre. Cela nous arrive, au volley. Mais pas souvent.

– Dans le Middle West, nous ne jouons pas beaucoup au volley, fit Sabrina d'un air sincère, se penchant vers Irma, pour s'adresser à son œil gauche. Bien qu'avec le progrès nous ayons un court de tennis, devant notre porte. Mais nous faisons de gros efforts pour apprendre à nous tenir en public. Parfois, certaines d'entre nous portent des vêtements de Karl Lagerfeld ou de Perry Ellis. Parfois, nous servons du vin à table – montrachet ou brouilly, suivant la couleur. Et récemment, nos hôtesses se sont enhardies jusqu'à servir la salade après l'entrée, plutôt qu'avant. Bien entendu, on s'efforce d'être au courant. Mais vous pouvez être sûres que nous vous sommes reconnaissantes de nous permettre de progresser, à votre contact.

Il y eut un long silence. Angie essaya de sourire, mais ses lèvres tremblaient. Freddie rompit le silence :

– Grand Dieu! A vous, Irma. Et puis, après tout, peu importe! (Elle se tourna vers Sabrina :) Irma nous avait dit que vous étiez une petite femme d'intérieur, timide, un peu raide. Irma, ma chère, gardez vos impressions premières et surtout ne les divulguez pas. Elles vous ont joué un bien mauvais tour. (Elle recula sa chaise.) Stéphanie, allons sur la terrasse. (Mais Sabrina ne bougeait pas. « *Bon sang! Oh, bon sang! Qu'est-ce qui me prend? Stéphanie aurait pensé à Garth; elle se serait montrée douce, calme, et aurait laissé la femme du président imposer sa prétendue supériorité. Maintenant j'ai tout gâché. J'ai agi égoïstement. Pourquoi diable me suis-je emportée contre cette bonne femme idiote?* ») Stéphanie? dit Freddie.

Sabrina s'excusa et la suivit. Les deux jeunes femmes s'assirent sur le rebord de brique qui entourait la terrasse dallée. D'énormes séquoias près d'une bordure d'asters et de roses tardives abritaient des chaises et des tables de jardin en fer forgé blanc, qui n'avaient pas encore été rentrées pour l'hiver. De l'autre côté du mur, une équipe de jardiniers ramassait les feuilles mortes et plantait des bulbes de tulipes et de jacinthes pour le printemps suivant. Une autre équipe posait une bâche sur la piscine, tandis qu'une troisième équipe roulait les filets sur les courts de tennis. Ce spectacle paisible reflétait l'aisance – « une véritable carte postale, pensa Sabrina, qui pourrait fort bien illustrer les avantages qu'offre le groupe Foster ».

– Elle est nuisible, parfois, mais pas vraiment dangereuse, dit Freddie. Tant qu'elle détient le pouvoir.

Elle se moque d'elle-même, pour mieux faire comprendre qu'on doit la prendre au sérieux.

Sabrina haussa les épaules.

– Je jouerais le jeu, si Garth me le demandait.

Freddie fut étonnée.

– Pour quelle autre raison êtes-vous là?

– Pour nous faire une idée. Pour être le point de mire. Pourquoi pensez-vous tous que c'est acquis? N'y a-t-il pas de place pour le doute?

– Ecoutez, ma chère, je ne sais ce que votre mari vous a raconté, mais il n'est pas ici pour une entrevue. C'est un séminaire où ils abordent tous les détails. Quant à nous, nous devons nous assurer que votre cœur palpite de joie à l'idée de vous intégrer à notre groupe. D'après ce que j'ai entendu, vous devez venir vous installer à la fin du trimestre. (Sabrina se sentit trahie. Garth ne lui avait pas dit que la décision avait été prise. Accepterait-il vraiment ce travail sans lui en parler?)

« Allons, dit Freddie. Ne faites pas attention à Irma. Ce n'est qu'une infime partie du décor. Je vous suggérerais tout de même de faciliter les choses, une fois ici. Jouez le jeu, comme à Chicago. Il y a peu d'obligations : des dîners avec des hôtes choisis, quelques déjeuners, le parrainage d'œuvres de bienfaisance et une apparition aux soirées d'Irma. Il faut absolument s'entendre avec elle. Le reste du temps, vous faites ce que vous voulez. Tant que vous serez discrète, vous pourrez agir à votre guise, sortir avec qui vous plaît. La vie n'est pas vraiment désagréable, ici, vous savez.

– Je m'en doute. (Sabrina, debout, secoua sa jupe. Stéphanie pourrait s'en accommoder : elle pourrait supporter Irma, sans se fâcher, mais aussi sans s'intégrer totalement à ce petit groupe, comme Angie et même Freddie. Stéphanie pourrait s'y plaire. Elle remercia Freddie.) Vous m'avez sauvée à deux reprises. Je vous suis reconnaissante. Mais maintenant je crois que je ferais mieux de réparer mes gaffes. (Et, retournant dans la salle à manger, elle fit ses excuses :) J'ai été si maladroite... tant d'impressions nouvelles... le déjeuner était délicieux... la conversation si agréable...

Irma lui passa la main dans les cheveux.

– Nous acceptons vos excuses. Mon mari pense que votre époux sera un atout majeur pour le Laboratoire. Si nous allions faire notre petit tour, maintenant?

Elles visitèrent la ville, le nouveau lycée, l'hôpital où Irma dirigeait une équipe de volontaires; elles s'arrêtèrent sur le rivage de Long Island Sound, pour contempler le spectacle paisible des voiliers. Puis elles retournèrent au quartier général des Laboratoires Foster et allèrent dîner au club où Sabrina et Garth firent de nombreuses connaissances.

Ils arrivèrent, comme prévu, à New York où ils devaient passer la nuit, avant de prendre un avion pour Chicago, le matin suivant. Dans la voiture qui les emmenait au *Plazza*, Garth prit la main de Sabrina.

– Honoré, flatté, repas exquis. Canard à déjeuner. Et toi?

– Dinde. Essorée et noyée dans la sauce.

– Et langouste pour dîner. Qu'as-tu eu au dessert?

– Mousse de noisette avec purée de framboises.

– Penses-tu qu'on offre de tels repas aux professeurs, quand ils viennent dans le Connecticut?

– Crois-tu que leurs femmes aient droit à un sermon sur la façon dont les habitants arriérés du Middle West copient la haute élégance de la côte est, chaque fois qu'elles viennent dans le Connecticut?

– Tiens! Qui a prononcé le sermon?

Elle décrivit le déjeuner, n'épargnant rien.

– Je ne t'ai pas bien secondé. Mais si Freddie a dit vrai, si tu as déjà décidé...

– Je n'ai rien décidé du tout. (Il lui tenait encore la main; il posa son autre main, et la regarda, droit dans les yeux.) J'ai accepté de venir ici, parce que je pensais que c'était nécessaire pour nous. Je n'aurais jamais pris la décision sans toi. Il me semble qu'avec les tirs groupés d'Irma Kallen, tu as l'air... de ne pas vouloir... que j'accepte ce travail.

Sabrina ferma les yeux. Tous les mensonges, les duperies, la culpabilité et les sentiments contradictoires des cinq dernières semaines avaient élevé un mur entre eux qu'elle ne parvenait pas à briser.

« *Mon amour, je veux t'aider. Je veux que tu sois heureux. Mais je dois tout cela à Stéphanie.* » Sa main était bien dans la sienne.

– Garth, c'est à toi de décider. Je ne peux pas le faire pour toi.

Fatigué, déprimé, il retira sa main. Si elle se moquait de ce qu'il faisait, c'est qu'elle n'envisageait pas l'avenir avec lui. Pourtant elle l'aimait. Il l'avait lu dans ses yeux, perçu dans sa voix. Elle l'aimait.

Elle le rejetait néanmoins. S'ils avaient souvent été près de connaître l'affection, l'amour, les sentiments partagés, chaque fois elle avait fait marche arrière, comme si elle avait peur, en l'écoutant, de céder à ses arguments, ou à ses propres sentiments et de ne plus être capable de prendre une décision.

Bon sang, comment un homme pouvait-il lutter? Car, bien sûr, il avait l'intention de lutter. Dans le jardin, il lui avait dit qu'il accepterait sa décision, mais c'était absurde. Il lutterait pour la garder. Mais jusqu'à ce qu'il comprenne pourquoi elle s'écartait délibérément de lui, pourquoi elle se refusait à lui, il ne savait par où commencer, il n'arrivait pas non plus à prévoir comment tout cela se terminerait.

Ils se turent tout le reste du voyage. Ils arrivèrent à l'hôtel; une suite leur avait été réservée.

Sabrina resta devant la fenêtre, regardant, de chaque côté, les arbres obscurs de Central Park, les fenêtres éclairées des immeubles toujours animés.

Garth ferma la porte.

– Je ne vais pas accepter ce poste, fit-il soudain.

Sur une table ronde était posée une bouteille de champagne dans un seau à glace, sur une carte, autour du goulot, quelques mots de bienvenue des Kallen. Garth fit sauter le bouchon.

– Même s'il y a de la langouste tous les soirs et du champagne au coucher.

– Pourquoi? demanda-t-elle.

Il remplit deux coupes et lui en tendit une.

– Depuis combien de temps ne nous sommes-nous pas trouvés, toi et moi, dans une chambre d'hôtel?

« *Nous n'avons jamais été ensemble à l'hôtel.* »

Elle s'assit à l'extrémité d'un divan tendu de soie rayée.

– Une éternité. Pourquoi ne veux-tu pas ce poste?

– Parce que les seuls sujets qu'ont abordés mes hôtes, aujourd'hui, étaient le marché, les clients, le coût de l'heure de recherche, les investissements. Parce qu'à leurs yeux, l'assemblage des gènes signifie un produit, comme si je supervisais une équipe chargée d'inventer une nouvelle céréale pour le petit déjeuner. Parce que leur but, c'est : produire, gagner de l'argent. Parce que le mien, c'est le même que celui de l'université : la recherche et l'enseignement. Parce que je ne veux pas avoir à rendre de comptes sur l'évolution de mes travaux, parce que peu m'importe que ceux-ci ne donnent aucun résultat pendant des années, et... parce que je ne peux envisager des problèmes de génétique en voyant se profiler sans arrêt les statistiques des profits et pertes. Et parce que, zut! ce n'est pas mon univers. Un peu plus de champagne? C'est offert par la maison. (Elle tendit sa coupe. Il la remplit et s'assit sur une petite chaise à l'autre extrémité du divan.) Il y a encore deux choses. Un, comme je te l'ai dit, je ne crois pas que ce soit ton univers non plus. Peut-être autrefois, ou du moins le croyais-tu, mais plus maintenant. Deux ou trois mois plus tôt, tu ne t'en serais pas prise à Irma Kallen. L'année dernière, quand elle est venue à Chicago, tu l'as traitée comme si c'était la cousine germaine de la reine. Tu as changé depuis ton voyage. (Il s'arrêta, attendant une parole de sa part, mais elle ne sauta pas sur l'occasion offerte. Garth n'osait la regarder en face. Jamais il ne l'avait sentie si proche, jamais non plus, quand elle s'enfermait dans ce mutisme, elle n'était si loin. Il caressa le bord de son verre.) Et dans ton changement d'attitude, ce que j'apprécie le plus, c'est que tu rabaisses le caquet à ce tyran d'Irma Kallen, cette prétentieuse qui se prend pour le nombril du monde alors qu'elle n'a pas quitté son village, et cela sans craindre qu'elle te déteste, et moi, par voie de conséquence, ce qui signifie que tu as beaucoup plus confiance en toi qu'avant...

Sabrina regardait les bulles qui montaient à la surface de son champagne.

– Ou bien?

– Ou tu as décidé que tu te moquais éperdument de moi et de ce qui me concernait, ou de nous.

La pièce était plongée dans le silence. La lumière tamisée de la lampe posée sur la table éclairait les glaçons du seau à champagne et la bouteille, tandis que Garth inclinait celle-ci, au-dessus de leurs verres.

Le reste de la pièce était dans l'ombre. Un couloir menait à la chambre, une seule lampe éclairait le lit préparé par une femme de chambre qui avait posé un chocolat enveloppé de papier doré sur chaque oreiller. Tout près, leurs deux sacs de voyage étaient posés, l'un contre l'autre.

C'était la première fois, depuis l'arrivée de Sabrina, qu'ils se retrouvaient seuls, sans les enfants. Dans cette atmosphère intime, elle sentait la présence de Garth avec force, bien qu'il fût à trois mètres d'elle. Elle distinguait les traits de son visage sans même le regarder. Sur sa bouche, elle sentait le poids de ses lèvres; ils ne s'étaient pourtant pas embrassés depuis trois jours, depuis l'instant, dans le couloir, où elle avait fui son étreinte, avec un sentiment contradictoire d'amour et de panique qui l'avait terrorisée. « *Il fait partie de moi.* »

– Et puis, enfin, dit-il, voyant qu'elle ne répondait pas, on m'a offert la direction de l'institut de Génétique, qu'on doit construire au printemps et qui sera opérationnel l'année prochaine.

– Garth! (Elle leva les yeux, radieuse.) Mais c'est magnifique! C'est toi qui comptes. Toi seul! N'est-ce pas?

– Peut-être.

– Pourquoi ne m'as-tu rien dit? Oh! maintenant je sais de quoi voulait parler Vivian, quand j'ai emmené Penny et Cliff faire des courses, hier. Elle m'a priée de te féliciter. Je croyais qu'elle voulait parler de ton comité qui lui a accordé la titularisation, de ce succès. Mais ce n'était pas cela; elle savait que tu avais un rendez-vous.

– Elle savait qu'on m'avait offert ce poste. Je ne l'ai pas accepté.

– Mais pourquoi? Ne représente-t-il pas tout ce que tu désires?

– Je ne sais pas si c'est ce que toi tu désires. Le salaire est d'environ les deux tiers de ce qu'offrent les laboratoires Foster, peut-être moins si tu ajoutes les primes, l'intéressement, les voyages, la voiture de la société, la carte de membre du Country Club – ce qui entre dans les frais généraux et dont l'université ne veut pas entendre parler. Je sais combien la question d'argent t'a préoccupée; suffisamment, sans doute, pour tolérer Irma Kallen.

– Mais toutes ces raisons que tu as données pour ne pas...

– J'ai dit que je ne voulais pas l'accepter. Mais si tu le désires vraiment, si tu veux partager avec moi...

– Mais tu détesterais ton travail!

Il haussa les épaules.

– En grande partie, effectivement, je me concentrerais sur la recherche et j'accepterais une sorte de compromis. (Il se pencha vers elle.) Stéphanie. Ecoute-moi. Je t'aime. Je ne peux imaginer la vie sans toi. Rien n'a d'importance à mes yeux si je ne peux t'en parler le soir, si je ne peux prononcer ton nom, écouter ta réponse, si je ne m'endors pas en sachant qu'au matin, en ouvrant les yeux, je te trouverai près de moi. L'aspect magique de mon travail disparaît quand je te regarde. C'est toi que je découvre et que j'admire, sans toi, ma vie n'a plus d'intérêt. Tu es une partie de moi-même. Ne comprends-tu pas? Ne vois-tu pas que je ferais tout pour que ta vie reste liée à la mienne? Si tu me demandes d'accepter ce travail...

– Non. Jamais je ne te demanderai une chose pareille. Je ne veux pas que tu l'acceptes.

Il lui lança un regard sombre.

– Je ne comprends pas.

(« *Cela signifie que je t'aime. Je t'aime. Je ne désire que ton bonheur. Je veux que tu choisisses ce qui te convient le mieux. Même quand je ne serai plus là, même si je ne partage jamais ta vie, si je ne suis pas près de toi quand tu t'éveilles le matin.* »

Il vit ses lèvres frémir légèrement. Ses yeux se remplirent de larmes. Il désirait courir vers elle mais il se força à attendre.

– Je ne comprends pas non plus pourquoi tu pleures, dit-il durement. (Sabrina se cacha le visage dans ses mains et se mit à sangloter. Elle avait retenu ses larmes si longtemps, que maintenant, elle se sentait soulagée. « *Je ne peux m'en empêcher, je suis désolée. Je ne peux m'en empêcher. J'ai fait tout ce que j'ai pu.* ») Pourquoi pleures-tu? répéta-t-il.

Il s'approcha d'elle et écarta ses mains. Elle avait le visage baigné de larmes, les lèvres tremblantes, les yeux brillants, comme le matin où il s'était réveillé et l'avait surprise, alors qu'elle n'était pas sur ses gardes.

– Parce que je t'aime, dit-elle enfin; les mots avaient fini par sortir.

Il la prit dans ses bras, l'étreignant avec tant d'assurance qu'elle se sentit, enfin, apaisée.

Il voulut la soulever dans ses bras, mais elle secoua la tête. Elle partagerait tout avec lui, sa décision, tout comme la sienne. Ils se dirigèrent vers la chambre, se déshabillèrent à la hâte, effleurant la peau qu'ils dénudaient, tels des enfants devant une découverte pour s'assurer qu'elle est réelle et bien à eux. Garth ôta ses petits peignes d'ivoire, et ses cheveux auburn tombèrent sur ses épaules. Il contempla son corps, caressa sa peau satinée, comme si c'était la première fois. Il la regardait. Sur son visage, il ne lisait que passion intense, attente de l'amour. « Je ne suis rien sans toi, disait son regard, et ma beauté est d'autant plus resplendissante que ton désir est grand. »

Une fois de plus, il l'étreignit, sentant la douceur de son corps contre le sien, sa chaleur se mêlant à la sienne. Serrés l'un contre l'autre, leur désir grandissait; rien ne les arrêterait. Enfin, il pencha la tête vers son visage qui s'offrait à lui et l'embrassa, goûtant la fraîcheur de ses lèvres.

– Mon amour, murmura Sabrina.

Allongée dans ce lit, elle sentait la vigueur de son corps musclé. Il souleva la tête et son regard rencontra le sien; il avait une expression profonde qu'il n'avait jamais remarquée et, tout au fond, une lueur bleutée.

– Mon amour, murmura-t-il. Mon cher, mon tendre amour retrouvé.

La pièce rayonnait de l'éclat de son corps. Il ferma les yeux, mais tout était illuminé, partout, il le savait; en retrouvant sa femme, il retrouvait la lumière et la vie; elle faisait partie intégrante de lui; comme lui d'elle.

– Oui, dit-elle, et, dans un élan passionné qu'ils se refusaient depuis si longtemps, il la posséda.

Sous la violente poussée de leur désir, ils ne formaient qu'un, offrant leurs corps à une jouissance absolue.

« Je t'appartiens », pensa-t-elle. Tout tourbillonna dans sa tête; elle se laissa aller, disparaissant dans les ténèbres du plaisir, l'esprit au repos; plus rien ne comptait, sauf l'amour et une immense gratitude pour ce qu'il lui faisait découvrir de lui, d'elle, dans cette union physique, lèvres confondues. Un univers nouveau se faisait jour dans le regard de l'autre.

Le chocolat enveloppé de papier doré était écrasé sur l'oreiller. Garth le défit et le posa délicatement sur les lèvres de Sabrina.

– Où est le tien? demanda-t-elle.

Ils partirent à sa recherche et le trouvèrent enfin sur le sol où il était tombé.

– Mais j'ai encore faim, dit-il après y avoir goûté.

– Du nectar. Des œufs de grive. Des pétales de rose perlés de rosée.

Garth prit le téléphone.

– Champagne, omelette, salade. Et un sorbet au pamplemousse.

Sabrina riait.

– Un sorbet au pamplemousse?

– J'ai oublié de t'en parler. Une nouvelle passion que j'ai découverte en Californie. Il faut une demi-heure pour préparer les œufs de grive... J'ai encore envie de toi.

– Moi aussi.

« *L'éternité dans l'instant. Des années. Des heures. La minute que nous vivons. Rien d'autre ne compte.* »

Garth se pencha et la couvrit de baisers, mais de ses mains, elle le força à se coucher sur le dos, et se mit à l'embrasser à son tour, les lèvres tremblantes, le long de son cou, de sa poitrine, descendant doucement, s'attardant sur son ventre plat. Elle se recroquevilla près de lui, les mains posées sur ses cuisses, leva la tête un instant; elle rencontra son visage et lui murmura, du regard et des mains, de la laisser lui donner du plaisir. Elle caressa de sa langue le sommet de son sexe gonflé puis lentement, l'enfonça dans sa bouche. Ce sexe ferme, puissant, vibrant, s'offrait à sa langue et à sa bouche. Elle but sa semence, avala sa vie, déglutit son plaisir. Sabrina ressentit un élan d'amour exalté, de liberté et de don de soi, sentiments jusque-là inconnus.

Submergé de plaisir, Garth gémissait; c'était la première fois, depuis bien des années, qu'ils retrouvaient ensemble la délectation sensuelle, la première fois qu'il s'abandonnait, emporté par la tendresse et la force de ses baisers. Mais il ne voulait pas faire l'amour en égoïste, il désirait lui donner du plaisir. Il retira son sexe de sa bouche et ramena Sabrina vers lui. Il embrassa ses paupières closes, de ses lèvres il frôla son visage, son cou, ses seins ronds et gonflés contre ses joues; il en mordilla un bout, puis l'autre, jusqu'à ce qu'ils durcissent de plaisir sous sa langue. Lentement ses lèvres parcouraient son corps, effleurant de légers baisers sa peau éclatante, qui vibrait sous ses lèvres, descendant jusqu'à ses poils bouclés qui cachaient son sexe en feu, ouvert, tout tremblant. Sabrina plongea les doigts dans ses cheveux noirs épais, écarta les jambes, tandis que, de sa langue et de ses lèvres, il l'excitait. Tous ses sens s'éveillaient, plus il s'acharnait, plus elle jouissait. Puis, soudain, avec force, il plongea la langue au plus profond d'elle-même, possédant sa chair obscure et palpitante jusqu'à ce qu'elle se contracte, au bord de l'orgasme. Sous la caresse de ce souffle chaud, elle crut défaillir. Un frisson courut le long de son corps...

Quand elle ouvrit les yeux, elle le vit, penché sur elle, souriant. Surprise, elle tressaillit, mais lui adressa un sourire.

– Mon amour...

Soudain, on frappa à la porte, et une voix joviale annonça le champagne. Garth bondit du lit.

– Le crétin! S'il a tant d'énergie à trois heures du matin, pourquoi ne vient-il pas nous faire la sérénade avec des chansons d'amour italiennes? J'ai oublié de prendre une robe de chambre.

Il se tourna vers Sabrina, assise en tailleur, sur le lit, le visage radieux et moqueur.

– Tiens, dit-elle, lui tendant le couvre-pieds; il en fit une toge, et se mit à rire avec elle.

Ce rire emplit la pièce.

Rien n'avait été décidé, mais tout était changé. Sabrina, assise près d'un hublot, dans l'avion, regardait les nuages qui s'amoncelaient, même spectacle que la veille. Elle savait que le jeu était terminé. Aujourd'hui, elle devrait partir. Elle avait eu ses instants d'amour, désormais, tout serait différent pour elle; qu'importe comment elle revivrait ces dernières vingt-quatre heures! « Elles ne m'appartiennent pas; elles sont à Stéphanie », songea-t-elle.

Ce qui avait commencé, à la mi-septembre, comme une grosse blague sans importance, était devenu, fin octobre, une toile complexe, tissée de passion, d'attirance mutuelle, d'un avenir à deux. Ce qui était impossible pour Garth et Sabrina était essentiel pour Garth et sa femme. Même si Sabrina avait voulu l'oublier, elle ne le pouvait guère. Parce que l'épouse de Garth était son autre moitié. Près d'elle, Garth refusa un journal à l'hôtesse et s'adossa au fauteuil.

– Tout ce qui s'est passé depuis ton voyage est difficilement imaginable. (Elle serra ses mains sur son cœur et se tourna vers lui, le fixant dans l'éclat du soleil, au-dessus des nuages, mémorisant les moindres rides au coin de ses yeux sombres, ses pommettes saillantes, sa grande bouche, sa cicatrice au menton, ses mèches grisonnantes mêlées à ses cheveux noirs, sur le front.) Un tournant de notre vie. Pouvais-tu l'imaginer? Ta fuite était-elle un premier pas vers une rupture définitive? J'en ai bien eu l'impression. Et puis tu es revenue, essayant de mille façons d'être différente, comme si tu étais décidée à reformer notre couple, à me forcer à voir la réalité en face. Depuis longtemps déjà, je veux te dire combien je te suis reconnaissant; mais tu dois t'en rendre compte. Je veux que tu comprennes que je suis parfaitement conscient de tes efforts et de tes tentatives pour changer d'attitude; tu as tout fait. Moi, j'avoue mon ignorance. Je ne savais même plus quelle conduite adopter. (Il prit sa main.) C'était un peu ce que j'essayais de te dire, hier soir. Je suppose que tu savais déjà. Voilà, je voulais simplement te dire que je ne te laisserai plus m'échapper. Tu m'as appris... Stéphanie, qu'y a-t-il? Qu'est-ce qui ne va pas?

Elle pencha la tête.

– Je ne sais pas. J'ai la tête qui tourne, soudain. Pourrais-tu me faire servir une tasse de thé? (Il appela l'hôtesse, et Sabrina appuya de nouveau sa tête sur le fauteuil.) Merci.

Sa voix tremblait, son corps aussi. « Qu'est-ce qui m'arrive? pensa-t-elle, éperdue. Ce n'est pas Garth, c'est autre chose, quelque chose qui ne va pas, quelque chose de terrible, je ne sais pas ce que c'est. »

On allait poser le plateau en face d'elle, lorsque Garth remarqua le violent tremblement qui la secouait.

– Mon Dieu, qu'y a-t-il? Stéphanie, mon amour, que faire...?

– Je ne sais pas, murmura-t-elle, et elle enfouit son visage dans ses épaules.

Garth passa ses bras autour d'elle, la serrant fort contre lui jusqu'à ce que l'hôtesse arrive avec le thé.

– Que puis-je faire pour vous? demanda-t-elle, une couverture?...

– Je ne crois pas, dit Garth. (Doucement, il se dégagea.) Stéphanie, peux-tu boire ton thé toute seule ?

– Oui.

Elle prit la tasse dans ses mains, goûtant le liquide bouillant. Garth regarda sa montre. Onze heures trente.

– Nous allons atterrir dans une demi-heure. Penny et Cliff seront à l'aéroport, tu sais, avec Vivian.

– Oui. Laisse-moi quelques minutes.

Frissonnante, elle but tout le thé. Comme Garth remplissait à nouveau sa tasse, elle aperçut, à travers un hublot, un avion, tout au loin, dans la direction opposée. « Hier, j'étais dans cet avion », pensa-t-elle.

Elle se forçait à penser à Garth et à ce qu'il disait, quand son vertige avait commencé. Elle comprenait maintenant comment il n'avait pas décelé le « double je ». Garth, l'homme de sciences expérimenté, l'observateur astucieux, qui était marié à la même femme depuis douze ans, n'avait pas deviné qu'il vivait avec la sœur jumelle de celle-ci, parce qu'il était convaincu qu'elle avait délibérément changé d'attitude pour sauver leur couple. Si, avec Stéphanie, elles avaient écrit un scénario, pour se protéger, elles n'auraient pu en trouver de meilleur. « Nous avons été drôlement rusées, pensa-t-elle, au plus profond de son désespoir. Et regarde où ça nous a menées. »

Elle devait partir. Aujourd'hui. Cela signifiait téléphoner à Stéphanie, lui dire de prendre le premier avion, mais Stéphanie n'était pas là. Elle se trouvait sur le yacht de Max. Jusqu'à vendredi ou samedi.

« Je ne peux rester tout ce temps-là. Je ne peux nous faire ça. Mais je ne peux disparaître non plus. »

Elle ferma les yeux. Il lui faudrait rester quelques jours de plus. Stéphanie téléphonerait dès son retour à Cadogan Square; lundi, elles se retrouveraient à l'aéroport de Chicago et renverseraient la situation créée avec tant de légèreté, en Chine : elles échangeraient vêtements, porte-monnaie, clés de leurs maisons. Sabrina rendrait l'alliance. Ce serait terminé.

« *Ce serait terminé.* » Ces paroles résonnaient dans sa tête. Elles résonnaient au milieu des cris de joie de Penny et Cliff, à l'aéroport, elles résonnaient au milieu des bruits de la maison – une porte qui claquait, Cliff faisant tomber une assiette de biscuits, Penny lui criant de ramasser et de nettoyer, Garth allant de pièce en pièce, parlant de poser des contre-fenêtres; elles résonnaient dans le bruit des steaks grésillant sur le feu pour le dîner, dans le chuintement de la cafetière, les récits de Penny et Cliff à propos d'un chat égaré, d'une bagarre à l'école, des projets pour le défilé de *Thanksgiving.* « *Ce serait terminé.* » Ces paroles résonnaient dans le cliquetis des plats que les enfants nettoyaient, dans la cuisine, résonnaient... Quand soudain, la sonnerie du téléphone retentit. Garth l'appela. L'appel venait de loin, quelqu'un, du nom de Brooks Westermark, désirait lui parler. Et là, ces paroles cessèrent de résonner. La voix de Brooks, par-delà l'océan, se fit entendre, grave...

– Madame Andersen... Stéphanie...

Puis, entre deux sanglots, il lui apprit qu'on venait d'apprendre la nouvelle : le yacht de Max Stuyvesant avait explosé et sombré en Méditerranée, à onze heures trente, heure de Chicago.

Tout le monde à bord, dont sa sœur, lady Sabrina Longworth, avait été tué.

LIVRE III

17

Ils arrivèrent tôt au cimetière de Kensington. Certains pleuraient. D'autres parlaient à voix basse, devant la tombe ouverte. Sabrina les entendait derrière elle, tel un bruissement de feuilles, mais elle ne se retourna pas, les yeux fixés sur le cercueil de sa sœur, son propre cercueil, que l'on faisait descendre dans la fosse, tandis que le prêtre prononçait une courte prière et commençait son sermon.

– Lady Sabrina Longworth, pleine de vie, nous apportait l'amour et la joie...

Des nuages pâles s'amoncelaient, bas dans le ciel, absorbant la couleur de la terre et de l'herbe, pour les laisser dans la grisaille, sous les branches des arbres dénudés. Une légère brume d'octobre, venant de la Tamise, enveloppait ceux qui suivaient le convoi. Ils avaient les doigts gelés. Sabrina était engourdie par le froid. Elle frissonna. Garth resserra son étreinte.

– Elle était jeune et belle, sensible à la beauté qui l'entourait...

Soutenue par Garth, Sabrina, immobile, avait envie de hurler.

Stéphanie.

« Au cœur même de la vie, se trouve la mort. »

Stéphanie était morte.

Elle était glacée, le visage ravagé, retenant sa douleur et des larmes invisibles qui, sans cesse, couleraient, même dans son sommeil.

« *Reviens, Stéphanie. On reprendra tout du début, on recommencera différemment et tout ira bien.* »

« Le Seigneur est mon berger... »

Mais elle ne se rappelait qu'une chose : le coup de téléphone de Brooks, le début du cauchemar. La voix étouffée de sanglots, qui avait traversé l'océan; tandis qu'il parlait, tout autour d'elle s'était assombri. Elle n'avait plus distingué qu'un minuscule point lumineux. La lumière avait surgi de nouveau. Elle s'était sentie vaciller. Le bruit du récepteur tombant sur le plancher avait attiré Garth et les enfants, elle se rappelait Penny et Cliff, immobilisés de terreur, les yeux fixés sur elle, tandis que Garth la prenait dans ses bras, tout en ramassant d'une main le téléphone. Il avait eu une longue conversation avec Brooks. Ensemble, ils avaient pris les dispositions nécessaires. Garth était son seul soutien, en cet instant où tout devenait un tourbillon insensé qui l'aurait engloutie s'il n'avait été là. Elle s'accrochait à lui. « Garth, mon amour... »

Mais il ne savait pas, il ne savait pas la vérité.

– Attendez. (Elle se dégagea.) Ce n'est pas Sabrina. Ce n'est pas Sabrina. Non, ce n'est pas Sabrina qui est morte.

– Chut, mon amour, je suis là, ne dis rien; ne pense pas.

Des larmes jaillirent, des sanglots déchirants noyaient ses paroles, tandis qu'elle essayait de leur faire comprendre.

– Ce n'est pas... Sabrina... qui est morte. (Jusqu'à ce que Nat arrive, avec une seringue.) Non! Laissez-moi pleurer! Ne m'enlevez pas cela, ne nous enlevez pas cela, à toutes les deux...!

Mais l'aiguille s'enfonça doucement, et lentement ses frissons s'atténuèrent, la voix de Nat s'estompa, puis elle s'endormit.

« Mon Dieu, mon Dieu! quelle histoire! Garth, que puis-je faire? » Tout se confondait : visages, voix. Le téléphone ne cessait de sonner. Des portes s'ouvraient, se fermaient, des gens apportaient des fleurs et du ravitaillement. Pourquoi donc s'agitaient-ils, alors que Stéphanie était morte?

Garth s'occupait de tout. Il avait téléphoné à ses parents, elle l'entendit rappeler Brooks.

« ... déclarer la mort au consulat américain à Marseille, et ramener le corps... »

« *Pas " le corps ", imbéciles. C'est Stéphanie!* »

« ... de retour en Angleterre... aux pompes funèbres... oui, donnez-moi l'adresse. T.C. Dryden et Fils, Regent Street, Mayfair... »

« *Près de la maison; Stéphanie sera près de la maison.* »

« ... partons cet après-midi; nous nous verrons demain matin, vendredi... bien sûr, chez Sabrina; c'est là que Stéphanie va vouloir rester. »

« *Chez moi. Je rentre chez moi.* »

Garth conduisit les enfants chez Vivian, prépara leurs affaires, resta près d'elle, pour la soutenir jusqu'à l'aéroport et traverser la foule avant de parvenir à l'avion.

« Il est le centre de mon univers, pensa-t-elle. Je n'ai plus que lui. » Elle essaya de se secouer, de sortir de sa léthargie. « Il faut que je lui dise; il ne sait pas encore. Je lui dirai la vérité, dès que tout sera rentré dans l'ordre. Brooks vient d'appeler; je peux attendre quelques minutes, jusqu'à ce que... non, Brooks a téléphoné... quand?... je n'arrive pas à me rappeler. Hier? Il y a seulement quelques minutes? »

Dans l'avion, Garth prit les journaux que l'hôtesse lui offrit, pensant que Sabrina n'en voulait pas. Elle recula son siège et ferma les yeux, essayant de revenir en arrière, tandis qu'elle se sentait sombrer lentement dans une semi-inconscience.

« Si je n'avais pas insisté pour qu'on échange nos vies, pensa-t-elle, luttant contre le sommeil. Si je ne m'étais pas fracturé le poignet, rien ne serait arrivé. Ou si j'avais tout fait pour qu'on mette un terme à ce mensonge. Si j'avais refusé à Stéphanie cette autre semaine, pour lui permettre de partir en croisière, et moi, de rester un peu plus longtemps avec Garth. Si je n'étais pas tombée amoureuse de Garth. *J'ai provoqué la mort de ma sœur*. (Elle resta éveillée tout le reste du vol, le visage tourné vers le hublot.) *Tous mes actes conduisaient à sa mort. Mais je ne le savais pas...* »

A l'aéroport, elle insista pour aller directement aux pompes funèbres.

– Je veux voir ma sœur. Je dois voir ma sœur.

Elle pénétra seule dans la petite salle du fond de T.C. Dryden et Fils, et s'agenouilla à côté du cercueil.

– Stéphanie?

Sa sœur dormait, froide et lointaine, d'une beauté aussi fragile qu'un parchemin. Sabrina la veilla, elle put enfin se remémorer le passé : les cités où elles avaient grandi, les écoles, les maisons où elles avaient vécu, les voitures avec chauffeur, les serviteurs, la silhouette de Gordon et Laura les laissant seules, toutes deux, n'ayant d'autre famille qu'elles-mêmes. Elle se rappela des vacances d'été, quand elles avaient sept ou huit ans. Elles s'étaient échappées pour trouver une cascade, Stéphanie avait glissé sur un rocher et s'était fracturé la cheville. Sabrina était allée chercher en courant Gordon et Laura. Tandis que Gordon dégageait la cheville de Stéphanie, Sabrina lui avait pris la main, pour l'aider à supporter la douleur. Cette nuit-là, au lit, Stéphanie, à moitié endormie, lui avait dit : « On s'aidera toujours, n'est-ce pas? Chaque fois que l'une de nous sera blessée ou perdue, l'autre sera toujours là. – Oui. – Promis? – Promis. – Je le promets, moi aussi », avait dit Stéphanie.

Dans le silence de la salle obscure de T.C. Dryden et Fils, éclairée aux chandelles, imprégnée du parfum des gerbes de fleurs, Sabrina regardait sa sœur. « Nous avons promis, Stéphanie. Promis. » Elle sanglotait, des larmes coulaient le long de ses joues. Elle posa le front sur le bois vernis du cercueil.

« Je t'aime, Stéphanie. Je n'ai jamais voulu te faire de mal. Cela paraissait insignifiant : une semaine. Je voulais aimer ta famille quelques jours de plus, cela te permettait d'avoir... une dernière aventure... (Elle ferma les yeux.) Tout est de ma faute, et maintenant je suis seule pour tout leur dire. Ce n'est pas ce que nous avions prévu; nous étions insouciantes. Nous n'avons jamais pensé aux conséquences, et maintenant, je ne sais que faire; comment réagiront-ils? Personne n'a voulu m'écouter. Toutes ces dernières semaines, à Evanston, je m'en moquais, je t'avais, et nous nous comprenions. Mais à présent... Stéphanie. *Plus personne ne comprendra.* »

Sabrina voulut caresser les cheveux de sa sœur; une lueur d'or attira son attention – l'alliance qu'elle portait, scintillant dans la pénombre. Rapidement, elle la retira. « C'est à toi, Stéphanie. Je n'y ai pas droit. » Elle la glissa à son doigt; elle eut un frisson, au contact de sa main, froide comme le marbre. « Elle a toujours été à toi. Si j'avais gardé cela en mémoire, tu serais rentrée chez toi plus tôt, et rien... »

Elle serra ses mains sur sa poitrine. « Si je m'étais

rappelé cela, tout le monde saurait la vérité maintenant, je n'ai jamais eu droit à cette famille. Il faut que je le leur dise. Seule. Sans l'aide de Stéphanie, quand leur colère va se retourner contre moi. Seule. Il vaut mieux que je m'habitue à cette idée. (Elle se pencha de nouveau pour dire adieu à sa sœur. Elle se sentait vidée, aussi inerte qu'elle.) *Parce qu'une partie de moi-même a cessé de vivre. J'enterre ma sœur, et moi aussi.* »

– Non, dit-elle, à voix haute. Non, ils ne peuvent pas nous enterrer. Je ne les laisserai pas faire. Non! Non! Non!

– Stéphanie, dit Garth.

Elle ne l'avait pas entendu entrer, mais il était agenouillé près d'elle, le bras autour de ses épaules. Recroquevillée près du cercueil, Sabrina frissonna.

Qui gisait dans le cercueil? Aux yeux de cet homme, elle était Stéphanie, elle vivait avec lui dans la maison de Stéphanie, s'occupant avec amour des enfants de Stéphanie. Et elle était à Londres pour enterrer la sœur de Stéphanie. « Qu'ai-je fait? pensa-t-elle, éperdue. J'ai provoqué notre mort à toutes deux. » Ses sanglots étouffés lui brûlaient la gorge. Garth l'aida à se relever et la conduisit vers un taxi qui les mena chez Sabrina.

Chez Sabrina.

– Mon amour, je t'aiderai de mon mieux, mais tu dois te ressaisir. (Sa voix était douce mais catégorique.) Es-tu sûre de vouloir rester chez Sabrina?

– Oui.

– Si tu prenais une chambre d'invité plutôt que la sienne?

– Non.

– Ce serait moins pénible pour toi.

– Non. C'est ma chambre. J'y resterai.

– Comme tu voudras. Je ferai ce que tu voudras.

« *Non. Pas quand tu sauras la vérité, une fois rentrés chez nous.* »

A Cadogan Square, Mme Thirkell, effondrée, vint leur ouvrir la porte, et leur indiqua les chambres du haut.

– Madame Andersen, votre père vient d'arriver; il est au plus mal, et votre mère est...

Sabrina grimpa quatre à quatre les escaliers; Garth la suivit. Elle trouva Gordon et Laura, dans le bureau du troisième étage. Son père était assis sur une chaise de cuir, le visage livide et crispé, sa mère, debout devant le téléphone.

– Stéphanie, mon Dieu, tu es là. Comment peut-on appeler une ambulance? Ah! mais tu ne dois pas savoir, tu...

– Fais le 999. Non, je m'en occupe.

Elle fit le numéro et se tourna vers son père. Au même moment, Garth pénétra dans la pièce.

– Qu'est-il arrivé?

– Ma poitrine, mon bras... pensais que c'était une indigestion. Le repas dans l'avion.

Il s'exprimait d'une voix monocorde. Laura, furieuse, arpentait la pièce.

– Son médecin lui a conseillé de ne pas venir à Londres. Il a déjà eu deux attaques...

– Une ambulance, pour l'hôpital St. George. (Sabrina donna l'adresse de Cadogan Square.) Au domicile de lady Longworth. S'il vous plaît, dépêchez-vous; son père a probablement un infarctus. (Elle regarda ses parents.) Tu ne m'as jamais parlé des crises précédentes.

– Des incidents. Ce n'était pas vraiment sérieux, murmura Gordon.

– Les médecins disent que ce sont des avertissements, fit Laura. Quelle chance que tu connaisses le numéro de l'hôpital. Au fait, comment es-tu au courant?

– Je suis déjà venue ici. (Sabrina fit un numéro sur la ligne intérieure.) Mme Thirkell, une ambulance va venir chercher M. Hartwell. Seriez-vous assez aimable pour nous prévenir, dès qu'elle sera là? (Garth, pensif, la regardait se pencher vers Gordon qui semblait petit et fragile; tel un enfant, il s'accrochait désespérément à Sabrina, sa main dans la sienne. Où était le père de son enfance, grand et fort? Elle oublia, un instant, son chagrin, et s'agenouilla près de lui :) Tu as mal?

– Je vais mieux. Veux-tu m'apporter un petit scotch?

– Non.

– Stéphanie, qu'est-ce qui t'arrive? dit Laura.

Gordon eut un pâle sourire.

– Elle devient aussi autoritaire que Sabrina. Mais une fille obéissante ne va pas refuser à son père un petit scotch qui le remettrait d'aplomb.

– Une fille obéissante n'a aucune envie de tuer son père, répondit Sabrina, sur un ton qui se voulait léger. Comment saurais-je la réaction d'un cœur peu coopératif devant un scotch?

Mme Thirkell annonça que l'ambulance était arrivée.

– Ils montent le brancard, milady. (Sabrina perçut un certain embarras, dans sa voix.) Excusez-moi, je voulais dire madame Andersen. Je ne peux m'habituer à l'idée...

– Ne vous inquiétez pas, je comprends, dit Sabrina.

Les brancardiers entrèrent.

– Je peux marcher, Stéphanie.

– Non, il y a trois marches, dit-elle. (Comme il hésitait, elle le prit par le bras.) Ne discute pas, nous essayons de t'aider.

Il la dévisagea.

– Tu es devenue intraitable.

Mais il se laissa envelopper dans une couverture et sangler avant d'être transporté à l'hôpital.

– Nous allons suivre dans un taxi, dit Sabrina, mais dès qu'ils furent partis, elle se sentit défaillir.

Garth, en un instant, fut près d'elle; il appela un taxi pour Laura, et lui indiqua l'adresse de l'hôpital. Puis il installa Sabrina dans un fauteuil du salon. Soudain, des gens apparurent de tous côtés; ils s'agitaient autour d'elle. Tout le monde était là, sauf Sabrina. Fébrile, l'esprit confus, elle les suivait du regard; parfois, ils la portaient d'une pièce à l'autre, telle une marionnette, lourde et engourdie. Comme Stéphanie.

« Quelle déception! pensa-t-elle. Personne n'a besoin de nous; ils ont tous leurs préoccupations. Moi aussi. Mais impossible de me rappeler lesquelles. »

Elle se les rappela au cimetière, à la fin du sermon. « Je lèverai mes yeux vers les collines. Montre-moi le chemin, Seigneur, qui conduit vers toi. »

Le silence régnait. Seuls, quelques sanglots se faisaient entendre. Derrière Sabrina se tenait Alexandra auprès d'Antonio, des larmes coulaient le long de ses joues; près d'elle, en face de Brooks, Gabrielle, le nez enfoui dans un mouchoir, sanglotait. Jolie tenait la main de Michel, impassible. Nicholas Blackford était tout agité, et Amelia essayait de le calmer. Ils étaient tous là : l'ambassadeur des Etats-Unis et son personnel, un groupe d'antiquaires, certains venus de Paris et de Rome; des clients et amis; des serviteurs, des garçons, des employés, qui se rappelaient un sourire, un mot de remerciement. Tous étaient là, même Mme Pemberley, derrière un Brian immobile, abasourdi et Mme Thirkell, le visage caché dans un mouchoir mouillé de larmes; Olivia se trouvait auprès des silhouettes de Denton Longworth et de sa mère. « Curieux qu'ils soient venus! » pensa Sabrina. Les Raddison, eux, n'étaient pas là.

Elle sentit le bras de Garth autour de ses épaules. Debout devant la tombe, elle percevait la voix cadencée du pasteur : « Puissions-nous voir l'avènement du jour radieux... »

Aujourd'hui, elle enterrait sa sœur, son père était à l'hôpital, et sa mère, tremblante, se tenait à côté, agrippée à elle.

« Souviens-toi que tu es poussière et que tu retourneras en poussière... »

L'officiant la regarda, et, de ses yeux tristes, lui dit qu'il était temps de jeter la première poignée de terre sur le cercueil. Tout le monde attendait. Les yeux étaient braqués sur elle. La première poignée de terre sur le cercueil. La première poignée de terre. Sabrina se rappela.

« *Tu ne leur as rien dit, c'est ta dernière chance. Dis-leur maintenant. Impossible de remettre à plus tard. Dis-leur. Dis-leur!* »

Un long frisson parcourut son corps. Sabrina tomba à genoux, devant la tombe.

– Ce n'est pas Sabrina! hurla-t-elle.

Elle entendit des murmures derrière elle et le terrible gémissement de Laura. Elle fixa le cercueil, puis, d'un ton suppliant, s'adressa au pasteur.

– Ce n'est pas Sabrina qui est morte, c'est Stéphanie! Stéphanie qui est morte! Ou peut-être sommes-nous mortes toutes les deux; parfois, il semble que... Parfois, j'ai l'impression d'être Stéphanie, mais ce n'est pas moi. Je suis Sabrina, j'ai toujours été Sabrina. Je ne suis Stéphanie que depuis...

– Arrête, mon amour. (Garth l'aidait à se lever, la

voix pressante; il la tenait serrée contre lui.) Je vais te ramener à la maison.

– Non, attends, écoute. (Elle le repoussa.) Ecoute-moi!

Brooks était à côté d'eux. Il échangea un regard furtif avec Garth.

– Pouvez-vous assister à la fin de l'office sans nous?

– Bien sûr. Rendez-vous à Cadogan Square. Au fait, il y a un certain Dr Farr...

– Arrêtez, je vous en prie, arrêtez. Ecoutez-moi. Vous ne comprenez donc rien? J'essaie de vous expliquer...

– ... qui pourrait lui administrer un calmant, son numéro est sur le carnet.

Garth le remercia et entraîna sa femme. Une voix les suivit : « Puisse Dieu avoir pitié de son âme. »

– Je crois que nous devrions appeler le Dr Farr, dit Garth, en approchant de la limousine. Pour t'aider à traverser ces jours difficiles.

Sabrina chancela, épuisée, l'esprit vide, furieuse contre elle-même.

– Tu ne m'as pas laissée terminer, dit-elle, désespérément. J'essaie de te dire la vérité et tu ne veux pas m'écouter.

– Plus tard.

– Tu ne m'as pas crue.

– Plus tard, mon amour.

Garth se rappela qu'à la mort de ses parents, il avait ressenti colère et chagrin, parce qu'ils l'avaient abandonné. Le deuil de sa femme revêtait un aspect plus frénétique : elle perdait la raison, comme si tout son être lui avait été arraché. Il savait bien que c'était sa sœur jumelle qui était morte. Pourtant, une chose l'intriguait : comment la femme forte qu'il connaissait, qui avait pris la direction des opérations quand son père était malade, pouvait-elle sombrer dans l'incohérence et le désespoir le plus profond?

Il savait que, dans le chagrin, souvent les affligés se réfugient dans le refus, n'acceptant pas la mort d'un être cher. Mais si tel était le cas, elle dirait que sa sœur était vivante, en voyage, qu'elles seraient, toutes deux, très vite réunies. Au lieu de cela, elle prétendait être sa sœur. Pourquoi? Etait-ce par une sorte de compensation? ou parce qu'en dépit de leur séparation physique, les jumelles avaient été plus proches, plus intimement liées qu'il ne pensait?

A Cadogan Square, Sabrina refusa de voir le Dr Farr.

– Il va me donner un somnifère. Pourquoi ne me laisses-tu pas à mon chagrin?

– Que tu aies de la peine, soit. Mais ne tombe pas dans l'hystérie.

– J'essaierai de l'éviter, dit-elle, avec une pointe d'humour.

Garth l'écouta. Elle avait raison, mieux valait qu'elle s'en sorte seule.

Brooks et Olivia avaient réglé toutes les formalités des funérailles; les hôtes, invités à déjeuner, commençaient à affluer; Mme Thirkell, avec l'énergie du désespoir, dirigeait le personnel engagé pour la circonstance; en un clin d'œil, les tables du salon et de la salle à manger furent couvertes de viandes rôties, de poissons, de fromages, de pâtés, de pain, de pâtisseries, de crêpes.

Pâle, hautaine, Sabrina évoluait avec aisance dans cet univers, comme si elle en faisait partie, comme si tout lui appartenait. Garth, à ses côtés, l'observait. Tous faisaient des commentaires sur la ressemblance des jumelles. Il semblait si naturel de la voir ici; elle les écoutait poliment, comme si elle essayait de comprendre pourquoi ils étaient là.

Garth était malheureux. Jamais il n'avait tant aimé sa femme. Elle avait l'air perdue et rassérénée à la fois, il sentait qu'elle avait besoin de lui, et pourtant, elle le rejetait. Le chagrin l'entourait d'un voile de mystère et de vulnérabilité; son désir le plus intense était de la serrer dans ses bras, d'embrasser ses yeux mouillés de larmes, de boire ses paroles, qu'elles aient un sens ou non; il voulait comprendre ce que signifiait la perte d'un autre soi-même.

Mais elle se confiait peu. Aussi, tout en l'observant, il écoutait les autres parler de l'accident.

Brooks en avait fait le récit à certains, l'histoire s'était propagée rapidement. Personne ne connaissait la raison du naufrage du *Lafitte*, mais selon la rumeur, le réservoir avait explosé, au moment même où le yacht quittait le port de Monte-Carlo. Denton avait passé là une semaine, pour jouer au casino; quand il apprit que c'était le yacht de Max Stuyvesant, il téléphona aux gardes-côtes pour offrir ses services. Il était présent lorsque les premiers corps furent retirés de l'eau; il identifia celui de Sabrina. La police avait téléphoné à Londres pour connaître le nom des proches parents, mais Gabrielle, qui prit la communication, leur suggéra d'appeler Brooks. Bonne initiative, pensa Garth, car il s'était occupé de tout, des problèmes avec la police de Monaco, des gardes-côtes français, de la police maritime et aérienne britannique; tout cela, avec calme et douceur. Garth appréciait Brooks. Agacé, au premier abord, par son côté autoritaire, il découvrit vite chez lui une sincérité profonde.

– Sabrina va me manquer, avait dit Brooks, lorsque les deux hommes s'étaient retrouvés, devant un verre de bière, la veille des obsèques. En ce moment, j'ai un problème – cela offre peu d'intérêt pour vous –, Sabrina m'a fait entrevoir que j'en étais en partie responsable, ou plutôt que c'était une erreur de parallaxe. Elle avait un caractère entier. Elle s'exprimait avec toute la force de ses convictions et montrait un certain agacement vis-à-vis de ceux qui manquaient de franchise. Je suppose qu'elle savait, mieux que personne, jouer leur jeu, mais j'ai toujours eu l'impression qu'elle était sincère, parfaitement sincère.

Garth avait fait le tour de la maison. Une douce harmonie y régnait, mêlée de sérénité et de finesse. Il venait pour la première fois. Il le regrettait, car il aurait mieux connu sa belle-sœur; une demeure est à l'image d'un être. En bien des points, celle-ci ressemblait à sa femme et n'était nullement celle qu'il avait imaginée.

– Je ne l'ai jamais vraiment connue, dit-il à Brooks. Je le regrette.

Le lendemain des funérailles, debout près de sa femme, il écoutait les amis de Sabrina parler d'elle; plus il prêtait attention à leurs propos, plus il s'apercevait combien il l'avait méconnue.

– C'était une acharnée au travail, disait Olivia, mordant dans une tarte.

– Longtemps, elle a craint l'échec, dit Alexandra.

– C'est absurde, je n'ai jamais vu femme plus sûre d'elle. Elle avait une façon particulière de m'écouter en acquiesçant gaiement, puis de me dire, tout aussi gaiement, que j'étais dans l'erreur. En y songeant, je suis stupéfaite. Pourtant, j'acceptais tout d'elle.

Jolie se tourna vers Olivia.

– Vous ne pensez tout de même pas qu'elle craignait l'échec au début? Alors que personne ne la connaissait?

– Pourquoi mentionner l'aspect négatif? interrompit Nicholas. Quand la réussite lui a souri, quand elle a commencé à sélectionner sa clientèle, elle a travaillé par amour de la beauté, amour de la créativité, avec son style impeccable, amour de...

– L'argent, dit Alexandra, avec un petit sourire narquois.

– N'oubliez pas ce détail important. Contrairement à nous, elle devait gagner sa vie.

Garth vit sa femme écouter avec intérêt.

– Excuse-moi, lui dit-il doucement. Je la critiquais... mais sans la connaître. C'est exactement ce que tu ne cessais de me dire.

– Oui. Mais quelle importance? Autrefois, je pensais qu'on avait tout le temps de dire la vérité, mais j'avais tort. Les mensonges et les erreurs se multiplient, et il est bien difficile d'y mettre un terme; après, on n'y attache plus d'importance.

De quoi parlait-elle? Il n'en avait aucune idée; mais avant qu'il n'ait eu le temps de répondre, un inconnu s'approcha d'eux : grand, brun, un visage distingué sous d'épais sourcils et des yeux d'un noir intense.

– Excusez-moi, dit Sabrina, quand il lui tendit la main, je ne...

– Dimitri Karras, dit-il, avec un léger sourire. Nous avons fait connaissance, il y a très, très longtemps, à...

– Athènes! s'écria-t-elle, le visage soudain illuminé. Quand vous nous avez cachées! Mais n'est-ce pas étonnant! Après toutes ces années! Habitez-vous Londres? Y travaillez-vous? Attendez que j'en parle à Stéphanie...

Elle s'arrêta net.

Garth vit de tous côtés des regards de pitié, d'embarras, de curiosité. Il tendit la main à Dimitri.

– Garth Andersen. Stéphanie m'a parlé de vous.

Dimitri, reconnaissant, lui serra la main.

– Oui, il nous est arrivé une drôle d'aventure, à tous les trois. (Il se tourna vers Sabrina :) Je me rappelle très bien votre sœur : son courage, son regard – si fébrile, si avide de tout connaître. Je lui ai téléphoné, il y a trois jours, à mon arrivée à Londres, mais elle était déjà partie. Peut-être, avant votre départ, si vous avez le temps, pourrions-nous prendre le thé?

– Peut-être, répondit Sabrina, impatiente de partir.

Il lui rappelait une époque où la vie était simple. Une époque révolue. Elle tremblait. « Je ne peux dire à Stéphanie que j'ai rencontré Dimitri, pensa-t-elle. Je ne peux plus rien lui dire. C'est fini. Je ne peux même pas parler d'elle à qui que ce soit. Parce que je suis encore Stéphanie. *Et je n'arrive pas à faire comprendre la vérité.* »

– Combien de temps allez-vous rester? demanda Dimitri.

Sabrina se retourna, mais il s'adressait à Garth.

– Je ne sais pas encore.

– Comment? dit-elle. Tu as un billet pour demain.

– Je ne partirai pas si tu as besoin de moi.

– Je n'ai pas besoin de toi.

– Peut-être es-tu mauvais juge?

Dimitri préféra s'éloigner.

– Je vous téléphonerai pour le thé... si vous êtes encore là...

– Je serai là, dit Sabrina. Mon père est à l'hôpital, ma mère est ici, et je dois m'occuper de mes affaires.

– Ma chère, dit Nicholas, d'un ton pressant, j'aimerais vous parler des *Ambassadeurs*. Nous avions envisagé avec lady Longworth une éventuelle association. Combien de temps comptez-vous rester à Londres?

Aussitôt, Sidney Jones se trouva à ses côtés : l'avocat de Sabrina, qui s'était occupé de son divorce.

– Je peux organiser un rendez-vous. Je veux évidemment être présent. Lady Longworth l'aurait souhaité, puisque j'ai rédigé son testament. J'ai déjà parlé à Mme Andersen de son héritage.

« Tout légué à Stéphanie Andersen, pensa Sabrina. Je me suis tout légué. » Et cette plaisanterie idiote et triste lui fit monter les larmes aux yeux.

Mais sa curiosité fut éveillée. Stéphanie avait-elle envisagé une association avec Nicholas? Qu'avait-elle fait d'autre, en dehors de son aventure avec Max Stuyvesant? Pour la première fois, Sabrina se rendit compte qu'elle ne savait pratiquement rien des activités de Stéphanie à Londres.

Elle se tourna vers Antonio et Alexandra. L'attirance physique qu'ils éprouvaient l'un pour l'autre sautait aux yeux. Sabrina ne put que le remarquer. Quand cela avait-il commencé? Stéphanie n'avait rompu que très peu de temps auparavant. Mais c'était un beau couple. Si Stéphanie avait encouragé cette union, bravo. C'était réussi.

Devant le buffet, Michel et Jolie se servaient une assiette de viande froide. Stéphanie n'avait plus parlé d'eux depuis la soirée d'anniversaire chez Alexandra. Sabrina devrait s'informer de l'évolution de leur article, sans laisser paraître son ignorance. Il fallait encore jouer la comédie. « *Une fois lancé, on ne peut plus reculer.* »

– Ma chère, dit Sidney Jones, puis-je vous servir une tasse de thé?

Il regarda Garth d'un air supérieur, pour lui montrer l'attitude à adopter devant une femme éprouvée.

– Pas de thé, dit Sabrina, lentement. Garth, pourrais-tu me servir un verre de vin?

Garth lui sourit, le cœur joyeux devant le comportement de sa femme. Elle oubliait son chagrin pour remettre ce snob prétentieux à sa place.

– Je t'aime, dit-il en l'embrassant sur la joue pour la remercier. Je reviens tout de suite.

Sabrina vit Brooks entrer et se diriger vers Gabrielle. Les hôtes, à l'affût d'une querelle, s'approchèrent pour écouter. Sabrina secoua la tête. « Rien n'est changé, songea-t-elle. Certains penseront un peu à moi. Je leur manquerai quelque temps, mais tout continuera comme avant. Rien ne change. Seulement, lorsque je dirai la vérité, tout changera pour Garth et les enfants.

« *A moins que je ne dise rien.* (Cette pensée traversa son esprit comme un éclair et il lui fallut un certain temps avant d'en prendre conscience.) A moins que je ne dise rien. Que je dise la vérité aujourd'hui, demain, dans un mois, dans un an, où est la différence? Et si je ne disais rien? On pourrait continuer comme avant. Quelle importance? Mais si je ne dis à personne la vérité, comment pourrai-je redevenir Sabrina? »

Garth revint, suivi d'un garçon qui portait un plateau garni de toasts et de verres de vin.

– Il n'a pas voulu que je me serve. Je suppose qu'il me prend pour un intrus qui veut prendre sa place.

Sabrina ne put s'empêcher de sourire. Il comprit qu'il avait remporté une victoire.

Ils se retirèrent tous deux dans un coin, retrouvant leur intimité malgré le bruit.

– Rien n'est changé, murmura Garth, observant la foule.

Sabrina sursauta.

– Mais tu ne les connais pas.

– Ai-je besoin de les connaître? Regarde-les. Ils sont arrivés, solennels, respectueux, parlant à voix basse; et, moins de deux heures après, les voilà qui discutent de leurs problèmes. Ecoute-les. La vie continue.

Autour d'elle, on s'agitait, on parlait à haute voix. On se serait cru à un cocktail.

– Ressemblance étonnante. On jurerait que c'est Sabrina.

– A première vue, seulement. La bouche est différente, les yeux aussi; vous n'êtes pas très observateur.

– Je vais lui demander, elle vous dira que j'ai raison; elles sont réellement identiques.

– Oh! Pour l'amour de Dieu, vous n'allez pas le lui demander! Encore une scène comme celle du cimetière, et il me faudra une semaine pour me remettre. Mon Dieu, je ne pourrais pas en supporter une autre.

Garth observait sa femme, elle semblait indifférente. Très pâle, mais calme et l'esprit alerte, elle n'avait plus de crise de dédoublement. En fait, bien qu'elle ait laissé à Brooks et Olivia le soin de s'occuper des obsèques et du lunch, elle se comportait exactement comme la maîtresse de maison avec Mme Thirkell et le personnel. Elle avait besoin de Garth, de le sentir, de le toucher. Puis soudain, au moment le plus inattendu, elle rentrait dans sa coquille et le regardait, comme si elle avait un doute sur son identité, sur la place qu'elle tenait dans sa vie.

– Ce que j'aimerais, dit Garth, c'est un scotch.

– Je vais t'en chercher un, dit Sabrina, contente de s'occuper.

Il n'eut pas le temps de la retenir.

– Nerveuse, dit Nicholas Blackford, d'un air entendu. Ça arrive souvent, dans ces moments-là. Il va lui falloir un certain temps pour se remettre. Toutes les deux, elles semblaient si proches, en Chine, que je ne peux les imaginer séparées.

La Chine? Mais de quoi parlait cet homme? Elles n'étaient pas allées en Chine ensemble. Pourtant Blackford s'y trouvait; Garth se rappela les paroles de Stéphanie. Il avait retenu ses expressions.

– Pourtant, elles n'y sont pas allées ensemble, dit-il, perplexe.

– Exact, exact; j'espère que vous aidez Stéphanie à envisager le problème de cette façon. Deux semaines ensemble; autrement Sabrina aurait pu – mon Dieu, comment dire – mourir sans qu'elles se soient vues cette année. Le destin est insondable. Je pensais aux photos que j'ai prises d'elles, dans ces robes de soie identiques qu'elles ont achetées à Shanghai. Savez-vous que je ne les ai jamais vues. Elles sont bonnes?

– Oui, répondit Garth, pensif.

Sa femme s'approcha d'eux, avec une bouteille, un verre et des glaçons.

– J'ai vaincu l'adversaire, dit-elle, avec un petit sourire. Mais je n'ai apporté qu'un verre. Nicholas, voulez-vous... (Le regard de Garth la frappa.) Qu'est-ce qui ne va pas?

– Rien. Où as-tu mis le scotch?

– Dans le bureau, en haut. Je... (Sabrina y gardait toujours quelques bouteilles.) Il y a quelque chose qui ne va pas, je le vois bien.

Nicholas frétillait, devant la scène de ménage qui s'annonçait.

– Bon, je vais aller chercher à boire. Excusez-moi...

Garth versa le liquide ambré dans son verre.

– Nicholas me disait combien toi et Sabrina vous sembliez proches, en Chine. Il a pris des photos, paraît-il.

Son visage se glaça, livide.

– Oui... A Shanghai. Près de l'hôtel. La veille, il avait fait tomber tous ses gâteaux sur le trottoir. Cela n'a pas grande importance, en fait; un souvenir... je voulais t'en parler, te dire tout, depuis le début, mais tant d'événements se sont produits, j'ai l'esprit confus, j'ai toujours remis... je voulais te le dire ce soir, une fois seuls; je voulais tout te dire avant que tu reprennes l'avion, demain... enfin, je crois que c'est ce que j'allais faire, mais si tu veux, on peut mettre les choses au clair tout de suite...

Elle parlait d'une voix monocorde, qui trahissait sa solitude, son désespoir. Il s'en inquiéta.

– Non, pas maintenant. Ça peut attendre. En fait, tu n'as pas besoin de me donner d'explications. Sans doute avais-tu peur de mes réactions. J'aurais été furieux, si j'avais su. Tu as eu raison. Parce que je ne la connaissais pas vraiment. Je ne regrette qu'une chose : que tu aies eu peur de m'en parler, comme si j'étais un ogre. Etait-ce l'image que tu avais de moi?

Elle baissa la tête et la secoua lentement, ses cheveux masquant son visage.

– Non, ne dis pas cela. Tu n'es pas un ogre. Je t'aime.

– Alors, rien d'autre ne compte. Je me moque pas mal que tu aies été avec Sabrina en Chine. Parlons d'autre chose. Peux-tu me dire, par exemple, pourquoi tous ces gens, qui, pris dans leur ensemble, possèdent la moitié des richesses d'Angleterre, sont en train de s'empiffrer comme des indigents?

Elle ne put s'empêcher de rire.

– Sans doute pour se rappeler qu'ils sont encore vivants.

Il caressa une mèche de cheveux sur son front.

Même au plus profond de son chagrin, elle gardait l'esprit vif.

– Des obsèques leur rappellent l'incertitude du lendemain.

Eux n'avaient pas ce problème. Ils échangèrent un sourire plein de tendresse. Garth se mit à espérer. Très vite, ils revivraient ces instants de plaisir intense qu'ils avaient découverts à New York, la veille du coup de téléphone de Brooks.

Le soir, allongé près d'elle, prenant sa main dans la sienne, il lui proposa encore de prolonger son séjour. Mais elle refusa même de l'envisager.

– Ma mère est là, et tous mes... tous les amis de Sabrina, Mme Thirkell; si j'ai besoin de compagnie ou d'aide, ils sont tous là. Les enfants ont besoin de toi, et il ne faut pas que tu rates tes cours et ton travail au labo. N'as-tu pas aussi projeté de rencontrer les architectes de l'institut de Génétique?

– Oui, oui et oui. Mais si tu as besoin de moi, je resterai.

Elle se tourna vers lui. A la pâle lueur de la lampe de chevet, elle essayait de fixer dans sa mémoire les traits de son visage, comme pour se les rappeler à jamais.

– J'allais te parler, ce soir, de mon voyage en Chine, je voulais tout te raconter...

– Je ne te demande rien. A moins que tu n'aies besoin de parler de ta sœur, pour atténuer ton chagrin. Mais je ne peux rien faire pour toi dans ce domaine. Quels qu'aient été les sentiments que tu éprouvais à son égard de son vivant, il faut maintenant que tu sois toi-même, distincte de son souvenir. Tu ne peux continuer à glisse d'un personnage à l'autre, de toi à elle. (Elle respira profondément.) Qu'y a-t-il?

– Ce que tu viens de dire... c'est exactement ce que

je veux t'expliquer. Mais chaque fois que je commence, il m'est impossible de continuer.

– Alors, tais-toi. Bon sang, je n'ai aucune envie d'entendre ce qu'il t'est si difficile d'exprimer. (En fait, il avait peur; peur de ne pas être en mesure de s'opposer aux décisions qu'elle pourrait prendre, dans l'état où elle était.) Attends qu'on soit rentrés à la maison, ensuite, tu pourras tout me dire, si cela te semble nécessaire.

– Mais ce n'est pas...

– Stéphanie, je ne veux rien entendre maintenant, ça peut attendre. (Il se pencha vers elle et l'embrassa.) Il est tard, tu es épuisée. Pourquoi n'essaies-tu pas de dormir?

Elle hésita. Il lui accordait du temps. Pourquoi ne pas saisir l'occasion? Elle savait déjà que cela n'avait plus d'importance. Alors, elle pouvait bien attendre un peu plus. Elle caressa son visage.

– Je croyais que tu voulais faire l'amour.

– Je ne veux que ce que tu désires. (Elle se blottit contre lui; il la prit dans ses bras; ils étaient allongés, immobiles, l'un contre l'autre. Garth la sentait vibrer; il la caressa tendrement.) Mon amour, veux-tu que je reste à Londres plus longtemps?

– Non. Mais fais-moi l'amour maintenant. (Elle se glissa contre lui et fit jouer ses reins. Sa respiration s'accéléra; allongé sur elle, il s'abandonna, enivré par la douceur et le parfum de son corps. Il allait la pénétrer, lorsque son regard rencontra le sien. Il s'arrêta net. Sans un mot, il s'écarta et s'allongea sur le dos, près d'elle.) Garth... qu'as...?

– Tu n'avais pas envie de faire l'amour. Tu faisais semblant, n'est-ce pas? (Au bout d'un moment, les yeux fermés, elle acquiesça.) Pourquoi? Penses-tu que je veuille prendre mon plaisir à n'importe quel prix?

– Je voulais te faire l'amour.

– Ce n'est pas vrai.

– Je voulais te faire l'amour. Mon esprit désirait te faire l'amour. Je ne sais pas pourquoi mon corps n'a pas suivi... J'ai essayé... vainement, alors j'ai fait semblant, parce que je voulais te faire l'amour. Ne peux-tu pas comprendre? Je voulais te sentir dans moi. Je me moquais de ne pas jouir. Je te voulais dans moi.

– Alors, pourquoi ne pas le dire? Pourquoi faire semblant?

Elle frissonna.

– Excuse-moi. Je ne sais pas pourquoi je ne peux pas te parler franchement.

Il prit sa main.

– Dors. Quand tu rentreras à la maison, nous aurons une explication; tu pourras me dire tout ce qui te passe par l'esprit.

Elle enfouit sa tête au creux de l'oreiller.

– Tu pars demain?

– Oui.

Il se pencha vers elle et l'embrassa sur le front.

– Bonsoir, mon amour.

– Bonsoir.

Elle éteignit la lampe. Dans l'obscurité, sa voix lui parvenait comme une douce caresse.

– Je t'aime, Garth.

Le dimanche matin, dans son lit d'hôpital, Gordon se remémorait le passé. Sabrina avait les yeux fixés sur son visage amaigri, mais elle songeait à Garth, en route vers l'Amérique. La voix de Gordon était de plus en plus grave.

– Ensuite, en Algérie, il y avait tant à faire... Bien sûr, à cette époque, je n'avais pas de problèmes cardiaques; je pouvais travailler dix-huit heures d'affilée...

– Et tu le faisais, murmura Sabrina. Nous laissant avec les domestiques.

– Stéphanie, dit Laura, d'un ton réprobateur.

Sabrina haussa les épaules :

– Il y a si longtemps!

– Alors, pourquoi en reparler? Ton père a toujours fait son devoir envers son pays comme envers sa famille. Je ne te cache pas que je suis très surprise. Ce n'est pas toi qui te plaignais dans le passé, c'était toujours Sabrina.

En prononçant le nom de Sabrina, elle éclata en sanglots.

– Excuse-moi, fit Sabrina.

Gordon plissa le front, perplexe.

– Ta mère m'a raconté l'épisode du cimetière. Tu sais, ce n'est pas bien de prétendre que tu es Sabrina. Ça ne la ramènera pas. (Sabrina le regarda droit dans les yeux, le mettant au défi de la reconnaître. Elle savait que c'était impossible, avant, il n'y arrivait pas, comment le pourrait-il maintenant, alors qu'une seule chose l'intéressait : les pulsations de son cœur?) Tu n'as rien à lui envier, non plus. Elle était différente de toi et menait une vie différente, c'est tout. Je ne porte pas de jugement...

Il eut une quinte de toux. Immédiatement, Laura se porta à son secours.

– Ne t'énerve pas. Les médecins disent que tu te rétabliras vite, si tu restes calme. Ils vont te garder indéfiniment, si tu ne fais pas ce qu'ils disent.

– Je ne m'énervais pas. Je faisais simplement remarquer que Stéphanie n'avait pas besoin de se sentir diminuée vis-à-vis de sa sœur.

– Tu insinues que la mort de Sabrina est la conséquence de sa façon de vivre? Tu n'as aucun droit de dire cela, je suis désolée, Gordon, aucun droit. Stéphanie, que vas-tu faire des *Ambassadeurs*?

– Ta mère change de sujet. J'aimais ta sœur, tu sais. Même si je critiquais sa vie effrénée, pleine de risques, même quand elle a épousé cet escogriffe fumeux. Quel est son titre, déjà... Duc...

– Vicomte, dit Laura. Mais je croyais que tu ne voulais pas parler de Sabrina.

– Je l'ai toujours aimée. Mais il est sûr que je t'ai toujours préférée à elle. Comprends-tu?

– Ne dis pas cela, dit Sabrina doucement. Je t'en prie, ne dis pas cela.

Elle avait le visage en feu. Elle n'avait qu'un désir : fuir.

– Elle me mettait mal à l'aise, parce que j'avais toujours l'impression qu'elle allait bondir de sa chaise, se sauver... et... faire quelque chose. Mais quoi? Participer à une course? Explorer une grotte? Tirer sur un renard? Ou jouer la coquette à un bal? Je l'aimais. Elle n'avait pas son pareil, mais avec elle, impossible de se défendre, elle était imprévisible. (Le ton montait. Sabrina faisait des efforts pour rester calme.) Je m'inquiétais toujours pour la réputation de l'ambassade. Nous essayions de vous faire comprendre, à toutes deux, que nous étions les symboles de l'Amérique et que ma carrière dépendait de l'image que nous offrions au monde. Pour toi, je ne me faisais aucun souci, mais Sabrina, avec son énergie débordante, semblait incontrôlable. Comprends-tu maintenant pourquoi j'étais dur parfois avec elle? J'avais toujours la hantise qu'elle fasse une bêtise ou qu'elle commette un acte dangereux. Comprends-tu pourquoi nous avons décidé de vous envoyer à l'institut Juliette? Pourquoi j'ai pu avoir une attitude qui ne semblait pas toujours... paternelle? (Sabrina se taisait.) Mais je l'aimais. Elle était le feu, l'éclat, l'amour. L'énergie et la curiosité. Tant de vie. Je regrette de ne jamais lui avoir dit cela. (La voix de Gordon faiblit.) Même quand nous nous sommes installés à Washington, je ne lui ai rien dit. Elle vivait dans un tourbillon. Un mariage, un divorce. Une boutique. Les chasses à courre. Les croisières. A la fin, elle avait même une liaison avec un Brésilien. Mais je l'aimais, autant que je t'aimais. J'aurais dû le lui dire.

Laura pleurait, le visage caché dans ses mains. Gordon, les yeux clos, haletait sous le couvre-lit blanc. Dans la quiétude de la pièce, Sabrina entendit des pas, puis des murmures. C'étaient les visiteurs du dimanche après-midi. « Les parents », pensa-t-elle. Elle avait trente-deux ans, et ils avaient encore le pouvoir de la culpabiliser si elle les décevait. Gordon essayait de se libérer d'une vie entière d'indifférence, et, en même temps, il lui disait qu'il ne voulait pas qu'elle mène la vie de Sabrina. Et Laura, qui s'était sentie plus proche de Sabrina, essayait de cacher son ressentiment à l'égard de son mari.

– Elle savait que tu l'aimais, dit Sabrina à Gordon dont les yeux restaient fermés. (Elle essayait de trouver un moyen de le convaincre.) Même lorsqu'elle se rendait compte qu'elle te décevait.

– C'est vrai. (N'ayant qu'un seul souci, sa santé, il parvenait aisément à croire que tout allait bien.) Je vais faire une sieste, maintenant, dit-il.

Laura prit Sabrina par le bras, quand elles quittèrent l'hôpital.

– Je m'excuse pour ce que vient de faire ton père.

– Qu'a-t-il fait?

– Il nous a demandé de partir à la seconde où il l'a

décidé. Et nous nous sommes exécutées. Il est comme ça. C'est efficace en diplomatie, mais, dans la vie courante...

– N'est-ce pas réconfortant, pourtant, de savoir qu'on peut compter sur lui? Même dans la douleur?

– C'est le style de remarque à double sens qu'aurait pu faire Sabrina. Ce n'est pas très gentil pour ton père.

– Maman, tu es aussi dure que lui, soupira Sabrina.

Les parents! Et pourtant, on les aime, on quête leur approbation, quel que soit son âge. Comment allait-elle avoir le courage de leur dire la vérité, quand Gordon serait rétabli? « Réjouis-toi, maman, Sabrina n'est pas morte. Quant à toi, père, prépare-toi à souffrir davantage; c'est ta chère Stéphanie qui est morte. » Ni l'un ni l'autre ne lui pardonneraient.

Le lendemain matin, au moment où Sabrina mettait la clé dans la serrure, aux *Ambassadeurs*, Laura lui confia :

– J'espère que tu ne vas pas vendre la boutique. Bien sûr, ce n'est peut-être pas juste de te demander cela, je sais que toi et Garth vous pourriez utiliser l'argent, mais j'espère tout de même que tu ne vas pas t'en défaire.

Sabrina ne répondit pas. Elle avait quitté cet univers depuis si longtemps; dans l'obscurité de la salle d'exposition, elle respira longuement; effleurant ces objets familiers, elle ressentit la même impression qu'à Cadogan Square : elle était de retour chez elle. Une boutique, une maison. Le moindre recoin était à elle, créé par elle, existant par son travail.

– Bien sûr, je la garderai, dit-elle.

– Mais comment vas-tu faire? Si tu ne peux pas diriger la...

– Bien sûr, je la dirigerai; qu'est-ce que tu racontes, maman?

– Stéphanie, je te demande comment tu envisages de diriger *Les Ambassadeurs*, depuis Evanston. A moins... suggères-tu que tu pourrais ne pas vivre à Evanston? Que toi et Garth...?

– Non.

Debout devant la porte de son bureau, près de sa mère, Sabrina revint sur terre.

– Je vais m'organiser avec Nicholas Blackford. Il est intéressé par une association.

– Alors, tu viendrais de temps à autre. Oui, ça peut marcher. Seulement... *Les Ambassadeurs* sans Sabrina... Pour conserver leur renommée, il faudrait quelqu'un qui ait son panache. Tu peux y arriver si tu étudies ou si tu travailles dans une petite boutique de Chicago, pour acquérir de l'expérience. Et je pourrais t'aider. (Elle passa son bras autour de Sabrina.) Oh! Je pourrais t'apprendre tant de choses! Ne serait-ce pas merveilleux? Maintenant, je te suggère...

– Maman.

Laura retira son bras, devant le ton glacial de sa fille.

– Si tu ne veux pas en parler maintenant...

– Exact.

Sabrina sentait la colère monter en elle. La nuit précédente, elle n'avait pas fermé l'œil, pensant à Stéphanie. Seule, dans son lit, pour la première fois depuis des semaines, elle s'était sentie perdue, vulnérable, sans le réconfort des bras de Garth. Mais elle était surtout fâchée contre sa mère : comment osait-elle insulter Stéphanie en prétendant qu'elle ne pouvait tenir *Les Ambassadeurs*? Toute sa vie, elle avait préféré Sabrina; et elle continuait : « Elle fait exactement comme si Stéphanie devait échouer automatiquement, si elle prenait la direction du magasin. Attendre, cela n'a aucun sens, pensa-t-elle. Suis-je Sabrina défendant Stéphanie qui est morte? Ou suis-je Stéphanie, furieuse parce que ma mère ne me croit pas? »

– Je ne veux pas en parler maintenant, dit-elle à Laura. Je dois voir Sydney Jones, Nicholas et Brian; dans quelques jours, je prendrai une décision.

Elle avançait vers la porte d'entrée, suivie de Laura. La boutique était fermée pour la semaine, elle reviendrait seule et déciderait de son avenir.

Le jour suivant, elle eut une autre raison de venir aux *Ambassadeurs* : c'était le seul endroit où elle trouvait la paix.

Laura et Gabrielle vivaient chez elle; sans arrêt, elles la sollicitaient. Mme Thirkell avait peu de travail dans les pièces du haut, aussi était-elle contente de trouver quelqu'un à qui parler de lady Longworth. Le téléphone ne cessait de sonner; tout le monde voulait parler à la sœur américaine de Sabrina, avant qu'elle ne quittât Londres; elle pria Mme Thirkell de ne pas laisser entrer les visiteurs; malgré cela, ils affluaient. Des fleurs, des lettres, des télégrammes arrivaient. Sabrina se retira dans la sombre quiétude des *Ambassadeurs*.

Elle parcourut les livres de comptes, les dossiers, les lettres, les catalogues arrivés pendant son absence. Stéphanie avait inscrit la vente du lit Grendly, du petit sac en perles français, et de plusieurs autres objets. Sur un petit carnet posé sur l'étagère, derrière la table de merisier, elle avait noté les arrhes versés pour trois intérieurs à décorer en novembre et décembre. Sabrina allait poser le petit carnet, lorsqu'elle vit une lettre pliée, derrière. Elle l'ouvrit. C'était une lettre de

Stéphanie, datée du 23 octobre, la veille de la croisière.

« Chère Sabrina,

« Je me demandais quel cadeau je pourrais t'offrir quand je rentrerai à Chicago, pour te remercier des jours les plus merveilleux de ma vie. Je pourrais t'acheter quelque chose, mais j'ai pensé t'offrir ce que tu ne pourrais trouver nulle part, même chez *Harrod's.* C'est une histoire que j'ai gardée secrète; je l'écris maintenant pour que tu la découvres à ton retour. Je ris déjà en imaginant ta tête quand tu la liras et le coup de fil qui suivra... Tout a commencé à une soirée donnée par Olivia Chasson, il y a quelque temps. Je conversais avec Rose Raddison lorsqu'un malheureux incident se produisit... »

« Extraordinaire! pensa Sabrina, en apprenant que la cigogne avait été brisée. La solution était simple. Comment ne m'est-elle pas venue à l'idée? Peut-être que maintenant, après avoir vécu avec deux gosses turbulents, j'y aurais pensé. » Elle reprit la lecture de la lettre.

« C'est à peu près tout. Ah, oui! Rory Carr est venu, peu de temps après; je l'avais déjà vu à la vente de Chilton; il m'a proposé une magnifique porcelaine de Sèvres, ça m'a fait mal au cœur de refuser. Mais tu m'avais dit de ne rien lui acheter. En fait, ce n'est pas la vente qui l'intéressait, il avait entendu parler de l'incident de la cigogne et venait aux nouvelles. Quand il s'est montré un peu trop curieux, j'ai joué les inspecteurs de police : " Vous ne pouvez rien m'apprendre ", lui ai-je dit. Il était très mal à l'aise; il ne cessait d'ajuster fébrilement sa cravate; il a déguerpi en quatrième vitesse. Oh! On sonne. Jc terminerai ma lettre demain. »

Mais le lendemain elle était morte.

Alexandra entra et trouva Sabrina pliant avec soin une lettre manuscrite.

– Mme Thirkell m'a révélé votre cachette; me permettez-vous de troubler votre intimité?

– Bien sûr. Je vous en prie, asseyez-vous. Je n'arrive pas à faire grand-chose.

– Vous pensez à Sabrina.

– A Sabrina et à Stéphanie.

– Curieux. Je ne me suis jamais rendu compte à quel point vous étiez proches l'une de l'autre. (Il y eut un silence.) Et si je faisais du thé? proposa Alexandra.

– Oh! je manque à tous mes devoirs. Excusez-moi, je vais le préparer. (Sabrina mit la bouilloire sur le feu, dans le bureau de Brian.) Je crois qu'il ne reste que quelques biscuits.

– Ça ira très bien. (Il y eut un nouveau silence.) Etes-vous toujours inquiète pour votre père?

– Non. Il va beaucoup mieux. Il rentrera chez lui dimanche.

– Vous l'accompagnerez?

– ... peut-être...

Elles se taisaient. Soudain, Alexandra se libéra :

– Excusez-moi, ma chère Stéphanie. Je ne peux m'y faire. Etes-vous un fantôme? Sabrina m'a dit que vous ne vous ressembliez pas.

– Mais... pourquoi...?

– Comment le saurais-je? Je la croyais. Nicholas, par jeu, l'avait accusée d'être Stéphanie; il lui avait dit que vous aviez échangé vos rôles en Chine. Sabrina a été fantastique. Elle a froncé les sourcils et a demandé à Nicholas de lui dire qui elle était réellement, parce qu'il l'avait plongée dans une telle confusion qu'elle ne se rappelait plus. Vous savez, je l'aimais, et pourtant, je ne le lui ai jamais dit. Enfin, quand Nicholas a enfin proclamé qu'elle était Sabrina, je lui ai demandé si, toutes deux, vous étiez vraiment identiques; elle a répondu que non, qu'il avait dit cela à cause de vos plaisanteries sur ses pâtisseries ou son régime, ou je ne sais quoi.

Sabrina se mit à rire.

« *Oh! Stéphanie. Que tu es bonne. Tu gardais l'anecdote pour me la raconter, à notre rendez-vous de Chicago. On aurait dû en rire ensemble.* » Mais elles n'avaient pu rire ensemble. Elle se leva brusquement.

– Je vais chercher la bouilloire.

– Bon sang, dit Alexandra, tout en la suivant dans le bureau de Brian. Je suis vraiment une imbécile. Pardonnez-moi, je ne voulais pas vous bouleverser. En fait, je n'arrive pas à m'habituer à cette ressemblance; c'est étrange, vous savez. On doit vous le dire souvent. Oh! Pourquoi ne puis-je me taire et vous laisser tranquille?

– Non, ne vous taisez pas; je vais bien. (Cette conversation lui était agréable; elle prépara le thé d'une main assurée et remplit une assiette de biscuits. Elle prit le plateau et le porta dans son bureau.) Les serviettes, dit-elle à Alexandra, lui indiquant du regard un placard dans le coin.

– Là! Vous voyez? C'est exactement ce qu'elle a fait, il n'y a pas plus d'une semaine. Vous comprenez pourquoi j'ai du mal?

« *Stéphanie l'a fait la semaine dernière. Mais ça ne m'est jamais arrivé.* »

Sabrina versa le thé, étala de la confiture sur un biscuit, prenant tout son temps pour réfléchir. De tous ceux qu'elle connaissait à Londres, Alexandra était l'amie la plus fiable, la plus proche, mais aussi la plus dure. Elle était difficilement impressionnable. Mais elle était fière. Lui conserverait-elle son amitié quand elle saurait qu'on l'avait dupée?

« Aucune importance. Il faut que je le dise à quelqu'un, pensa Sabrina. J'en ai envie depuis si longtemps... il faut que je me confie à quelqu'un. Ce sera une sorte de répétition avant d'affronter Garth. Et les autres. »

– Je vais vous raconter une histoire, dit-elle lentement, si vous promettez d'écouter jusqu'au bout, sans m'interrompre, sans émettre de jugement.

– Ça m'intrigue. L'attente est cruelle.

– C'est promis?

– Vous voulez que je m'égratigne et que je signe avec mon sang?

Sabrina sourit.

– Non, je ne vous dirais rien, si je n'avais entièrement confiance en...

Le carillon de la porte d'entrée sonna. Quelqu'un essayait d'entrer.

– Je reviens tout de suite; il me semblait pourtant avoir mis une pancarte « Fermé », sur la porte.

Une silhouette masculine se dessina dans l'encadrement de la porte; Sabrina aperçut un homme aux cheveux grisonnants, légèrement courbé, une canne à la main. Elle n'arrivait pas à distinguer ses traits.

– Madame Andersen?

– Oui. La boutique est fermée. Si vous pouviez revenir la semaine prochaine...

– Je suis de Scotland Yard, madame Andersen. (Il lui montra sa carte.) Détective Thomas Phelps. Pourriez-vous m'accorder quelques minutes? J'aimerais vous entretenir de la mort de votre sœur.

– Scotland Yard?

Il entra.

– Peut-on s'asseoir?

L'esprit vide, Sabrina se retourna et se dirigea vers son bureau. De toute façon, ils découvriraient la vérité. Ils savaient qu'elle était Sabrina. Elle ne pourrait plus raconter l'histoire à sa façon. On apprendrait la nouvelle. La police. Les reporters, les journalistes... elle n'osait y penser... Garth l'apprendrait de la police, quand ils lui téléphoneraient... pour lui dire que sa femme était morte. Dans la société londonienne, la nouvelle provoquerait du chagrin, de la colère, des larmes...

– Mon Dieu, dit Alexandra, en voyant son visage, au moment où elle pénétrait dans le bureau. Qu'y a-t-il? (Elle regarda Phelps et se leva.) Je crois que je vais vous laisser. Bon... très chère... Stéphanie...

– Non, cela vous dérangerait-il de rester? Je vous en prie.

– C'est confidentiel, madame Andersen.

– Alors, ce sera confidentiel pour la princesse Martova, dit Sabrina, implacable. Je la prie de rester.

Il hésita puis haussa les épaules. Tout Londres le saurait très vite; quelques commérages de plus ou de moins. Quelle différence? Il s'assit et ouvrit un carnet.

– Au cours de notre enquête, nous avons appris que certains des invités qui se trouvaient sur le yacht de M. Stuyvesant n'étaient pas ceux qu'on croyait.

Sabrina le regarda droit dans les yeux, s'attendant à ce que d'un ton monocorde, délibéré, il l'appelle lady Longworth.

– Comment avez-vous découvert...?

– S'il vous plaît, madame Andersen, laissez-moi commencer par le commencement. (Mme Andersen. Il l'avait appelée Mme Andersen. Elle l'observait, attendant le moment où il essaierait de la piéger.) Laissez-moi vous rappeler les faits. Lady Longworth s'est envolée avec Max Stuyvesant et deux autres couples de Nice, le 24 octobre. De là, ils sont partis en voiture jusqu'à Monaco. Ils ont passé un certain temps à Monte-Carlo, tandis qu'on ravitaillait le yacht de M. Stuyvesant, le *Lafitte.* A environ seize heures trente, ils sont montés à bord et ont quitté le port. A environ deux milles de là, ce qui nous mène à dix-sept heures trente, le yacht a explosé et pris feu.

Sabrina eut un mouvement de recul. Alexandra vint s'asseoir sur le bras du fauteuil.

– Ces détails sont-ils nécessaires? demanda-t-elle.

– Je ne les donnerais pas autrement. (Phelps consulta ses notes.) Le temps que les bateaux de sauvetage arrivent, le yacht avait coulé. On n'a pensé qu'à une chose : chercher les survivants ou les corps; trois ont été trouvés immédiatement, dont celui de lady Longworth. Je suis désolé, madame, je sais que cela vous fait de la peine, mais j'essaie d'expliquer pourquoi on a mis tant de temps à examiner le bateau.

– Où est la différence? fit Sabrina, se demandant pourquoi il mettait aussi longtemps pour la confondre.

Avaient-ils découvert un indice sur le yacht? Un objet que Stéphanie avait emporté? Phelps lisait ses notes.

– L'identification a été faite par l'ancien mari de lady Longworth, le vicomte Longworth, à treize heures. Elle a été concluante. On m'a dit que vous avez appris la nouvelle environ une heure plus tard, heure du dîner en Amérique. A ce moment-là, le yacht avait sombré, et plusieurs personnes à bord avec lui. Il y a deux jours seulement qu'on a pu le mettre à flot. Ce que nous avons découvert, madame Andersen – enfin, ce que la police française a découvert –, c'est un large trou sur le flanc du *Lafitte*, au-dessous de la ligne de flottaison, du côté des salons. D'après leur rapport...

– Des salons? (Sabrina se pencha.) Mais ils ne se trouvent pas près des réservoirs.

Phelps était décontenancé. Elle lui ôtait le privilège de la révélation.

– C'est là le point crucial. Nous avions pensé que le naufrage était dû à l'explosion d'un réservoir. Maintenant, nous savons que c'est faux. En fait, nous pensons...

– Vous pensez que c'était une bombe destinée à faire exploser les salons! (Phelps, affalé dans son fauteuil, capitula. C'était un subalterne qui enquêtait pour ses supérieurs. Son travail n'engendrait aucune joie, aucune gloire. Son seul plaisir : voir un frisson parcourir son audience lorsqu'il lançait une information inattendue. Maintenant, au moment même où il s'apprêtait à lancer une nouvelle incroyable, cette beauté diaphane, trop élégante, lui arrachait ce privilège.) Mais cela signifie qu'ils ont été assassinés! dit-elle.

Il la regardait, bouche bée, l'admirant malgré lui.

– C'est vraisemblable, madame. Aussi essayons-nous de découvrir si M. Stuyvesant ou ses invités avaient des ennemis. Attention, je ne suggère pas que lady Longworth en avait, elle aussi, mais nous avons eu quelques informations de deux journalistes, Michel Bernard et Jolie Fantome. Ils nous ont appris récemment que M. Stuyvesant était propriétaire d'une compagnie du nom de Westbridge Imports; ils ont également dit que lady Longworth achetait parfois... Madame Andersen!

Alexandra se précipita; Sabrina allait défaillir, la lettre de Stéphanie résonnait dans son esprit : « ... J'ai joué à l'inspecteur de police et dit : “ Il n'est rien que vous puissiez m'apprendre. " Il n'est rien que vous puissiez... »

« *C'est moi qu'ils voulaient atteindre. Ils pensaient que j'étais au courant de leurs affaires frauduleuses.* »

Phelps était satisfait. Il avait produit son effet.

– J'ai quelques questions à vous poser, madame Andersen, dit-il gentiment.

Sabrina leva la tête. Ils ne savaient pas qui elle était. Ils enquêtaient sur une affaire bien plus importante.

Phelps se montrait curieux. « Quelque chose qui la tracasse, pensa-t-il. Elle a peur. De quoi? Y a-t-il un lien avec Westbridge? Mais qu'est-ce que ça pouvait bien être? Elle vit en Amérique; elle n'a rien à voir avec eux. »

– D'abord, lady Longworth vous a-t-elle parlé de Max Stuyvesant?

– Elle m'a simplement dit qu'elle partait en croisière avec lui.

– Et qu'a-t-elle dit à propos de la croisière? A-t-elle parlé des autres invités? Où allaient-ils?

– Elle n'a parlé de rien.

– Elle n'a pas mentionné le nom d'ennemis éventuels de Max Stuyvesant?

– Monsieur Phelps, ma sœur ne m'a jamais parlé de Max Stuyvesant ni de ses relations d'affaires.

Phelps était intrigué. Il aurait juré qu'elle disait la vérité. De quoi avait-elle peur? Il poursuivit, consultant des notes :

– Michel Bernard est venu nous voir lorsqu'il a entendu dire qu'il devait y avoir une bombe à bord. Il nous a dit qu'il y avait eu une brouille entre Stuyvesant et ceux de Westbridge. Lady Longworth a-t-elle évoqué devant vous les noms de Rory Carr ou d'Ivan Lazlo? Vous a-t-elle parlé de Westbridge Imports?

Il y eut un silence.

– Il lui est arrivé de me parler de Carr et d'une douzaine d'autres chineurs. Je ne crois pas qu'elle lui ait acheté quoi que ce soit, récemment. Tout au moins, de pièce importante.

Ils se taisaient. « Tiens, pensa Phelps, cette fois elle ment sur un point. Mais bon sang, lequel? Il n'y a pas la moindre preuve qui puisse indiquer que sa boutique a été impliquée dans une affaire de fraudes ou de faux, mais quelque chose la tracasse. » Essayant de savoir quoi, il continua à poser des questions sur des gens que Sabrina connaissait et d'autres qu'elle ne connaissait pas. Il posa maintes questions, apparemment anodines, puis, enfin, ferma son calepin.

– On recherche Carr et Lazlo, il ne fait pas de doute qu'on en saura davantage quand on les trouvera. Pensez-vous à un autre détail qui pourrait nous aider, madame?

– Non, dit Sabrina, lasse.

Lorsqu'ils retrouveraient Rory Carr, il la compromettrait, à coup sûr. Mais elle n'y pouvait rien. La réputation des *Ambassadeurs* était sauve, son secret aussi. Mais elle était si fatiguée! comme si elle avait couru un cent mètres. Il était trop tard pour dire la vérité à Alexandra; maintenant que Scotland Yard était intervenu, elle ne pouvait la rendre complice de ses mensonges. Elle se sentait plus seule que jamais. « J'ai envie de rentrer chez moi, pensa-t-elle. J'ai envie d'être avec Garth. »

– Où pouvons-nous vous joindre, madame Andersen? demanda Phelps, en cherchant son carnet. (Elle lui donna son numéro à Cadogan Square.) Et en Amérique?

– Je vous le dirai à mon départ, j'envisage de rester quelque temps.

Alexandra les raccompagna jusqu'à la porte. Elle se retenait pour ne pas poser de questions, tandis que Sabrina baissait les stores et fermait la porte à clé.

– Voulez-vous me raconter votre histoire maintenant, chérie? demanda-t-elle, alors qu'elles hélaient un taxi.

– Non. Peut-être plus tard...

A Cadogan Square, elle descendit seule, tenant toujours à la main la lettre de Stéphanie. Tout en ouvrant la porte et en pénétrant dans la maison, une phrase lui revenait sans cesse en mémoire.

Ce qu'il y avait de plus pénible, c'étaient les nuits. Ces heures qui s'écoulaient lentement, où Sabrina se retrouvait seule dans ce silence impressionnant. Où elle songeait à Stéphanie, à Garth, le cœur serré; des images défilaient dans son esprit : Evanston, Londres... Dans la journée, elle parvenait à oublier; elle ne restait jamais inactive et n'avait pas le temps de penser.

Chaque matin, elle allait voir Gordon et déjeunait avec Laura au *Grenadier,* un pub qui se trouvait dans une ruelle près de l'hôpital. Elle se rendait à pied jusqu'aux *Ambassadeurs* pour examiner les projets de décoration que Stéphanie avait acceptés et étudier les catalogues de vente. Mais elle n'y restait jamais longtemps; agitée, fébrile, elle s'échappait très vite et se mêlait à la foule. Tout au long de la semaine, elle fit de longues promenades solitaires dans les banlieues de Londres. A l'heure du thé, elle rentrait chez elle retrouver Mme Thirkell et Gabrielle; Gabrielle ne cessait de parler jusqu'au dîner. Tout y passait : les commérages, ses histoires avec Brooks. Sans le savoir, elle faisait le bilan de ce qui s'était passé pendant l'absence de Sabrina.

– Je suppose que cela ne vous intéresse pas, Stéphanie, puisque vous ne connaissez pas la plupart de ces gens. Mais vous ressemblez tant à Sabrina...

– Bien au contraire, tout cela m'intéresse beaucoup. Ce sont vos amis et ceux de Sabrina.

– C'est si étrange, si mystérieux. Vous ressemblez tellement... comme si Sabrina n'était pas morte. Les dernières semaines, c'était la seule qui s'intéressait réellement à moi. Et maintenant... je sais que ce n'est pas juste... mais vous êtes ma seule amie. Vous, vous avez une famille, et vous avez perdu Sabrina, aussi...

Les yeux de Gabrielle se remplirent de larmes. Elle ressemblait à Penny, petite, inconsolable. Sabrina la fit asseoir sur le divan du salon et passa les bras autour de ses épaules. Elle savait que Stéphanie aurait agi de même. Gabrielle se détendit.

Aurait-elle consolé Gaby de cette façon quelques mois auparavant? Probablement pas, ou tout au moins pas aussi spontanément. Elle aurait gardé une certaine retenue. Pas de marque d'intérêt ou d'affection débordante, comme ses amis. Mais Sabrina Longworth était là, assise, réconfortant Gabrielle de Martel, sans embarras; en fait, elle se sentait parfaitement naturelle.

« C'est grâce à Penny et Cliff, pensa Sabrina, vivre avec eux m'a transformée au point que ce genre d'élan me semble normal. C'est là l'essentiel. » Elle ferma les yeux et les imagina : Penny assise tranquillement dans un coin, marmonnant, ou assise tout près, touchante, confiant un secret; Cliff répétant des mots pour un test d'orthographe, ou assis près d'elle, les yeux rieurs quand ils faisaient ensemble des plaisanteries. Oh! Ils lui manquaient! tout lui manquait : leur confiance, leur amour, et même leur tintamarre dans la maison. Elle ressentait un grand vide.

Le soir, Gabrielle était souvent agitée. Mais une invitation arrivait toujours à point; Sabrina, elle, montait retrouver la quiétude de sa chambre. Mme Thirkell allumait un feu, posait sa robe de chambre sur le lit et laissait une tranche de cake et une théière en argent. Sabrina s'asseyait près d'une petite lampe, elle lisait et pensait... à Stéphanie, à Garth, aux enfants, elle songeait à ce qui l'attendait. Chaque soir, à dix heures précises, Garth téléphonait. A Evanston, il était quatre heures; il était rentré de l'université; Penny et Cliff devaient se trouver avec lui dans la cuisine, attendant fébrilement son coup de téléphone pour passer avec elle de précieuses minutes.

– Quand reviens-tu? demandaient-ils chaque soir.

Enfin, lorsque Gordon apprit qu'il pouvait quitter l'hôpital, Sabrina put donner une réponse.

– Nous partons samedi, dit-elle à Garth. Je m'envolerai avec mes parents pour Washington, et lundi pour Chicago.

– Lundi, dit-il, annonçant la nouvelle à Penny et Cliff.

Sabrina entendit leurs cris de joie.

« Mais ça ne durera pas », pensa-t-elle, regardant les flammes de la cheminée et les longues ombres déformées qu'elles projetaient sur les murs et le plafond. Parce qu'elle allait leur dire la vérité. Depuis une semaine, elle jouait le rôle de Stéphanie dans l'univers de Sabrina; maintenant, elle n'avait plus aucune identité. Garth avait raison : elle ne pouvait osciller sans arrêt; elle devait être être l'une ou l'autre; il fallait qu'elle soit Sabrina. Aussi leur dirait-elle la vérité; ensuite... ils la haïraient. Quand Garth apprendrait que sa femme était morte, que Penny et Cliff le sauraient, quand ils comprendraient que Sabrina les avait trompés pendant des semaines, ils lui tourneraient le dos. Elle ne pourrait même pas leur dire qu'elle les aimait. Ils ne voudraient plus de cet amour. Elle se retrouverait seule.

Ils lui dirent au revoir. Sabrina raccrocha. Elle s'assit dans le calme de la chambre; elle était si fatiguée qu'elle s'endormit avant de sentir monter en elle la douleur qui l'envahissait lorsqu'elle pensait à Garth si loin d'elle. Elle n'avait pas envie de faire l'amour, elle n'y pensait même pas. C'est lui qui lui manquait.

Mais elle était trop épuisée pour se rendre compte qu'il lui manquait aussi physiquement. Elle éteignit la lumière et s'endormit.

– Allez-vous revenir? demanda Alexandra, quand elle s'arrêta aux *Ambassadeurs*, le vendredi. (Elle avait apporté une série de photos et les avait étalées sur la table.) Elles ont été prises dans un nouveau restaurant, où j'ai dîné avec Sabrina. Brooks nous avait rejointes. Et Antonio; en fait... ce fut le début de notre roman d'amour. J'ai pensé que vous aimeriez les garder. Allez-vous revenir?

– Oui, bien sûr, dit Sabrina, cachant sa stupéfaction en découvrant les photos. (Comment Stéphanie avait-elle réussi? La tête inclinée, son allure, son sourire distant en public, elle était devenue Sabrina. « Et moi? se demanda Sabrina. Que suis-je devenue? ») Oui, bien sûr. Je reviendrai. C'est chez moi, dit-elle distraitement.

– Chez vous? Et l'Amérique?

– Je voulais dire que c'est la maison de Sabrina, et je n'ai pris encore aucune décision. Aussi serai-je bientôt de retour. Et vous? Allez-vous rester, ou parler portugais avec des entrepreneurs ou des défricheurs de jungle?

Alexandra la regarda, étonnée.

– On dirait votre sœur, chérie. Oh! je parle trop. Mais pas portugais; il m'a fallu du temps pour apprendre à m'exprimer correctement en anglais et je ne vais pas recommencer à étudier une autre langue. Même pour Antonio. Je peux arriver à lui faire comprendre cela.

– Pourquoi ne trouvez-vous pas une légende guarani qui dit que la langue maternelle est la meilleure? Vous la citerez chaque fois qu'il vous demandera d'apprendre le portugais.

– Remarquable... que dois-je faire s'il n'en existe pas?

– Inventez-en une. Il avouera honteusement qu'il n'en a jamais entendu parler.

Alexandra éclata de rire.

– Oh! chérie, vous me donnez des idées. Vous êtes merveilleuse, l'esprit aussi vif que Sabrina. Etes-vous souvent disponible? Vous pourriez venir nous voir. Dans notre cabane somptueuse, au sein de nulle part, ou notre duplex de Rio. Ou ici, quand nous serons à Londres. Viendrez-vous? accompagnée de votre mari, bien sûr. Si ça l'intéresse.

– Pourquoi pas?

– Nous serons toujours heureux de vous accueillir. Pour l'amour de votre sœur, et par amitié pour vous, aussi. (Elle enfila son manteau et s'arrêta devant la porte.) C'était une femme tout à fait particulière, tout comme vous. Je crois que nous allons nous entendre.

– Moi aussi. Accepteriez-vous de m'écrire pour me donner de vos nouvelles? Je regretterai... je regretterai de ne pas avoir eu l'occasion de mieux vous connaître.

– Chérie, je n'écris jamais. Les mots s'amoncellent dans ma tête, et ne parviennent pas à en sortir. Ils fourmillent à tel point qu'ils me donnent le vertige et je capitule. Mais avec un téléphone, je fais merveille; quel est votre numéro à Evanston?

– Je serai sans doute souvent ici. Appelez d'abord *Les Ambassadeurs*, ou à Cadogan Square, répondit Sabrina en hésitant.

Alexandra lui lança un regard affectueux; elle allait dire quelque chose, mais changea de sujet.

– Quoi que vous fassiez, faites attention à vous, Stéphanie.

– Au revoir, Alexandra.

Le vendredi après-midi, elle annonça à Nicholas et Sidney Jones qu'elle allait passer quelques jours en Amérique.

– Je serai de retour dès que mon père sera installé à Washington et que j'aurai passé quelques jours avec ma famille. Je vais laisser la boutique fermée; Brian est au courant, je ne prendrai aucune décision avant de vous en avoir parlé, à tous les deux. Est-ce clair?

Quelle tête allaient-ils faire, se demandait-elle, quand, à son retour, elle leur révélerait la vérité? Ça ne changerait pas grand-chose pour eux; ils oublieraient vite. Mais, le soir, elle se montra plus aimable avec Gabrielle et Mme Thirkell.

– Je serai de retour très vite, aussi n'est-il pas question que vous partiez. Vous êtes chez vous, Gaby, vous y resterez aussi longtemps que vous voudrez, et vous aussi, madame Thirkell. J'aimerais que vous teniez la maison. Je vous préviendrai de mon arrivée.

« Ça leur fera un choc, pensa Sabrina, quand elles sauront. Parce qu'elles ont compté sur moi, dans des domaines différents. »

Et qui d'autre s'intéressait à elle? Scotland Yard. Parce que quelqu'un avait placé une bombe dans le yacht de Max, pour la tuer, et ferait une nouvelle tentative, quand on apprendrait que c'était sa sœur et non Sabrina Longworth, qui avait été tuée.

« Peut-être ne reviendrai-je pas, pensa-t-elle. On est plus en sécurité à Chicago. »

Dans l'avion, entre sa fille et sa femme, à 35 000 pieds d'altitude, en ce samedi ensoleillé, une semaine après les obsèques de Stéphanie, Gordon envisageait l'avenir. Avec Laura, ils projetaient de vendre leur maison, d'en acheter une plus petite, sans escalier, et d'engager un étudiant pour l'aider dans ses recherches et la rédaction de son livre sur la politique étrangère américaine en Europe.

« Comme ils ont vieilli », pensa Sabrina. Ils s'organisaient pour travailler moins, être mieux aidés, faciliter leur existence. Elle se rendit compte qu'il lui était impossible de raconter son histoire aux deux en même temps. Elle révélerait la vérité à sa mère, d'abord; Laura saurait comment la dire à Gordon. Mais auparavant, il lui fallait en parler à Garth. Elle resterait avec ses parents à Washington, samedi, et s'envolerait pour Chicago lundi. Lundi à midi, pendant que Penny et Cliff seraient à l'école. Elle préférait ne pas les voir. En leur présence, elle ne pourrait parler à Garth. A midi, ils étaient à l'école, Garth viendrait la chercher à l'aéroport, et ils iraient... où? Pas chez eux. Pas dans cette merveilleuse maison, un peu délabrée, mais où l'on se sentait si bien. Au restaurant. Dans un endroit où Garth n'aurait jamais besoin de revenir chercher l'écho de ce terrible instant où, le regardant en face, elle lui révélerait, enfin, la vérité.

L'après-midi, elle repartirait pour Washington affronter ses parents, et le jour suivant, elle retournerait à Londres. L'aventure serait alors terminée. Elle ne reverrait jamais Penny et Cliff. Plus jamais Garth. Plus jamais Dolorès et Nat, Vivian, Madeline Kane, Linda et Martin, Garth, Garth, Garth...

– Stéphanie, qu'y a-t-il?

Elle essuya le coin de ses yeux et se pencha pour embrasser son père.

– J'étais perdue dans mes pensées.

Gordon la dévisageait.

– Tu es sûre que tout va bien?

– Je vais bien, répondit Sabrina, pour lui faire plaisir. Ne t'inquiète pas, je saurai, désormais, masquer mes sentiments.

« Bien sûr, tu dois croire que maintenant j'ai séché mes larmes. Comment peut-on souffrir aussi intensément? Sans rien laisser paraître. » Elle savait, pourtant, que rien ne lui serait épargné, une fois la vérité avouée. Le chagrin. La colère. Il lui faudrait laisser la vie de Stéphanie derrière elle, et reprendre la sienne à Londres.

« *Si tu peux.* (Elle ouvrit les yeux, en y pensant.) Qu'est-ce qui te fait penser que tout peut reprendre normalement? Que d'événements se sont produits depuis ton départ! Tes amis de Londres seront-ils fous de joie en apprenant que Stéphanie et toi, vous vous êtes moquées d'eux, que tu es allée jusqu'à les laisser pleurer une autre femme aux obsèques? Prendront-ils la chose avec humour? Ou te laisseront-ils tomber, toi et *Les Ambassadeurs*, parce qu'ils n'apprécieront pas d'avoir été dupés?

« Alexandra ne se comportera pas ainsi. Elle sera en Amérique du Sud, la plupart du temps.

« Gaby non plus ne m'en voudra pas.

« Gaby et Brooks se réconcilieront bientôt, elle trouvera une autre amie. Combien de temps accordera-t-elle à une Sabrina Longworth, mise au ban de la société?

« Olivia... mais bien sûr, Olivia s'éloignera comme les autres.

« Et Scotland Yard? Quelle sera leur attitude lorsqu'ils apprendront que tu as menti sur l'identité de la victime, sur ce yacht, près de Monte-Carlo? Un incident international... Monaco, la France, l'Angleterre. Tout le monde te rejettera.

« *Tu ne peux plus vivre à Evanston et tu ne peux plus vivre à Londres.*

« J'irai vivre ailleurs, pensa-t-elle. Recommencer une nouvelle vie. New York. Je pourrais ouvrir une boutique à New York.

« Et qui seras-tu? Pas Stéphanie Andersen. Tu vas annoncer à tout le monde que Stéphanie est morte.

« Sabrina Longworth. Oui. Sabrina Longworth, qui commence une nouvelle vie à New York, ouvre une nouvelle boutique. Le nom? Au fait, quel nom lui donner? *Espace-vérité* : Très amusant. D'autres idées? Non. »

L'avion traversa l'océan, suivant la courbe que décrit le soleil. Des stewards retiraient les plateaux du déjeuner, apportaient des oreillers, versaient des boissons. Laura lisait. Gordon ferma les yeux et s'endormit. Sabrina changea de place et appuya la tête contre un hublot froid, regardant le ciel et l'océan se confondre, tout au loin.

« *Stéphanie, tu me manques.*

Garth, mon amour...

D'autres idées?

Non. »

18

Le reflet du soleil disparaissait dans le Potomac, tandis que l'avion de Sabrina virait en direction de Chicago. Début novembre : les arbres de Virginie aux tons flamboyants de jaune, de roux et d'orange, de l'autre côté du fleuve, ressortaient sur cette vaste étendue d'asphalte et de marbre que formait Washington.

Elle aperçut Georgetown. Laura et Gordon devaient être dans leur bureau. « A la tombée de la nuit, je serai de retour, pensa-t-elle, ébranlant leur tranquillité par mon histoire. Mais pensons d'abord à Garth. *Il faut que je te parle, pourrions-nous aller prendre une tasse de café, quelque part? Non, pas à la maison. Au restaurant.*

« Ces dernières semaines, depuis septembre, je n'ai pas été celle que tu croyais... ces dernières semaines, tu pensais que j'étais...

« Il faut que je te dise quelque chose... dans un restaurant... vois-tu, en septembre dernier, en Chine, Stéphanie et moi, nous avons décidé de faire une blague...

« Non, je ne me suis pas trompée. J'ai bien dit Stéphanie. C'est exactement ce que j'essaie de t'expliquer. Lorsque nous étions en Chine, Stéphanie et moi avons décidé d'échanger nos vies pour une semaine. (Les manufactures d'acier de l'Indiana apparurent au loin. Puis la baie du lac Michigan.) *Il faut que je te parle; pouvons-nous aller au restaurant?* »

L'avion atterrit. Elle suivit la longue file des passagers, puis s'arrêta, scrutant la foule du regard.

– Maman! Nous sommes là!

– Maman! (Penny se jeta au cou de Sabrina.) Oh! Que je suis contente! Que je suis contente que tu sois de retour! Je n'aime pas que tu partes.

Cliff vint déposer un baiser vigoureux sur sa joue. Abasourdie, Sabrina les regarda et, par-dessus leur tête, dévisagea Garth.

– Pourquoi n'êtes-vous pas à l'école?

Cliff fit une moue.

– Papa nous a dit qu'on pouvait rater les cours pour venir te chercher à l'avion. N'es-tu pas contente de nous voir?

Lentement, Sabrina acquiesça. Les bras de Penny autour de la taille et la chaleur du baiser de Cliff sur la joue... Oh! oui, elle était heureuse de les voir. Mais tout son plan était fichu; il ne lui était jamais venu à l'esprit que Garth les amènerait. « Ce qui montre, pensa-t-elle, que je ne réagis pas comme une mère. »

– Me voilà muette de joie, dit-elle en les embrassant, et de surprise!

– Faites-moi un peu de place, vous deux, dit Garth. (Il la prit dans ses bras, la serra fort; Sabrina sentait son corps contre le sien.) Bonjour. Bienvenue à la maison, dit-il, sans exubérance.

Elle vit son visage marqué et ses yeux sombres où se reflétait une lueur intense de bonheur.

« *Oh! tu m'as manqué, tu m'as manqué!* »

Elle mit la tête sur son épaule. Dans ses bras, le visage contre sa poitrine, elle entendait les battements de son cœur. Ses lèvres effleurèrent ses cheveux. A cet instant, elle se rendit compte avec une certitude absolue que jamais, au grand jamais, elle ne pourrait lui révéler la vérité.

Comment lui avouer qu'il avait été dupé dans son affection et son amour pour une femme qui n'était pas celle qu'il croyait? Elle ne lui lancerait pas ses mensonges en plein visage.

« *Alors, reste*. Vis avec lui et sa famille... ma famille. Reste. Voilà ta maison, ton foyer. » Mais alors elle se mentait à elle-même. La pensée d'un autre mensonge... non, elle ne désirait pas le duper davantage. Ce n'était pas sa place; sa maison, sa vie étaient ailleurs. Même si elle n'avait vu que trop clair dans son univers londonien, après les obsèques de Stéphanie, avec les commérages, les jalousies, les histoires embrouillées des oisifs, c'était un univers qu'elle connaissait, où elle évoluait avec aisance. Elle appartenait à Cadogan Square, aux *Ambassadeurs*, qu'elle avait conçus entièrement, et qui connaissaient une brillante réussite, grâce à ses efforts constants et ses nombreuses relations.

Mais, dans les bras de Garth, elle savait qu'il lui serait impossible de rester, pour une raison plus importante : ils ne pouvaient bâtir une vie sur un mensonge. Il s'était montré honnête et franc envers elle, lui faisant totalement confiance, lui révélant son moi profond, qu'il gardait secret. En retour, elle avait menti et l'avait dupé. Aucune issue possible : elle ne pouvait que s'enfoncer davantage dans le mensonge.

« *Et je ne peux faire cela – ni à lui ni à moi.* »

Il lui faudrait trouver une raison, n'importe laquelle, lui dire la vérité et partir, comme elle l'avait projeté, immédiatement, avant que leur amour ne la replonge dans la routine quotidienne.

– J'ai quelque chose à te dire, mais pas devant les enfants...

– Moi aussi, j'ai mille choses à te dire, pas devant les enfants, non plus. On les expédie quelque part? (Le bras autour de son cou, ils traversèrent le terminal; il scruta le panneau d'affichage.) Denver. Seattle. Fairbanks... Tiens, Fairbanks, qu'en dis-tu? Ils peuvent aller explorer l'Alaska, tandis que nous chercherons à nous découvrir l'un et l'autre.

– Garth, je suis sérieuse.

– Moi aussi. Nous avons besoin de nous retrouver seuls. Je pensais que nous pourrions partir pour le Wisconsin, ce week-end, tous les deux, trouver un chalet, faire un peu d'auto-stop, nous asseoir devant un feu de cheminée. Pas mal, non?

– Non.

– Réfléchis; nous avons toute la semaine pour décider.

Penny et Cliff se glissèrent entre eux jusqu'à la voiture. Puis, alors que Garth conduisait, Penny posa une question sur Londres, et Cliff la fit taire durement. Sabrina se retourna.

– Allons, allons. Tu peux poser des questions sur Londres, ou sur n'importe quoi.

– Papa nous a parlé des obsèques, dit Penny. Ce devait être très impressionnant.

– Oui, c'est vrai.

– Tous ces nobles!

– La noblesse, Penny, ce n'est pas qu'un titre.

Garth se mit à rire, plus détendu; il s'inquiétait moins maintenant de voir ces questions la bouleverser. Ils parlèrent du pasteur, des gens qui étaient venus à Cadogan Square, de l'infarctus de Gordon, de l'ambulance, de Mme Thirkell, d'Alexandra, des Indiens guaranis, des *Ambassadeurs.* Sabrina écoutait, incrédule.

Deux mois auparavant, à son retour de Chine, Garth avait voulu avoir une conversation sérieuse et elle avait refusé. Aujourd'hui, à son arrivée de Londres, c'était elle qui désirait s'entretenir sérieusement avec Garth, mais personne ne lui en offrait l'occasion. Ils allaient très vite arriver chez eux. « Pas chez moi, chez les Andersen. » Penny et Cliff ne resteraient pas longtemps dans la maison. Une fois seuls, elle dirait à Garth qu'elle allait le quitter. Elle ne s'assoirait même pas, n'enlèverait pas son manteau; elle lui dirait tout immédiatement, puis retournerait à l'aéroport, en taxi; elle serait de retour à Washington avant que ses parents ne soient couchés.

– Tu es très calme, dit Garth, en garant la voiture.

Sabrina regardait la maison.

– Elle a tellement changé... toutes les feuilles sont tombées.

– Nous avons eu un orage spectaculaire, une nuit; les gosses ont accouru dans notre chambre, prétendant qu'ils voulaient regarder les éclairs avec moi; le vent a dépouillé les arbres. L'automne a fini à grand fracas.

« *Je ne l'ai jamais vu aussi dépouillée. Sans protection.* »

Garth porta sa valise à l'intérieur de la maison et mit du café à chauffer. Penny et Cliff sortirent des biscuits d'un pot.

– Cinq heures trente, maman? demanda Cliff.

« *Je ne serai plus là.* »

– Oui. Puis-je avoir un petit baiser?

Ils se pressèrent contre elle.

– C'était affreux, quand tu n'étais pas là, dit Penny. Je déteste que tu sois loin. La maison est vide. (Elle se tourna aussitôt vers Garth.) Je suis désolée, papa, je ne voulais pas...

Garth se mit à rire et l'embrassa.

– Je sais ce que tu voulais dire, ma chérie. A moi aussi, elle me semblait vide. Vous avez rendez-vous avec des copains, maintenant.

– J'ai dit à Barbara que je passerais chez elle, en revenant de l'aéroport.

– Vas-y, alors. Toi aussi, rentre à cinq heures trente.

En un rien de temps, Sabrina et Garth se retrouvèrent seuls dans le coin-repas. Sabrina resta debout.

– Garth, il faut que je parle. Je voulais te le dire à l'aéroport et ne pas revenir du tout à la maison, mais je n'ai pas pu, avec Penny et Cliff. Je retourne à Londres pour être seule, pour découvrir ce que je désire vraiment, je ne peux rester ici...

– Attends. (Incrédule, Garth la regardait. Il tendit la main comme un rempart pour l'empêcher de parler.) Je vais voir si notre café est prêt. Je crois que tu devrais t'asseoir. (Sabrina tremblait. Elle tira une chaise, s'affala, les mains crispées, le regard fixé sur la cour dépouillée, en cette journée d'hiver. Le vide; c'est bien ce qu'elle ressentait. Garth revint avec la cafetière.) Je ne pense pas que ce soit une bonne idée, dit-il prudemment. (Sabrina remarqua la raideur de ses mouvements; il se contenait. Il s'assit à côté d'elle et prit ses mains froides entre les siennes pour les réchauffer.) Tu ne peux échapper à toi-même. Tu ne peux vivre la vie de Sabrina. Ton départ ne résoudrait rien; Penny, Cliff et moi, nous serions toujours là, à t'attendre indéfiniment. Tu aurais deux vies à moitié achevées, au lieu d'une. (La cloche de la porte d'entrée l'interrompit.) Zut, on ne peut pas passer cinq minutes tranquilles... Il faut que j'aille voir qui c'est. Ne bouge pas, je reviens tout de suite. Tu ne pars pas, n'est-ce pas? Tu attends?

– Oui.

Seule, Sabrina jeta un coup d'œil dans la pièce vert tilleul. Un foyer. Une histoire inachevée. Une vie gâchée. Elle ne pouvait pas discuter avec lui car il avait raison, mais il ne savait qu'une partie de l'histoire, et elle ne pouvait lui conter le reste. Elle devrait simplement se lever et partir. Quelle que soit la peine qu'il ressentirait, si elle s'en allait, elle serait bien moindre que sa douleur devant la vérité.

Elle entendit la voix de Dolorès, à peine perceptible, devant le portail. « Ne la laisse pas entrer, suppliait-elle, en silence. Je ne peux l'affronter. » Sur le placard, il y avait une pile de lettres adressées à Stéphanie. Machinalement, elle les ouvrit. Une lettre de condoléances de Vivian. Une autre de Linda et de Martin. Un mot de Juanita. Trois cartes de personnes dont elle n'avait jamais entendu parler. Une enveloppe rose, sans adresse au dos, et à l'intérieur, une courte note tapée à la machine :

> « Comment se fait-il que Garth Andersen, le roi des baiseurs, ne soit jamais impliqué dans toutes ces histoires d'étudiantes qui couchent avec leurs profs pour obtenir leurs diplômes? Un véritable gén(e)...ie de l'enculade, notre professeur Garth! »

Elle la lut deux fois, puis la relut, figée par la vague de fureur qui la submergeait. Comment osait-on...! Ces insanités, ces mensonges obscènes... comment osait-on accuser Garth! Un flot d'énergie l'envahit, la faisant émerger du désespoir qu'elle traînait depuis la mort de Stéphanie. Quelqu'un essayait de perdre Garth, de façon anonyme... et qui que ce fût, il fallait se battre. Il pourrait subir des torts irrémédiables s'ils ne luttaient pas ensemble. Ils devaient découvrir qui...

« Attends, attends, pensa-t-elle. J'ai dit à Garth que j'allais partir. (Elle balaya cette pensée.) Oui, bien sûr, je dois partir. Rien n'a changé. Mais c'est impossible aujourd'hui, ce n'est pas le moment, parce que j'ai un devoir à accomplir d'abord. Je le dois à Stéphanie, je le dois à Garth, parce que je l'ai trompé. Rien n'a changé; je ne fais que remettre mon départ à plus tard, quand cette histoire sera éclaircie. Parce qu'il est évident que... »

– J'ai dit à Dolorès que tu l'appellerais demain, dit Garth, en entrant. Excuse-moi d'avoir été si long. J'ai l'impression de vivre un cauchemar. Tu n'as pas versé le café?

Il s'assit et remplit leurs tasses.

– Maintenant, peux-tu... mon Dieu, Stéphanie, que se passe-t-il?

Sans un mot, elle lui tendit la lettre. Il la parcourut; les traits de son visage se durcirent. Il relut la lettre.

– Je ne savais pas qu'on m'avait impliqué dans cette affaire. (Une pensée traversa son esprit.) A moins... que tu n'aies reçu ces saletés de lettres avant... dis-moi? C'est ce que tu voulais dire, quand nous nous sommes querellés avant ton départ en Chine? Pourquoi ne me les as-tu pas montrées? Toute cette angoisse, alors que je ne savais même pas de quoi tu parlais...

– Je ne veux pas parler du passé; il faut qu'on trouve une solution pour mettre un terme à tous ces racontars. (Elle pensait vite.) Si des photocopies étaient envoyées au comité de l'université et qu'ils prêtent attention à ces idioties, même s'ils se refusent à les croire, ils auront peur d'un scandale et tu pourrais en subir les conséquences. Et si cela avait une incidence sur ta nomination de directeur de l'institut de Génétique?

– Oui, mais attends une minute. (Les événements allaient trop vite pour Garth; il essayait de ralentir la cadence. Quelques minutes plus tôt, il l'avait laissée, le visage tourmenté, décidée à le quitter. Maintenant, elle paraissait revigorée, assise sur le bord de sa chaise, guerrière, volant à sa défense, reconnaissant avec une perspicacité parfaite les torts que cette lettre pourrait lui causer. Six mois plus tôt, intéressée uniquement par ses propres problèmes, et non ceux de l'université, elle n'aurait pas été si prompte à réagir. Il était bouleversé par la lueur de colère de ses yeux; elle était tendue, prête à bondir. Pour lui.) Tu ne crois pas cette lettre?

– Croire...? Garth, tu n'es pas sérieux. Quand on te connaît, on ne peut pas croire ces insanités. Quelqu'un veut t'abattre; tu dois découvrir qui.

Il la regarda, pensif. Elle l'avait bien cru en septembre. Maintenant, c'était le contraire.

– J'ai l'esprit lent, aujourd'hui. Il me semblait t'avoir entendue dire que tu me quittais pour repartir à Londres.

– Tu n'as pas l'esprit lent, tu le sais; ne joue pas avec moi.

– Et si je te disais la même chose?

– Je ne joue pas! Qu'est-ce qui t'arrive? Tu ne vois donc pas que tout a changé? Si d'autres personnes reçoivent cette lettre et que je ne suis pas là, ils en concluront que je t'ai quitté parce que la lettre disait vrai. Personne ne croira que je suis partie pour d'autres raisons; si je partais maintenant, tu serais condamné, de façon rédhibitoire.

« Ainsi, elle s'en est rendu compte également, pensa Garth. Elle a tout envisagé. » Il s'avança vers elle et prit son visage entre ses mains.

– J'y ai pensé quand j'ai vu la lettre. Merci.

– Tu n'as rien dit.

– Dit quoi?

– Tu ne m'as pas demandé de rester pour le tort que cela pourrait te causer, si je partais.

– Si tu partais, mon pauvre amour, si tu partais, le naufrage s'étendrait bien au delà d'un scandale de campus. Il détruirait cette maison, cette famille et trois êtres...

– Non, je t'en prie, non.

Elle ravala ses larmes. Mais elle restait tendue, comme si elle luttait contre ses propres désirs; il s'écarta. Ils avaient du temps devant eux. Tant qu'elle restait, ils avaient du temps. Sa douleur et son désespoir, à Londres, avaient été si intenses, elle vivait si mal la séparation d'avec sa sœur, se sentant seule, si seule; la guérison serait longue, il ne pouvait que l'aider. Mais il lui fallait tout de même une assurance. Il prit ses mains dans les siennes.

– Tu restes? Quelles que soient les raisons qui te poussent à partir, je ne veux pas me demander, chaque matin, si je vais te retrouver à la fin de la journée.

– Je t'aiderai à sortir de tout cela.

– Ce n'est pas ce que je t'ai demandé.

– Garth, ne peut-on pas avancer pas à pas? Tant d'événements se sont produits en si peu de temps... J'essaie de faire ce qui est bien pour tout le monde.

– Tu ne peux prendre une telle décision seule. Elle nous concerne tous.

Elle baissa la tête. Garth allait dire quelque chose, mais il s'arrêta. Dans le silence qui régnait, elle le sentit tourner la main qu'il tenait. Sa main gauche.

– Tu ne portes pas ton alliance.

Un frisson l'envahit.

– Non.

– Où est-elle?

Elle hésita, oscillant entre le mensonge et la vérité.

– A Londres.

– Quoi? Mais qui es-tu pour manigancer cela, toute seule? Tu décides, tout d'un coup, que tu n'as plus de famille et tu enlèves ton alliance, pour officialiser la chose. Ensuite, il ne te restera qu'un bref adieu à faire.

Elle ressentit à la fois un sentiment de soulagement

et de culpabilité. « Je ne suis plus à un mensonge près, songea-t-elle. » Mais la vérité serait pire : elle avait rendu l'alliance à Stéphanie.

– J'ai pensé que ce serait...

– Un symbole, oui, ça l'est. Il se trouve que je crois aux symboles! Où l'as-tu laissée?

– Dans la maison, à Cadogan Square... je suppose.

– Alors, Mme Thirkell peut la renvoyer!

– Si elle la trouve.

– Ecris-lui.

– Très bien.

– Et si elle ne la trouve pas, on en achètera une autre. (« *Je ne resterai pas longtemps ici.* ») Et je te demande... Stéphanie... tu m'écoutes?

– Oui.

– Je te demande de me laisser t'aider, tout comme toi, tu vas m'aider. Enfin, toi et moi, nous sommes liés, nous devons nous aider mutuellement. D'accord?

– D'accord, dit-elle en souhaitant que ce fût possible, mais persuadée du contraire. (Elle prit la lettre.) Ces histoires à propos des étudiantes... ça signifie quoi?

– Je vais te montrer. (Il quitta la pièce et ramena le journal de l'université : *Le Standard* du mercredi précédent.) Nos étudiants en journalisme se sont surpassés.

Sabrina lut les gros titres : « L'amour contre un diplôme » et, au-dessous : « Ou vice versa. »

– *Le Standard* ne sait pas qui, le premier, a fait des offres, mais trois professeurs et quelques belles étudiantes ont été convoqués dans le bureau du vice-président Llyod Strauss; elles sont accusées d'avoir troqué leurs charmes contre des diplômes, valeur bien plus recherchée que l'argent, par ici. Cela dure sans doute depuis le trimestre dernier; c'est là une sale affaire qui pourrait affecter la réputation de l'établissement, et même, dans certains cas, la valeur des diplômes. Sans parler de l'avenir professionnel des professeurs.

– On dirait les potins de la commère, marmonna Garth. On devrait apprendre à ces gosses que le journalisme est une affaire sérieuse. Il s'agit tout de même de la vie de plusieurs hommes.

– Qui est impliqué?

– Melvin Blake, un certain Millburn, et Marty Talvia...

– Pas Marty! Tu veux dire que ces rumeurs étaient...? Je ne le crois pas. Oh! pauvre Linda!

– ... et maintenant, Garth Andersen.

– Mais c'est absurde. Toi et Marty, vous ne...

– Et Blake et Millburn?

– Je ne les connais pas. Je suppose que s'il y avait quelque chose de vrai dans ces rumeurs...

– Le problème, mon amour, c'est que si tu admets qu'une possibilité est exacte, tu les admets toutes.

– Mais Garth, je sais que pour toi c'est impossible, et Marty... est-ce que...?

– Je crois qu'ils ont traversé, lui et Linda, de sales moments il y a quelques mois. Il ne m'a pas fait de confidences; je crois qu'il a essayé une ou deux fois, et n'a pas insisté.

– Quand tu étais en Californie, je t'ai demandé, une fois, au téléphone...

– Il a eu des maîtresses. Il en parle, longtemps après; il a honte de s'être conduit comme un gamin qui chipe des sucres d'orge, même quand il n'a pas faim. Mais je n'aurais pas cru qu'il se serait lancé dans une aventure avec des étudiantes.

– Qu'a-t-il raconté à Lloyd Strauss?

– Il a nié; comme les autres.

– Et puis?

– C'est à peu près tout ce que je sais. Je suppose que Lloyd procède à des vérifications; je ne lui ai pas parlé récemment. Maintenant, je vais le faire. Veux-tu un peu plus de café?

– Non, il faudrait que je pense au dîner.

Avec quel naturel elle prononçait ces paroles; avec quelle facilité elle s'intégrait, de nouveau, à cet univers familial! Sabrina regarda Garth, près d'elle, dans la douceur de la pièce. Comme il lui semblait naturel de l'aimer!

Il croisa son regard.

– Je t'aime, dit-il. Ne t'occupe pas du dîner, nous irons au restaurant. Il n'y a plus rien dans le réfrigérateur. Nous ne voulions pas nous en sortir trop bien en ton absence. Mais il y a du vin.

Sabrina le regarda ouvrir une bouteille et remplir deux verres.

– Je crois qu'on devrait se montrer partout ensemble : Garth et Stéphanie Andersen, un couple qui n'a rien à cacher.

Il lui tendit un verre.

– Qui veux-tu convaincre?

– Quiconque se pose des questions sur nous et sur tes heures de loisir.

Il se mit à rire.

– Si tu penses que ça peut aider. Je préférerais trouver l'auteur de la lettre.

– Oh oui! dit-elle, calmement. On s'occupera de cela, également. Nous devrions faire une liste des étudiantes que tu as recalées, l'année dernière. Ou de celles qui ont obtenu des notes plus basses que celles qu'elles espéraient. Ou de celles que tu as réprimandées, tout simplement. Pourquoi ris-tu?

– La liste s'allonge.

– Vraiment? Pense à des noms, je vais les écrire.

Une demi-heure plus tard, quand Penny et Cliff rentrèrent, ils trouvèrent leurs parents, encore attablés, bavardant. Lui, détendu, les jambes allongées, un sourire paisible aux lèvres tandis qu'elle se tenait droite et écrivait. Penny poussa un soupir de soulagement et prit Cliff par le bras.

– Ouf, dit-il.

Tous deux savaient ce que cela signifiait : ils étaient tous réunis de nouveau.

Quand Sabrina défit sa valise, ce soir-là, elle découvrit que Mme Thirkell l'avait remplie des vêtements de lady Longworth. Dans son armoire, à Evanston, se mêlaient les affaires de Stéphanie et de Sabrina; comme l'avaient été leurs vies. « Je me demande combien de temps cela va durer. » Après avoir tout rangé, elle se glissa dans le lit à colonnes, fourbue par cette journée pleine de rebondissements, depuis son départ de Washington, le matin.

La silhouette de Garth se dessina dans le couloir avant de disparaître dans la salle de bains. Il régnait une atmosphère particulière; elle ne savait pas pourquoi. Soudain, elle comprit : c'était la première fois qu'ils se retrouvaient dans la routine de la vie familiale, depuis leur nuit inoubliable, à New York, lorsqu'elle lui avait révélé son amour. Depuis, ils avaient été séparés, d'abord par sa douleur, puis par l'océan. Maintenant, elle avait accepté de rester. En tant qu'épouse. Elle ne pouvait pas se comporter comme si rien ne s'était passé.

Immobile, elle l'attendait, se rappelant les heures d'attente désespérée à Londres. Il s'allongea près d'elle, l'attirant doucement vers lui.

– Mon amour chéri. Ce lit était de plus en plus vide,

de plus en plus grand, chaque soir, quand tu n'étais pas là.

Elle sourit, heureuse, ses lèvres contre les siennes.

– Mon lit aussi était vide. Si nous avions attendu un peu plus, ils auraient pu se rencontrer au milieu de l'Atlantique.

Ses mains se glissèrent le long de son corps; les siennes, en réponse, cherchèrent à éveiller son désir. Leurs lèvres confondues se parlaient, murmuraient. Ils se blottirent l'un contre l'autre, en évoquant le souvenir ardent de leur nuit new-yorkaise : l'amour et la joie, l'intensité du plaisir donné et reçu, le sentiment d'appartenir l'un à l'autre. Quoique vulnérables, si l'un des deux flanchait, ils savaient qu'ils pouvaient compter l'un sur l'autre.

Emerveillé devant l'éclat de sa beauté, il la contemplait.

– Tu illumines la pièce, dit-il.

– Ma beauté n'est que le reflet de notre amour, dit Sabrina, doucement. (De son doigt, elle suivit délicatement les courbes de son visage.) Cela me rappelle un poème : « L'amour fait d'un rien l'infini. » C'est ce que j'ai découvert avec toi.

– Ce que nous avons découvert.

Ils étaient allongés, l'un contre l'autre, à la lueur de la lampe, main dans la main; Garth la tenait dans ses bras; Sabrina, la tête sur son épaule, rêvait. Elle se sentait bien, son corps contre le sien, en une véritable osmose.

Elle contempla le reflet de la lune dans le miroir, croissant blanc prisonnier des branches sombres d'un chêne.

« Me voilà prise dans les rets de mon amour pour cet homme et de son amour pour moi. » L'une des légendes indiennes d'Antonio lui revint en mémoire.

Elle sourit à cette idée. Aucune importance, avait-il dit, si elle ne l'aimait pas, avant de l'épouser. « Les dieux guaranis disent que l'amour vient après, pas d'abord. Il grandit peu à peu, quand on partage une vie. Il éclôt, lorsque l'enfant paraît. »

– Vois-tu, dit Garth, consterné, il m'est difficile d'admettre pareille...

– Tu as faim. (Sabrina finit sa phrase, en riant.) Bon, viens, allons voir ce qu'on peut trouver. Toi et moi, on a toujours une solution, même lorsque tout paraît impossible.

Garth tendit à Lloyd Strauss la lettre dans son enveloppe.

– Ajoutez-la à une biographie officielle, pour le prochain numéro de la presse universitaire. Agrégé. Directeur de l'institut de Génétique et baiseur.

Strauss tira de son tiroir une enveloppe similaire et la tendit à Garth.

– Elle est arrivée hier.

Garth mesura son impuissance : une présence invisible, vindicative et persévérante sur un campus de trente mille étudiants. Sans doute l'un d'entre eux était-il derrière cette histoire. Il prit la lettre, elle était identique.

– Y en a-t-il d'autres?

– Pas à ma connaissance. Le président n'en a pas reçu.

– Par quel miracle avez-vous eu cet honneur?

Strauss haussa les épaules.

– Qui peut savoir? L'article dans *Le Standard*? Parce que j'ai convoqué Talvia et Blake? Qu'on voudrait vous impliquer également? Bien, vous voilà!

– Je n'ai pas été convoqué.

– Vous m'avez pris de vitesse.

– Lloyd, vous ne parlez pas sérieusement. (Garth, éberlué, le fixait.) Il y a quelque chose de nouveau, je suppose.

– Talvia et Blake ont donné leur démission aujourd'hui.

Garth ne put s'empêcher de maugréer et se mit à arpenter le bureau.

– On les a forcés? Pour faire croire que l'université donne un coup de balai?

– Ils ont avoué, Garth. J'ai eu, ici, des filles en pleurs, des parents furieux, des professeurs repentants... Tout y était. Et encore plus palpitant que dans Shakespeare; le meneur était fou de rage, il hurlait que sa petite fille avait été corrompue; il se trouve que c'est l'un de ceux qui contribuent le plus financièrement à la construction du nouveau stade de football. On ne peut ignorer cet aspect. Des rumeurs se sont répandues; le président m'a intimé l'ordre d'éclaircir l'affaire, avant que la nouvelle ne se propage. Evidemment, tout s'est su; *Le Standard*, avec ses salauds d'étudiants à l'affût, a fait paraître les détails dans le numéro de la semaine dernière, avant même que j'aie eu le temps d'organiser ma session sur Shakespeare. A peine avais-je terminé, que je recevais des coups de téléphone de ce qu'on appelle les médias.

Assis sur le rebord de la fenêtre, les bras croisés, Garth hochait la tête.

– Pauvre Marty. On a l'impression de connaître quelqu'un, d'avoir entièrement confiance en lui, puis on se rend compte qu'il y a un fossé qui nous sépare. Là, il est trop tard. Je connais à peine Blake; n'y en avait-il pas un autre?

– Millburn. J'aurai sa démission demain. Et... vous.

– Oh! Pour l'amour de Dieu, Lloyd – une lettre anonyme. Vous me connaissez suffisamment pour savoir que c'est de la merde...

– D'accord. Je vous connais; je sais que c'est de la merde. Et le *Chicago Tribune*? *Time*? *Newsweek*? Le savent-ils, eux?

– Quoi... (Garth s'arrêta, ébahi.) Même eux?

– Eh oui! C'est un sujet hors du commun, mon ami. Imaginez l'article : « Quelles noires manigances se trament derrière les murs couverts de lierre? Branchez la radio, achetez le journal de demain, ou le prochain hebdomadaire, et vous serez édifié. » Nous nous sommes présentés en savants, chercheurs, gardiens de la vérité. Nous avons agi comme si nous étions au-dessus de la foule. Aussi, bien sûr, le public aime-t-il nous savoir aussi pourris que les autres; les reporters affluent; même si je voulais brûler les lettres anonymes, je ne pourrais pas! Comment savoir qui d'autre en a reçu? Comment savoir qui raconte ces bêtises aux reporters? Vous êtes mon ami et un collègue; j'ai confiance en vous; mais, en premier lieu, je suis responsable vis-à-vis de l'université.

– Ce qui veut dire une enquête.

– Exactement. Elle a déjà commencé. J'ai engagé ce matin les plus fins limiers de la région.

– Comment vont-ils mener cette enquête?

Strauss bondit de sa chaise et fit les cent pas dans son bureau.

– Ils vont vous interroger, vous, d'autres professeurs, des étudiants. Peut-être est-ce le début d'une grosse affaire et n'est-ce là que le sommet de l'iceberg. Mais, lorsque quelqu'un porte une accusation spécifique, nous devons l'examiner. Ils trouveront l'auteur de la lettre, feront un rapport sur votre réputation, votre caractère...

– Ma réputation et mon caractère! (Garth, furieux, saisit sa serviette et s'élança vers la porte.) Ecoutez, je n'ai à défendre ma réputation ou mon caractère ni devant vous ni devant personne. Vous me connaissez suffisamment pour ne pas m'imposer d'espions professionnels. Sinon, inutile d'annoncer mon rendez-vous à l'institut de Génétique, la semaine prochaine! (Strauss ne dit mot. Garth maintint la porte entrouverte.) Vous allez l'annoncer la semaine prochaine.

– Il a été remis. Garth, il faut que je protège mes arrières. Et vous le savez. Ce n'est pas simplement une question d'argent pour ce stade de football; toute l'université est en jeu. Il faut qu'on soit aussi purs qu'une vierge pour obtenir des crédits du gouvernement ou demander à des mécènes de fonder un nouveau théâtre, une école de musique, un centre d'études internationales... Je dois montrer que je fais mon possible pour maintenir le prestige de notre université, pour que les gens nous envoient, en toute confiance, leurs gosses et continuent à donner des fonds pour que leur nom figure sur un bâtiment. C'est mon travail. Si cela veut dire engager un détective pour savoir si Garth Andersen baise entre deux séminaires, je le ferai. Comme votre travail consiste à enseigner, à faire de la recherche et à être le directeur d'un nouvel institut de Génétique, vous répondrez à chacune de ces questions. Qu'avez-vous à cacher? Vous serez ici bien plus longtemps qu'eux.

– Est-ce qu'il ne vous est jamais arrivé de penser que le fait même qu'on me pose ces questions pourrait affecter ma réputation?

– Bien sûr. Mais il nous faut considérer, d'abord, la renommée de l'université. La vôtre survivra. Garth, pour l'amour de Dieu, il n'y a pas si longtemps, *Newsweek* vous traitait de héros; vous en avez la réputation. Le même journal ne vous jettera pas l'anathème.

Garth se sentit tout à fait impuissant. D'abord, un ennemi invisible; maintenant, un inconnu qui faisait une enquête sur lui. Il ouvrit la porte.

– Je ne peux pas vous empêcher de jouer à cache-cache avec votre détective. Mais vous auriez pu nous en parler d'abord. Ma femme, qui a confiance en moi, sans l'aide d'un Sherlock Holmes, m'aide à chercher le responsable...

– Garth, je préférerais que vous ne fassiez rien. On prend l'affaire en main, tout se réglera rapidement et discrètement.

– On dirait la devise de vos amis détectives.

Strauss semblait décontenancé.

– Effectivement. Mais ils savent ce qu'ils font et ne parviennent pas à leurs fins par la menace. Stéphanie et vous, soyez patients. Attendez de voir ce qui ressort de leur enquête. Nous sommes de votre côté, Garth. Nous voulons vous blanchir.

– Vous ne pouvez pas me blanchir si on ne m'accuse de rien. C'est là la différence entre nous. Nous recherchons un menteur qui écrit des lettres; vous cherchez des preuves de ma vertu. Si nous découvrons avant vous ce menteur, nous vous le ferons savoir.

– Oh! Arrêtez vos conneries, Garth, dit Strauss, avec lassitude. Vous savez que j'ai entièrement confiance en vous.

– Ma femme et mes enfants aussi. Et votre Dick Tracy et les médias? Je pense tout de même qu'on va essayer de voir, de notre côté, ce qu'on peut faire. Je vous donnerai bientôt le résultat de mes investigations, Lloyd; je vais aller acheter une loupe pour examiner cette affaire de plus près.

Madeline Kane avait créé du désordre partout, à *La Brocante*, pendant les deux semaines où Sabrina était partie.

– Je ne sais vraiment pas comment c'est arrivé, Stéphanie, dit-elle, le mercredi matin, d'un air perplexe. J'ai tourné en rond toute une journée et j'ai tout retrouvé en pagaille. Croyez-vous que j'essaie de vous prouver combien vous m'êtes indispensable?

– Je vous aurais crue si vous me l'aviez dit tout simplement, dit Sabrina sèchement. Si on commençait par la petite encoignure?

Elles travaillèrent en silence, épargnant leur énergie pour les meubles lourds.

– C'est l'heure du café, dit enfin Madeline.

Elles allèrent vers le fond de la boutique.

– Vous avez dû traverser une bien triste épreuve, dit-elle en s'asseyant devant son petit bureau.

– Oui.

– Puis-je faire quelque chose pour vous?

– C'est fait. Vous avez mis le bordel à *La Brocante*. Le labeur physique est une bonne thérapeutique pour qui est en deuil.

– Dites-moi quand vous voudrez que je recommence. Apparemment, cela ne me donne aucun mal. Qu'allez-vous faire du magasin de votre sœur à Londres?

– Pour le moment, il reste ouvert. Un assistant y travaille depuis pas mal de temps, et un antiquaire souhaiterait une association. Je leur ai dit d'ouvrir le magasin et j'ai fixé un budget pour les achats éventuels.

– Mais, sans superviser...

– Ce sont des professionnels hautement compétents.

Mon avocat a droit de regard et il gère les fonds. Il s'occupe également de la gouvernante.

– Je ne voudrais pas m'immiscer dans vos affaires, mais comment est-ce possible, s'il n'a aucun pouvoir?

– Je lui ai envoyé une procuration.

– Je vois, dit Madeline.

Sabrina se leva.

– On retourne au travail?

– Et la maison de votre sœur? Votre avocat va-t-il la vendre?

– Non, on l'entretiendra. Une amie y restera jusqu'à ce qu'elle mette de l'ordre dans sa vie.

– Ah... Tout est à vous, maintenant, boutique et maison?

– Oui.

– Les meubles de valeur et les biens aussi, je suppose?

– Oui.

– Je ne veux pas avoir l'air de m'intéresser à vos...

– Mais c'est ce que vous faites, Madeline; vous désirez tout savoir sur mes affaires à Londres, pourquoi?

– Comme ça. Je... enfin, à vrai dire, tout cela semble si extraordinaire, et... pardonnez-moi, Stéphanie, mais vous semblez appartenir à cet univers. Je n'ai jamais vraiment cru que vous pourriez travailler pour moi.

Sabrina la regarda d'un air interrogateur.

– N'ai-je pas fait du bon travail?

– Vous savez très bien que ce n'est pas ce que je veux dire. Allez-vous retourner là-bas?

– Bien sûr. (Elle pesa ses mots.) Pour voir mon

avocat, Nicholas, qui dirige *Les Ambassadeurs*, et ma gouvernante.

Madeline soupira.

– Voyez-vous, j'en suis venue à dépendre de vous. Vous êtes particulière. J'ai en vue cinq affaires immobilières importantes, ce qui exigera une assistante. Si vous partez...

– Pour le moment, allons déjeuner. Cinq affaires immobilières? Quelle femme d'affaires! Vous m'en parlerez après déjeuner. On ferme la boutique?

– Non, je ne vous accompagne pas, j'ai apporté un sandwich. Vous en avez pour longtemps?

– Je ne sais pas. Je dois aller consoler une amie dont le mari vient de donner sa démission de l'université.

– Talvia ou Blake?

Enfilant son manteau, Sabrina soupira.

– Tout le monde est-il au courant?

– J'ai lu *Le Standard*. Quel beau manteau! C'est du cuir?

– Oui. Je l'ai ramené de Londres. C'était celui de ma sœur. (Elle mit son sac en bandoulière. Il était également à sa sœur.) Avez-vous entendu parler des bruits qui courent le campus?

– Non. Je rate de bonnes histoires?

– Pas grand-chose. Je suis en retard; je ferais mieux de me dépêcher.

Elle avait rendez-vous avec Dolorès et Linda au *Café Provençal*; elle s'y rendit à pied, pressant le pas sous un vent cinglant qui venait du lac. Elle les trouva attablées, au fond du café. Linda portait des lunettes sombres.

– J'ai beaucoup pleuré.

– Peu m'importe de quoi tu as l'air, Linda; je ne peux pas parler à des lunettes noires. (Elle les ôta. En voyant ses paupières gonflées, ses joues empourprées,

Sabrina eut mal au cœur, non pas tant pour cette infortune que pour ce regard de chien battu, qui reflétait la honte.) Ce n'est pas ta faute, dit-elle, en prenant la main de Linda. D'abord, tu ne sais rien du tout.

La serveuse prit la commande et Dolorès se pencha vers elle.

– Exactement ce que j'ai dit.

Linda hocha la tête.

– Il n'aurait jamais fait ça, si j'avais été plus gentille avec lui, si je ne l'avais pas sans cesse contrarié, si je ne lui avais pas dit... (Elle se mordilla les lèvres.) Il ne me satisfait pas toujours. Il dit que ce n'est pas de sa faute, que je commente trop ses performances pour qu'il puisse se détendre. Et il a probablement raison; d'ailleurs, il a toujours raison; je lui fais sans arrêt des reproches et lui fais sentir qu'il n'est pas vraiment un homme. Alors, je suppose qu'il se tourne vers des jeunes qui lui disent ce qu'il désire entendre.

– C'est absurde, dit Sabrina. Tu ne vas tout de même pas te culpabiliser parce que Marty s'est laissé piéger par deux étudiantes qu'il s'est envoyées, et qui lui ont fait du chantage pour qu'il leur donne leurs diplômes.

– Qui t'a dit qu'il n'y en avait que deux?

– Garth.

– Ah bon? Marty a refusé de me le dire. Mais quelle importance? Une seule aventure suffit pour moi. J'ai toujours su qu'avec Marty, c'était l'échec total. Je n'ai pas de titre universitaire. Je n'ai pas lu la moitié des livres qu'il a lus et je me demande s'il ne préférerait pas avoir quelqu'un de plus intelligent à ses côtés. Je n'arrive pas à aborder ce problème avec lui. Je souhaiterais que ce fût possible, mais je remets toujours la discussion au lendemain. Plus j'attends, plus c'est difficile, parce que je ne sais pas par où commencer. Marty dit que lorsqu'on veut aborder un problème, on le fait immédiatement, sans chercher d'excuse. Il a toujours raison, alors je suppose qu'en fait, je ne tiens pas à avoir cette discussion. Maintenant qu'il a trouvé des jeunes universitaires pour le rendre heureux, je sais que c'est un échec.

Sabrina la regardait attentivement.

– Tu n'es rien de tout cela. Disons que Marty est un être exceptionnel, qui a ses problèmes et sa façon de les résoudre. Es-tu assez forte pour prendre à ton compte tous ses actes?

Linda termina sa salade, l'air boudeur.

– Quand tu me parles ainsi, tout m'apparaît sous un jour nouveau.

Dolorès commanda le dessert.

– Sais-tu de quoi tu as besoin, Linda? De ne pas être oisive. D'avoir un revenu, jusqu'à ce que Marty trouve du travail. Ça t'occupera. Viens avec moi au prochain meeting du club d'horticulture; toutes ces femmes savent si leur mari a besoin d'une secrétaire.

– Je ne peux pas être...

– Tu n'as pas le choix, Linda; tu feras ce qu'il faudra. A ce meeting, tu risques d'avoir de nombreuses occasions, je t'aiderai à faire le tri; je pense à tous ces emplois que tu as eus, dans le passé; j'irai avec toi aux entretiens pour te soutenir...

– Dolorès, je t'en prie. Cesse d'organiser ma vie!

Des clients, assis à d'autres tables, se retournèrent. Dolorès rougit.

– Excuse-moi. Je pensais que tu avais besoin d'une amie.

– Bien sûr, bien sûr; je ne veux pas paraître ingrate...

– Je vais commander du café, dit Sabrina gentiment. Pour toutes les trois.

Dolorès se redressa sur sa chaise.

– Je vais toujours un peu trop loin, n'est-ce pas? Je ne sais pas m'arrêter.

– On te préviendra, proposa Sabrina.

L'atmosphère se détendit. Elles se mirent à rire.

Dolorès fronça les sourcils.

– Tu as changé, Stéphanie. Auparavant, jamais tu ne prenais la direction des opérations.

– Oh! Je crois qu'on est toutes sous le choc, dit Sabrina, le regard dans le vide. Linda, nous avons besoin d'une assistante à *La Brocante* pour nous aider dans les affaires immobilières. Pourquoi n'essaies-tu pas?

– Je ne sais même pas ce qu'est une vente.

– Nous organisons la vente des maisons et de tout leur mobilier, tout, depuis les tableaux jusqu'aux couverts. Tu apprendrais vite à évaluer les objets, à faire un catalogue, à organiser une vente à force de publicité. Ce qui exige une présence constante, à l'affût de tout client qui essaie de se débarrasser de son argenterie, de ses tabatières ou de tout autre objet.

Le regard de Linda s'illumina.

– Ça semble attrayant.

– Ça l'est. Excitant, poussiéreux, agaçant et toujours différent. Ça t'intéresse?

– Si tu fais une offre simplement parce que nous avons des ennuis...

– Je t'en parle parce qu'il y a moins de deux heures Madeline m'a dit qu'elle avait cinq affaires sur les bras.

– Quelqu'un sans diplôme universitaire?

– Linda, je te propose simplement d'essayer. Je ne t'ai rien demandé de plus.

– Oh! Oui, oui, oui! cela semble tellement merveilleux. Oh! Stéphanie, comment pourrais-je te rendre tout cela?

– En devenant plus experte que moi. Comme ça, si un jour je devais partir, tu continuerais.

– Partir? De quoi parles-tu? Garth et toi, allez-vous déménager? Vous n'allez pas partir, Stéphanie!

– Non. Ce n'est pas ce que je voulais dire... Qu'est-ce qui me prend? Je voulais dire, si un jour je trouve un autre emploi. Mais ce n'est pas pour demain. Bon, je dois retourner à mon travail ou c'est moi qui n'aurai même pas cet emploi.

– Dois-je venir avec toi? demanda Linda.

– Non. Je vais d'abord en parler à Madeline et je te téléphonerai plus tard. Dolorès, dix dollars, ça suffit pour le déjeuner? Il faut que je me dépêche.

– Non, je vous invite; c'est moi qui en ai eu l'idée.

Sabrina se pencha et l'embrassa sur la joue.

– La prochaine fois, ce sera moi.

A la porte, elle se retourna : Dolorès bavardait, Linda rêvait en regardant un tableau sur le mur. Elle pensa à Alexandra et Gabrielle. « Comme c'est étrange! Il y a tant de façons de s'entraider. » L'espace d'un instant, elle se demanda qui l'aiderait, quand elle partirait pour toujours. Elles seraient toutes très occupées. Oh! mais il en restait une. Elle esquissa un sourire en poussant la porte de *La Brocante*. Il y aurait toujours Mme Thirkell.

Ce vendredi après-midi, Sabrina quitta le magasin de bonne heure pour apporter à Linda une pile de livres sur l'histoire du mobilier et des arts décoratifs.

– Inutile de tout apprendre par cœur, dit-elle, en voyant le regard ébahi de Linda. Il te faut simplement savoir utiliser ces bouquins pour examiner un objet.

Tu dois avoir une idée de l'évolution des styles et de la façon dont les modes affectent le marché de la brocante. En ce moment, ce sont les posters politiques et les laques qui plaisent; j'ai l'impression que les poupées vont suivre. De toute façon, nous en parlerons lundi.

Montant les marches du perron, en arrivant chez elle, elle poussa un soupir de soulagement. Une heure seule avant l'arrivée de Penny et Cliff : un peu de temps pour elle, sans les exigences de la famille, des amis, du travail. La porte n'était pas fermée à clé. « Ce sera pour une autre fois, pensa-t-elle; qui est rentré plus tôt? » Le salon était vide.

– Cliff? appela-t-elle. Penny?

Aucune réponse. Intriguée, Sabrina monta au premier étage et trouva Cliff sur son lit, fouillant désespérément dans un sac en plastique où se trouvaient des calculatrices de poche, des radios à modulation de fréquence, des boîtes de stylos, des porte-monnaie, des épingles de cravate, des boutons de manchettes et des gants.

– On dirait un pirate devant son butin, dit-elle gaiement de la porte.

Cliff, surpris, se retourna.

– Je pensais que tu rentrais à quatre heures.

– Moi, je croyais que tu rentrais à quatre heures et demie.

– Eh bien, je suis rentré plus tôt...

– Moi aussi. Voulais-tu tout cacher avant que j'arrive?

Dans son regard se lisaient une telle angoisse, une telle honte que Sabrina eut envie de se précipiter vers lui pour lui dire de ne pas avoir peur, elle l'aiderait, tout irait bien. Mais il était clair qu'il se passait quelque chose de grave; elle resta au milieu de la pièce. Tirant une chaise à elle, elle s'assit près de lui.

– Je crois que tu devrais commencer par le commencement et tout me raconter.

– Mais j'en ai parlé à papa. Pendant que tu étais en Chine. Ne t'a-t-il rien dit?

« On ne m'a rien dit, pensa-t-elle. Mais Stéphanie a évoqué des problèmes avec Cliff. »

– Il semble qu'il ait préféré partager le secret avec toi seul. Je me demande si tu l'apprécies. D'après ce que je vois, tu n'en as pas l'air. (Cliff baissa les yeux.) Bien. Lui as-tu promis d'arrêter? En septembre je suppose? Qu'est-il arrivé ensuite? Cliff, il faudra bien que tu me répondes tôt ou tard, alors, pourquoi ne pas gagner du temps et tout dire maintenant? Avant le retour de Penny.

Au bord des larmes, Cliff la regarda.

– J'ai arrêté. Je leur ai dit que mon père était au courant et que je ne pouvais plus cacher de marchandises. Mais la semaine dernière, quand tu étais en Angleterre, ils m'ont apporté tout ça et m'ont ordonné de le garder, je ne savais que faire.

– Où était ton père?

– A une réunion, et Penny à l'école pour la représentation de marionnettes. Ils sont arrivés...

– Cliff, qui « ils »?

– Ces types, ils sont en quatrième et ils... enfin... ce sont des caïds. Ils choisissent leurs équipes, ils sont toujours les chefs; ils vont d'abord à la cafétéria, même si nous, nous attendons devant, en rang... et ils dévalisent les magasins. Ils disent : « Je vais à *Radio Shack* voler une calculatrice. » Voilà. Avant, ils ne volaient que pour eux, mais ils ont commencé à vendre la marchandise à des gosses de Chicago qui venaient acheter de la drogue. Ils avaient besoin d'un endroit pour cacher les objets. Un jour, ils m'ont demandé si je pouvais les aider. Je pensais qu'ils m'aimaient bien... enfin... Je ne voyais rien de mal...

« Ces petits dictateurs réclamaient ton aide, ce qui te flattait, pensa Sabrina. Ils te suggéraient de rejoindre leur élite. »

– Tu as pensé pouvoir être le premier à entrer dans la cafétéria, dit-elle.

Cliff sursauta :

– Comment l'as-tu deviné?

Elle lui sourit.

– Quand j'étais au lycée, la plupart des élèves étaient très riches; elles nous regardaient de haut, Sté... Sabrina et moi. On avait toujours l'impression qu'elles nous faisaient une faveur en nous demandant de les aider à faire leurs devoirs. Puis, plus tard, quand nous avons commencé à rafler tous les premiers prix en classe, et les trophées en escrime et à la voile, elles se sont mises à nous regarder avec d'autres yeux, et soudain leur attitude a changé; elles ont eu un comportement normal. Que t'a promis le gang pour les aider?

– J'avais le choix : ou bien prendre un objet par mois, ou bien recevoir quinze dollars par semaine. J'ai choisi l'argent. J'allais acheter une chaîne stéréo pour ma chambre.

– C'est cher. Ça fait beaucoup de semaines à quinze dollars. Es-tu sûr d'être un associé hésitant?

Cliff baissa de nouveau la tête.

– Parfois oui... parfois non. (La douceur de Sabrina l'avait rassuré. Soulagé et de plus en plus confiant, il parlait facilement.) Il vaut mieux être de leur côté que contre eux. Tu ne sors pas vainqueur, quand tu t'opposes. Je pensais, quand ils me l'ont demandé, que je ferais partie de leur clan... que j'aurais de l'argent... enfin... voilà comment ça s'est passé.

– T'est-il jamais arrivé de songer que tu étais complice de criminels?

– Maman! Ce ne sont pas des criminels! Ils ne font que voler dans les magasins. Ils ne commettent pas de meurtres, ne dévalisent pas de banques ou des trucs comme ça. Et puis, ils disent que ces magasins font beaucoup de bénéfices et qu'ils ne remarquent même pas qu'il manque des marchandises.

– Ah bon? Cliff, voler est un acte répréhensible, qu'on le remarque ou pas! Mais, en général, on le découvre. As-tu entendu parler des inventaires?

– Non.

– Les magasins vérifient leurs stocks en comparant ce qu'ils ont acheté avec ce qu'ils ont vendu. Quand les chiffres ne correspondent pas, ils savent qu'il y a eu vol. C'est ce qu'on appelle profits et pertes. Alors, pour rattraper leurs pertes, ils montent le prix de toutes les marchandises dans le magasin. Ainsi, nous tous, qui ignorons le vol, nous finissons par payer pour les mauvaises actions de tes copains.

Il y eut un silence.

– Je n'y ai jamais pensé.

– Et tes amis ne te l'ont jamais dit?

– Ils ne sont pas vraiment mes amis.

– Je croyais que tu disais que tu voulais faire partie du clan.

– Oui, mais... ils ne me veulent pas réellement, maman. Ils ne m'aiment pas. Oh! merde! (Des larmes coulaient le long de ses joues, il les essuya vigoureusement.) Je suis désolé; je sais que je te fais de la peine mais rien ne s'est passé comme prévu. Ils ne me parlent jamais comme à un ami, ils se moquent de moi.

– Pour quelle raison? demanda Sabrina gentiment.

– Parce que j'aime les livres et que je veux avoir de bonnes notes.

– Eh bien, nous sommes fiers de toi quand tu obtiens de bons résultats. Mais pourquoi es-tu resté avec eux s'ils se moquent de toi? Pour l'argent?

– Non... Si tu tiens vraiment à le savoir... c'est parce que j'ai peur d'eux. Ils ont dit qu'ils me battraient si je parlais et la semaine dernière, ils ont dit que si je ne cachais pas la marchandise, ils diraient au principal que c'est moi qui l'ai volée. Papa voulait prévenir la police, mais je lui ai demandé de ne pas le faire et je n'ai pas voulu lui révéler leurs noms. Je ne peux les dire à personne. Je suis obligé de continuer parce que, même s'ils ne me battaient pas, ils me mettraient en quarantaine. Ils empêcheront les autres de me parler, même mes amis : je serai évincé et je resterai seul. Tu sais, maman, ils en sont capables, j'ai peur; quoi que je fasse, tout ira mal. Tu ne peux pas comprendre, parce que tu sais toujours ce qu'il faut faire, mais moi, je ne sais pas. Je ne sais pas... (Sabrina vint s'asseoir près de lui. Il s'affala sur le lit. « *Je comprends exactement ce que tu ressens.* » Elle le prit dans ses bras, et il posa sa tête sur son épaule.) Excuse-moi, maman.

– De quoi?

– De pleurer.

– Nous pleurons tous quand nous sommes tristes et que nous avons peur; tu ne devrais pas t'excuser. Je préférerais que tu sois désolé de ne pas nous avoir tout raconté au début. Nous crains-tu plus que ces abrutis?

Cliff baissa la tête.

– Je voulais le faire.

– Et puis?

– Papa m'a fait confiance.

– Et tu ne voulais pas qu'il sache que tu l'avais trompé?

– Je ne voulais pas qu'il sache que j'avais menti. De temps à autre, il me demande s'ils ont essayé de me relancer, et je dis toujours non. Je l'ai trahi. Maintenant, je suppose que tu vas tout lui dire, mais il n'y a plus rien à faire.

– Oh, si.

– Quoi? Maman, ils vont me battre ou faire de l'oster...

– De l'ostracisme. Non, ils ne feront rien de cela. Pendant un mois, je vais te chaperonner.

– Quoi? Maman!

Il s'écarta et lui lança un regard furieux, à travers ses yeux rougis.

– Ce n'est pas juste!

– Est-ce juste de travailler pour ces abrutis? ou d'être battu ou rejeté? ou d'être accusé de vol à la tire devant le principal?

– Mais...

– Si tes parents te disent que, pendant un mois, tu dois rentrer directement à la maison, chaque jour, que tu n'amèneras pas d'amis, que tu ne peux sortir le soir, quelle meilleure excuse as-tu de ne pas travailler pour ces types? Tu peux leur dire honnêtement que tu n'as pas le choix. Au bout d'un mois, tu diras que tes parents se doutent de quelque chose, que tu ne veux pas être surveillé en permanence, que tu dois donc rester à l'écart. Mais ce ne sera probablement pas nécessaire. Je crois que nous allons alerter la police pour qu'ils placent quelques détectives à *Radio Shack* et aux endroits que tu nous indiqueras. De cette façon, tu n'auras pas besoin de me donner des noms. Ils seront vite démasqués et leur réseau démantelé; ils me semblent plutôt stupides, tes copains.

Cliff écarquilla les yeux, admiratif.
– Maman, ce n'est pas une mauvaise idée! Elle est même excellente!
– Oui, c'est bien ce que je pensais. De plus, c'est la première fois que je me heurte à ce genre de problème.
– Mais non; avant, tu...
– J'essaie d'oublier les punitions antérieures.
– Maman, j'ai une idée. Si tu m'aides à me débarrasser de cette marchandise, on n'aura pas besoin d'en parler à papa. Il ne l'apprendra jamais.
– Tu veux dire que tu lui mentirais encore?
– Non, je ne dirai rien, c'est tout.
– Mais le silence est une sorte de mensonge. Si tu lui laisses croire une chose que tu sais pertinemment être fausse...
Elle s'arrêta, le regard dans le vide.
« *Qui suis-je pour donner des conseils?* »
– Maman?
Lentement, Sabrina se tourna vers lui.
– Cliff, il y a des cartons vides dans le cellier. Va en chercher quelques-uns; on va tout emballer et, ton père et moi, nous les remettrons à la police après lui avoir parlé.
– Ils vont savoir que c'est moi qui gardais tout ici?
– On trouvera bien un moyen de te tenir à l'écart. (Il se montrait hésitant. Elle perdit patience.) Tu n'as pas le choix. Fais-nous confiance. Maintenant, va chercher ces cartons!
En grommelant, Cliff sortit. Sabrina se leva; son cœur battait fort. Elle se dirigea vers sa chambre : enfin quelques minutes de répit; au même moment, la porte d'entrée claqua, et Penny entra en chantonnant dans la maison.

Garth avait compulsé ses dossiers et relevé onze noms d'étudiants qui s'étaient plaints, l'année précédente, d'avoir de mauvaises notes ou d'avoir été collés.

– Et celle-là? demanda Sabrina. Celle qui a un point d'interrogation après son nom.

– Rita MacMillan, dit Garth. C'est possible. Je ne t'en ai pas parlé en juin dernier?

– Je ne crois pas.

– Il me semblait pourtant. Elle m'a fait des propositions si, en retour, je lui donnais son examen; je l'ai chassée avec ma raquette de tennis. Je crois que je l'ai traitée de putain. C'était la semaine où la candidature de Vivian avait été rejetée; je ne voyais pas d'un bon œil ces gamines qui tentaient de se prostituer. Je ne l'ai pas collée cependant; elle a passé des partiels, et je lui ai accordé la permission de suivre les cours de Vivian, ce trimestre, pour qu'elle puisse obtenir son diplôme. Mais il y a six mois de cela, cela m'étonnerait qu'elle se venge maintenant.

Sabrina répéta le nom.

– Les jeunes femmes ont de la mémoire. Surtout quand on rejette leurs joyaux.

Il se mit à rire.

– C'est peut-être ce que pense Rita. Bon, maintenant, que va-t-on faire de cette liste? Je dois dire que je me sens ridicule, comme si on me tendait une mitraillette de gosse et qu'on me demandait de jouer au gendarme et au voleur. Je me sens plus à l'aise avec mes bactéries.

– Et moi je préférerais rechercher une porcelaine rare de Wedgwood. (Il s'esclaffa.) Bactérie et Wedgwood. Gendarme et voleur. Quel couple nous formons!

Ils formaient un couple. Sabrina fit de son mieux pour qu'on le sache. On les vit partout. Le mercredi soir, ils assistèrent à l'avant-première d'un film et à une réception donnée en l'honneur du directeur. Le jeudi suivant, ils furent invités à un cocktail, où le président de l'université ne put s'empêcher de se montrer admiratif devant la beauté de Sabrina.

– Vous avez raison, dit Garth. Tu n'as jamais été aussi belle, chérie.

Elle était resplendissante; elle était parée de tout l'éclat de Sabrina Longworth. Vêtue d'une symphonie de bleus et de verts, de velours lie-de-vin, de soie rayée, son opulente chevelure auburn tombant sur ses épaules; posée, l'esprit vif, elle était le point de mire, attirant les autres dans son orbite. Et jamais elle ne se tenait loin de Garth.

Le samedi soir, on les vit à l'inauguration du nouveau musée d'Art de l'université, où Sabrina put s'entretenir avec des artistes, des sculpteurs et des amateurs, dans leur langue; elle était émoustillée par tout ce qui l'entourait. Lloyd Strauss, la trouvant enfin seule, fut prodigue de compliments.

– Vous êtes resplendissante, Stéphanie : si peu de temps après la perte que vous venez de subir, c'est merveilleux.

– Je le fais pour Garth, dit-elle à haute et intelligible voix.

Elle croisa le regard de Strauss, le mettant au défi de douter un seul instant de l'innocence de Garth ou de croire à sa naïveté. Il ne fit ni l'un ni l'autre, au contraire, il les invita à dîner, le lendemain.

– Vous n'êtes jamais à la maison! grogna Penny, tandis que Sabrina brossait ses cheveux devant sa coiffeuse.

– Nos soirées mondaines, dit Garth, avec un sourire

forcé, tout en ajustant sa cravate et en s'adressant à l'image de Penny dans le miroir. Devoir oblige, ma chérie.

Soudain, Sabrina se rappela son enfance. Elle se tourna et aperçut le visage abattu de Penny.

« On n'a pratiquement plus de famille – on ne vous voit plus. »

La chambre s'assombrit. Sabrina et Stéphanie Hartwell, debout devant un triple miroir, dans une chambre à Athènes, regardant leurs parents s'habiller pour un bal à l'ambassade.

« Vous sortez avec tout le monde, sauf nous! La seule famille que nous ayons, c'est Stéphanie et moi – nous n'avons pas d'autre famille. »

Ce souvenir était si clair dans sa mémoire. Mais, depuis une semaine, elle l'avait oublié. Depuis une semaine, ils sortaient tous les soirs, après leur journée de travail. Comme à Londres : réceptions, nouvelles connaissances, badinages. Elle ne s'était pas rendu compte à quel point tout cela lui manquait. Et parfois, au sein d'un groupe, dans une pièce illuminée, un verre de vin à la main, entourée de musique et de rires, elle oubliait l'espace d'un instant qui elle était; tout se confondait dans son esprit : elle effleurait le bras de Garth près d'elle; elle l'aimait, comme elle aimait la façon dont les autres les regardaient, comme mari et femme.

« Mais les enfants, dans tout cela? Ils ont besoin de leurs parents, pensa-t-elle, et je devrais les aider. Je serai partie bien assez tôt. »

– Tu as raison, Penny, dit-elle. Nous allons ralentir le rythme de nos sorties et rester à la maison plus souvent.

Stupéfait, Garth la regarda.

– Je croyais que ça faisait partie de ton plan.

– Oui, et toi, tu acceptais la corvée simplement parce qu'elle semblait nécessaire.

– Au contraire, c'est un plaisir pour moi.

– Papa! cria Penny.

Sabrina regarda Garth, surprise.

– C'est vrai, on est un peu trop sorti, ces temps-ci, dit-il, amusé par l'expression étonnée de sa femme. Mais après toutes ces années où tu m'as reproché de ne pas sortir, j'ai compris tout ce que je ratais. (Remarquant une ombre sur son visage, il ajouta :) Je vais rester à la maison quatre ou cinq soirées sur sept, mais pas plus.

Elle lui adressa un sourire plein de douceur.

– Pas excessif, on peut organiser ça.

– Et ce soir? demanda Penny.

– Ce soir, nous sortons, car on nous attend. Demain, nous resterons à la maison. Peut-on s'arranger, Stéphanie?

– Oui.

Elle sourit. Penny sortit de la pièce en courant. Garth la prit dans ses bras.

– Demain, nous resterons à la maison.

Elle annula la réception à laquelle ils étaient conviés, le lundi; tous les quatre passèrent une longue soirée paisible. Penny et Cliff allèrent se coucher. Sabrina et Garth restèrent au salon; ils se mirent à bavarder, lire, réfléchir chacun de son côté. Comment avait-elle fait, se demandait-elle, pour se glisser avec autant d'aisance dans cette vie de famille? Cela ne s'était pas fait sans efforts; chaque matin, elle se réveillait, ébranlée par le souvenir de la mort de Stéphanie et la précarité de sa vie avec Garth. Puis, au fur et à mesure que les heures passaient, prise dans le tourbillon des activités et des gens qu'elle rencontrait, sa culpabilité et son chagrin s'évanouissaient et elle se replongeait dans sa vie de famille. Chaque jour, l'attrait de celle-ci grandissait. Pour la première fois, elle sentait qu'elle avait trouvé un port d'attache.

Soudain, elle revint à la réalité. Ce n'était pas son port d'attache : tout était bâti sur un mensonge, tout dépendait d'un mensonge. Assise avec Garth, elle gardait cela en mémoire, se le répétant pour ne pas l'oublier. Parce qu'au contact de sa main, de son corps, devant son regard plein d'amour, elle oubliait tout. Elle retourna à son livre au moment où l'on sonnait à la porte. Garth alla répondre. Il revint dans le salon avec un petit homme d'une cinquantaine d'années, qui se présenta sous le nom de Karl Jenks, détective privé engagé par Lloyd Strauss pour vérifier les accusations anonymes portées contre le professeur Andersen.

– J'ai interrogé quelques gars, commença-t-il, s'installant dans un fauteuil. (Il jeta un coup d'œil dans la pièce.) C'est beau. (Un petit visage aux traits à peine marqués sous un grand front lui donnait un aspect soupçonneux; lorsqu'il écrivait dans son carnet, il plissait les lèvres, en signe de concentration, tel un enfant qui hésite sur l'orthographe d'un mot.) Est-ce qu'on vous en veut, professeur? Qui avez-vous collé? A qui avez-vous emprunté une tondeuse en oubliant de la rendre? Prenez-vous la place de quelqu'un?

– Non.

– Personne ne vous en veut? Personne dans ce vaste univers? Vous êtes aimé de tous?

Garth regarda posément Jenks, jusqu'à ce qu'il détourne le regard.

– Nous avons fait une liste des étudiants qui ont pu se sentir maltraités par moi. Je vais vous la chercher.

– Une minute. L'avez-vous aidé à faire cette liste, Stéphanie?

Sabrina, étonnée, répliqua :

– Avons-nous déjà été présentés?

– Pardon? Avant ce soir? Je ne pense pas, pourquoi?

– Parce que, monsieur Jenks, seuls mes amis m'appellent par mon prénom.

Il y eut un silence.

– Oh! Oh! finit par dire Jenks. Excusez-moi, madame; ou peut-être préférez-vous « milady ». (Sabrina sourit et ne dit mot.) Bon, et cette liste, milady? Avez-vous aidé votre mari à la faire?

– Non.

– Vous y croyez?

– A quoi? Ce n'est qu'une liste.

– Peut-être votre mari a-t-il oublié quelqu'un?

– C'est absurde.

– Ah! (Il prit des notes. Sabrina et Garth échangèrent un regard. Ils n'avaient rien dit, semblait-il, qui soit digne d'intérêt.) Jouez-vous au tennis, professeur?

Garth sortit de son silence.

– Oui. Ces détails sont-ils nécessaires à votre enquête?

– Peut-être. Et vous, madame Andersen?

– Oui.

– Avez-vous joué ensemble récemment?

– Non. La sœur de ma femme vient de mourir; elle est en deuil.

– Mes condoléances. Vous avez une vie bien remplie. Soirées, inaugurations de musées, etc. Cela fait-il partie du deuil?

– Quelle abeille laborieuse vous êtes, monsieur Jenks, dit Sabrina, en plaisantant. Une enquête sur notre vie mondaine. Garth, crois-tu que ce soit un problème à aborder avec M. Jenks?

– Je pense que si M. Jenks ne parle pas des lettres anonymes, il n'y a aucune raison pour qu'il s'attarde ici.

– Ravissants petits tapis. De Chine?

– Oui, dit Sabrina.

– Vous les avez achetés là-bas?

– Non.

– Le professeur est-il allé avec vous en Chine?

– Ça suffit! dit Garth, en se levant. Je vais vous raccompagner.

– Professeur, je mène une enquête. Sur l'ordre de votre directeur.

– Vous ne faites pas une enquête : vous allez à la pêche.

– C'est ça une enquête, professeur. Vous remuez un banc de poissons, et vous voyez qui mord. Soyez patient. Vous vous êtes rendu à Stamford, dans le Connecticut, ces jours-ci.

Garth se tenait debout, un bras sur une étagère.

– Exact.

– Et vous n'avez pas accepté le poste qui vous était offert, n'est-ce pas?

– Pourquoi m'interroger? Vous connaissez la réponse.

– Bien. Le professeur Andersen vous a-t-il accompagnée en Chine, madame Andersen?

– Non. J'ai fait le voyage avec une association d'antiquaires : mon mari a généreusement rendu le voyage possible en prenant soin des enfants pendant mon absence.

Jenks prenait toujours des notes, tout en tordant sa bouche dans tous les sens.

– Ce Talvia... vous le connaissez depuis longtemps?

– Très longtemps, dit Garth d'une voix monocorde.

– Ils se disputent souvent, lui et sa petite femme. (Garth et Sabrina se taisaient. Jenks écrivait.) Les querelles entre époux, ce n'est pas très bon. Ça incite à aller voir ailleurs. Et toutes ces jolies étudiantes...

– Tout cela a-t-il un rapport avec la lettre anonyme? demanda Sabrina froidement.

– Non, madame, avec sa confession. Il dit que ça n'est arrivé qu'une fois, mais qui sait? Sa femme était son étudiante, quand il l'a épousée. Il aime les jeunes, et je dois dire... dit-il avec un certain regret... qu'elles sont très belles. Et tentantes.

Le silence régnait dans la pièce. On entendait seulement la radio de Cliff.

– Restez-vous souvent seul dans votre bureau, professeur?

– Bien sûr.

– Voyez-vous vos étudiants un par un, ou en groupe?

– Un par un. Nous abordons des sujets confidentiels, les diplômes, la qualité de leur travail, leurs plans pour l'avenir.

– Un par un. La porte fermée?

– Parfois.

Sabrina sentait la colère monter en lui.

– Madame Andersen, recevez-vous beaucoup?

– De temps à autre.

– Ainsi que les étudiants du professeur?

« *Je n'en ai aucune idée!* »

Sabrina regarda Garth.

– Non, répondit-il pour elle. Notre maison est

ouverte seulement en juin à tous mes étudiants et aux assistants du labo.

– Madame Andersen ne pouvait-elle pas répondre elle-même?

– Madame Andersen n'est pas obligée de répondre, si elle n'en éprouve pas le désir. Surtout, si elle sent que vous essayez de la piéger.

Jenks mâchonnait son chewing-gum.

– Professeur, je viens de chez Talvia. Ils sont tout sucre, tout miel; vous ne penseriez jamais qu'ils passent leur temps à se disputer en public. J'arrive ici, la maison respire la douceur, la clarté, mais l'épouse s'est sauvée en Chine et en Angleterre, et le mari se précipite en Californie dès qu'il en a l'occasion; une lettre accuse précisément le professeur de baiser ces beautés tentatrices et de distribuer, en retour, les diplômes, et je suis intimement persuadé, professeur, que vous n'avez pas dédaigné ces offres.

Sabrina, brusquement, traversa la pièce et vint près de Garth. Elle le prit par le bras. Serrée contre lui, elle le sentit, peu à peu, se détendre.

– Je pourrais vous jeter dehors, dit-il, d'un ton détaché. Mais cela exigerait plus d'énergie que vous n'en méritez. Lloyd Strauss m'a dit que vous aviez été engagé pour trouver l'auteur d'une lettre anonyme et obtenir sa confession pour me blanchir de tout soupçon. Au lieu de cela, dans votre esprit, vous m'avez fait un procès et condamné. Sur quelle présomption? Je n'en ai aucune idée. Vous n'êtes pas venu ici pour enquêter mais pour me prendre au piège. Donc vous êtes ici sous de faux prétextes; vous jouez le rôle de l'enquêteur, et c'est un délit qui tombe sous le coup de la loi, article 44 du C.I. du statut de la ville d'Evanston. Pour cela vous pouvez perdre votre licence. Je prendrai ultérieurement une décision à votre égard :

appeler la police ou l'université, ou les deux, demain matin. Tout dépendra de la vitesse à laquelle vous déguerpissez. Je vous donne soixante secondes. A partir de maintenant.

Il passa un bras autour de Sabrina, et leva son autre poignet pour regarder sa montre.

– Vous ne m'intimidez pas, professeur.

– J'en suis sûr. Quarante-cinq secondes.

– Votre femme sait qu'un innocent n'essaierait pas de me jeter dehors à coups de pied.

– Trente secondes.

– Vous bluffez. C'est tout...

– Vingt secondes.

Jenks bondit de sa chaise et décampa vers la porte.

– Je reviendrai; votre directeur sera content d'apprendre que vous m'avez jeté dehors. Jamais un innocent...

– Dehors! hurla Garth.

Jenks ouvrit la porte d'un coup sec et se sauva.

Le rire de Sabrina retentit dans toute la maison.

– Garth, c'est ridicule!

– Je sais. (Partageant son hilarité, il la prit dans ses bras :) Tu as été merveilleuse.

– Il n'y a aucune loi à Evanston qui t'empêche de jouer ton propre rôle.

– Bien sûr que non. Cet homme est stupide. Tu avais raison. Il est trop rusé pour être un imbécile, mais il est très certainement stupide.

Elle cessa de rire.

– Tu es inquiet à son sujet?

– Oui. Toi non?

– Si.

Le lendemain matin, Garth téléphona à Lloyd Strauss.

– Vous avez mis ma carrière dans les mains d'un imbécile qui a déjà conclu à ma culpabilité. Je vous avertis, Lloyd...

– Garth, pas de menaces. Je me fais suffisamment engueuler par le président à ce sujet, mais zut, pas par vous. Ne vous est-il jamais arrivé de penser que vous n'êtes pas le seul à mettre en jeu une situation et un avenir? J'en ai marre de ce bordel; j'aimerais bien que tout rentre dans l'ordre et si vous pensez que je vais renvoyer un enquêteur simplement parce qu'il n'a pas su s'y prendre avec vous... Oh! Et puis merde! Ecoutez. Je ne l'aime pas, moi non plus. Mais j'avais un besoin impérieux de trouver une agence, la sienne m'a été recommandée par quelqu'un qui a eu affaire à ses services. Je vais téléphoner pour voir s'ils peuvent mettre quelqu'un d'autre sur l'affaire. Ça vous va?

– D'accord.

Il raccrocha avant que Strauss n'ait eu le temps de lui dire de ne rien faire par lui-même. Parce qu'ils avaient décidé, une fois Jenks parti, de convoquer un à un les étudiants qui figuraient sur la liste de Garth. L'un d'eux laisserait échapper un détail. Et même si ça ne servait à rien, c'était pire de rester assis à ne rien faire.

Il téléphona à sa femme, à *La Brocante.*

– Je voulais simplement entendre ta voix. Te dire que je t'aime. J'ai parlé à Lloyd qui va faire appel à un autre détective. Marty Talvia a fini par m'appeler. Il s'est confondu en excuses pour nous avoir laissés tomber. Je lui ai dit de prendre soin de Linda. Est-elle avec toi?

– Oui. On prépare une vente. Et puis, il y a *Thanksgiving.* Marty a trouvé un nouvel emploi.

– Il me l'a dit. C'est la raison pour laquelle il a fini par appeler. Il pensait ne pas pouvoir nous regarder en face, tant qu'il ne gagnait pas encore sa vie. Ainsi, *Thanksgiving* va être une fête.

– Pour eux. Pas pour nous. A quelle heure rentres-tu?

– Vers cinq heures. Tu y seras?

– Bien sûr!

Sabrina rentra un moment, à l'heure du repas, pour téléphoner à Londres.

– Nicholas, Stéphanie Andersen à l'appareil. Je n'ai pas eu de vos nouvelles. Et *Les Ambassadeurs*?

– Ah! Ma chère Stéphanie. J'avais l'intention de vous écrire, tout est si merveilleux!

– Qu'est-ce que cela signifie, Nicholas?

– A une vente, nous avons acheté la chaise et la pendule en or dont vous nous aviez parlé, nous avons acheté le chiffonnier Regency à...

– Nicholas.

– Oui, Stéphanie?

– Qu'avez-vous vendu?

– Ah, vendu... Il y a un ralentissement, en ce moment...

– Il n'y a pas de ralentissement, en général, à cette période de l'année. Nicholas, pour qui me prenez-vous? C'est la saison la plus propice. Et votre boutique?

– Elle marche... bien.

– Est-ce grâce à Amelia?

– Ma chère Stéphanie, on dirait Sabrina. Ce souvenir m'est douloureux...

– Nicholas. Vous devriez téléphoner à Brian.

– Non, non, Stéphanie. Inutile. En fait, nous avons

vendu la pendule française avec les petits angelots, vous vous rappelez? et les deux pièces que vous aviez achetées à la vente de Chilton. Et je crois que je vais placer le secrétaire George V chez lady Stargrave pour sa nouvelle maison de campagne.

– Quel prix avez-vous tiré de la pendule?

– 3 000 livres.

– Vous auriez dû en tirer 4 000. Et les acquisitions de Chilton?

– 23 000 pour les deux.

– Excellent. Je ne peux croire que vous alliez me cacher une aussi bonne nouvelle!

– Non, non, ma chère, bien sûr que non, je voulais vous faire une surprise. Mais vous m'avez obligé à vous la révéler. Comment pourrais-je vous cacher quoi que ce soit, même si l'idée m'en traversait l'esprit. Sidney Jones a l'œil sur moi. Il vient chaque jour. De temps à autre, il me demande quand vous allez revenir.

– Bientôt. A-t-on besoin de moi, maintenant?

– Bien sûr, chère Stéphanie; les décisions finales dépendent toujours de vous. Olivia disait l'autre jour que vous étiez le portrait de Sabrina. Elle aimerait tant vous savoir ici, tous, nous... oh! ma chère, que c'est maladroit; enfin, on ne l'aurait pas dit, quand Olivia...

– Oui, Nicholas, je sais. Olivia a une façon de faire des déclarations outrageantes, sur un ton tout à fait normal.

– Bon sang, Sabrina vous a-t-elle donné tous ces petits détails sur nous?

– Elle m'en a souvent parlé.

« Je vais pouvoir arrêter ce jeu, pensa-t-elle, dès que j'y retournerai, je leur dirai la vérité. » Avec Nicholas, ils parlèrent du contrat de décembre pour la décora-

tion d'un intérieur, elle donna des instructions pour deux ventes et l'objet destiné à Bettina Stargrave. Maintenant Nicholas l'écoutait; il ne la traitait plus comme une petite provinciale ignorante qu'on pouvait berner. Elle raccrocha enfin mais, avant de quitter le coin-repas, une autre idée lui vint et elle se rassit.
« *Dès que j'y retournerai, je leur dirai la vérité.* Mais c'est impossible. Comment puis-je faire cette révélation à mes parents ou à quiconque, si je ne veux pas que Garth le sache? Si quelqu'un sait la vérité, ne serait-ce qu'une seule personne, automatiquement, ça lui reviendra aux oreilles. (Elle se leva, marcha de long en large, les bras croisés.) *Je ne peux révéler la vérité à Garth. Je ne peux la révéler à personne. Ainsi, je resterai Stéphanie Andersen le reste de ma vie. Sabrina Longworth sera morte à jamais. Evidemment, elle est morte. Nous étions tous à ses obsèques. Oh! Stéphanie. Regarde ce que nous avons fait!* »

19

La neige tombait en ce matin du 20 novembre, poudreuse et légère comme un avertissement imperceptible de ce qui viendrait. Le ciel lourd et bas, gris acier, semblait recouvrir les branches saupoudrées de flocons et les buissons ajourés telle une toile d'araignée. Garth attisait le feu, Sabrina essayait de retrouver une paire de gants, Penny et Cliff marchaient avec précaution dans l'allée, admirant leurs empreintes dans la neige.

Quand ils furent partis, Sabrina resta debout devant la fenêtre, sa tasse de café à la main. La cour formait une tapisserie de pousses vertes et de tiges de chrysanthèmes perçant à travers la neige; la chaussée portait la marque sombre des pneus. De la neige poudreuse restait accrochée aux toits, aux cheminées, aux rebords des fenêtres. Une légère brise faisait frissonner les branches; de temps à autre, dans un léger soupir, un nuage de neige tombait au sol.

L'hiver. Une saison succédait à une autre et ils n'étaient pas près d'innocenter Garth. Elle l'avait aidé par sa présence. Chaque jour apportait de nouvelles invitations. Tout comme à Londres, auparavant; mais ils n'avaient pas encore commencé à s'entretenir avec les étudiants. Ils avaient été trop heureux. Amoureux, vivant ensemble sans retenue, pour la première fois depuis son retour de Chine. Confiants, joyeux, pleins de vie.

« *Tout cela parce que ma sœur est morte.* »

Elle quitta l'univers éclatant du monde extérieur et se rendit à la cuisine. Tous ses souvenirs, ensevelis au plus profond d'elle-même, resurgirent. Elle écartait la vérité et cherchait confusément un moyen de rester avec Garth, comme si, en un sens, la vérité pouvait faire partie d'un passé qui n'avait rien à voir avec le présent.

Elle tentait de se tromper elle-même. Elle s'était pourtant promis de ne rien faire de semblable.

« *Je ne tirerai pas avantage de la mort de ma sœur.* »

Elle ne pouvait rien y changer, même si, par instants, elle parvenait à l'oublier.

« *Un jour, au moment où on s'y attend le moins, tout rejaillit.* »

Le téléphone sonna, c'était Garth. Il appelait de l'université.

– Je viens de me rendre compte que j'ai une réunion

à New York, en décembre. Peux-tu te libérer? Vois ça avec Madeline. Je veux que tu m'accompagnes.

– A quel moment, en décembre?

– Le 3. Pour trois jours. Je demanderai à Vivian de garder Penny et Cliff. On va devoir lui garder les siens six mois, pour ne pas être en reste. Tu viendras?

– Oui, j'adorerais. (Etrange, qu'il appelle au moment même où elle évoquait les raisons qui la poussaient à partir.) Est-ce que cela t'ennuierait si, de là, j'allais à Londres pour m'occuper un peu de mes affaires?

Il y eut un silence, à peine perceptible.

– Bien sûr que non, veux-tu que je t'accompagne?

– Non. Je préfère y aller seule.

« *Parce que je ne reviendrai pas.* »

– Entendu. Tes affaires te prendront combien de temps?

– Je ne sais pas. Je resterai probablement quelque temps, une fois là-bas, dans la maison...

Cette fois, le silence se prolongea. Garth avait fini par se convaincre qu'elle ne pensait plus aller vivre dans la maison de sa sœur pour s'identifier à celle-ci. Mais, soudain, sans crier gare, la voilà qui reparlait de partir et de mener une autre vie. Quand tout allait bien, elle avait toujours cette pensée. Il faillit lui rappeler qu'elle avait promis de rester au moins jusqu'au dénouement de l'affaire de la lettre anonyme. Mais il ne voulait pas avoir l'air de se plaindre ou de la supplier.

– On en parlera tout à l'heure, dit-il, mais organise-toi pour m'accompagner à New York.

– Entendu. Je vais déjeuner avec Vivian, je lui demanderai si elle peut garder Penny et Cliff.

– Quel air sombre! dit Vivian, lorsqu'elle vint la

retrouver au restaurant. Tu ressembles à un hiver précoce. Que puis-je faire pour toi?

– Me parler de sujets distrayants. Ta titularisation, par exemple. Garth m'a dit que tu as été élue à l'unanimité. T'ai-je déjà félicitée chaleureusement?

– C'est ton mari que tu devrais féliciter. Il a déjoué les intentions de notre ex-doyen, secoué un comité amorphe et retourné une politique vieille de cent ans. Et cela, sur le campus. Il a également permis à la famille Goodman de rester en place puisque je n'ai plus besoin de chercher un autre emploi. C'est ce qu'on appelle la sécurité. C'est la première fois que cela m'arrive. T'a-t-il dit que je l'ai surnommé saint Garth?

Sabrina hocha la tête en riant.

– Sa modestie l'en a empêché.

– Modeste! Incroyable! Avec sa réputation et sa popularité, il a droit aux honneurs de temps à autre. Ses étudiants sont si fiers de lui. Sais-tu ce que l'un d'eux m'a dit? Une étudiante de son cours de génétique. On parlait des travaux de Garth, elle m'a dit... attends, laisse-moi écrire, c'est plus drôle.

Sur une serviette de papier, Vivian écrivit un mot, et le montra à Sabrina.

« Gén(e)...ie »; Sabrina lut et relut ce mot. Bon sang!

– Rusé, dit-elle, d'un ton détaché. Comment s'appelle-t-elle?

– Rita MacMillan. Rusé, c'est exactement l'adjectif qui convient. Ce n'est pas une bonne étudiante, acquérir des connaissances ne l'intéresse aucunement, mais elle est intelligente. C'est le style à trouver des raccourcis, pour obtenir ce qu'elle veut. Dans quelque domaine que ce soit. Mais, dis-moi, ton visage sombre a-t-il un rapport avec la lettre anonyme?

Sabrina fut prise au dépourvu.

– L'as-tu vue?

– Il y a à peine une minute. Des rumeurs circulent dans la section. Un type au visage terreux pose à tout le monde des questions insidieuses, auxquelles personne ne veut répondre. Personne ne croit que Garth est impliqué dans cette sale affaire; il a trop de principes et il est trop droit. Dis-moi ce qui s'est passé.

Sabrina parla de la visite de Jenks et de la façon dont Garth s'en était débarrassé. Elles rirent de bon cœur, puis changèrent de sujet. Elles parlèrent de leur travail, des livres qu'elles lisaient.

– Il faut que je reparte travailler. On m'attend. Oh! J'allais oublier. Peux-tu nous rendre encore un service en gardant Penny et Cliff? Trois jours, cette fois. Garth a une réunion à New York, le 3 décembre, il veut que je l'accompagne.

– Bien sûr. Ce sont des gosses merveilleux et ils s'entendent bien avec les nôtres. Je crois que le souhait secret de Barbara est d'être Penny Andersen. Quand pars-tu?

– Je te le dirai. Tu es une amie, Vivian.

– Non, c'est moi qui ai de vrais amis. Bon, j'ai cours. A bientôt.

– Vivian?

– Oui?

– Tu as cours avec Rita MacMillan?

– Oui, pourquoi?

– Non, rien, simple curiosité. J'ai passé un bon moment avec toi.

Sabrina téléphona à Madeline pour lui dire qu'elle ne viendrait pas au magasin, l'après-midi.

– Dommage, répondit Madeline. Si vous voyiez la tête de Linda; elle me suit partout, examine les différentes variétés de bois, de sculptures, étudiant les formes et les techniques de construction. Elle apprend vite et commence à prendre confiance. Vous avez eu une riche idée de l'amener.

« Oui, pensa Sabrina. Elle continuera bien après mon départ. » Elle se demanda si elle passerait au bureau de Garth, pour lui parler de Rita, mais elle savait qu'il préférerait l'interroger, lui. « Je veux m'en occuper, pensa-t-elle. C'est la raison pour laquelle je suis restée; je veux faire cela pour lui et Stéphanie. »

A la sortie du cours de Vivian, Sabrina arrêta un garçon et lui demanda de lui désigner Rita MacMillan. Elle se dirigea directement vers elle.

– Stéphanie Andersen.

Elle lui tendit la main. La jeune fille, blonde, svelte, les yeux bleus, serra à contrecœur la main de Sabrina.

– Je désire vous parler. Le club de la faculté est juste de l'autre côté de la rue; nous serons tranquilles.

– Je ne peux pas...

– C'est très important.

Avec douceur, elle invita Rita à la suivre.

– J'ai cru comprendre que vous suiviez les cours de mon mari l'année dernière.

Subitement alarmée, Rita rougit. Plus une parole ne fut échangée jusqu'au club. Sabrina était déjà venue avec Garth; le réceptionniste se leva pour l'accueillir.

– Madame Andersen! Quel plaisir de vous voir!

Après un coup d'œil rapide à Rita, il se tourna vers Sabrina, admiratif.

– La salle ouvre dans quelques minutes. Voulez-vous un fruit ou une pâtisserie en attendant?

– Serait-il possible d'avoir du thé?

– Oui, bien sûr. Il n'y a encore personne en haut. Vous aurez la salle pour vous toutes seules.

Sabrina lui sourit, ne révélant rien qui puisse satisfaire sa curiosité. En haut, elle conduisit Rita dans un coin de la longue salle, au plafond élevé, encombrée de bureaux, de divans et de chaises. Elles s'installèrent dans deux fauteuils qui se touchaient presque. Calmement, elle posa son regard sur Rita, la jaugeant. Elle remarqua son air anxieux. « Les hommes ne la font pas fuir, c'est sûr, pensa-t-elle. Je dois lui paraître bien vieille, à trente-deux ans! Tout cela serait amusant si elle n'avait pas essayé de détruire Garth. »

La jeune fille commençait à s'agiter, devant le regard prolongé de Sabrina.

– Eh bien, dit-elle, d'un ton péremptoire. Je suis là, que me voulez-vous?

– J'ai pensé que ce serait agréable de faire connaissance. Vous allez passer votre diplôme, n'est-ce pas?

– Oui, dit Rita, assise tout au bord de son siège.

– Mais ne deviez-vous pas le passer l'année dernière?

– J'ai... j'ai changé d'avis.

– Qu'allez-vous faire après?

– Je ne sais pas. Voyager, peut-être travailler.

– Dans quelle branche?

– Je ne sais pas. Quelque chose de passionnant. Modéliste, peut-être décoratrice.

– Et vous serez célèbre?

– Bien sûr, pourquoi pas?

– Votre thé, madame Andersen. (Le garçon apparut, poussant une table roulante. Tous les après-midi, le club de la faculté servait le thé, avec beignets et biscuits, mais en l'honneur de Sabrina, on s'était surpassé.) Toasts à la confiture, dit le garçon, soulevant une serviette, avec panache, crêpes, biscuits. Désirez-vous autre chose...

– C'est parfait, dit Sabrina, avec un sourire. Une faveur spéciale. Merci.

Il lui retourna son sourire, s'attardant quelques instants avant de traverser la pièce pour préparer le café. Nat Goldner, venant de la bibliothèque du troisième étage, passa par là. Il s'arrêta, muet d'étonnement, devant la table roulante, et vint embrasser Sabrina.

– Avez-vous hypnotisé le personnel? Avoir du thé tient ici du miracle. Puis-je me joindre à vous?

– Pas cette fois, Nat. Voulez-vous nous excuser? Nous avons des problèmes personnels à régler.

– Une autre fois, alors, si vous me promettez de prononcer les paroles magiques pour moi. On vous verra sans doute, pour *Thanksgiving*. Chez vous ou chez nous?

– Je suis sûre que Dolorès a tout prévu.

Il salua Rita et embrassa Sabrina.

– A bientôt.

Rita s'était enfoncée dans son fauteuil, observant la scène avec une jalousie non dissimulée.

– Vous les faites marcher au doigt et à l'œil!

– Je traite les gens avec respect, dit Sabrina doucement, lui tendant une tasse de thé. Donc, fit-elle, pensive, vous voulez devenir célèbre. Vous aurez des tas d'amis, si vous y parvenez.

Le visage de Rita s'illumina.

– Je sais.

– Mais aussi quelques ennemis. Plus on connaît de monde, plus on a de chances de faire des jaloux et des mécontents, même sans s'en rendre compte.

– Ce n'est pas le problème.

– Bien entendu, je suis sûre que vous vous ferez plus

d'amis que d'ennemis, mais il faut se préparer à tout. Quand on est célèbre, on ne sait jamais ce que les gens pensent de vous ni ce qu'ils disent de vous. Vous êtes entraînée à tout cela, bien sûr.

– A quoi?

– Au fait qu'on puisse raconter n'importe quoi sur vous, même des mensonges... (Sabrina était détendue; elle maîtrisait sa colère.) C'est ce qu'on appelle des rumeurs. Vous êtes au courant; elles circulent partout. Vous êtes-vous jamais posé la question de leur origine? Parfois, c'est par amusement, ou par défi, parfois pour se donner de l'importance, ou simplement voir la réaction des gens, mais la plupart du temps, c'est pour se venger. Un peu plus de thé?

Rita avait les yeux fixés sur elle.

– Non.

Sabrina remplit sa tasse.

– Bien sûr, quand on envisage une carrière de modéliste ou de décoratrice, on ne pense pas faire courir de tels bruits. Vous avez dû apprendre, au cours d'histoire, que ce sont des rumeurs qui ont déclenché les guerres, les paniques, les révolutions... Qui pourrait faire confiance à celui qui lance ces rumeurs? Une personne dangereuse qui laisse échapper une parole, une petite plaisanterie, ou écrit une lettre anonyme, par exemple.

Rita fronça les sourcils.

– Essayez-vous de m'intimider?

– Pourquoi donc ferais-je cela?

– Parce que vous ne m'aimez pas.

– Je ne vous connais pas; je n'éprouve aucun sentiment à votre égard, ni amitié ni haine. (Sabrina se pencha pour remplir la tasse de Rita. Elle croisa son regard méfiant à travers les volutes de fumée du thé.) Mais il est vrai que nous n'avons pas la même conception de la loyauté. Et nos intérêts divergent. (Rita la regardait sans comprendre.) Votre intérêt, ça vous concerne; votre loyauté, c'est votre problème. En temps normal, je m'en moquerais, je trouve les égoïstes ennuyeux et je les oublie facilement. Mais lorsque votre vanité menace mon mari qui représente pour moi l'honnêteté et l'intégrité, automatiquement, il y a heurt.

– Je ne sais pas de quoi vous parlez. Vous êtes folle.

– Première erreur. Vous ne devriez pas vous opposer à moi, mais plutôt essayer de gagner ma sympathie.

– Je me moque de...

– Bien entendu. Mais vous devriez. (Elle se pencha, la regardant droit dans les yeux. Elle parlait à voix basse, mais ses paroles étaient cinglantes :) Parce que je vais tout révéler, et je vais vous empêcher de passer vos examens et vous faire radier.

– Non, ne faites pas cela! C'est injuste! Simplement parce que votre mari me hait!

– Mon mari vous hait? Et pourquoi donc? Voulez-vous me le dire?

– Parce que... parce que je n'ai pas voulu coucher avec lui, dit Rita, avec défi.

Sabrina hocha la tête :

– Petite imbécile. Ne pourriez-vous pas, pour une fois, utiliser votre tête? Combien de temps pensez-vous vous prostituer? Combien d'amis garderez-vous, si, chaque fois que vous vendez vos charmes, vous rendez la vie plus difficile aux femmes qui comptent sur leur intelligence?

– C'est lui qui vous a fait la leçon; il m'a fait le même sermon, en juin dernier. Cela n'est pas nouveau pour moi.

Sabrina écarta sa tasse.

– Maintenant, écoutez-moi. Mon mari ignore que je suis là. C'est à moi que vous avez affaire et nous allons régler ce problème toutes les deux. Mais même s'il me savait ici, il ne me dicterait pas ma conduite. Nul ne me la dicte. J'ai pris la décision seule et je n'ai demandé la permission à personne. Vous pourriez comprendre si vous vous considériez comme une femme et non comme une « sexe-machine » robotisée... Mais nous parlions d'autre chose, n'est-ce pas? De votre diplôme. Des lettres anonymes. Et le style de « gén(e)...ie » qui les écrit.

Il y eut un long silence. Sabrina dévisagea Rita. Elle cherchait visiblement une réponse. Puis, elle s'effondra.

– Allez-vous cafarder?

Cafarder. Comme si elle avait trois ans, pensa Sabrina.

– A votre avis, quand je vous dis que je vais vous dénoncer, qu'est-ce que cela veut dire?

– Je ne sais pas. Je ne savais pas que vous étiez au courant des lettres... Mais vous ne pouvez pas cafarder! Ils vont me suspendre, me radier peut-être, et je ne vais pas pouvoir passer mon diplôme!

– C'est évident! Vous n'allez pas le passer! Je vous ai dit que je vous en empêcherai.

– Mais il me faut mon diplôme! Si je suis collée, mes parents m'ont dit qu'ils cesseraient de me donner de l'argent. Je n'ai aucune ressource. Il me faut absolument ce diplôme!

« Logique parfaite », pensa Sabrina.

– Et comment pensez-vous réussir?

– J'ai 10 sur 20 au cours, ça me suffit.

– Non, il vous faudrait aussi m'avoir de votre côté.

Rongeant ses ongles, Rita la regarda, stupéfaite.
– Mais je ne peux rien faire pour vous.
– Réfléchissez. Etant donné que je n'ai aucune envie de coucher avec vous, que pourriez-vous m'offrir, qui présente à mes yeux un intérêt?
Rita continua à se ronger les ongles, l'air absent; puis elle se tourna vers Sabrina, abasourdie.
– Vous voulez que je leur dise que j'ai écrit des mensonges! Mais c'est me trahir! C'est impossible! Ils me mettraient à la porte, et je ne pourrais plus passer mon diplôme!
– Je crois qu'on peut négocier, dit Sabrina, dans un soupir de soulagement. Je vais vous accompagner au bureau du vice-président; si vous avouez tout, je suis sûre qu'à nous trois on trouvera une solution. (Elle repoussa la table roulante et se pencha vers Rita.) Et si on mettait tout cela au point?

La neige continua de tomber le matin de *Thanksgiving* et ne cessa pas de la journée.
– Enfin! Il fallait bien que ça arrive. On a eu un été et un automne secs.
– Comme la neige doit être reconnaissante... d'avoir ta permission de continuer à tomber! dit Nat, passant affectueusement un bras autour de ses épaules.
Dolorès sourit doucement.
– Je te ferai remarquer que je ne lui ai pas demandé de s'arrêter.
Elle fit un clin d'œil à Linda, avant de retourner à sa préparation de purée de myrtilles.
Linda prit Sabrina par le bras.
– Tu as vu? murmura-t-elle de façon audible. (Elle avait les joues empourprées à cause de la chaleur du

four, et ses yeux noirs étincelaient.) As-tu déjà vu Dolorès faire de l'œil?

– Non, répondit Sabrina en toute sincérité.

Elle coupait des oranges et les tendait à Dolorès qui les passait au mixeur avec des myrtilles, tandis que Linda râpait de la noix de muscade pour les patates douces. Une odeur délicieuse remplit la cuisine surchauffée, se mêlant à celle de la dinde truffée qui cuisait dans le four, et au parfum épicé des tartes au potiron qui refroidissaient. A l'autre extrémité de la table, Garth et Marty préparaient un pudding de maïs, d'après une recette de l'arrière-grand-mère de Garth. Tout en essayant de se la rappeler, ils discutaient des proportions et des propriétés chimiques de la levure et du lait caillé. Nat transvasa le vin, arrosa la dinde et fit le tour de la pièce, goûtant chaque chose.

Sabrina se laissait bercer par les conversations et les rires. Elle respira profondément, comme pour s'imprégner à jamais de cette atmosphère. Le médecin de Gordon lui avait interdit de voyager. Sabrina put ainsi éviter le regard pénétrant de sa mère et se détendre en ce premier dîner de *Thanksgiving* qu'elle célébrait depuis l'âge de quinze ans. C'était la première fois qu'elle passait une telle journée avec des amis : ils faisaient la cuisine ensemble, décoraient la maison avec les fleurs et le maïs que Dolorès avait apportés, au milieu des rires et des cris des enfants qui mettaient la table, tandis que, dehors, la neige tombait en douces rafales.

« Mon premier et dernier dîner, pensa-t-elle, et ce n'est même pas moi qui devrais être là, mais Stéphanie. » Un voile de tristesse assombrit son bonheur; une larme tomba sur l'orange qu'elle coupait.

– D'habitude, ce sont les oignons qui font pleurer, dit Nat à côté d'elle. C'est la première fois que je vois des oranges produire cet effet. Voulez-vous que je vous remplace?

– Non, ça va passer.

– Le chagrin passe toujours mais pas le souvenir. Vous n'avez guère eu le temps de vous remettre. Cette histoire de Garth vous a préoccupée. Ce qui me fait penser à quelque chose. (Prenant une bouteille de vin ouverte, il remplit six verres et les tendit à chacun.) Mesdames et messieurs, je propose le premier toast des vacances, le premier, mais pas le dernier. (Il se tut. Tout le monde se tourna vers lui.) Nous devons, bien entendu, porter un toast à tous, mais, pour l'instant, c'est à trois de nos amis que je propose de lever ce verre. A Martin Talvia, le nouveau rédacteur des Editions Fairbanks, qui va révolutionner le monde littéraire, en s'assurant que les livres sont écrits en anglais, non en jargon; à Garth Andersen, pour sa victoire sur des mensonges injurieux, que seul pouvait croire un imbécile d'enquêteur taré, hétéromorphe, à la bouche en cul-de-poule.

– Ce qui veut dire anormal, dit Marty, tandis que Linda et Dolorès exigeaient une définition.

Sabrina leva les yeux. Elle les regarda tous les six. Leur image se reflétait dans la vitre sombre, ils se trouvaient tous dans la cuisine vert tilleul. La nuit, en cet hiver précoce, commençait à tomber. Elle essaya de fixer à jamais, dans sa mémoire, cette image. Le deuil passe, les souvenirs demeurent.

« *J'aurai mes souvenirs de Stéphanie. De ses amis, de sa famille. Parce que, l'espace d'un instant, ils furent aussi mes amis, ma famille.* »

– Mais à qui portons-nous le troisième toast? demanda Dolorès.

Nat se tourna vers Garth.

– A ton tour.

– A ma femme, dit Garth, en prenant la main de Sabrina, qui a découvert l'auteur des lettres anonymes et grâce à une conversation dont elle n'a pas voulu me donner les détails, a intimidé la jeune femme au point de la forcer, avec douceur, à l'accompagner au bureau de Lloyd Strauss, où une confession complète a été écrite et signée. Et qui a tenu la promesse qu'elle lui avait faite, en parvenant à convaincre Lloyd de lui permettre de passer son diplôme. Et qui, une fois la jeune femme partie – c'est Lloyd qui me l'a raconté – a passé au malheureux un savon qu'il n'est pas près d'oublier. Et qui n'a pas bougé de son bureau, tant qu'une déclaration, dictée à sa secrétaire, n'a pas été communiquée à la presse. Et qui, pour terminer, comme Lloyd me l'a raconté également, a refusé de quitter son bureau, tant qu'il n'aurait pas fixé la date de ma nomination de directeur de l'institut de Génétique. (Il trinqua avec Sabrina :) A ma femme, à mon tendre amour.

Linda était au bord des larmes.

– Stéphanie, tu n'as jamais rien dit. C'est l'histoire la plus merveilleuse que j'aie jamais entendue.

– Pauvre Lloyd, dit Nat. Affronter la colère de Stéphanie. Il a dû être terrifié.

– Il la méritait, dit Dolorès, méprisante.

Linda se tourna vers Marty et murmura :

– J'aurais voulu faire quelque chose d'aussi merveilleux pour toi.

– C'est fait. Tu es restée avec moi.

La pièce rayonnait de leur bonheur. Sabrina caressa la joue de Garth.

– Je t'aime.

Il l'attira contre lui, ses lèvres près des siennes.

– Tu es ma vie, mon univers, mon autre moi-même.

Elle ferma les yeux. « *Non, je ne peux pas, je ne peux pas, je ne veux pas le quitter.* »

Au bout d'un instant, elle les ouvrit.

– Je porte un toast, également.

– J'espère bien, dit Nat. Mon verre est vide.

Il se rendit compte que ses larmes s'étaient envolées, elle resplendissait. D'une beauté étonnante. Quelle sensation étrange! Tous s'habituaient à son éclat, et soudain, on la regardait, comme pour la première fois, admiratif devant une telle beauté. Aujourd'hui, les joues rosies par la chaleur de la cuisine, les cheveux retenus par un petit ruban doré, elle avait l'air d'une jeune femme, d'une adolescente même, éperdument amoureuse. Après le discours de Garth, n'était-ce pas normal? A la voir, il était difficile de croire au portrait que ce dernier en avait fait, après les obsèques : une femme en larmes, incohérente, l'esprit confus. Mais Nat, parfois, l'entendait bredouiller. Il savait que, parfois, elle se prenait pour Sabrina, qu'elle n'avait pas résolu ses conflits.

Perdu dans ses pensées, il avait laissé passer le toast. « A Garth, se dit-il, pour son élection au comité de recherche de l'institut national de Génétique. Grand honneur pour un homme qui n'a pas encore quarante ans; pas étonnant qu'ils se réjouissent. »

– ... une réunion du comité la semaine prochaine, à New York, disait Garth.

– Stéphanie vous accompagne? demanda Linda. Et les affaires immobilières...

– Madeline t'aidera, dit Sabrina. Moi aussi, je t'aiderai cette semaine, avant de partir. Tu es devenue une experte. Madeline pense que tu es étonnante. Moi aussi d'ailleurs.

– Maman, on meurt de faim! dit Cliff en entrant dans la cuisine. Quand va-t-on dîner?

– Mon Dieu, l'oiseau! cria Nat. J'ai manqué à tous mes devoirs. (Il ouvrit le four.) Quand dîne-t-on?

– Dans une heure, dit Dolorès. Si Garth et Marty sortent du four cette préparation au maïs.

– Peut-on prendre quelques bretzels? demanda Cliff.

– Doucement, dit Sabrina. Un festin nous attend.

Tout le monde s'agita dans la cuisine. Elle jeta un coup d'œil par la fenêtre. Dans l'obscurité, tous les reflets avaient disparu.

Après dîner, le lendemain soir, Sabrina alla au troisième étage s'asseoir dans le bureau de Stéphanie. La pièce était dépouillée, la poussière avait disparu, Juanita avait mis toute son énergie à l'œuvre. Le triste aspect négligé avait aussi disparu; ce n'était plus qu'une pièce où des projets, stockés depuis longtemps, allaient revivre. Elle vida les tiroirs, sortant les dossiers et les photos des affaires immobilières que Stéphanie avait conservés et les glissa dans de grandes enveloppes pour Linda. Dans les années à venir, Linda perpétuerait l'affaire que Stéphanie avait entreprise.

Dans un silence insolite, si rare dans cette maison, Sabrina examina la pile d'enveloppes. Petit à petit elle reconstituait la vie de Stéphanie. Cliff était libéré de son gang; il se sentait soulagé au point de tolérer presque gaiement un mois de restrictions. Il avait lui-même tout raconté à Garth et ils étaient parvenus à se comprendre; Garth lui fit une petite remarque, le soir, au lit :

– Un jour, Cliff se rendra compte de ce que tu as fait pour nous; tu nous as aidés à nous connaître. Je te remercie, mon amour.

Sabrina n'eut pas d'autre écho.

Elle avait aidé Garth à traverser cette sale affaire de lettre anonyme; l'histoire tombait dans l'oubli, il était en pleine discussion avec les architectes et les entrepreneurs pour le nouvel institut de Génétique. Elle avait aidé Linda, comme Stéphanie l'aurait fait. Les cours de dessin de Penny allaient commencer; le mois suivant, les costumes qu'elle avait dessinés et conçus seraient exposés.

« *Je ne vais pas assister au spectacle. Pourtant, j'ai promis...* »

– Maman? Tu descends?

– J'arrive, Cliff.

Ouvrant les tiroirs du bureau, pour vérifier qu'elle n'oubliait rien, elle passa la main jusqu'au fond. Tous étaient vides. Ramassant les enveloppes, elle se leva et éteignit la lumière.

– Maman!

– Oui, Cliff, j'arrive...

– Le téléphone, maman! De Londres!

– Londres? A cette heure-ci? Il a dû se passer quelque chose; là-bas, il est trois heures du matin...

Elle saisit les enveloppes et dévala l'escalier, jusqu'au téléphone qui se trouvait dans la chambre.

– Madame Andersen, ici Michel Bernard; nous avons fait connaissance aux obsèques de Sabrina; peut-être vous souvenez-vous de moi.

– Bien sûr. Qu'y a-t-il? *Les Ambassadeurs?* Est-il arrivé un événement...?

– Non, il s'agit d'autre chose. On voulait vous prévenir le plus tôt possible. Scotland Yard nous a appris aujourd'hui qu'Ivan Lazlo et Rory Carr ont été arrêtés et accusés d'avoir placé une bombe dans le yacht de Max Stuyvesant. Il semble que...

– Attendez, je vous prie, une seconde.

– Oh ! Grand Dieu, pardonnez-moi; Jolie trouve que je vous parle trop brutalement...

– Madame Andersen, ici Jolie Fantome. Michel est un rustre, et je vous prie de l'excuser. Ce n'est pas une façon de vous annoncer la vérité.

Sabrina s'assit au bord du lit.

– Ne vous inquiétez pas, j'étais au courant; je l'ai appris par hasard. Tout cela semble si loin d'ici. Qu'ont-ils trouvé d'autre ?

– C'est à peu près tout ce que nous savons. L'histoire complète paraîtra dans notre article qui sera publié en décembre. Avez-vous entendu parler de Max Stuyvesant et de ses affaires de fraude ? Lazlo et Carr recélaient les marchandises et en plus s'occupaient de la vente d'objets d'art authentiques auxquels ils mêlaient quelques faux. Sabrina a dû vous mettre au courant ?

– Oui. Mais... et *Les Ambassadeurs* ?

– Rien de particulier. La boutique est portée sur la liste des clients de Westbridge, mais si les journalistes sont à l'affût du sensationnel, une petite histoire de faux ne suscite pas un grand intérêt. On s'intéresse à Lazlo et Carr, parce qu'ils ont placé une bombe sur le yacht de Stuyvesant. Ça, c'est du sensationnel, cela n'a rien à voir avec *Les Ambassadeurs.*

– Mais si. Si Sabrina a été tuée parce qu'elle savait...

– Non, c'est inexact. Nous pensions que c'était là ce que vous craigniez. Nous n'étions pas sûrs que vous eussiez raison. Maintenant, c'est une certitude. Carr et Lazlo ne cessent de raconter des histoires; ils s'accusent mutuellement, mais tout est ramené à une querelle avec Stuyvesant, à propos de faux. Il disait qu'ils pouvaient être démasqués, ce qui mènerait à une découverte du trafic des faux. Carr et Lazlo pensaient qu'il projetait de se débarrasser d'eux. Aussi n'ont-ils fait que le devancer en l'éliminant.

– Ce n'est donc pas Sabrina, mais Max qu'ils voulaient atteindre?

– C'est ce que j'essaie de vous expliquer. Il y a quelques années, Lazlo a travaillé, à bord du *Lafitte*, comme secrétaire de Stuyvesant; il a participé à quelques affaires frauduleuses pour lui, livrant des marchandises le long de la Riviera italienne.

Soudain, Sabrina se rappela. Un bateau, à l'aube, lorsqu'elle était allée prendre l'air sur le pont pour s'éloigner de Denton. Ivan Lazlo dans un bateau à moteur. Un membre de l'équipage l'avait aidé à monter à bord et il avait disparu dans un escalier qui menait au quartier de l'équipage; il ne s'était pas rendu compte de la présence de Sabrina.

– Il connaissait, poursuivit Jolie, certains membres de l'équipage, qui étaient déjà là à cette époque; il est monté à bord, pour les voir, dans le port de Monte-Carlo. Là, il a placé une bombe dans le salon du pont. Il l'avait mal réglée, elle a explosé trop tôt; c'est la raison pour laquelle le bateau ne se trouvait qu'à deux milles de la côte, et les plongeurs français ont pu le mettre à flot rapidement. Autrement, on ne se serait jamais douté que ce n'était pas un accident.

– Ils ont tué tous ces gens...

– Ils s'en moquaient. L'important, c'était que ça passe pour un accident. (Il y eut un silence.) Stéphanie, qu'éprouvez-vous? Un soulagement? Ou un chagrin plus profond?

– Les deux.

– C'est ce que je pensais. Ils formaient un drôle de groupe, mais Stuyvesant avait du charme et savait en user. Sabrina le connaissait depuis des années; elle a décoré sa maison de Londres; nous pensons qu'elle a dû partir en croisière pour son travail. Peut-être pour acheter des objets d'art, car on l'a vue à Chilton et à toutes les plus grandes ventes de l'automne; il a dû lui proposer de lui montrer sa collection. Elle est montée à bord en toute confiance.

« Elle plaide la cause de Sabrina Longworth auprès de sa sœur américaine, pensa Sabrina. En essayant d'expliquer sa présence sur ce yacht. »

– Merci, je vous suis reconnaissante, dit-elle.

Jolie aborda d'autres sujets. Elle lui donna des nouvelles de Gabrielle qu'on avait vue dîner avec Brooks Westermark, à plusieurs reprises; Sabrina lui était reconnaissante également de lui communiquer cette nouvelle.

– La vie continue, dit Jolie, et la vôtre aussi. Bon, au revoir, dit-elle. Oh! Michel, pardonne ma brutalité; pour me faire pardonner, je te sauterai dessus...

Sabrina ne put s'empêcher de rire. « Ah! ces deux-là! pensa-t-elle affectueusement, ils n'ont pas changé! » Elle se demanda si tous trois pourraient être encore amis, maintenant qu'elle était Stéphanie.

La pile d'enveloppes était sur le lit, près d'elle. Demain, elle les remettrait à Linda. Il ne lui resterait plus rien à faire. Il n'y avait pas le moindre obstacle à son retour à Londres : l'histoire des faux était publique et la réputation des *Ambassadeurs* sauve; elle n'avait aucune crainte à avoir à ce sujet ni pour la mémoire de Sabrina.

Elle n'était pas non plus en danger; en fait, elle ne l'avait jamais été.

Elle n'avait donc plus de raison de rester.

– Maman, tout va bien?

Elle répondit d'une voix posée :

– Oui, Cliff, oui.

– Alors, on ne pourrait pas jouer au Monopoly? Juste une fois.

– Il n'y a rien de tel que le Monopoly. C'est le passe-temps idéal pour veiller jusqu'à minuit. Ou si on jouait au Scrabble?

– D'accord. Tout de suite?

– Oui.

Elle n'avait aucune raison de rester. Elle s'assit sur le lit et sentit le temps ralentir; le compte à rebours était commencé. Chaque objet s'imposait à elle avec netteté et précision. Les meubles semblaient s'embraser et se consumer avant de pénétrer dans sa mémoire, se mêlant ainsi aux images de *Thanksgiving*. Une dernière occasion de les fixer dans son esprit; ainsi, lorsqu'elle fermerait les yeux, elle pourrait les imaginer et garder ces souvenirs à jamais. Dans trois jours, lundi, elle partirait. D'abord pour New York avec Garth, puis seule à Londres. Stéphanie Andersen reprenant la vie de Sabrina Longworth. « Nous serons toujours là », avait dit Garth; une histoire inachevée.

« *Une partie de la vie de Stéphanie, et ma vie, que je ne peux achever.* (" Deux vies à moitié terminées ", avait dit Garth.) *Oui, mais mieux vaut cela que la vérité. Ou vivre avec toi un mensonge, fondé sur la mort de ma sœur.* »

– Maman!

« *N'y pense pas. Profite de ces derniers jours.* »

– Oui, Cliff, dit-elle.

Elle descendit.

Plus tard, Sabrina évoquerait ces trois jours, comme à travers un voile de gestes et de voix. Elle essaierait de se rappeler des moments précis, mais ils s'estompaient déjà. Elle n'avait que le souvenir confus d'une époque où ses sentiments oscillaient frénétiquement entre un bonheur intense et un désespoir profond; elle essayait de retenir le temps, mais il lui échappait.

Le vendredi soir, Lloyd Strauss offrit un dîner au comité de l'université, aux membres de la faculté et aux savants de tout le pays. Penny et Cliff étaient invités. Ils étaient assis devant, intimidés par les éloges s'adressant à leur père et l'élégance de leur mère, vêtue d'une robe vieil or et d'une veste courte brodée assortie. La salle bondée était illuminée.

– C'est une façon, pour Lloyd, de faire oublier l'épisode de l'enquêteur.

Sabrina, peu loquace, observait la scène. Elle se laissait bercer par l'atmosphère, elle aimait Garth pour sa façon détachée d'accepter les louanges de savants plus âgés et plus célèbres que lui et les félicitations du comité et des membres de la faculté. Après dîner, à la table d'honneur, elle entendit le président décrire la carrière de Garth. Elle apprit beaucoup de choses sur lui. Puis il annonça officiellement sa nomination de directeur du nouvel institut de Génétique.

Il arborait un visage serein au milieu des applaudissements et des flashes des photographes.

Sabrina était heureuse : elle n'était pas étrangère à tout cela. « Tout aurait pu arriver sans moi, mais je l'ai aidé à ma façon. Il se le rappellera plus tard. »

A côté d'elle, Garth se leva et fit un bref discours sur ses objectifs pour l'institut et son personnel et remercia ceux qui l'avaient aidé à réaliser ce projet.

– Mais, dans ma petite sphère, ajouta-t-il, j'aimerais remercier deux personnes qui m'ont particulièrement soutenu. Lloyd Strauss, qui a su faire la part des choses entre l'amitié et sa responsabilité envers l'université, et ma femme, qui n'a jamais failli dans son amour et ses encouragements et m'a toujours poussé dans mes recherches, tout en sauvegardant notre vie familiale et les joies qu'elle nous procure. (Il se tourna vers Sabrina, qui avait les yeux brillants :) Stéphanie Andersen. (Tout le monde se leva et applaudit. Garth prit la main de Sabrina.) Qui est aussi, lui chuchota-t-il sous les applaudissements, la femme la plus désirable, et avec laquelle je préférerais me trouver en ce moment au lit.

Elle éclata de rire, débordant de joie et d'amour.

– Bientôt, lui promit-elle, dès que je pourrai t'arracher à tes admirateurs.

Rien d'autre ne comptait que ce regard de Garth posé sur elle, sa main dans la sienne, ce baiser qu'il lui avait donné, avant que le président de l'université ne l'emmène bavarder avec un homme d'affaires du coin, qui désirait participer financièrement à l'élaboration de l'institut.

C'est tout ce qu'elle se rappela de cette soirée; pourtant, elle s'était entretenue avec des dizaines de personnes. Plus tard, quand les enfants furent endormis, ils firent l'amour. De ces instants privilégiés, elle ne retint que le sentiment de plénitude. Elle oublia les secrets de l'amour, où leur regard s'emplissait de la vision de l'autre, où ils voguaient hors du temps...

Dans l'éclat aveuglant du matin, Penny et Cliff firent soudain irruption dans leur chambre pour leur rappeler les projets du week-end.

– Vous n'avez pas oublié! On va faire du ski de fond chez les Goldner!

– Il y a tout de même une autre manière de nous réveiller, dit Garth, d'un ton ferme, la tête sur l'oreiller, la main cachée sous la couverture, posée sur les seins de Sabrina. On peut commencer un week-end à une heure décente.

Mais, poussés par les enfants, ils s'activèrent et se retrouvèrent plus vite que prévu en route pour le Michigan. Dolorès et Nat les avaient invités dans leur maison de campagne de Lakeside. Sabrina avait décliné l'invitation au dernier moment.

« *Je veux qu'on reste tous les quatre; c'est notre dernier week-end ensemble.* »

Cependant, elle ne pouvait révéler ses véritables raisons. Penny et Cliff étaient si heureux qu'elle finit par céder. Ce week-end se perdit dans le souvenir confus des derniers jours. Une blancheur lumineuse resta dans son esprit : les collines couvertes de neige, un ciel diaphane, le lac aux reflets argentés sous les rayons obliques du soleil, les traces parallèles de leurs skis qui serpentaient le long des pentes douces. Elle se rappelait le visage de Garth, près du sien; les enfants étaient partis, devant, ils s'étaient retrouvés seuls; elle avait les lèvres entrouvertes contre les siennes, il avait murmuré « Je t'aime », juste avant que Nat et Dolorès ne les rattrapent.

Elle se souvint d'un dîner languissant, devant la grande cheminée des Goldner, de leur paisible conversation jusqu'à une heure avancée de la nuit où tous les quatre regardaient mourir les flammes rougeoyantes et le charbon incandescent. Elle se souvint aussi de la chambre glaciale, où ils s'étaient déshabillés très vite et glissés dans un lit, tout frissonnants; puis, presque immobiles, ils avaient fait l'amour.

C'était tout, hormis la joie intense mêlée de profond désespoir qui l'accompagnait.

Tôt, le lundi matin, ils firent leurs bagages et, au petit déjeuner, dirent au revoir à Penny et Cliff.

– N'oubliez pas, dit Sabrina, après l'école, vous allez chez les Goodman.

– Maman, dit Cliff, tu nous l'as dit cinquante fois. C'est ce qu'on a fait quand tu es partie dans le Connecticut, alors, comment peux-tu penser que nous allons oublier?

– Je suis malheureuse à l'idée que vous puissiez revenir et trouver une maison vide.

– Mais non, je t'ai dit. On n'est pas des bébés.

– Je sais. (Elle caressa les boucles de Penny et resserra la bretelle de son tricot.) Sans doute est-ce parce que vous allez me manquer...

La voix brisée, elle quitta la pièce, brusquement.

– Maman?

Elle perçut, chez Cliff, une pointe d'inquiétude, quand il raconta la scène à Garth dans la cuisine.

– Quelque chose ne va pas?

– Je crois que maman est malade.

Garth se précipita, mais Sabrina se leva avant.

– Un peu mal à l'estomac. Le petit déjeuner va calmer ces douleurs.

Il la dévisagea.

– Rien d'autre?

– Rien d'autre.

Chacun s'affaira, de son côté.

– Vous allez vous rappeler...

– ... d'aller chez les Goodman, dirent Penny et Cliff en chœur.

Puis ils éclatèrent de rire.

– Maman, dit Cliff, pourrais-tu m'acheter une armure complète en Angleterre?

– Une quoi? Cliff, sais-tu combien ça pèse?

– Non, combien?

– Plus de cinquante kilos. Il fallait lever les chevaliers avec un levier pour les hisser sur leurs chevaux.

– Comment se fait-il que le cheval ne s'affaissait pas sous leur poids? demanda Penny.

– Quel spectacle! Un cauchemar (1), dit Cliff, et il s'écroula de rire par terre.

– Ah! ah! fit Garth. Maintenant remets-toi, sinon tu vas être en retard à l'école. Et nous avons un avion à prendre. Stéphanie, es-tu prête?

– Je termine la vaisselle...

Garth était en haut. Penny et Cliff avaient mis leur manteau. Elle les trouva devant la porte du salon. Penny se jeta à son cou.

– Ne reste pas trop longtemps en Angleterre. (Elle baissa la voix et murmura :) Papa m'a dit de ne pas t'ennuyer; tu as des affaires à régler, mais ici aussi, tu as du travail. Tu ne resteras pas longtemps, n'est-ce pas?

Sabrina embrassa Penny, et la serra fort dans ses bras.

– Je n'en ai pas envie. Je ne voudrais pas te quitter du tout. Je t'aime, ma Penny. N'oublie jamais cela. Je t'aime et je suis fière de toi. Tu es ma petite fille adorée.

– Maman, dit Cliff. On est en retard. Laisse-moi te faire une bise. Au revoir.

Elle tenta de se libérer de Penny, mais celle-ci restait accrochée à elle. « *Ne t'en va pas! Je t'en prie, ne t'en va pas!* »

– Maman, ne pleure pas, dit Penny. (Elle tapota l'épaule de Sabrina.) Tu reviendras vite. Ne pleure pas.

– Je ne voulais pas. Mais ça m'arrive quand je voyage; à toi, Cliff.

Avec lui, les adieux furent brefs.

– Si tu ne peux pas m'apporter une armure, pour-

(1) Jeu de mots intraduisible entre *nightmare* (cauchemar) et *knight* (chevalier) et *mare* (jument). *(N.d.T.)*

rais-tu m'acheter une épée, comme celle du roi Arthur?

– Ah, ah! Ne t'inquiète pas, je te trouverai bien quelque chose. Est-ce que ça doit être nécessairement destructeur?

– Eh bien, comme je suis en train de lire un récit sur le roi Arthur...

– Je vais voir ce que je peux faire. Cliff... prends soin de Penny et de toi-même, veux-tu?

– Bien sûr, ce n'est pas nouveau. Tu lui apporteras quelque chose à elle aussi, n'est-ce pas?

– J'enverrai les cadeaux dès mon arrivée. Qu'en pensez-vous?

– D'accord. Au revoir, maman. Fais un bon voyage. (Il l'embrassa. Sabrina passa ses bras autour de lui et l'embrassa sur les deux joues.) A la manière des Français, dit-il.

– A moi aussi, dit Sabrina, l'embrassant de nouveau, tu vas me manquer, mon champion de football. Surtout tes horribles jeux de mots. Et ton cher visage, ton sourire...

– Allons, maman!

– Désolée, dit-elle en essuyant ses yeux. Je ne voulais pas me remettre à pleurer. Oh! vous êtes vraiment en retard. Amusez-vous bien chez les Goodman, et faites mes amitiés à Vivian.

Ils partirent en courant. Sabrina les observait. Au coin de la rue, ils se retournèrent et firent un petit signe de la main. Elle répondit à leur salut et les vit disparaître à travers les larmes qui voilaient son regard.

20

New York. Les pneus crissaient sur l'asphalte humide. C'était l'heure du déjeuner. La foule se pressait sous des parapluies noirs qui s'entrechoquaient, fouettés par le vent. Des adolescents et des vieillards étaient assis devant leur porte, vendant des parapluies à ceux qui les avaient oubliés chez eux; des messagers, à bicyclette, disparaissaient sous des imperméables jaunes ballonnants qui dégoulinaient de pluie.

Assise dans un taxi, près de Garth, Sabrina pensait aux larmes de l'hiver, froides et grises, tombant des nuages sombres qui s'étaient installés au sommet des gratte-ciel. Les vitrines étincelaient comme si c'était la nuit. Devant chaque hôtel, un portier levait le bras comme s'il saluait une parade, hélant des taxis qui ne s'arrêtaient jamais; aucun n'était libre.

– Ça ne change pas, grommela leur chauffeur, quand ils pénétrèrent dans le taxi au milieu d'une rue bloquée par la circulation. Quand le soleil brille, personne ne prend de vélo. Quand il pleut, tout le monde est à bicyclette, mais la circulation se fige.

– Si on achetait un parapluie et si on y allait à pied? demanda Garth à Sabrina.

– Alléluia, bonne promenade, monsieur, répondit le chauffeur.

– Je connais le coin. J'ai enseigné ici.

– Vous avez intérêt à rester là, au moins vous serez au sec. Après le carrefour, ça roulera. De l'autre côté, la circulation est plus fluide.

– Je sais.

– Bon. Alors, vous avez été prof ici? Ma gosse est

institutrice. Elle aime ça, mais elle fait pas grand-chose.

Garth se tourna vers Sabrina; elle avait le visage tourné de l'autre côté. Depuis le départ, elle s'était enfermée dans un mutisme presque total. Dans l'avion, il lui avait demandé ce qu'elle désirait faire à New York, mais elle avait donné une réponse évasive. Elle se montrait indifférente. A quoi pensait-elle? A Londres? A sa sœur? A suivre ses traces? Il n'en avait aucune idée et ne tenait pas à le lui demander. Si elle voulait vraiment partir, il irait la chercher au bout du monde et essaierait de la ramener; mais il ne voulait pas anticiper une crise qui, jusqu'à présent n'existait pas. Si les liens qui l'unissaient à sa sœur jumelle étaient si forts qu'ils triomphaient de la mort, il ne tenterait pas de les briser, même s'il en avait la possibilité, à moins que leur couple ne soit en danger.

– As-tu acheté ton billet? lui demanda-t-il au déjeuner.

Elle parut surprise.

– Non. J'ai... J'ai eu tant de choses à faire. Je le prendrai à New York.

Quand ils arrivèrent au Plaza, Garth la dévisagea, attendant sa réaction.

– Oh, dit-elle, je ne savais pas, tu ne m'avais pas dit...

– Nous avons passé une nuit fabuleuse, il y a six semaines. L'idée d'y revenir m'a séduit.

– Oui.

Elle lui lança un tel regard de détresse qu'il en fut alarmé.

– Mon amour, qu'y a-t-il?

Il remarqua ses tentatives désespérées pour chasser de son esprit de sombres pensées. Il s'émerveillait devant sa force de caractère, d'autant plus que, bien des fois, ses efforts avaient été vains. Elle lui prit le bras, quand le groom de l'hôtel ouvrit la porte de leur chambre.

– Que dois-tu faire, maintenant? lui demanda-t-elle.

– Si on allait ensemble à l'université de Columbia? J'aimerais bien jeter un coup d'œil au labo où j'ai fait mes premières armes. Sans doute le reverrai-je avec une certaine nostalgie. Tu me ferais plaisir en m'accompagnant.

Elle ne répondit pas.

– Veux-tu défaire les valises? Ranger les affaires dans le placard?

– Pas maintenant.

Garth examina la pièce.

– Ce n'est pas la suite que nous avaient offerte les Kallen, mais cela conviendra parfaitement. J'ai très envie d'écraser encore des chocolats sous l'oreiller.

– Et d'en laisser tomber un par terre, murmura-t-elle. (Un sourire effleura ses lèvres, à cette pensée.) On y va?

La pluie ne cessait de tomber. Il leur fallut une heure pour arriver à Columbia, mais ils eurent le temps de visiter le laboratoire, avant la conférence de Garth devant les étudiants de dernière année.

– Je vais faire plaisir à un vieil ami, dit-il, en pénétrant dans le bâtiment. Peut-être préfères-tu aller te promener?

– C'est une idée. Il y a des antiquaires tout près d'ici. J'aimerais bien y faire un tour.

– Alors, rendez-vous à l'hôtel vers dix-sept heures trente. (Dans l'ascenseur, ils appuyèrent sur le bouton du quatrième.) C'est plus calme que la dernière fois que tu es venue, dit Garth.

Sabrina ne savait pas à quoi il faisait allusion. Un

mois, une semaine auparavant, elle aurait essayé de trouver un moyen de masquer son ignorance; maintenant, plus rien n'avait d'importance. Elle avait dit au revoir aux enfants et fait une dernière fois le tour de la maison; peu à peu, elle s'éloignait de Garth. Dans une heure, elle achèterait son billet pour Londres; demain, elle lui avouerait qu'elle partait pour toujours.

Elle le précéda dans le laboratoire, vaste salle séparée au centre par de hauts placards d'acier. Ils passèrent d'un côté. Garth revit le long banc de stéatite.

– Plus de *tinkertoys.* Oh, regarde! On ne se débarrasse pas de moi facilement. (Toujours sans comprendre, Sabrina suivit son regard et vit sur le mur des dessins encadrés qui ressemblaient véritablement à des jeux de construction. Maintenant, elle savait ce qu'il voulait dire : des modèles de molécules. Elle en avait vu de semblables dans son laboratoire du Middle West.) Je les ai faits juste avant de partir, dit-il. Ils sont encore pas mal. Mais on était peu avancés, à l'époque; quel chemin parcouru en douze ans! Allons voir de quoi s'occupe le successeur de Bill. (De l'autre côté des placards, accrochées au mur, Sabrina vit des cages où des souris blanches tournaient allègrement, à côté d'une large baie vitrée.) Exactement comme avant, dit Garth en souriant. Bill doit en être encore à l'âge de pierre. Sans doute lui reste-t-il un stock de ciseaux et de pansements stérilisés, en cas de blessure.

Sabrina regardait les souris.

– Je me demande si cette vitre est pour elles une protection ou le spectacle d'un monde auquel elles n'ont jamais accès.

– Donne-moi ta main, dit Garth brusquement.

Intriguée, elle la lui tendit.

– Pourquoi?

– Pour voir si je peux te rafraîchir la mémoire.

– Me rafraîchir la... (Mentalement, elle fit un effort.) Excuse-moi; je suis distraite; j'exagère.

Sa main tendue vers lui tremblait.

– Si on rejouait la scène? (« *Je ferai de mon mieux; donne-moi simplement quelques indices.* ») Non. Inutile de revivre le passé. Je me rappelle cependant ta tête, lorsque je t'ai dit que je désirais t'épouser et faire l'amour avec toi.

– Comment? demanda-t-elle doucement.

– Comme si c'était un cadeau. Tes yeux étaient rouges et gonflés à cause de ce sale gaz lacrymogène, mais ils avaient un tel éclat que j'étais ébahi devant le bonheur que j'y lisais. Tu as froncé les sourcils, comme si tu te demandais quel cadeau me faire en retour.

– Et que t'ai-je donné?

– Toi-même. Ce que je désirais le plus au monde. Que d'événements depuis cette époque! (Il l'attira vers lui et l'embrassa.) Stéphanie, je ne sais ce qui t'ennuie, mais je te promets que nous trouverons une solution. Lorsqu'on éprouve des sentiments altruistes, qu'on veut tout se donner l'un à l'autre, il n'y a guère de place pour les tracas.

– Grand Dieu, incroyable! (Un homme de haute stature, à la barbe grisonnante, aux lunettes d'écaille, pénétra dans le laboratoire.) Non seulement ils dorment dans le laboratoire, mais en plus, ils font leur chemin. Quel exemple pour la jeune génération! (Il tendit la main à Sabrina.) Rolf Taggart. Je pensais que Garth exagérait lorsqu'il parlait de vous, dans ses lettres. Maintenant, je m'aperçois qu'il était en deçà de la vérité. Soyez les bienvenus. (Il serra la main de Garth :) Heureux de te revoir.

Garth sourit.

– Rolf n'admet toujours pas, après douze ans, que je puisse avoir un autre domicile.

– Tu me manques, même après tout ce temps. Tu es le meilleur collaborateur que j'aie jamais eu. Es-tu prêt à affronter les questions les plus insidieuses de mes meilleurs étudiants?

– Probablement pas, mais je ferai de mon mieux. Stéphanie, dix-sept heures trente à l'hôtel? Dix-huit heures au plus tard.

– Entendu. Bon courage.

Elle prit l'ascenseur et se dirigea vers la station de taxis. Rolf se tourna vers Garth :

– Elle est d'une beauté étonnante, mais cette pâleur... est-elle malade?

– Elle doit partir pour Londres, et cela l'inquiète. Je ne sais pas au juste pourquoi. (Les deux hommes s'étaient écrit tout au long de ces années. Garth avait abordé avec Rolf des sujets dont il ne pouvait discuter avec Nat ou Marty, simplement parce qu'il est souvent plus facile de se confier à un ami qu'on ne voit pas tous les jours. Mais il ne pouvait confier ni à Rolf ni à quiconque que sa femme songeait encore à le quitter.) Elle s'identifie à sa sœur; depuis que je la connais, elle s'est amusée à se prendre pour Sabrina, ou tout au moins à adopter son style de vie. Depuis la mort de Sabrina, elle est comme perdue, ne sachant plus qui elle est : Stéphanie ou Sabrina? Comme si elle était contrainte de vivre leurs deux vies ou de choisir. Mais, récemment, de la façon la plus extraordinaire, nous nous sommes enfin retrouvés et au-delà de nos espérances... (Garth s'essuya le front. Ils arrivaient devant la salle de conférences. Garth se tourna, en s'excusant, vers son ami :) Je ne suis pas venu pour me confesser, père Rolf. Pourquoi ne m'as-tu pas arrêté?

– Parce que tu avais besoin de parler et je voulais

t'écouter. Mais maintenant, il y a ce foutu séminaire. Es-tu prêt à affronter ces jeunes fauves dont le sport favori est d'essayer de prouver à leurs professeurs que la jeunesse en sait plus?

Garth se redressa.

– Allons leur montrer nos talents.

La salle était comble. Garth regarda les soixante visages en face de lui et se sentit revigoré. S'il éprouvait un certain scepticisme quant à son avenir avec Stéphanie, ici, dans cette salle, il avait totalement confiance en lui et était tout joyeux d'être en contact avec des étudiants. Arpentant l'estrade, détendu et plein d'humour, il s'exprimait avec aisance dans son jargon technique. Il ne s'adressait pas directement aux étudiants, mais il parvenait à leur donner l'impression qu'ils faisaient partie de la communauté des hommes de science, libres de poser des questions ou de faire des commentaires.

Il était presque seize heures trente lorsqu'il s'arrêta net et, d'un air détaché, dit :

– Je vais maintenant aborder le problème du renouvellement permanent des anticorps. (L'assistance commença à s'agiter, ses paroles avaient enflammé leur imagination; l'inflexion de sa voix leur laissait pressentir une révélation d'une importance capitale. Il prolongea le suspense. Il y prenait plaisir. Se penchant sur le bureau, les doigts croisés, il leur dit :) En ce moment, nous travaillons sur la possibilité de rendre durable le système immunitaire de l'homme. Cela implique une production perpétuelle d'anticorps. Nous avons observé qu'il était possible de fusionner deux cellules humaines, l'une qui produit des anticorps, l'autre qui se reproduit indéfiniment. Le résultat est une substance hybride qui produira une quantité infinie d'anticorps, renforçant considérablement le système de défense naturelle du corps, qui, à lui seul, n'est souvent pas suffisant. En d'autres termes, un système d'auto-renouvellement. En outre, on pourrait utiliser les anticorps pour créer un large éventail de vaccins.

Une main se leva.

– Monsieur, n'a-t-on pas fait cette expérience de fusion de cellules sur les souris?

– Oui. Depuis une dizaine d'années. Mais vous savez que lorsque nous traitons la maladie chez l'homme, avec des vaccins contenant des anticorps d'animaux, des effets secondaires redoutables se produisent. Ceux d'entre vous qui ont été vaccinés contre la rage, vaccin contenant des anticorps de cheval, savent combien c'est douloureux. L'homme peut en revanche bien tolérer les anticorps humains, comme, par exemple, dans les transfusions sanguines, sans ces effets secondaires. Avec les progrès de la technologie, nous espérons en produire une quantité illimitée, qui soient spécifiques aux différentes maladies.

– Lesquelles, monsieur?

– Pour l'instant, au tétanos, à l'érythroblastose, cet ictère infantile, et aux affections malignes des globules blancs chez les enfants, la leucémie. Nous ne pourrons probablement pas utiliser ces vaccins avant sept ou huit ans, mais les expérimentations cliniques pourront commencer dans deux ans.

– Professeur, quelle est la substance chimique utilisée pour fusionner les cellules?

– Le glycol éthylène, peu coûteux et facilement disponible.

– Monsieur, avez-vous comparé les séquences nucléiques réelles aux hybrides produits et réussi à conclure à leur similitude absolue? Combien de générations de savants ont utilisé ce procédé et quelles sont vos méthodes pour suivre l'évolution de la cellule hybride d'origine?

« Il y en a toujours un qui veut se faire valoir, pensa Garth, en essayant d'impressionner le professeur et l'audience. »

– Nous avons comparé un nombre de séquences nucléiques d'ADN à travers plusieurs générations; jusqu'à présent, elles ont été identiques en tout point. Avec des cellules identiques, il existe un problème, comme vous l'avez fait remarquer; il est effectivement difficile de distinguer l'original de la copie. Nous avons découvert que la méthode la plus efficace est d'utiliser un traceur radioactif pour donner une identification spéciale à la cellule d'origine. Cette méthode est suffisante pour distinguer cette dernière de la copie, même lorsque tous les autres aspects sont identiques...

Il s'arrêta. Certains mots résonnaient dans son esprit : *la distinguer d'une copie. Original. Identique. Copie. Distinguer l'original de... Identique. Copie. Identique. Original. Copie...* Un regard vide dans le laboratoire; aucun souvenir de l'épisode du gaz lacrymogène et de la blessure à la main. Du vin avant le dîner. « Je ne veux pas que tu acceptes ce poste aux laboratoires Foster. » Rabaisser Irma Kallen. Intimider Mme Casey et Rita MacMillan. Engager une femme de ménage, prendre un nouvel emploi sans le consulter.

« Ce n'est pas Sabrina qui est morte... » Les obsèques : « Je suis Sabrina... » La Chine. La Chine. *La Chine.*

La copie peut être déterminée à partir de l'original.

– Le professeur Andersen a un autre rendez-vous...

Rolf à ses côtés... (Mais d'où sortait-il?...) répondit à la question posée, amenant doucement le séminaire à sa fin. Les étudiants, debout, applaudirent. Certains s'approchèrent, des questions leur brûlant les lèvres; mais Rolf les dispersa :

– Nous avons un programme très chargé, pas cette fois, peut-être à la prochaine visite... (Ils se retrouvèrent seuls, dans la salle vide.) Allons, je t'emmène chez un médecin.

Lentement, Garth se tourna vers lui :

– Ai-je vraiment l'air d'aller mal?

– On a l'impression que tu vas trépasser. Où as-tu mal? A la poitrine? Au bras?

Il se mit à rire.

– La tête et le cœur. Mais ce n'est pas une crise cardiaque, Rolf. Simplement une prise de conscience brutale de la réalité qui m'a fait sortir de mon rêve. (Il regarda les hautes fenêtres sombres; des gouttes de pluie coulaient le long des vitres; il percevait l'écho de sa voix. Impossible de l'arrêter.) Comme c'est étonnant! Nous refusons de regarder la vérité en face, alors que, depuis longtemps, tout nous force à ouvrir les yeux! Nous ne voyons rien, nous n'entendons rien. Nous nous forçons à donner un sens à ce qui n'en a pas. Nous façonnons la réalité. Nous ne laissons même pas nos idées affleurer à notre esprit, parce qu'elles sont impossibles à admettre, trop horribles à envisager... J'ai tout du psychanalyste. Peut-être ai-je raté ma vocation. Dieu seul sait que mon couple est un leurre.

– Garth, mais qu'est-ce que...

– Oh! Et puis merde! ne fais pas attention à mes élucubrations, Rolf. Je n'ai pas le droit de t'ennuyer à cause d'un réveil tardif. Je vais aller faire un tour, essayer d'éclaircir mes idées.

– Sous cette pluie? Ne va-t-on pas dîner ensemble?

– Pas ce soir, Rolf, je te laisse tomber. Excuse-moi. Le séminaire...

– Le séminaire a été un véritable succès. Il s'est terminé un peu brusquement, mais peu importe. Pourquoi ne me parles-tu pas de ce réveil? Parfois, il est plus facile de garder les yeux ouverts si un ami partage votre point de vue.

– Impossible. Je ne sais même pas si j'ai raison. Mais peut-être un jour... te dirai-je la vérité. (Ils se serrèrent la main.) Je te dois un autre séminaire.

– Laisse tomber. Je vais t'appeler un taxi.

– Ne t'inquiète pas, je m'en occupe.

Mais il n'y avait pas de taxis. La pluie tombait aussi dru qu'avant; après avoir fait quelques pas, il capitula et descendit dans le métro. Il resta sur le quai, bousculé par des passagers prêts à bondir dès l'ouverture des portes. Il y avait une odeur de laine mouillée. Il n'était pas pressé; il recula.

Il pouvait se tromper. Il n'avait aucune preuve. Les hommes de science ne s'en tiennent qu'aux preuves et aux évidences incontestables. L'observation, des expérimentations contrôlées, la documentation, la copie. Il n'avait pour seule preuve que la révélation qui l'avait aveuglé, dans la salle du séminaire, comme si un voile s'était déchiré. Tout concordait : il était certain que c'était Sabrina.

Dans le métro, il n'y avait pas de place assise. Il resta debout dans le wagon bondé, tanguant; d'une main, il tenait l'anneau d'acier au-dessus de sa tête, qui ressemblait au nœud du pendu, ou à une larme. Dupé. Elle l'avait dupé. Et avec quelle maestria! Lui, l'homme de science, l'observateur minutieux, de réputation internationale, connu pour la précision de ses expériences et le caractère approfondi de sa documentation. Il ne pouvait même pas raconter qu'il vivait avec la sœur jumelle de sa femme. Qu'il couchait avec la sœur jumelle de sa femme. Il avait tout fait pour excuser ses erreurs, se persuadant qu'elle faisait de son mieux pour maintenir l'harmonie de leur couple; il lui avait sans cesse accordé le bénéfice du doute; il l'avait aidée à le duper; et il ne l'en avait aimée que plus.

Dans le hall de l'hôtel, il ralentit. Ce n'est qu'une fois dans l'ascenseur bondé qui s'arrêtait à chaque étage qu'il prit conscience de la situation. Sous le choc, il se plia en deux, comme s'il avait reçu un coup à l'estomac.

Sa femme était morte.

– Vous descendez ici?

Garth leva les yeux. La porte de l'ascenseur s'était ouverte à son étage, une jeune fille la maintenait.

– Oui, dit-il d'une voix rauque. (Il s'éclaircit la gorge.) Merci.

Elle le regarda avancer d'un pas traînant sur la moquette à ramages.

– Y a-t-il quelqu'un pour s'occuper de vous?

– Oui. Merci.

« Non. Personne. Mais cela ne concerne personne, personne. Seulement Sabrina et moi. »

Devant la porte de leur chambre, il se pencha contre le mur. Des sueurs froides le parcouraient. Il haletait. Debout, glacé des pieds à la tête, il attendait que ses frissons passent. Des clients lui jetèrent un regard intrigué. Un garçon, poussant une table roulante chargée de boissons et de hors-d'œuvre, se dirigeait vers une chambre, au fond du couloir. De l'autre côté de la porte, devant lui, Garth entendit la sonnerie du téléphone. Quelqu'un répondit. Ainsi, elle était là. Elle l'attendait.

Il se ressaisit. Il fallait qu'il l'affronte. Après tout, peut-être avait-il tort? Un espoir ténu, peu scientifique. Il mit la clé dans la serrure, et entra.

Sabrina était recroquevillée dans un fauteuil, près de la fenêtre. A la lueur de la lampe, sa chevelure avait des reflets d'or. Sa peau semblait diaphane; elle paraissait fragile et vulnérable; spontanément, Garth fit un geste vers elle. « Non », se dit-il; il resta debout, devant la porte.

– Rolf a téléphoné, il se demandait comment tu...

Elle s'arrêta net. Sa bouche était crispée, ses traits tirés. Il savait la vérité. Elle en était sûre. Comment l'avait-il apprise? Sa stupidité dans le laboratoire, cet après-midi? Une autre gaffe? Ou son esprit analytique qui avait fini par rassembler tous les éléments du puzzle? Et puis, quelle différence? Il était trop tard.

Elle avait peur mais elle ressentait également un sentiment étrange de soulagement. Ça ne dépendait plus d'elle. Elle n'avait pas été capable de tout lui révéler, *mais elle avait tout fait pour qu'il découvre la vérité;* elle désirait partir, sans laisser derrière elle ces mensonges perpétuels...

Le silence leur servait de bouclier. Ils hésitaient, chacun répugnant à prononcer les paroles qui modifieraient à jamais leur vie. Enfin, Garth, droit comme un I, se dirigea vers un lampadaire et l'alluma.

– Pas d'ombre. Nous en avons eu suffisamment, tu ne crois pas, Sabrina?

Elle ne reconnut pas son nom sur ses lèvres; c'était celui d'une étrangère. Le sien. Une étrangère pour Garth.

– Alors? demanda-t-il.

Elle perçut dans sa voix un infime espoir.

– Non, dit-elle, si doucement qu'il dut tendre l'oreille pour l'entendre. Tu n'as pas tort.

– Sabrina?

– Oui.

Son corps, comme soufflé par une explosion, tournoyait, tandis qu'il arpentait la pièce, sans même la voir.

– C'était quoi? Un jeu? Tu voulais jouer à la maîtresse de maison, aussi avais-tu besoin d'une famille toute faite, de nigauds qui entreraient dans ton jeu sans poser de questions et se laisseraient berner? Ta vie était monotone à Londres, aussi as-tu dit à tes chers amis de veiller au grain, pendant que tu goûtais à une douce pauvreté? Rien ne vaut une petite diversion, n'est-ce pas, pour faire passer le temps plus...

– Garth, arrête, je t'en prie, arrête, ce n'est pas vrai, rien de tout cela...

– Et le professeur aux préjugés vieillots use d'artifices, implore lady Sabrina Longworth, pendant qu'elle le tourne en ridicule. Le roi des imbéciles, voilà ce que je suis.

– Je t'en prie, je t'en prie...

D'un coup de pied, il fit valser la mallette.

– Et pourquoi lady Sabrina agirait-elle ainsi? Que voulait-elle? Simplement jouer les maîtresses de maison? Probablement pas. Elle désirait quelque chose de plus. Quoi donc? (Il alla s'asseoir sur le bras du canapé, près de Sabrina.) Sans doute, oui, sans doute voulait-elle en remontrer à sa sœur sur son rôle de maîtresse de maison? N'est-ce pas? Lady Longworth, fatiguée de ses amis milliardaires, a décidé de montrer à sa sœur que rien ne lui faisait peur, qu'elle s'adaptait à tout. Elle lui avait déjà été supérieure en tout : l'argent, le succès, la liberté, les amants... Oh, mon Dieu... (Il haletait d'émotion. Il fixa ses mains, d'un regard vide, les ouvrant et les refermant, comme pour se rappeler qu'elles n'avaient plus personne à étreindre.) Stéphanie est morte. Ma femme est morte. *Tu le savais.* Tu étais à côté de moi aux obsèques. *Tu m'as laissé enterrer ma femme, sans rien me dire.* (Il se pencha vers elle. Elle recula dans son fauteuil.) Sale petite garce, comment as-tu supporté qu'on descende son cercueil dans la tombe, *sans nous dire qui était dedans*?

– Je te l'ai dit! J'ai essayé de te le dire! Tu ne voulais pas m'écouter, je t'ai dit que j'étais Sabrina...

Il se remit à arpenter la pièce.

– C'est vrai. C'est vrai. Mais as-tu vraiment essayé? Combien de fois? Combien de temps après la nouvelle de sa mort? (A ces mots, il flancha, son corps se glaça. Une foule d'images assaillirent son esprit : Penny et Cliff riant aux éclats, leurs visages confiants levés vers elle; toute sa famille, à table, l'écoutant parler de son travail; *Thanksgiving* et une cuisine remplie d'amis; un cimetière, un cercueil, Stéphanie frissonnant contre lui... non, pas Stéphanie; Stéphanie était morte; il avait réconforté Sabrina et assisté à l'enterrement de sa femme.) Mon Dieu, c'est toi qui as reçu cette communication, tu nous a accompagnés à Londres, tu as passé deux jours avant les obsèques à pleurer, sans jamais nous dire, *jamais,* qui était dans le cercueil.

– Ça suffit! Comment oses-tu? (Elle bondit, la tête haute.) Malgré tout ce qui est arrivé, comment oses-tu dire que je ne pleurais pas réellement ma sœur? Comment oses-tu m'accuser d'avoir pris sa place pour lui montrer que je valais mieux qu'elle? Jamais je n'ai eu cette pensée; nous étions identiques, nous faisions partie l'une de l'autre, et je l'aimais plus que tout au monde. Je l'aimais plus que toi. Je la considérais comme une femme, et non comme une simple épouse; je voulais qu'on l'aime, qu'on l'admire. Toi, tu l'ignorais; tu étais absorbé par ton travail. Pendant des années, tu l'as à peine regardée, tu ne l'écoutais pas... Oh, Garth, je suis désolée, désolée. Ce n'est pas ce que je voulais dire. Je sais que c'était plus compliqué; tout n'est pas aussi simple, dans un couple... Mais je l'aimais tant; elle me manque, nous n'avions pas prémédité tout cela, nous pensions que c'était simplement pour une semaine...

– Nous? De quoi parles-tu? (Arpentant la pièce, il touchait chaque objet, chaque meuble, comme s'ils étaient les seuls supports solides, dans ce monde qui vacillait.) Stéphanie n'aurait jamais accepté de se prêter à une sale plaisanterie...

– Tu te trompes. Comment aurions-nous pu échanger nos vies? Je suis désolée, je ne voulais pas que tu saches, je ne voulais pas te faire de mal...

– Me faire du mal! Tu délires? Après m'avoir menti pendant des semaines, m'avoir ridiculisé, tu ne voulais pas me faire de mal...?

– Je sais ce que tu peux ressentir. (Par la vitre givrée, elle aperçut les lumières de la ville, déformées par la pluie.) Mais je te l'ai dit, jamais nous n'avons pensé que cela durerait plus d'une semaine. Stéphanie avait besoin de partir quelques jours, de trouver une solution dans ses rapports avec Cliff et toi. Elle en avait assez des problèmes d'argent. Elle s'inquiétait pour ton poste à Stamford...

– A-t-elle aussi divulgué nos secrets d'alcôve?

– Bien sûr que non. Elle n'a donné aucun détail. Mais je savais qu'il lui fallait s'éloigner quelque temps; moi aussi, je subissais des pressions; j'avais des tas de problèmes. C'est alors que nous avons eu une idée : échanger nos vies, pendant unc semaine...

– Qui a eu l'idée?

– Moi, dit-elle rapidement, trop rapidement.

– Tu mens. C'est elle qui en a eu l'idée, n'est-ce pas?

– Je ne me rappelle pas. Et puis quelle importance?

– Peux-tu, pour une fois dans cette affaire, dire la vérité?

– Stéphanie en a eu l'idée. Mais j'étais d'accord.

– Pour faire l'échange? Dans quel but?

– Nous pensions pouvoir reconsidérer notre vie, la voir sous un angle différent, mieux nous comprendre, faire le point, savoir où on en était, où on allait. Ensuite, nous aurions repris notre vie normalement. Personne ne s'en serait rendu compte. J'ai dit à Stéphanie que je ne voulais pas faire l'amour avec toi; elle m'a répondu que ça arrivait si rarement...

Le visage de Garth se durcit.

– Mais tu as fait l'amour, n'est-ce pas? Et, Grand Dieu, de quelle façon! Tu t'es bien foutue de ma gueule. Tu as sorti le grand jeu; et moi, comme un imbécile, je t'ai ramenée ici... Tu t'es bien amusée, n'est-ce pas, chaque soir; je suis tombé dans le panneau...

– Ce n'était pas un mensonge. Tu ne comprends donc rien? Garth, je t'en prie, essaie de comprendre. *Je suis tombée amoureuse de toi.* Je ne le désirais pas. J'ai tout essayé, mais je t'aimais passionnément, bien avant de me l'avouer. Quand la vérité s'est imposée à moi, j'ai voulu retourner à Londres immédiatement, mais Stéphanie désirait partir en... mais mon poignet n'était pas guéri; nous avons eu peur que tu ne découvres la vérité, si nous reprenions nos...

– Où Stéphanie désirait-elle partir?

– Elle voulait revenir. Mais tant que mon poignet...

– Où voulait-elle aller avant?

– Peu importe.

– Ne me traite pas comme un gamin à qui on ne peut révéler la vérité. C'est ce que tu fais depuis le début. C'est peut-être un peu tard maintenant, tu ne crois pas? *Où voulait-elle partir?*

– En croisière. Parce que j'y étais souvent allée, elle, jamais.

– Avec qui?

– Un groupe d'amis.

– En d'autres termes, elle avait trouvé quelqu'un.

– Garth, quelle importance? Elle est morte. Elle vous aimait, toi et les enfants, son souhait le plus cher était de revenir, de reformer un vrai couple avec toi. Mais elle est morte. Rien d'autre ne compte, maintenant.

– Rien d'autre ne compte, rétorqua Garth. Est-ce ton optique? Je vais te dire ce qui est important. Trois mois passés à mentir à deux enfants qui t'aimaient et avaient confiance en toi. Trois mois passés à mentir à des amis qui s'inquiétaient à ton sujet et qui t'ont aidée, quand tu t'es brisé le poignet. Trois mois à mentir, et moi qui justifiais ta conduite, qui croyais que tu essayais de sauver notre couple. Trois mois de sourires, de baisers, d'amour passionné. Trois mois de duperie... et avec quel brio! Laisse-moi te féliciter pour ta remarquable...

– Arrête, arrête, tu ne vois donc pas que *je ne savais pas toujours qui j'étais*?

Il s'arrêta net, intrigué. L'homme de science restait perplexe. Une idée lui vint à l'esprit. Mais il la repoussa. Il fit même un mouvement de ses mains comme pour la chasser réellement et laisser libre cours à sa colère.

– Combien de temps allais-tu nous duper? Jusqu'à ce que tu n'y voies plus l'attrait de la nouveauté? Que les gosses et moi, on t'énerve? Que tu décides qu'il était temps d'aller retrouver tes brillants amis et le tourbillon dans lequel tu vivais?

– Ce n'est pas juste, murmura-t-elle. (Elle se tourna vers la fenêtre, et dit à voix haute :) Tout était terminé.

Son souffle laissa sur la vitre une trace de buée, qui, peu à peu, s'estompa et disparut.

– Qu'est-ce que cela signifie? (Il saisit une chaise et s'assit à califourchon.) Tourne-toi de ce côté, regarde-moi quand tu me parles.

Tant de douleur s'exprimait dans sa voix qu'elle perçut comme un coup de poignard. Elle se sentit défaillir; chancelante, elle se dirigea vers le canapé.

– Tu savais que je devais m'envoler pour Londres. J'ai acheté mon billet cet après-midi pendant ta conférence. Je comptais te dire demain que je ne pouvais plus vivre avec toi, que notre couple...

– Pas le nôtre, ma petite!

– J'essaie de t'expliquer ce que j'allais te dire, que je ne pensais pas que notre mariage tiendrait, que je partais définitivement pour Londres.

– Après cette prestation remarquablement feinte, au lit ou ailleurs, après avoir manœuvré Rita MacMillan, joué si bien ton rôle que tu as parfaitement réussi à simuler l'harmonie familiale... (Sa voix était brisée par l'émotion. Il dut s'interrompre une minute.) Après tout cela, après avoir tout fait pour que nous formions un vrai couple, tu allais me dire que ça ne pouvait pas marcher!

Elle avait les mains moites, engourdies.

– Je n'ai jamais rien simulé, je ne me suis jamais moquée de toi, de Penny, de Cliff. J'étais sincère. Je vous aime tellement que j'en souffrais profondément. Mais que faire? Il fallait bien que ça se termine. (Sa voix se raffermit.) Après les obsèques, je suis revenue pour te révéler la vérité, pour mettre un terme à ces mensonges; ensuite, j'avais l'intention d'aller tout avouer à mes parents, puis de repartir à Londres. Mais tu as amené les enfants à l'aéroport, je n'ai rien pu te dire devant eux; le soir, à la maison, j'ai vu la lettre. Il fallait que je reste pour t'aider.

– Je ne te l'ai pas demandé. Je n'en avais nul besoin, je ne voulais pas de ton aide.

– C'est faux. Tu étais inquiet. Peu m'importait le nom que tu me donnais, tu m'aimais, tu désirais que je reste près de toi. Garth, mon amour...

– *Je te défends!*

Elle vacilla, comme s'il l'avait frappée.

– Non, bien sûr, je n'ai pas le droit. Mais j'essaie de te dire que le mensonge portait seulement sur mon nom. J'éprouvais pour toi un amour sincère. Je t'aime. Nous formions un couple merveilleux.

– Nous ne formions pas de couple du tout! *Quel monstre es-tu pour tirer profit de la mort de ta sœur?* (Sabrina s'effondra. Des sanglots la secouaient; elle se recroquevilla sur le canapé, le visage dans ses mains. Garth semblait crispé, torturé. Il faisait des efforts pour ne pas courir vers elle, la prendre dans ses bras, la consoler. Il se rappelait son corps, son rire, l'amour qu'il avait lu dans ses yeux. Il la méprisait, se méprisait.) Debout, dit-il d'une voix éteinte. Fous le camp. Je ne peux plus supporter ta vue. Retourne vers les gens de ton milieu. C'est à eux que tu appartiens.

– Non, plus maintenant.

Elle se dirigea à tâtons vers la salle de bains.

Garth entendit l'eau couler. Quelques minutes plus tard, elle revint. Son visage avait le teint cireux de la mort. Des boucles mouillées tombaient sur son front.

– Sabrina Longworth est morte. Elle a sombré avec

le *Lafitte.* Je suis différente maintenant. Je ne sais même plus qui je suis. Je pensais retourner à Londres en me faisant passer pour Stéphanie; ainsi, personne n'aurait jamais rien su; de cette façon, je savais que la vérité ne te reviendrait pas aux oreilles accidentellement. Ni à toi ni aux enfants. Mais cela, c'est maintenant ton problème. Je voulais simplement te dire que j'étais devenue quelqu'un d'autre. (Elle enfila le blazer vert que Garth lui avait acheté à San Francisco, puis mit son manteau.) Je veux que tu saches que j'aime Penny et Cliff. J'ai pour eux tant d'affection, tant d'amour. Si tu savais l'importance que j'accorde à leur amour... Je n'ai pas triché avec eux. Les aimer, savoir qu'ils m'aimaient, eux aussi... c'était merveilleux... (Elle baissa la tête, attendit de pouvoir maîtriser sa voix.) Et je t'aime, mon amour, de tout mon cœur, de toute mon âme. Je sais que tu ne veux plus rien entendre, mais tu es ma vie, mon rêve, tout ce que j'espérais trouver un jour. Je ne désirais qu'une chose : te rendre heureux. Je sais que j'ai mal agi envers toi, que j'ai commis une action épouvantable. Je savais, depuis le début, que ça tournerait mal, mais, avant de partir, je voulais t'aider une dernière fois, faire mon possible...

Garth évitait son regard. Il avait le visage dans ses mains.

– Fous le camp, fous le camp, supplia-t-il en pleurant.

Sabrina prit sa valise, puis se redressa. Tout ce qu'elle contenait appartenait à Stéphanie. Elle la posa par terre, près de celle de Garth, saisit son sac et ouvrit la porte.

Elle resta là, immobile, quelques instants. Elle regardait la nuque de Garth, ses cheveux noirs, imaginant la mèche qui lui tombait sur le front, quand il se penchait ainsi... « *Mon amour, mon amour, pardonne-moi.* »

Garth la crut partie. Il se retourna. Elle avait les yeux fixés sur lui.

– Fous le camp! hurla-t-il, entre deux sanglots. Laisse-moi pleurer ma femme!

Elle partit rapidement, referma la porte derrière elle, se pencha, le cœur battant. Tout était terminé. Elle caressa la porte, du bout des doigts.

– Je t'aime, dit-elle doucement.

Puis elle se dirigea vers l'ascenseur. Elle s'efforçait de garder la tête haute, de ne pas tituber.

Elle quitta l'hôtel. Il pleuvait.

21

Mme Thirkell venait d'arriver du marché. Elle secouait son parapluie ruisselant et ses paquets mouillés, devant l'entrée, lorsque le taxi, arrivant de l'aéroport, s'arrêta.

– Madame Andersen! s'écria-t-elle. (Elle resta debout, sous une pluie battante, maintenant la porte ouverte, tandis que Sabrina réglait le taxi.) Entrez, entrez vite. Oh, que je suis heureuse de vous voir! Que Mlle de Martel va être contente, aussi! Donnez-moi votre manteau et votre chapeau; j'ai allumé un feu de cheminée dans le salon et dans la chambre de mi... dans votre chambre. Je vais vous servir du thé! Le désirez-vous tout de suite?

– Non, je vais d'abord aller dans ma chambre, madame Thirkell. Pourrais-je avoir des petits pains et de la gelée, avec le thé, s'il vous plaît? Mlle de Martel est-elle là?

– Non, milady, vous l'avez manquée de peu. (Mme Thirkell, confuse, plissa le front.) Excusez-moi, je voulais dire madame Andersen. Vous vous ressemblez tant...

– Ne vous excusez pas. Bien d'autres sont incapables de nous reconnaître.

– Mais, madame Andersen, où sont vos valises?

– Je n'en ai pas. Avec le thé, madame Thirkell, pourriez-vous m'apporter le courrier et le *Times* d'aujourd'hui?

– Oui, milady.

Sabrina esquissa un sourire. Elle grimpa l'escalier qui menait à sa chambre et s'arrêta au troisième étage. Son regard fut attiré par un bouquet d'œillets roses et rouges, sur le piano. Quelques mots étaient inscrits sur une petite carte : « A bientôt. »

Gabrielle avait un admirateur. Brooks? Jolie avait dit qu'ils avaient dîné ensemble. Enfin, Gabrielle le lui dirait très vite. En détail. Dans la douce quiétude du salon, à la lumière tamisée d'une lampe, elle parcourut du regard les objets familiers. Mme Thirkell n'était pas restée oisive; tout étincelait.

Il ne manquait qu'une chose : le rire des enfants, la voix caressante d'un mari. Quel vide!

Dans sa chambre, au quatrième étage, elle s'agenouilla pour allumer le feu et eut du mal à se relever. Elle était épuisée, les membres lourds, elle resta penchée sur une ottomane; à travers ses paupières mi-closes, elle voyait les flammes danser dans l'âtre. Elle avait l'esprit engourdi. Ses pensées oscillaient entre une chambre d'hôtel à New York et Cadogan Square, avec son présent, son lendemain, ses semaines à venir, vides, sans famille, ces longues heures passées à se créer une nouvelle vie qui ne soit ni la sienne ni celle de Stéphanie. *Comment façonner une nouvelle vie, quand on n'a pas d'identité?*

Mme Thirkell entra avec le plateau. Sabrina se leva et s'assit près de la fenêtre à une petite table ronde. Elle jeta un coup d'œil au courrier.

– Sidney Jones s'est-il occupé du reste?

– Il vient chercher le courrier deux fois par semaine... madame Andersen, puis-je vous demander... combien de temps pensez-vous rester? Etes-vous venue vendre la maison? Je ne sais pas comment m'organiser...

Sabrina vit son image se refléter dans la théière d'argent, et la théière à son tour briller sur la vitre ruisselante de pluie. Tout était en double.

« *Autrefois, nous étions toujours deux.* »

– Je vais m'installer ici définitivement, madame Thirkell. (C'était la première fois qu'elle exprimait sa pensée à haute voix; une lancinante migraine lui martelait la tête.) J'espère que vous resterez avec moi, comme vous l'avez fait avec ma sœur.

– Oh oui, bien sûr, je n'osais l'espérer. Mais... Votre mari, madame? Vos enfants? Votre foyer en Amérique?

– Mon foyer est ici, dit Sabrina d'un ton catégorique pour éviter toute discussion. Les enfants sont avec leur père, et à l'école. C'est là leur univers. (« *Que dire? Je ne peux laisser penser que je les ai purement et simplement abandonnés.* ») Ils viendront probablement me rejoindre cet été. Je ne vois pas le *Times* sur le plateau.

– Oh, mon Dieu, il se passe tant de choses à la fois. Je vous l'apporte tout de suite, madame; ensuite, je retournerai au marché, car je n'avais pas prévu... Allez-vous sortir?

– Non, je vais déjeuner à la maison.

Mme Thirkell sortit acheter le journal puis s'en alla, réprimant sa curiosité. Quand elle revint une heure plus tard pour enlever le plateau, Sabrina s'était changée. Elle avait passé une légère robe de laine et était étendue sur le canapé, devant le feu.

– Madame Andersen, ce serait un honneur pour moi de rester avec vous. J'avais la plus haute estime pour lady Longworth, je m'étais attachée à elle; elle me manque beaucoup. Si je peux rester avec vous, j'aurai l'impression de ne pas l'avoir perdue.

– Merci. Vos paroles me touchent, plus que vous ne pensez.

Aucune n'évoqua plus l'arrivée insolite et brusque de Stéphanie Andersen, venue d'Amérique sans bagages, pour s'installer définitivement à Londres et vivre la vie de sa sœur.

Cependant, il existait une autre maison, aux pièces obscures, qui résonnait de bruits de pas, de voix; quoi qu'elle fît, Sabrina avait toujours cette image présente à l'esprit. Le soir, chaque fois qu'elle commençait à s'assoupir dans ses draps de soie, elle cherchait la main de Garth, la chaleur de son corps, ses bras réconfortants. Mais c'était le vide, le néant, devant ce lit désert, cette maison obscure, plongée dans le silence.

Au matin pourtant, en se rendant aux *Ambassadeurs*, elle songea à cette première journée de sa nouvelle vie. Il lui fallait s'organiser. Entrevues avec Nicholas et Brian, rendez-vous avec Sidney pour un bilan financier, déjeuner avec Gabrielle, courses. Dans quelques jours, elle appellerait ses amis pour leur dire qu'elle était de retour.

Aux *Ambassadeurs*, elle trouva Nicholas et Brian en pleine discussion. Il y avait une légère fissure dans le bonheur-du-jour de merisier et la commode de 1766.

Les tiroirs de cette dernière étaient ornés de carrés de porcelaine de Sèvres; sur les portes du bonheur-du-jour, étaient peints des médaillons et, tout en haut, se trouvait une pendule dorée, rehaussée de deux candélabres d'or, ressemblant à des bras implorants et surmontés de deux figurines d'ivoire. De l'entrée, Sabrina jeta un regard étonné sur la beauté insolite de l'objet.

– Je ne sais où vous l'avez dénichée, mais je n'ai pas vu de Carlin depuis des années.

Nicholas tressaillit. Il se leva d'un bond, portant la main à son cœur.

– Ma chère Stéphanie! Quelle peur vous nous avez faite! Je ne me doutais pas... Vous auriez dû nous prévenir...

– Brian, avez-vous également un ennui cardiaque?

– Non, je suis très heureux de vous voir.

– Nicholas, je vous prie, venez dans mon bureau. Brian, occupez-vous du magasin.

– Bien, madame.

– J'aimerais vous parler dans un instant.

– Oui, madame.

– Quel être merveilleux! Mais dites-moi, chère Stéphanie, comment donc connaissez-vous le mobilier de Martin Carlin? Sabrina n'a jamais évoqué vos talents. Je suis vraiment impressionné; il semble qu'on vous connaisse bien peu.

Elle s'assit à la table de merisier, effleurant sa surface lisse.

– Nicholas, je comprends votre inquiétude. Vous craignez que je n'intervienne dans votre façon de diriger *Les Ambassadeurs*, ou que je ne mette le magasin en vente. Mettons les choses au clair. Premièrement, la boutique n'est pas à vendre. Ni à vous ni à personne. Deuxièmement, j'ai l'intention de m'en occuper, comme Sabrina l'aurait souhaité, avec votre aide. Aussi voyez-vous, votre inquiétude n'était-elle qu'à moitié fondée.

– Oh! Ma chère...

– Excusez-moi. (Elle se dirigea vers la porte.) Brian, pourriez-vous nous préparer du thé, s'il vous plaît? Avec des croissants. (Elle retourna à son bureau et regarda Nicholas, droit dans les yeux.) Dans vos derniers coups de téléphone, vous m'avez donné l'impression de vouloir me cacher quelque chose : un ennui dans l'inventaire? Un problème financier?

– Ma chère Stéphanie!

– Bien sûr, comme Brian garde les livres de comptes et que Sidney supervise Brian, il vous faudrait être très rusé. Nous savons, tous deux, que vous l'êtes. J'ai pensé qu'un entretien privé pourrait m'éviter de demander des explications à Brian ou Sidney.

Ses paroles jetèrent un froid. Nicholas avait cessé de sautiller.

– Essayez de comprendre, Stéphanie, nous ne savions absolument pas quand vous reviendriez, ou même si vous alliez revenir un jour. Maintenant, vous voulez vous occuper de la boutique; mais, d'Amérique... cela semble plutôt difficile. C'est nous qui avons la responsabilité quotidienne de...

– Je vais rester à Londres, Nicholas. Je m'installe à Cadogan Square et compte diriger *Les Ambassadeurs.*

– Vous avez quitté votre mari? Vos enfants?

– Je vais rester ici. Inutile de poursuivre notre conversation. Quant à l'association que vous désiriez avec Sabrina, elle est envisageable. Voilà ce que je vous propose : vous superviserez *Les Ambassadeurs* et votre boutique, et vous aurez affaire aux chineurs. Moi, je m'occuperai de la décoration, de la restauration et des achats pour les deux magasins. Brian se consacrera à la comptabilité, au courrier, etc. pour *Les Ambassadeurs* et Amelia pour votre boutique. Sidney Jones veillera aux problèmes financiers. Etes-vous d'accord?

Muet d'étonnement, Nicholas acquiesça.

– J'engagerai un expert-comptable pour vérifier la comptabilité de Brian et d'Amelia, étant donné que nous avons un compte joint. Nous nous consulterons régulièrement pour les achats, les ventes, combinant d'éventuelles opérations pour en tirer bénéfice. Cela vous semble-t-il correct?

– Stéphanie. (Nicholas s'éclaircit la gorge.) En Chine, vous étiez si effacée. Avez-vous changé parce que Sabrina n'avait pas confiance en moi?

– Au contraire. Elle vous faisait entièrement confiance. Mais, ces dernières semaines, au téléphone, je vous ai trouvé évasif. Je ne tolérerai plus cela.

– Je vous assure, Stéphanie...

– Je demanderai à Sidney de préparer, dès demain, le contrat. Cela vous convient-il?

– Tout à fait étonnant! Vous ressemblez tellement à Sabrina! C'est effarant! je la retrouve même dans votre façon de penser.

– C'est sûrement vrai. (Elle se leva et lui tendit la main.) Nicholas, acceptez-vous mon amitié?

Il bondit.

– Oui, oui, rien n'est remis en cause. En fait, je n'ai jamais pensé m'associer à quelqu'un d'autre. Vous êtes un être exceptionnel, ma chère. Ces dernières semaines, j'ai découvert l'extraordinaire renommée des *Ambassadeurs* que Sabrina a su créer. Si votre talent égale le sien, ce qui semble être le cas à en croire votre assurance, nous avons un avenir fantastique. Sans limites.

– Je pensais que vous réagiriez ainsi. (Elle lui sourit, consciente malgré tout de son côté intéressé. Nicholas ne pouvait cacher sa fébrilité devant une association aussi prometteuse.) Quel salaire, à votre avis, proposer à Brian? Pourquoi ne pas lui accorder une petite participation aux ventes?

Nicholas était complètement dépassé. Après avoir pris l'initiative, à la manière de Sabrina, la voilà qui lui demandait son avis, à la manière de Stéphanie. Le considérait-elle déjà comme un associé? Il fit une suggestion. Elle l'encouragea; il en fit une autre. Ils arrivèrent très vite à un compromis qui les satisfaisait tous deux.

– Je vais le chercher, dit Nicholas. (Il se haussa sur la pointe des pieds et l'embrassa sur la joue.) Remarquable, dit-il.

Puis il quitta la pièce.

En les attendant, Sabrina resta debout, devant la table; son sang bouillait dans ses veines. Elle avait tenté sa chance. Elle supposait que Nicholas, en dissimulant la vérité, s'apprêtait à l'évincer des *Ambassadeurs*. Comme elle ne s'était pas trompée, elle dominait maintenant la situation avec énergie et détermination.

Avec deux commerces florissants, et l'aide de Nicholas et Brian, elle avait tout loisir de se consacrer à la restauration et la décoration; ainsi aurait-elle le temps de mener une vie mondaine extérieure, en choisissant ses amis, sans que ce soit nécessairement dans le monde des affaires. De cette façon, elle pourrait repartir de zéro, gardant tout au fond de son cœur le rire de deux enfants et la voix caressante d'un mari.

– Tu viens déjeuner? fit Gabrielle, interrompant sa rêverie. Je suis désolée de te déranger en plein travail,

Stéphanie, mais j'ai pensé que tu allais oublier. J'ai attendu ce moment toute la matinée.

– Très bien, Gaby, allons-y.

Elles allèrent au *Suquet*, parce que Gabrielle voulait du poisson.

– Si on prenait un plateau de fruits de mer pour deux? C'est trop pour moi, mais il est si beau que je ne peux résister! Tu ne peux pas savoir combien je suis heureuse que tu sois là! C'est affreux de n'avoir personne à qui parler. Oh, bon sang, excuse-moi. Toi aussi, tu sais ce que c'est. Stéphanie, veux-tu que je m'en aille, ou dois-je simplement manger en silence?

– Non, non. (Sabrina se mit à rire, pour la première fois. Ce mélange de puérilité étudiée et de vulnérabilité sincère lui convenait à merveille. S'intéresser à quelqu'un l'empêchait de penser...) Où en es-tu avec Brooks?

Gabrielle partagea le plateau de fruits de mer et beurra un deuxième petit pain.

– J'ai une faim de loup. Pendant des semaines, je n'ai rien avalé, maintenant, je me rattrape. Il veut m'épouser. Je lui ai dit que je devais t'en parler d'abord.

– Pourquoi?

– Parce qu'à mes yeux, tu es comme Sabrina. Elle a dû te parler de mes problèmes. Et puis, je n'ai personne d'autre. Il y a bien Alexandra, mais elle est à Rio, et... elle ne m'aime pas. J'allais t'appeler en Amérique, mais te voilà. Tes enfants ne te manquent-ils pas?

– Si.

– Et ton mari?

– Tu allais me parler de Brooks.

– C'est vrai. Il a trouvé ses espions. L'un, dans son

bureau de Londres, vendait les appellations et marchandait les plans à Rymer Cosmetics; l'autre, à l'usine de Berne, leur vendait les formules chimiques. Voilà pourquoi Brooks a mis si longtemps à les découvrir; il savait qu'une seule personne ne pouvait avoir les deux informations... sauf moi.

– Mais pourquoi t'a-t-il soupçonnée?

– L'espion de Berne a révélé que je vendais des informations à Rymer. Puis Rymer a sorti toute la nouvelle gamme de cosmétiques de Brooks. Ce dernier a perdu des milliards et m'a accusée parce que j'avais accès à ses dossiers personnels. Il a fait le bilan et m'a fichue dehors. Je ne sais pas ce que j'aurais fait sans Sabrina. Je n'ai jamais eu confiance en moi; je n'ai ni assurance ni force. Vous pouviez vous sortir des pires situations, sans doute parce que vous étiez deux. Je n'ai jamais eu... Oh, bon sang, Stéphanie, je suis désolée, ça recommence. Elle doit te manquer terriblement.

Sabrina se taisait. Elle laissait passer le flot de douleur et de solitude qui la submergeait. Le maître d'hôtel s'approcha, et se pencha vers elle :

– Madame Andersen, nous vous présentons nos condoléances. Tous, nous admirions lady Longworth; elle s'est toujours montrée aimable et particulièrement bonne pour tout le monde.

Sabrina hocha la tête. La douleur avait fait place à son chagrin chronique. Garth, Penny, Cliff, autant de chimères...

– Aimerais-tu te marier à Cadogan Square?

– Oh, Stéphanie, vraiment? Ce serait merveilleux! J'y avais songé, mais, sans toi, c'était un rêve impossible. Oh, Stéphanie, que je suis heureuse!

– Viens dîner avec Brooks, vendredi. Nous allons

organiser votre mariage. Il faudra indiquer à Mme Thirkell le nombre d'invités.

– Tu resteras près de moi pendant la cérémonie? J'ai toujours souhaité que Sabrina... Stéphanie, je m'excuse, quand je te vois, j'ai l'impression de voir Sabrina. Vous vous ressemblez tant...

– Je sais.

Sabrina avait encore une promesse à tenir. Après déjeuner, elle alla dans *Royal Opera Arcade*, à Pall Mall, chez Peter Dale, un antiquaire qui vendait des armures.

– Je n'en cherche pas une grande, j'aimerais plutôt quelque chose de petit...

– Un instant, je vous prie. J'ai ce qu'il vous faut.

Il avait connu Sabrina; après lui avoir présenté ses condoléances, d'une voix qui grinçait autant que les armures qu'il vendait, il disparut au fond de la minuscule boutique et revint avec un petit bouclier rutilant, orné d'une sorte de vautour, protégeant un donjon.

– Il a été utilisé par l'un des cadets de la famille des Cecil, dans les joutes d'entraînement.

Il était en parfait état. En faisant le chèque, Sabrina imagina Cliff le montrant à tous ses copains, puis l'accrochant au mur de sa chambre, en souvenir de sa mère.

Chez Falkiner, elle prit pour Penny toute une collection d'albums, du parchemin japonais, des gouaches, des feuilles marbrées aux motifs raffinés, et du papier vélin aux bordures non ébarbées. Chez Windsor et Newton, elle acheta une boîte de peinture à l'huile géante; elle imaginait la joie de Penny; elle s'arrêta chez Collet pour acheter une série de pinceaux orientaux et de l'encre de Chine.

Elle retourna aux *Ambassadeurs*.

– Brian, comment expédier ce colis en Amérique?
– Rien de plus facile. Je vais m'en occuper, madame Andersen.
– Attendez. J'ai oublié un détail. (Elle disparut dans son bureau, et revint, un instant plus tard, avec une enveloppe cachetée.) Veuillez envoyer le tout à cette adresse, s'il vous plaît.
Un bouclier. Du matériel de peinture. Une lettre.

« Mes petits chéris,
« Je pense à vous; vous me manquez. Chaque fois que je ferme les yeux, je vous imagine tous deux. Je ne peux traverser l'océan pour venir vous serrer dans mes bras; voici les cadeaux que je vous ai promis; ce sera un Noël un peu précoce. Je vous aime tous les deux, de tout mon cœur, de toute mon âme. »

Il y avait également une note pour Garth.

« Quelle que soit ta décision pour Penny et Cliff, je t'en prie, donne-leur ces cadeaux. Je ne leur écrirai plus, je ne leur enverrai plus rien sans ton autorisation, mais je leur avais fait cette promesse. Je t'en supplie, laisse-moi la tenir. C'est la dernière faveur que je te demande. »

Maintenant, le dernier lien avec sa famille était brisé. Elle n'avait rien à espérer, sinon voir sa peine s'atténuer avec le temps. Avec tous ces événements, elle avait oublié sa propre mère.
Laura téléphona, le samedi à midi, au moment même où Sabrina et Gabrielle allaient sortir, pour acheter une robe de mariée.
– Stéphanie, que diable se passe-t-il? Garth dit que

tu vas rester définitivement à Londres. Qu'est-ce que cela signifie?

– Tu as bien entendu, maman. Je me suis installée ici.

– Et Garth? Et les enfants?

– Maman, tu connais la réponse. Ils sont à Evanston.

– Tu vas abandonner tes enfants?

– Je les ai laissés... Oui. Ils sont avec Garth.

– Tu l'as quitté?

– Oui.

– Définitivement?

– Tant... que ce sera nécessaire.

– Nécessaire? Pourquoi? Pour détruire un couple merveilleux, un bon foyer, la vie de deux...

– Je t'en prie, maman, ne...

– Et pourquoi me tairais-je? Sais-tu ce que tu as gâché? Le meilleur...

– Maman, arrête, je t'en prie. Garth et moi, nous avons pris la décision ensemble. Nous avons suffisamment de peine sans que tu en ajoutes. Un jour, je serai en mesure de te révéler la vérité; maintenant, c'est impossible.

– Stéphanie, dit Gordon, saisissant l'appareil. (Sa voix était aussi ténue qu'un fil.) Tu n'aimes donc plus Garth?

« *Je l'aime de tout mon cœur. Je l'aime. Il hante ces longues nuits sans fin où son image me laisse éveillée.* »

– Nous avons des problèmes dont je ne peux te parler. Il faut que tu me croies, que tu me fasses confiance. Je suis vraiment désolée de vous rendre malheureux...

– Si peu de temps après la mort de Sabrina! Tu aurais pu attendre, pour nous assener ce nouveau coup! s'écria Laura en pleurs.

– Oui, maman. J'ai agi avec légèreté. Excuse-moi.

– Je n'ai pas besoin de tes sarcasmes...

– Que vas-tu faire, seule, à Londres? interrompit Gordon.

– Je me suis associée à Nicholas Blackford. Je vais garder la maison de Sabrina, me faire des amis, m'organiser.

– Epouvantable, gémit Laura. Epouvantable. Jamais on n'aurait imaginé cela. On était si confiants.

– Oui, je suis désolée. Je vous laisse tomber.

– Tu retourneras chez toi. Réfléchis. Tu retourneras vers ta famille. De nos jours, les femmes font toutes la même chose; on n'entend parler que de cela. Un être donne l'apparence du bonheur; soudain, il s'emballe, décide qu'il manque d'espace, s'évade. Je ne comprends plus. La plupart du temps, ce que désirent ces femmes, c'est un amant. Est-ce ton cas?

– Non.

– Dommage car sinon, offre-t'en un, fais ton expérience et retourne à ta famille. Si ce n'est pas un amant, c'est quoi? Une carrière? Tu en avais une toute tracée, avec cette petite boutique... comment l'appelles-tu déjà... *La Brocante*... Alors? Qu'espères-tu trouver en vivant dans la maison de Sabrina et en dirigeant son magasin?... Stéphanie, essaies-tu de faire croire que tu es Sabrina? Je me rappelle, tu évoquais toujours sa vie brillante à Londres, ses succès... Je suppose que je t'ai encouragée... est-ce là ton but? Après tant d'années, devenir enfin Sabrina?

– Maman... J'essaie d'être moi-même...

Sabrina ne put s'empêcher de rire, entre deux sanglots.

– Sais-tu au moins qui tu es? demanda Gordon.

– Pas toujours; mais je commence à découvrir mon identité.

Que tout semblait simple! « *Découvrir mon identité.* Je réussirai, se dit-elle, le lendemain, en prenant un taxi pour le cimetière de Kensington. Il me faudra simplement un peu de temps. »

Elle se dirigea lentement vers le petit monticule où, quelques mois auparavant, ils s'étaient tous rassemblés. Elle percevait à peine, dans la grisaille, le cimetière humide. Une légère brume conférait aux dalles un aspect insolite; elles semblaient revêtir des formes plus douces. Les arbres pleuraient. Le long des allées, de petites flaques d'eau reflétaient des nuages qui couraient dans le ciel. Gris, tout était gris.

Immobile, devant la tombe, elle laissa ses souvenirs vagabonder : leur enfance, l'école, l'institution Juliette, leurs visites à New York, à Londres, de nouveau leur enfance, les déménagements successifs, le premier contact avec les nouvelles écoles, deux sœurs la main dans la main.

Soudain, elle frissonna. Elle fit demi-tour et partit.

Près de l'entrée, un homme grand, élancé, sortit d'une voiture. Il attendait depuis un moment.

– Votre gouvernante m'a dit que vous étiez là, dit Dimitri. Puis-je vous raccompagner?

Elle le dévisagea. Un visage allongé, des yeux sombres sous des sourcils fournis, des traits marqués aux commissures des lèvres. Il avait le bras tendu, pour l'aider à monter en voiture. Elle se rappela un jeune garçon qui s'efforçait d'être courageux, tandis que des hommes fouillaient sa maison, martelant le sol de leurs lourdes bottes. Au-dessous, dans la cave, il avait caché deux petites Américaines. « Il veut me protéger », pensa-t-elle. Il avait un regard doux, patient. Il offrait son amitié.

– Oui, dit-elle. Merci.

22

Personne ne vint chercher Garth à l'aéroport; on ne l'attendait pas avant deux jours. Il avait quitté l'hôtel, le mardi matin à l'aube; de La Guardia, il avait téléphoné à Rolf pour lui dire qu'il ne se rendrait pas à la réunion du comité exécutif et avait pris le premier avion pour Chicago. Il n'avait pas fermé l'œil; dans son état de fatigue extrême, tout prenait de l'ampleur : des voix résonnaient, martelant les murs, le sol.

Il arriva enfin chez lui. Il ouvrit la porte, pénétra dans la maison. Il y régnait un silence total. Une maison vide. Penny et Cliff à l'école. Sa femme morte. La tricheuse à Londres. Le silence.

Debout au milieu de la cuisine, il se sentit perdu. Rien ne présentait d'intérêt à ses yeux. La cuisine était propre. Sur la petite table, près du divan, étaient posés les dessins de Penny, à côté d'un livre de Stéphanie. Un souvenir jaillit dans son esprit : un soir, à une heure tardive, la maison plongée dans l'obscurité et le silence. Penny et Cliff dormaient. Avec Stéphanie, il avait partagé une tarte dans la même assiette. Seulement voilà : ce n'était pas Stéphanie. C'était...

– *Non!* hurla-t-il, lançant un long cri de désespoir qui résonna dans la maison vide.

Saisissant le livre posé sur la table, il le jeta contre le mur. Les pages voltigèrent, en tombant au sol. Garth s'effondra sur le divan. Il se mit à sangloter. Sa femme était morte. Son univers s'était écroulé.

Ereinté, il s'endormit. Lorsqu'il s'éveilla, il faisait nuit. L'esprit engourdi, il chercha à tâtons la lumière; il regarda sa montre. Cinq heures. Il frissonna. En partant, ils avaient baissé le chauffage; un froid intense régnait.

Tout lui revint en mémoire. Il ne décolérait pas. Sa fureur lui collait à la peau, faisait battre son cœur, bourdonnait dans ses oreilles.

Il lui fallait bouger, trouver une activité, occuper son esprit.

– Restons au moins pratique, dit-il à haute voix.

Il téléphona à Vivian pour lui dire que la réunion avait été plus courte que prévu; il viendrait chercher les enfants dans une heure.

– Venez dîner; vous nous raconterez votre séjour à New York.

– Pas cette fois, mais ce n'est que partie remise.

– Alors, laissez dîner votre progéniture. Ils m'ont aidée à faire la cuisine; je crois qu'ils ont envie de la goûter.

– Très bien. Je serai là à huit heures.

– Garth, je ne sais pas ce que vous avez, mais prenez quelque chose, ça n'a pas l'air d'aller.

Ainsi, même sa voix le trahissait. Après tout... Combien de temps pouvait-on masquer ses sentiments, sa colère? Il défit ses valises, se lava le visage, changea de chemise et avala deux scotches.

En remettant de l'eau dans le bac à glace, il se rendit compte que le réfrigérateur était plein. Décidément, elle avait pensé à tout. La garce avait pensé à tout, avant de quitter sa cage à poules, pour retrouver son univers superficiel en Europe.

Il entra dans une pièce, puis dans une autre, au hasard. Ses pensées volaient en éclats, tels des débris d'explosion. Rien n'avait de consistance, rien ne formait un tout. Pourquoi ne l'avait-il pas soupçonnée? Cette pensée l'obsédait. Comment avait-il pu être totalement dupé? Il se rappelait ses lapsus, sa façon de les rattraper très vite, certains comportements, des trous de mémoire. Non, il n'arrivait pas à comprendre. C'était pourtant un observateur entraîné, habitué à rassembler les faits et à les analyser. Avec quelle facilité incroyable il s'était laissé avoir! C'était incompréhensible. A quoi se raccrocher, maintenant? Il n'avait plus que sa maison, ses enfants. Il lui fallait les voir le plus vite possible; en eux, au moins, il avait confiance.

Il partit tôt chez les Goodman. Il conduisit lentement le long des rues bordées de neige. Comment aborder le sujet sans faire de peine, sans traumatiser à jamais?

« *J'ai quelque chose à vous dire, à tous les deux; ce n'est pas facile; pas agréable... Asseyez-vous, oui. Tous les deux. Je veux vous parler de votre mère... Voilà, il y a quelque temps, votre mère a eu un accident... Non, non, pas de bicyclette. Rappelez-vous, le yacht, en Europe; celle qui vivait là-bas, celle qui a eu l'accident de vélo... celle qui a vécu ici, qui s'est fichue de nous, parce qu'on l'aimait, qu'on avait besoin d'elle, alors qu'elle, elle s'amusait...* »

Comment un homme pouvait-il parler ainsi à ses enfants?

Il ramena Penny et Cliff. Tous trois s'assirent dans le coin-repas. Ils prirent une glace et des bretzels.

– Maman pense que ça ne va pas très bien ensemble, dit Cliff, mais j'aime bien.

– C'est plutôt la glace et les cornichons au fenouil qu'elle n'aime pas, dit Penny. Et je crois qu'elle a raison.

– C'est vrai, avoua Cliff. Papa, peut-on lui téléphoner à Londres?

– Non.

– Pourquoi? Tu l'appelais tous les soirs après la mort de tante Sabrina.
– C'était différent.
– Pourquoi?
– Elle avait beaucoup de chagrin...
– Peut-être qu'elle est très malheureuse, peut-être qu'on lui manque?
– Non, Cliff.
– Mais pourquoi? Ça coûte cher?
– Plus d'un dollar la minute. Tu veux payer la communication?
– Oui, si toi, tu ne veux pas; si c'est la seule façon de parler à maman.
– Papa, dit Penny, pourquoi es-tu furieux? Es-tu en colère contre maman? Est-ce la raison pour laquelle tu es rentré plus tôt que prévu? Elle aussi, elle est fâchée?

Du plus profond de la colère de Garth se dégagea une pointe d'humour nostalgique. D'abord, il était fier de l'intelligence de ses enfants, ensuite, il s'apercevait qu'ils lisaient en lui. Mais comment ces enfants intelligents ne s'étaient-ils pas rendu compte que cette femme n'était pas leur mère? Parce qu'ils étaient innocents et confiants. Elle en avait profité.

– Papa.
– C'est vrai Penny, je suis fâché. Je vais vous dire pourquoi.

Il chercha une façon de commencer. Ses enfants le regardaient, attentifs, intrigués. Ils commençaient à se poser des questions. Il y eut un silence pesant; Garth était incapable de prononcer la moindre parole. Finalement, il ouvrit les mains et les laissa tomber, en signe de résignation. Non, c'était impossible. Plus tard, peut-être; ce n'était pas encore le moment.

– Je ne suis pas content, parce que votre mère est à

Londres au lieu d'être ici, avec nous. Elle pense qu'elle doit rester là-bas longtemps, pour faire le point.

– Mais elle l'a déjà fait, dit Penny en se mordant les lèvres. En Chine.

– C'est vrai. Rappelez-vous, quand on a abordé ce sujet, je vous ai dit que, souvent, les gens ont besoin de s'évader de leur routine quotidienne pour reconsidérer leur vie. Mais, parfois, il est nécessaire de renouveler l'expérience.

– Quand nous en avons parlé, tu as dit que tu n'allais pas divorcer.

Garth se sentit blessé à mort. Il serra les dents. Ce n'était pas un divorce, mais une véritable opération chirurgicale. Il s'agissait de couper, couper définitivement les ponts entre elle et eux.

– Nous n'avons jamais parlé de divorce, Penny. Oh, mais il est tard! N'avez-vous pas de travail?

– On l'a fait, cet après-midi, dit Cliff. Maman va-t-elle revenir?

– Je ne sais pas.

– Oui, elle va revenir, hurla Penny, oui, je sais qu'elle va revenir! Tu mens!

– Je ne mens pas! dit Garth, d'un ton un peu trop ferme. (Sa voix se fit plus douce; il fallait qu'ils comprennent :) Penny, parfois on peut commettre une action qui ne te semble ni juste ni sensée, mais cela ne signifie pas qu'on ait tort. Ta mère et moi... nous nous sommes disputés... elle a pensé qu'elle devait retourner à Londres quelque temps. Tu savais qu'elle allait partir, qu'elle devait s'occuper des affaires de sa sœur. Elle va rester un peu plus longtemps que prévu, c'est tout...

– Combien de temps?

– Je ne sais pas.

– Si, tu sais! Maman et toi, vous avez pris une

décision, et tu mens! Ce n'est pas juste, personne ne nous a demandé *notre* avis, à Cliff et à moi; pourtant, nous vivons sous ce toit, et c'est *notre* mère; je vais lui dire que nous attendons son retour, et tu ne pourras pas m'arrêter!

Elle sortit en courant de la pièce et monta dans sa chambre. Cliff regarda son père. Il lui parla posément, faisant soudain preuve de maturité.

– Elle va revenir, n'est-ce pas? Enfin... tu as dit que tu ne savais pas, c'est peut-être parce que les hommes de science n'affirment jamais rien sans certitude absolue?

– Exact. C'est le propre des hommes de science.

– Papa! (Cliff était au supplice.) Papa, *toi*, tu *veux*, n'est-ce pas, qu'elle revienne?

– C'est... compliqué, Cliff. Je ne peux te donner une réponse simple.

Cliff avait les mâchoires serrées.

– Tu me racontes des mensonges.

– Ça suffit! Je ne te parle pas de cette manière et je souhaiterais en retour la même courtoisie. A ton avis, je suis ravi de ce qui arrive? Malheureusement, il y a des événements que je ne peux maîtriser. Tu peux comprendre cela? Si tu es assez grand pour dire à ton père qu'il raconte des mensonges, tu es assez grand pour comprendre que *je ne peux maîtriser ces événements.*

– Oui, mais tu ne peux pas nous en vouloir, si tu fous ta vie en l'air! (Choqué par ses propres paroles, Cliff recula.) Excuse-moi, papa, excuse-moi. Ce n'est pas ce que je voulais dire.

Garth sentit tout son univers s'écrouler. Jamais ses enfants ne lui avaient parlé ainsi; Stéphanie ne l'aurait jamais admis. Elle maintenait l'harmonie familiale. Maintenant, tout partait à la dérive... Elle était le pilier de leur foyer. Il bredouilla quelques mots puis capitula. Il repoussa sa chaise et alla chercher à boire.

– Papa?

– Oui, Cliff.

– Aimes-tu maman?

Dans le silence, on entendait le bruit obsédant de l'horloge électrique et du réfrigérateur.

– Tu vois, dit Garth, quand nous nous sommes mariés, ta mère était si belle que tout le monde la regardait. Ils pensaient que j'étais le type le plus heureux de la terre. Quand nous sommes venus nous installer ici, que vous êtes nés...

– Pourquoi ne réponds-tu pas à ma question? hurla Cliff. *Nous,* nous l'aimons; pourquoi pas toi? Elle, elle t'aime. Qu'est-ce qui ne va pas? Oh, merde! (Il essuya ses yeux.) Et puis, je n'ai pas envie d'en discuter. Je vais écrire à maman. Je suppose que ça non plus, ça ne te fait pas plaisir.

« Il faut couper définitivement les ponts, pensa Garth, ce qui implique aucune communication. »

– Je crois que nous devrions la laisser seule, sans aucun contact avec nous. Peut-être est-ce ce qu'elle désire?

– Comment pourrais-tu le savoir? Tu te moques pas mal de ce qu'elle désire. Et puis, tu m'as dit que les hommes de science ne devraient prendre aucune décision tant qu'ils n'ont pas tous les éléments en main. Maman ne devrait-elle pas posséder tous ces éléments également?

– Lesquels?

– Que nous l'aimons. Que nous voulons qu'elle revienne. Et... dit-il dans un élan d'inspiration, si elle ne revient pas, nous irons à Londres la chercher! (Tiraillé entre sa colère et son amour pour ses enfants,

Garth essaya de prononcer quelques paroles, mais rien ne sortit.) Bon, dit Cliff, enhardi par le silence de son père, je ne comprends pas tout, mais je vais écrire à maman. Penny et moi, nous pouvons poster nos lettres tout seuls. Je peux même lui téléphoner, un de ces jours, avec mes économies.

– On en reparlera demain, tu veux bien, Cliff?

– D'accord, mais on va quand même lui écrire ce soir.

– Bon, je monterai vous dire bonsoir.

« Garce, sale garce. » Il ressassait ce mot. Tout seul, assis dans la cuisine, il se versa à boire. « Regarde ce gâchis. Ils accuseraient mieux le coup s'ils savaient que tu es morte. »

Mais *qui* était morte? Il n'en savait rien.

Le lendemain, Nat lui téléphona à son bureau.

– Je viens d'apprendre que tu étais de retour. Tout s'est bien passé? Et la réunion?

– Je n'y suis pas allé. Il y a eu un contretemps.

– Et Stéphanie? Rien n'a changé pour elle?

– Non.

– Elle est à Londres?

– Oui.

– Quand revient-elle?

– Elle ne revient pas.

– Elle... quoi? Que veux-tu dire?

– Elle reste là-bas. Nat, je préfère ne pas en parler.

– Dolorès va me poser des questions.

– Pardonne-moi; Dolorès, c'est ton problème, pas le mien.

– Exact. J'ai quelques jours de vacances, la semaine prochaine; on pourrait aller à la pêche au trou (1).

(1) La pêche au trou consiste à percer la glace pour y plonger une ligne. Attirés par l'air, les poissons affluent. Elle se pratique beaucoup dans le nord de l'Amérique et au Canada. *(N.d.T.)*

– Tu veux prendre des vacances pour moi?

– D'accord. Mes malades survivront. Si on se mettait au vert, peut-être verrait-on les choses sous un angle différent?

– Je ne veux pas laisser Penny et Cliff.

– Pour un jour ou deux?

– Nat, laisse-moi m'habituer à élever mes enfants seul.

Il y eut un silence.

– Bon. Si tu venais dîner à la maison? Dolorès va te le proposer.

– Vous allez venir tous les deux. Je préparerai un petit truc. N'importe quel idiot en est capable.

– Dolorès préférerait t'inviter et te faire la cuisine.

– Et moi, je préfère le contraire. Dis-lui que je l'appellerai sous peu. Nat... merci.

Les jours s'écoulèrent. Des amis téléphonèrent pour savoir quand Stéphanie serait de retour; au club de la faculté, à la bibliothèque, même à l'épicerie, on lui posait la même question.

– Elle doit se sentir perdue à Londres, dit Linda, en invitant Garth et les enfants à dîner. Je suis perdue, moi aussi, sans elle. Nous avons une affaire qui se présente, j'ai besoin d'elle. Elle va revenir vite? Oh, sans doute! on approche de Noël.

A tous il répondait qu'il ne savait pas.

Le soir, dans le silence de sa chambre, il entra dans une colère noire. « Menteur, lâche. Tu perpétues le mensonge. Combien de temps vas-tu garder le secret? Qui es-tu pour parler de duperie, alors que tu es aussi coupable qu'elle? »

Il entendit Penny et Cliff chuchoter dans leur chambre; ils écrivaient une lettre à Londres.

« Tous les trois, Sabrina, Stéphanie et moi, nous sommes de plus en plus empêtrés dans le mensonge, au fur et à mesure que le temps passe; un jour, pourtant, il faudra bien avouer... et infliger de la peine à ceux que nous aimons. » Maintenant, il commençait à comprendre.

Le soir, dans son lit, il sentit des fantômes errer dans la pièce : le parfum de ses vêtements, ses éclats de rire, le souvenir d'une femme qui était devenue sa lumière, sa vie. Il resta immobile, au bord du lit, car au moindre mouvement, son cœur s'embrasait, sa tête était prête à exploser.

Soudain, il oublia sa colère, tendit inconsciemment les bras pour attirer son corps contre le sien. Il la sentait, il s'entendait prononcer des mots d'amour. Son souffle chaud effleurait son corps, elle lui murmurait : « Je t'aime. Je t'aime. »

Mais ses bras ne trouvèrent que le vide, des draps froids et rêches. Il rejeta les couvertures, bondit du lit, enfila une robe de chambre, et resta assis pendant des heures devant les cendres du feu de cheminée, dans le salon. Il essaya de lire. Mais des souvenirs l'assaillirent : tous deux, assis là, avec un livre, levant parfois les yeux pour échanger un regard, dans un silence si profond qu'ils semblaient seuls au monde...

La solitude lui pesait. Il ferma son livre, contempla le spectacle qui s'offrait à lui : un feu de cheminée éteint, mort. Les souvenirs le harcelaient. Un abîme s'ouvrait à lui : la peur de l'inconnu.

Il avait du mal à dissocier son épouse de la femme avec laquelle il vivait depuis trois mois. Veuf, après douze ans de mariage. Comment pouvait-il en pleurer une, alors qu'il venait de perdre l'autre?

« Qui pleures-tu, demanda-t-il à son ombre, qui se reflétait dans la vitre du salon. Ta femme morte? Morte deux fois. Une fois sur la côte méditerranéenne, une autre fois à l'hôtel, à New York. Deux femmes différentes. L'une m'a quitté; l'autre, le plus normalement du monde, a pris sa place, joué avec nos vies, et gardé le secret trop longtemps. Elle aurait dû révéler la vérité beaucoup plus tôt. »

Elle avait bien dit qu'elle voulait mettre un terme à cette mystification. A ce simulacre. Alors pourquoi ne l'avait-elle pas fait?

Garth, debout devant la fenêtre, percevait les globes diaphanes des lampadaires victoriens, perdus dans la brume. Il ne se sentait pas capable de dire la vérité aux enfants. S'était-elle trouvée devant le même dilemme? Avait-elle vainement essayé? Puis remis à plus tard? Il l'ignorait. Mais il était sûr d'une chose. Sa femme avait désiré plus qu'un simple voyage. Oh oui! maintenant, il le savait. Elle avait désiré se retrouver seule, libre, sans attaches, loin de son mari, de sa famille. Le temps qui lui convenait. Elle n'était pas pressée de rentrer. Après tout, sa sœur avait comblé le vide.

Pourquoi n'était-elle pas venue vers lui, lui parler, chercher une solution, au lieu de le planter là et de tenter une expérience qui l'excluait, lui, son mari, totalement?

Parce qu'il ne l'aurait pas écoutée, il aurait vu là un autre exemple de son mécontentement chronique. Il savait que Stéphanie en avait assez de lui, de son travail à l'université et de son salaire, d'Evanston, de la vie qu'elle menait, comparée au rythme effréné de la vie brillante de Sabrina à Londres. Il l'aurait accusée de vouloir être Sabrina.

Et il aurait eu raison. Parce que c'était exactement ce qu'elle désirait. Et finalement, elle avait eu ce qu'elle voulait. La vie de Sabrina, offerte sur un plateau, une demeure, la richesse, les soirées mondaines, le statut social, des amis... des amants.

La tristesse qu'il éprouvait se transforma peu à peu

en colère. Mais, en même temps, ses pensées se tournaient vers Sabrina. *Stéphanie* avait eu l'idée de cet échange. Sabrina était-elle venue à Evanston par jeu, ou pour rendre service à sa sœur? Pour la première fois, il se posait la question.

Le lundi, il rentra de l'université au moment même où Penny et Cliff arrivaient. Ils découvrirent ensemble l'étrange colis venant de Londres, sous le porche. Garth les observa. Fous de joie, ils défirent les nœuds, arrachèrent la large bande de papier gommé et déchirèrent l'emballage.

– Oh, papa! dit Cliff, muet de stupeur. (Il souleva le bouclier. Il le regarda sous tous les angles, glissa son bras dans la courroie pour protéger son corps.) Je vais le suspendre au mur de ma chambre, d'accord?

– Regarde, regarde! bredouillait Penny. (Elle étala toutes les feuilles de dessin aux diverses couleurs en cercle autour d'elle avec la boîte de peinture à l'huile, au centre, à côté des pinceaux japonais et des bâtonnets d'encre de Chine.) Maman savait, elle savait exactement ce que je voulais, je ne lui ai jamais parlé de l'encre de Chine, mais elle savait. Oh, papa, regarde! mais regarde tout ce qu'elle m'a envoyé, toutes ces variétés de papiers, regarde, touche le bord de ces feuilles... Oh, regarde! c'est pour toi.

Garth prit l'enveloppe du bout des doigts. Son nom y était inscrit. Penny le força à la prendre. Lentement, il l'ouvrit, et lut le bref message : « ... Je t'en prie, laisse-moi tenir ma promesse. C'est la dernière faveur que je te demande de m'accorder. »

Les mots dansaient devant ses yeux. Il entendait sa voix, imaginait sa bouche; il voyait l'éclat de ses yeux lorsqu'elle regardait les enfants. *Elle les aimait.*

23

Alexandra, à son retour de Rio, vint directement chez Sabrina, à l'heure du thé. Elle ne dissimula pas sa curiosité.

– J'ai entendu dire que vous restiez parmi nous, définitivement, que vous avez eu une conversation plutôt animée avec Nicholas, que, maintenant, il est votre associé, et que vous avez dîné deux fois de suite avec un bel inconnu, à l'allure distinguée.

Sabrina éclata de rire. Quel contraste avec les deux semaines qu'elle venait de passer à se morfondre! Elle avait cru que tout son univers s'était écroulé; pourtant, certaines choses demeuraient; Alexandra était là pour le prouver.

– Il s'appelle Dimitri Karras; il m'a cachée dans une cave lorsque j'avais onze ans.

Le regard d'Alexandra s'illumina.

– Vous aviez commencé cette belle histoire à votre anniversaire. Aurai-je la chance de savoir la suite? Ou est-ce comme celle que vous n'avez jamais terminée, le jour où Scotland Yard a fait irruption ici?

– Celle-là, je vous promets de la finir. Combien de temps comptez-vous rester à Londres?

– Suffisamment pour fermer l'appartement d'Antonio, mettre un terme aux calomnies...

– Ce que vous réussissez admirablement.

– ... aller faire mes courses chez *Harrod's*, *Zandra Rhodes*, *Fortnam and Mason*.

– N'y a-t-il pas de magasins à Rio?

– Chérie, si vous connaissiez les magasins de Rio! On trouve absolument tout. Mais je veux Londres, et ce n'est pas Londres. Je suppose que je m'y habituerai, mais, entre-temps, s'il m'est possible de faire mes achats ici et de les expédier de l'autre côté de l'océan, pourquoi m'en priver? Le mariage de Gabrielle et Brooks vous laisse-t-il assez de liberté pour m'accompagner faire des courses?

– Alexandra, y a-t-il quelque chose, à mon sujet, que vous ne sachiez pas?

– Oui. Ce que l'on ressent quand on quitte deux enfants qu'on laisse aux Etats-Unis avec leur père. (Sabrina posa sa tasse, d'une main tremblante. Tout le monde en parlait, de façon détournée, ou avec précaution.) Ils doivent vous manquer, ma chérie; comme ce doit être difficile pour vous...

Mais personne ne lui décochait de tirs aussi directs; personne ne l'avait poussée dans ses derniers retranchements. Personne ne savait que les lettres de Penny et Cliff étaient sur sa table de chevet, qu'elle les lisait et relisait, le soir, qu'elle y répondait en pensée, mais jamais par écrit, car elle n'avait pas la permission de Garth.

– Je ne révèle jamais mes sentiments, dit-elle.

– Je sais, chérie; sinon, j'en aurais entendu parler. J'ai pensé que vous auriez besoin de vous confier. Sabrina et moi, nous n'abordions pas non plus les sujets personnels, mais, lorsqu'on s'est dit au revoir, juste avant cette satanée croisière, elle m'a embrassée. J'ai été surprise; ce n'était pas dans ses habitudes; j'ai eu un mouvement de recul. Je crois que je l'ai blessée; elle l'a fait avec sincérité, et je l'ai repoussée. J'y ai repensé quand elle est morte. C'est la raison pour laquelle je garde ma maison; je serai contente de la retrouver quand nous viendrons à Londres. Antonio préférerait conserver son appartement, mais je ne veux pas vendre ma maison; c'est aussi celle de Sabrina. Au fait, j'y pense... Je vais vous présenter des gens, pour votre plaisir, pour vos affaires, aussi; je vais vous aider à démarrer, à moins penser à vos gosses.

– Oh, je n'ai qu'un seul désir, rester seule, au calme.

– Vous ressassez vos pensées. C'est mauvais. Allez-vous les voir bientôt?

– Ah! Vous ne capitulez pas!

– Allons, allons, je sais qu'ils vous manquent. Et votre beau mari, légèrement vieux jeu? Vous ne voulez vraiment pas me confier vos tracas?

– Impossible. Le fait même d'en parler m'est douloureux. J'ai mal tout le temps. Ils me manquent. En parler n'apporte rien. Ce que je veux, c'est les avoir près de moi, me trouver dans cette maison, là-bas, avec ceux qui m'aiment et ont besoin de moi... Oh! Bon sang, c'est parti! J'ai commencé, et maintenant, je ne peux plus m'arrêter. Voulez-vous un peu de thé? Je reviens dans une minute.

– Non, non, restez. Mon Dieu, excusez-moi, je ne me doutais pas... Mais pourquoi êtes-vous partie?

– Il le fallait.

– Il vous a mise dehors?

– Il fallait que je parte. Je n'avais pas le choix. Je ne peux plus ni retourner là-bas ni en parler.

Elle sentit un frisson parcourir son corps. Alexandra s'empressa d'ajouter :

– Chérie, je ne savais pas. Je ne vous en reparlerai pas. Je ne connais personne qui éprouve ces sentiments envers sa famille; la plupart de mes amis laissent ce soin aux serviteurs ou envoient leurs enfants en pension. A vrai dire, je trouve cela plutôt épouvantable. Je ne suis pas sûre de vouloir fonder une famille si cela implique tant de souffrances.

Malgré elle, Sabrina se mit à rire.

– Tout dépend de vous.

Elles s'assirent dans un silence amical.

– Bien, dit Alexandra, parlez-moi de Dimitri et de sa cave. Comment pouvez-vous aller dîner avec lui et rentrer tranquillement chez vous, seule?

– Dimitri est un ami.

– Moi aussi.

– Alors, je vais dîner avec vous, également.

– Cela me ferait plaisir. Je souhaiterais qu'on ait plus de temps; j'éprouve ce sentiment inexplicable de vous connaître depuis des années, à cause de Sabrina; maintenant, j'aimerais faire plus ample connaissance. Que vais-je faire au Brésil, sans vous? Venez à mon mariage! Acceptez-vous? J'en serais si heureuse! Mon bonheur ne sera pas total si vous n'y assistez pas.

– C'est à quelle date?

– La veille ou le jour de Noël, selon les vœux des Guaranis. Pour se marier, il faut attendre la permission d'un groupe d'Indiens qui doivent consulter les étoiles, la lune, la forme des nids de fourmis, ou je ne sais quoi! Vous pensez que je suis folle?

– Non, je crois que vous faites exactement ce que vous voulez.

– Vous êtes la seule à avoir suffisamment de bon sens pour me dire cela et ne pas me demander si je suis amoureuse. Dites-moi que vous viendrez au mariage.

– C'est impossible, Alexandra. Je n'ai pas envie de bouger, tant que je ne me serai pas ressaisie.

– Evidemment, c'est ce que je pensais. Mais serez-vous ici chaque fois que je viendrai à Londres?

– Où donc irais-je?

– En Amérique, avec votre mari et vos enfants.

Le sourire s'évanouit du visage de Sabrina.

– Non, je serai là. Heureuse de vous voir. J'espère que vous viendrez souvent.

– Aussi souvent que possible. Si vous changez d'avis, venez au mariage sans prévenir.

– Non, je ne changerai pas d'avis. Mais je vous souhaite beaucoup de bonheur et je tiens à vous embrasser. Cette fois, vous n'aurez pas, j'espère, de mouvement de recul!

Elles échangèrent un regard.

– Voyez-vous, chérie, si je vous voyais pour la première fois, je ne pourrais vraiment pas dire si vous êtes Sabrina ou Stéphanie.

– Je sais. C'est ainsi.

D'autres lui dirent la même chose; des invitations affluèrent, venant de gens qui déclaraient que Stéphanie avait pris la place de Sabrina avec un tel panache qu'elle était l'attraction de la saison.

Mais un événement supplanta tous les autres. Le 17 décembre, à la une du *Times* de Londres, parut un article sur des vols d'objets d'art et les complices des faussaires, écrit par Michel Bernard, illustré par Jolie Fantome. L'article parut simultanément dans l'édition internationale du *Herald Tribune* de Paris, dans le *Die Welt* en Allemagne, et le *New York Times.*

Quelques heures après sa parution, le bruit se répandit partout : les restaurants, les clubs, les boutiques, les galeries d'art et les boutiques d'antiquaires à Londres. Sabrina fut réveillée à l'aube par un coup de téléphone intempestif de Nicholas; il se rappelait avoir vu les noms de Westbridge Imports et Rory Carr figurer sur les livres de comptes des *Ambassadeurs.*

– Je ne vous demande qu'une chose, Stéphanie, sommes-nous impliqués? Mon magasin ne l'est pas. Je me rappelle avoir rencontré ce Carr à maintes reprises, mais je ne lui ai jamais rien acheté. Sabrina oui; il y avait plusieurs porcelaines notées...

– Quelles sortes de porcelaines, Nicholas?

Il lut les descriptions : des danseurs, des animaux, des figurines, des oiseaux. Pas de cigogne de Meissen. Bien entendu, les factures avaient été détruites, peu de temps après que la cigogne eut été brisée. Quelque part, dans les livres de Westbridge, *Les Ambassadeurs* figuraient comme des douzaines d'autres galeries, mais l'article de Michel et Jolie ne mentionnait pas *Les Ambassadeurs*. Il n'y avait aucune raison pour que la boutique soit mêlée à cette affaire. Personne ne s'intéressait à un détail aussi infime, alors que l'événement faisait la une de tous les journaux : « Mort du milliardaire Max Stuyvesant, à la collection impressionnante d'œuvres d'art, son réseau de contrebande démantelé, meurtre en Méditerranée, plusieurs personnes tuées, dont la belle lady Sabrina Longworth. »

– Nous ne sommes pas impliqués dans l'affaire, dit Sabrina. Les porcelaines que ma sœur a achetées à Westbridge sont authentiques; elle m'a dit qu'elle en a vérifié la provenance.

– Vous en êtes vraiment sûre? Je ne voudrais pas faire pression sur vous, Stéphanie, je sais que tout cela évoque d'affreux souvenirs...

– Nicholas, je vous le répète, nous ne sommes pas impliqués, il n'y a aucun danger. Mais les rumeurs peuvent être fatales; si je vous entends une seule fois mettre en doute la réputation ou l'intégrité des *Ambassadeurs*, je n'hésiterai pas à dénoncer votre contrat et à racheter vos parts. Vous devriez ainsi avoir l'esprit tranquille.

– Grand Dieu, Stéphanie, je n'ai pas voulu dire... J'avais confiance en Sabrina; je l'admirais. Mais elle était sur le yacht. Il fallait que je m'assure...

– Maintenant, c'est fait. Alors, je ne vois pas l'utilité de poursuivre cette conversation.

– Bien sûr, bien sûr. Resterez-vous au magasin, aujourd'hui?

– Oui.

Elle passait ses journées dans son bureau. Peu à peu, elle reprenait contact avec le monde des affaires, feuilletant les dossiers des trois derniers mois, vérifiant les achats et les ventes. Il lui semblait errer dans un univers irréel, entre le passé et le futur. Elle érigeait une barrière entre son travail, sa vie et le souvenir d'une sœur, d'un mari, d'enfants, d'un foyer. Elle vivait au jour le jour. Faire des projets signifiait admettre que la porte était définitivement close sur le passé. Elle avait conscience de la réalité, mais, cependant, il lui était plus facile de vivre dans le présent.

Olivia Chasson faisait partie du présent; elle téléphona pour l'inviter à dîner.

– C'est une simple soirée; j'étais l'amie de Sabrina. J'aimerais vous connaître aussi bien qu'elle.

– Je suis désolée, ce soir, je dîne avec un ami...

– Amenez-le, très chère; je suppose qu'il ne verra aucun inconvénient à passer la soirée avec nous?

Sabrina traduisit en silence : « Est-il de notre milieu? »

– Il s'appelle Dimitri Karras...

– Oh, de la Banque internationale. Nous avons fait connaissance aux obsèques de Sabrina; nous avons beaucoup d'amis communs. Amenez-le donc.

Il y avait quatorze invités chez Olivia, dans sa maison, près de Belgrave Square. Avides d'informations, ils accueillirent Sabrina chaleureusement. Les condoléances furent vite expédiées; le scandale des faussaires les intéressait bien davantage; la suite de l'article avait paru dans le journal du matin. Ils en parlèrent avec cette jouissance que l'on ressent devant la chute des puissants, mais aussi avec circonspection.

Tous collectionnaient les œuvres d'art, les objets anciens, et personne ne savait quelles révélations se cachaient derrière les futurs articles de Michel Bernard.

Pendant le repas, ils abordèrent le problème avec Stéphanie. Ils lui posèrent mille questions. Elle fit des réponses évasives, décrivant les variétés d'argiles, de vernis, de peintures, de modèles. Elle expliqua comment les rayons ultraviolets pouvaient parfois, mais pas toujours, détecter une couche de vernis fausse ou double; ils étaient de moins en moins fiables, à cause des nouveaux produits sophistiqués.

– Je crois qu'il faut se fier à l'instinct, dit-elle. Si on étudie le détail, on reconnaît très vite le style et le traitement, ce qui permet souvent de distinguer l'original de la copie... (Elle marqua un temps d'hésitation, une fraction de seconde, puis continua sur le même ton.)... en les examinant de près. D'habitude, cependant, nous commençons par vérifier la provenance d'un objet, à la recherche du petit détail qui va nous aider à dire à nos clients si l'œuvre d'art est authentique ou fausse. En fait, à la longue, on finit toujours par détecter un faux.

Sa voix claire, douce, avait capté l'attention des invités.

– Fascinant! fit quelqu'un, tandis qu'elle écoutait l'écho de ses paroles. Ce n'était pourtant pas la spécialité de Max, n'est-ce pas?

Dimitri posa sa main sur le bras de Sabrina, mais elle n'en avait pas besoin. Elle redressa la tête et toisa les invités.

– Je ne ferai aucun commentaire sur Max Stuyvesant ou ses activités.

– Ah, vraiment! dit la même voix.

Mais des murmures indignés l'interrompirent.

– Ne soyez pas aussi stupide; sa sœur...

– Il y a à peine quelques semaines...

– C'est vraiment idiot de votre part d'évoquer tous ces souvenirs.

Olivia, d'un ton ferme, fit taire les invités.

– Stéphanie est mon hôte; elle n'a pas été engagée pour une expertise. Nous sommes heureux de l'accueillir à Londres. (Elle se tourna vers Sabrina, à sa droite :) Ma chère, cessez de répondre à leurs questions. Un peu plus de vin?

Sabrina et Dimitri échangèrent un sourire.

– Vous m'avez interdit de vous répondre, dit-elle à Olivia.

Sa réponse déclencha l'hilarité générale; quelqu'un posa des questions sur le nouveau jeu à la mode à Monte-Carlo; Dimitri décrivit à Sabrina la villa qu'il venait d'acheter dans les faubourgs d'Athènes, près de celles de ses sœurs et de leur famille. Elle l'écoutait en silence, détendue. Elle lui était reconnaissante de l'avoir accompagnée. Il lui rappelait Garth, par son calme; il était toujours prêt à l'aider, quand elle en avait besoin, mais ne s'imposait jamais. Jusqu'à la lueur qui brillait dans ses yeux... Mais non, nul regard n'avait l'éclat du regard de Garth.

– Ma villa est très belle. Il en émane un parfum de fleurs, de thym et d'origan. On n'entend pas le moindre bruit, personne ne parle d'affaires. Il y a de la musique, des histoires de dieux et de déesses, à la gloire du passé. Nous prétendons que le présent n'existe pas. Accepterez-vous un jour d'y venir?

Elle sourit.

– Peut-être...

Après le café et le cognac, Olivia invita Sabrina et Dimitri à visiter sa galerie d'art.

– Je voudrais l'agrandir et repenser la décoration,

dit-elle. Lui donner également un meilleur éclairage. J'aimerais que vous vous en occupiez, Stéphanie. (Ils restèrent devant la porte, à regarder la longue salle voûtée.) Sabrina m'a harcelée pendant des années pour que je la modernise, mais jusqu'à présent, je m'en moquais. Seulement, avec mes nouvelles sculptures, c'est une nécessité.

– Comment sont vos sculptures? demanda Dimitri.

– Modernes. Elles ont trois, cinq et sept mètres de haut. A vrai dire, elles ressemblent à la vision cauchemardesque d'un plombier ou à l'élucubration d'un charpentier ivre, mais cela dit entre nous. Les experts appellent ça de l'art et affirment que ce sont de bons investissements. Un musée de Boston a déjà proposé de leur donner le nom de collection Chasson, si je la leur lègue. Que feriez-vous, à ma place?

– Laissez tomber le musée, suggéra Dimitri. Construisez l'aire de jeu Olivia Chasson. Les enfants pourront s'y amuser.

Olivia éclata de rire et posa la main sur son épaule.

– Vous financez le projet; Stéphanie fera les plans.

– Et lui donnera un nom, dit Sabrina : « Cacher et chasser ».

Dimitri pouffa de rire. Bon jeu de mots sur le nom d'Olivia!

– C'est la traduction intégrale de l'anglais « cache-cache », dit-il, tandis qu'Olivia continuait de rire de bon cœur.

– Magnifique, dit-elle, magnifique. J'ai l'impression quc Sabrina est toujours là. Vous pouvez commencer les travaux après le Nouvel An, ma chère Stéphanie.

Elle retourna vers ses invités, répétant joyeusement le jeu de mots en français.

Dimitri prit la main de Sabrina.

– Quelle femme insensible! Elle a l'impression que Sabrina est toujours là.

– Elle n'a pas tort, dit Sabrina, s'écartant légèrement et commençant à arpenter la galerie d'art. Avec seulement une légère interruption, elle a, devant elle, une femme qui est son double, la traite d'égale à égale et va l'aider à redécorer sa maison. Que pourrait-elle désirer de plus?

– Quelqu'un de réel.

– Vraiment? La plupart des gens se contentent de l'apparence...

Dimitri la suivit; ils contemplèrent la collection Chasson de toiles françaises et allemandes.

– J'aimerais vous connaître davantage, si vous me le permettez. Vous êtes une femme exceptionnelle. (Sabrina remarqua le portrait songeur d'un marchand de laine, mort depuis longtemps. Puis, elle se tourna vers Dimitri, au regard vif et chaleureux.) Nous avons dîné ensemble trois fois, dit-il, et nous ne nous connaissons pas mieux que la première fois.

– J'espère que nous serons amis, dit-elle doucement.

– Amis, bien entendu. Je veux bien plus, vous le savez. Mais je ne suis pas pressé.

– Que d'égards! murmura-t-elle, un peu sèchement. Je suis encore mariée.

– Ce n'est pas nécessaire de me le rappeler. Vous aimez encore votre mari.

Son sang se glaça. Elle fit demi-tour.

– Nous n'avons pas besoin d'aborder ce problème.

– Je vous en prie! (Il posa la main sur son bras.) Excusez-moi, il y a une telle différence entre nous;

vous me considérez comme un ami; moi, en un sens, j'ai passé ma vie à penser à vous. Depuis ce jour mémorable, vous m'avez marqué. Je ne vous ai jamais oubliées, ni vous ni votre sœur.

Ils flânèrent un long moment; Sabrina se détendit. Dimitri parla de lui, surtout du reporter qui les avait « adoptés », lui et ses sœurs, après les avoir photographiés à l'ambassade.

– Il n'avait pas d'enfant, nous sommes devenus sa famille. Il a fait obtenir à mon père un nouvel emploi, nous a envoyés à l'école, m'a aidé à décrocher une bourse pour Cambridge; il a même essayé de me trouver une femme. (Il sourit.) Sur ce point, il n'a pas réussi. (Ils arrivaient à l'extrémité de la galerie.) Je sais que je fais partie de votre passé, reprit Dimitri, mais vous devez comprendre que, vous et votre sœur, vous avez hanté mes rêves depuis mon enfance, votre souvenir m'a poursuivi, tout le long de ma vie; vous resurgissiez, parfois, au moment où je m'y attendais le moins... Un jour, vous me pardonnerez d'avoir rêvé à vous, à certains moments... incongrus.

– Vous voulez dire, lorsque vous étiez avec d'autres femmes?

– Oui.

Sabrina n'écoutait plus. Il avait mis au jour son amour pour Garth, et ses paroles avaient fait rejaillir des souvenirs douloureux. Garth, ses caresses, ses lèvres sur les siennes, sa voix apaisante, ses yeux fous de désir, la chaleur de leurs corps après l'amour. Elle plongea dans un gouffre de solitude. Elle se sentit perdue.

« *Oh, mon amour, mon cher amour, tu me manques, j'ai besoin de toi, je ne peux supporter...* » Elle étouffa un cri de douleur, tout en écoutant Dimitri qui poursuivait :

– ... votre beauté et votre courage. Et votre énergie. Je crois que je vous ai toujours aimée, parce que vous avez été mon révélateur, lorsque j'étais enfant, et depuis, jamais personne n'a pu vous remplacer. J'ai toujours espéré vous retrouver un jour et vous faire partager mon rêve. Jamais je n'aurais pensé vous revoir dans des circonstances aussi tragiques. (Soudain, elle se sentit accablée devant son insistance à faire revivre le passé. « *Il faut que je m'en aille, je ne peux plus respirer, penser... Je veux voir ma sœur. Je veux voir ma famille. Je veux Garth.* ») Stéphanie, qu'y a-t-il? Qu'ai-je dit?

Elle essaya de sourire.

– On évoque trop le passé, alors que je suis censée construire une nouvelle vie. Si on rejoignait les autres?

– Attendez. Nous sommes amis, n'est-ce pas? Si je promets de ne pas parler du passé, me conserverez-vous votre amitié?

– Oui, bien sûr... (Pourquoi donc ne la laissait-on pas tranquille? Pourquoi essayaient-ils de la façonner selon leurs désirs? Ne pouvait-on pas la laisser seule, le temps qu'elle se ressaisisse? « *Seul Garth aurait pu me modeler selon ses désirs, parce qu'il n'a jamais rien exigé. Il n'a même rien demandé et ne le fera jamais.* ») Bien sûr, nous sommes amis, dit-elle, retournant vers les invités.

Elle l'oublia, au fur et à mesure que le mariage de Gabrielle approchait; les préparatifs l'empêchaient de trop penser à Garth; elle se concentrait sur les moindres détails qu'elle aurait très bien pu confier à Mme Thirkell.

Les premiers invités arrivèrent. Elle avait réussi à créer un décor à l'image de Gabrielle, mais elle ne parvenait pas à chasser Garth de ses pensées. Dans le salon, des bouquets d'orchidées mauves et des roses blanches venues des serres d'Olivia se reflétaient à la lueur des candélabres d'argent.

Cinquante invités, assis sur des chaises capitonnées de velours, écoutaient dans un silence recueilli un concert de musique de chambre.

– On dirait l'empreinte de Sabrina, répétaient sans cesse les invités. Vous avez parfaitement réussi à la faire revivre.

Gabrielle portait une robe de soie crème et une cape de satin ornée d'un galon crème et or. Elle se regarda dans la grande glace de la chambre de Sabrina.

– C'est ce qui se rapproche le plus du blanc, sans prétendre que je suis vierge. Mais je me sens d'une fraîcheur virginale. C'est idiot, n'est-ce pas?

– Non, dit Sabrina qui, elle, était vêtue de velours corail. Tu es belle. Comme si tu étais à l'aube d'une nouvelle vie.

– C'est exactement ce que je ressens! Comment diable as-tu... Oh, quelle imbécile! pardonne-moi, Stéphanie. Tu n'aurais pas dû prêter une oreille attentive à mes élucubrations sentimentales, alors que ton propre couple est...

– Gaby, j'écouterai tes élucubrations si tu me promets de ne pas parler de mes problèmes.

– C'est juste. Je me sens coupable de délirer devant toi.

– Bon, je cours donner mes dernières instructions à Mme Thirkell. Nous devrions démarrer dans cinq minutes.

Devant la cheminée du salon, Brooks jetait un regard détendu tout autour de lui. Un ami venu de Paris se tenait à ses côtés. Alexandra était assise au premier rang; le lendemain, elle devait s'envoler pour

Rio rejoindre Antonio; trois jours plus tard, la veille de Noël, ils seraient mariés.

« Autour de moi, je ne vois qu'idylles, pensa Sabrina. Pendant des années, personne ne s'est marié; tout le monde divorçait. Maintenant, ma maison déborde d'amour et de couples heureux. » Ces mots résonnaient au fond de son cœur; elle avait envie de renvoyer tout le monde, de s'enfermer dans la quiétude de sa chambre, d'étaler ses souvenirs, un par un, comme des photos qu'on ne peut décoller.

Bien assez tôt, ils s'estomperaient. Bien assez tôt.

Elle resta à côté de Gabrielle durant la cérémonie, écoutant les questions et les réponses traditionnelles, tout en pensant à Garth. « Je t'ai pris au moins cela, lui dit-elle, en silence. La cérémonie du mariage, sa dignité, son mystère, sa foi, c'est toi qui m'as insufflé ces valeurs. A tes yeux, j'ai tourné tout cela en dérision. C'est là, pour toi, le plus cruel. Je ne m'en étais jamais rendu compte, jusqu'à maintenant. J'aimerais tant que, toi et moi, nous soyons à leur place, prononçant ces paroles. Je te promettrais de construire avec toi un vrai foyer; ce ne serait pas une brève aventure. Je te promettrais mon cœur, ma main, mon amour, mais tu es si loin, si furieux... »

– Stéphanie, dit Alexandra, vous allez bien?

Elle se retourna. Brooks et Gabrielle, se tenant par le bras, mariés, accueillaient les invités. Elle s'excusa.

– J'étais totalement plongée dans mes pensées.

Alexandra passa son bras autour d'elle.

– Vous êtes pâle. Que puis-je faire pour vous?

– Aidez-moi à m'occuper de tout le monde et à réussir cette soirée.

– Je voulais dire, que puis-je faire pour vous rendre le sourire?

L'espace d'une seconde, Sabrina appuya son front

sur l'épaule d'Alexandra. Puis elle se redressa et sourit.

– Revenez souvent à Londres. Je me raccrocherai à cette idée. J'attendrai votre venue.

Elles descendirent superviser les festivités.

24

Garth se trouvait dans la bibliothèque de l'université, lorsque les gros titres du *New York Times* du 17 décembre attirèrent son attention. Il alla s'asseoir dans un fauteuil de la salle de lecture et dévora l'article. Puis il le relut depuis le début, lentement, cette fois. Son cœur battait. Là, en termes clairs, Michel Bernard racontait toute l'histoire des abus de confiance, des manœuvres, des rivalités, des sommes d'argent colossales engagées, des vols d'objets d'art et des faux, qui avaient conduit au meurtre de Max Stuyvesant. Et à celui de sa femme. Il le relut. Tout lui semblait irréel. Il lisait un article sur la mort de sa femme, mais son nom n'était même pas mentionné. Il apprenait qu'elle avait un amant qui n'avait même pas su sa véritable identité. Il lisait l'histoire de la vie et de la mort d'une femme qui lui était étrangère.

L'autre soir, il avait évoqué devant Cliff le jour où il l'avait épousée. Ces détails, au moins, étaient clairs dans son esprit. Il se rappelait leurs premières années de mariage; les enfants étaient jeunes, ils commençaient à former une famille. Mais lorsqu'il essayait de réfléchir aux événements de l'année écoulée, tout lui échappait. La seule image qui surgissait était celle de la femme avec laquelle il avait vécu, ces derniers mois.

Il ne pouvait même plus nier l'évidence : il l'aimait d'un amour passionné qu'il ne pouvait ni contenir ni effacer; pourtant, il luttait encore pour l'anéantir, nuit après nuit, faisant les cent pas, seul dans la maison, jusqu'à l'épuisement, dans la fraîcheur du salon. Quelle femme pleurait-il? Les deux. Il n'essayait même plus d'en rejeter l'idée.

Il tentait de l'oublier. Mais tant de personnes demandaient la date de retour de Stéphanie! Il menait une vie de reclus, loin de cet univers qu'elle avait construit avec soin; il s'était plongé dans son travail, rapproché de ses enfants. Il supervisait trois nouveaux projets de recherche au laboratoire, avait des rendez-vous quotidiens avec des architectes et des promoteurs pour l'institut de Génétique, faisait des plans avec Lloyd Strauss pour l'inauguration, en mars; il avait ajouté un séminaire avec les étudiants diplômés. Il rassemblait des éléments pour son article sur le système immunitaire permanent. Il se traînait, tout au long des jours, s'arrêtait à peine pour déjeuner, se consacrant totalement à son travail, pour ne pas avoir le temps de penser.

Arrivé chez lui, il se vouait à ses enfants; il faisait du ski de fond dans les parcs du bord du lac, à Evanston et à Chicago, allait au cinéma, aux matchs de hockey, plaisantait avec eux, les aidait à faire leur travail, faisait des projets pour la maison qu'il négligeait depuis des années. Il refusait de parler de leur mère.

« Bientôt, nous aborderons le sujet. Le moment n'est pas encore venu. Je suis désolé; j'ai autant de peine que vous; ayez confiance en moi, c'est tout. »

Qu'attendait-il? Il l'ignorait. Mais, au fur et à mesure que les jours passaient et qu'il reculait le moment de la révélation, il savait que les racines de son amour n'en étaient que plus profondes et plus réelles. Il s'en rendait compte, maintenant : c'était exactement ce que Sabrina avait découvert.

Penny et Cliff laissaient paraître une tristesse résignée, même lorsqu'ils avaient de bonnes notes à l'école, ou ramenaient de bons points. Ils n'avaient même plus envie de se quereller. De temps à autre, spontanément, lorsqu'ils commençaient à se chamailler, ils s'arrêtaient net; on aurait dit qu'ils avaient soudain peur de se perdre mutuellement, comme ils avaient perdu leur mère. Ils ne se précipitaient plus pour voir si le courrier était arrivé, dans l'espoir de trouver une lettre d'elle, mais Garth savait qu'ils lui avaient écrit au moins deux fois; aussi ne fut-il pas surpris, lorsqu'au dîner, le jour même où il avait lu l'article dans le *New York Times*, Cliff lui dit qu'ils devaient faire des courses, le lendemain, pour acheter des cadeaux.

– Si nous les expédions demain, arriveront-ils à Londres à temps pour Noël?

– C'est possible. S'ils ne sont pas très encombrants, on les enverra par avion. Le colis ne mettra pas plus d'une semaine. Il arrivera juste pour Noël.

– Pourquoi ne nous as-tu pas dit plus tôt que ça serait si long? lui dit Penny, mécontente. Tu en sais plus que nous! Tu ne veux rien nous dire! Ça ne te fait pas plaisir qu'on lui achète des cadeaux!

– Tu as peut-être raison, dit-il, essayant de ne pas mentir, devant leur regard accusateur. Peut-être devrions-nous simplement fêter Noël ici?

– C'est mesquin, dit Penny sèchement. Tu es épouvantable.

Mais plus tard, lorsqu'il vint leur dire bonsoir et qu'il trouva Cliff dans la chambre de Penny, tous deux se précipitèrent pour l'embrasser.

– Non, tu n'es pas épouvantable, dit Penny, sans doute pleures-tu en silence, comme nous. Papa?

– Oui, chérie.

– Cliff dit qu'on ne devrait pas te lancer des piques, mais pourquoi maman ne nous écrit-elle pas? Pourquoi ne rentre-t-elle pas à la maison?

– Elle a choisi ce qui nous semble à tous deux la meilleure solution, Penny.

– Mais si tu dis vrai, pourquoi pleures-tu en silence?

– Parce que, souvent, nous n'avons pas le choix. Ecoutez, tous les deux... (Garth sentit qu'il perdait son sang-froid. Il préféra mettre un terme à la conversation. « Laissez-moi seul, les supplia-t-il, au fond de son cœur »; ils n'avaient rien fait de mal, ils avaient seulement besoin d'être rassurés, tout comme lui. « Je ne peux pas en parler. Le fait même d'y penser me fait mal. Je l'aime, je l'aime à la folie; pas une minute ne s'écoule sans que je pense à elle. Mais un espace plus vaste que l'océan nous sépare, et je ne vois pas comment le franchir. » Il ne pouvait rien exprimer à haute voix.) Ecoutez-moi, dit-il d'une voix douce. Votre mère et moi, nous avons des ennuis que je ne peux encore vous confier. Vous avez le droit de savoir. Dès que j'aurai réglé certains problèmes, je vous dirai tout. Pour le moment, sachez une chose : ces problèmes nous obligent à être séparés, comme par un pont brisé. Mes sentiments sont moins importants que ce vide qui nous sépare. Vous comprenez?

– Non, répondirent-ils de concert.

Garth soupira.

– Ça ne me surprend pas. (Il les prit tous deux dans ses bras, les étreignit fort; il les sentit se blottir contre lui, comme s'ils cherchaient un refuge. Il pencha la tête et parla doucement, d'une voix tendre :) Je sais que je suis maladroit, je suis désolé pour les erreurs que je commets; mes enfants, je ne sais que faire. Je rends la situation plus difficile en vous cachant la vérité, mais il m'est impossible de vous la révéler. Pouvez-vous, au moins, m'accorder votre confiance sur ce point? Dès que je le pourrai, je vous raconterai tout; vous me croyez, n'est-ce pas? Je vous en prie, je vous en prie, ayez confiance, j'en ai besoin. J'ai besoin de votre amour. Parce que je vous aime. Plus que tout au monde...

– Plus que maman? dit Cliff, l'air interrogateur.

– Oh, Cliff! (Penny le gronda, caressa la joue de Garth; l'espace d'un instant, elle devint une femme consolant un homme :) Ne pleure pas, papa. Nous attendrons. Mais... (Elle redevint une petite fille)... je voudrais seulement que maman revienne.

Garth les embrassa et se leva.

– Allez, maintenant, il faut aller se coucher, il est tard. Je vous aime, tous les deux.

Le lendemain, Penny et Cliff allèrent faire des courses. Quand Garth rentra, ils lui tendirent deux petits paquets bien emballés, lui demandant de les expédier le plus vite possible. Il ne posa aucune question. Les enfants ne dirent mot.

Le dernier jour de classe, on donna le spectacle de marionnettes de Penny. Garth quitta l'université très tôt pour y assister. Aux premiers rangs, les élèves des autres classes étaient assis par terre, en tailleur; au fond, les parents avaient des chaises pliantes; parmi eux, se trouvaient Garth et Vivian. Penny et Barbara Goodman étaient dans les coulisses avec Mme Casey, supervisant les marionnettes, avant que leurs camarades de classe ne les actionnent. Tandis que Cliff préparait le punch et les biscuits, servis par les élèves de sixième chargés du buffet, Penny s'approcha de

Garth; elle prenait son rôle très au sérieux, acceptant les félicitations du public.

– Maman n'a pu venir, disait-elle à tout le monde. Sa sœur jumelle est morte à Londres, il lui a fallu s'y rendre pour s'occuper de la tombe et du reste. Elle aurait aimé être avec nous, mais c'était impossible. Elle m'a aidée à faire les costumes. Je ne les ai pas faits seule. Elle m'a aidée.

Vivian apporta à Garth du punch, dans un gobelet.

– Il a un goût atroce, mais c'est du liquide. Stéphanie va-t-elle revenir?

– Non. (Sans rien dire, elle regarda Penny qui expliquait d'un ton sérieux à un autre parent la mort de la sœur jumelle de sa mère.) Ce n'est pas suffisant, dit Garth, furieux. On ne peut pas se réconcilier, simplement parce que les enfants sont malheureux.

– Etes-vous vraiment fâchés? Votre couple est-il vraiment au bord d'une rupture définitive? demanda Vivian. Je ne m'en suis jamais rendu compte. Je n'ai jamais remarqué la moindre anicroche entre vous.

– Ce n'est même pas un couple. (Il remarqua son air gêné.) Je suis désolé, Vivian. Je ne peux tout vous dire. Merci pour le punch.

Il comptait les jours, sans savoir pourquoi. Tous trois, ils allèrent acheter un sapin, plus petit qu'à l'accoutumée...

– Puisque notre famille a diminué cette année, dit Penny...

Elle le décora, déposa leurs cadeaux au pied de l'arbre. Dolorès les invita à faire du ski de fond. Penny et Cliff refusèrent.

– Je n'irai plus sans maman, déclara Cliff.

Lorsque l'année scolaire et universitaire se termina,

tous trois passèrent une journée entière à repeindre les chambres du haut.

– Maman va être drôlement surprise! ne cessait de répéter Penny.

– Tout est si éclatant. Quelle surprise pour elle!

Garth avait décliné toute invitation. Mais, devant l'insistance de Nat et Dolorès, il accepta de se joindre à eux pour la soirée qu'ils donnaient chaque année, trois jours avant Noël. Il fit dîner Penny et Cliff; une fois qu'ils furent installés dans le salon, avec des livres, la télévision et du pop-corn, il se rendit, seul, chez les Goldner.

C'était toujours une grande fête. Dolorès souhaitait réunir tous ses amis. Quand Garth arriva, elle s'efforçait de mêler les avocats du coin, les agents d'assurances, les commerçants et les médecins à de petits groupes formés des membres de la faculté.

– Ils se plaignent de n'avoir rien à se dire, confia-t-elle à Garth, en lui apportant un verre de vin. Mais au bout d'une demi-heure, ils en sont à parler de leurs enfants et de la maladie des ormes. Ils passent une agréable soirée et me remercient de leur avoir présenté tout le monde; ensuite, chacun repart de son côté; leurs chemins ne se croisent plus jusqu'à l'année suivante, dans cette même pièce. Y comprenez-vous quelque chose?

Garth rit avec elle.

– Combien de fois, la plupart d'entre nous désirent-ils se trouver dans des situations insolites? Une fois par an c'est amplement suffisant. Le reste du temps, nous restons confortablement installés dans notre petit cercle habituel. Il y a moins de surprises.

– C'est merveilleux les surprises, protesta-t-elle.

– Seulement lorsqu'elles ne viennent pas bouleverser votre univers quotidien, dit-il avec une telle gravité qu'elle resta bouche bée.

Nat fit son apparition.

– J'ai agrandi ma bibliothèque. Viens jeter un coup d'œil.

Garth se tourna vers Dolorès pour s'excuser; il surprit un regard complice entre elle et Nat. Sans doute avaient-ils comploté cette entrevue. Conspiration d'un couple heureux pour résoudre les problèmes de leurs amis!

– Tu te trouves dans une de ces situations insolites, n'est-ce pas? dit Nat, en allumant la lumière de la bibliothèque. Mais tu es aussi secret qu'un agent double. Va-t-elle, oui ou non, revenir?

– Non.

– C'est ce que tu racontes. D'autres aussi l'ont dit. Je ne l'ai pas cru. (Il rapprocha deux fauteuils de cuir.) Assieds-toi. Il y a du vin et du scotch dans le placard. Tous les deux, vous étiez plus proches que jamais, ces derniers mois. Alors que s'est-il donc produit?

– Je pensais que nous étions venus admirer ta nouvelle bibliothèque?

– Eh bien, la voilà, admire. Qu'est-il arrivé, aussi brusquement?

– Nat, je te pose des questions, moi, sur ton couple?

– Non, tu es plus poli que moi. Et puis, tu n'es pas médecin. Moi oui. Déformation professionnelle. Je pose des questions, j'essaie de me faire une idée.

– Sur les os et les ligaments, pas...

– Le désespoir.

– Ai-je vraiment l'air désespéré?

– Bon sang! Pourquoi crois-tu que je suis là, à insister? Je suis inquiet à ton sujet; tous, nous sommes inquiets. Pour l'amour de Dieu, Garth, que s'est-il passé entre Stéphanie et toi?

– J'ai découvert qu'elle n'était pas celle que je croyais.

– Ça veut dire quoi? Si tu dis qu'au bout de douze ans tu as fait des découvertes sur ta femme, je n'en serais pas surpris. Stéphanie est renfermée. Mais je serais étonné si tu me disais que tu avais découvert une conduite criminelle ou dépravée; elle est ma malade et mon amie, je la connais, les chances sont inexistantes. Alors, est-ce vraiment ce que tu as découvert? Ou simplement t'es-tu senti blessé par une petite révélation?

Garth se cala dans le fauteuil, observant le reflet vacillant de la lampe dans le rouge sombre de son vin. Il était très fatigué; les paroles de Nat lui parvenaient à travers un brouillard. « Après douze ans de mariage, tu as découvert chez ta femme des détails que tu n'avais jamais soupçonnés. C'est à peine un peu plus sérieux. Mais, tout de même, voilà un beau sujet de réflexion. »

– Nat, peux-tu m'accorder une faveur?

– Oui?

– Laisse-moi seul, un instant. Je vous rejoindrai dans un moment.

– Comme tu voudras. (Nat ouvrit le placard, sortit une bouteille de vin et une boîte de biscuits.) Voilà, cela t'aidera peut-être. On dîne à dix heures trente.

Garth l'entendit vaguement s'éloigner. « Est-ce vraiment ce que tu as découvert? » Qu'avait-il découvert, en dehors du fait qu'il avait été dupé depuis trois mois, pensant qu'il vivait avec sa femme? Il remplit de nouveau son verre et, pour la première fois depuis des semaines, se laissa aller à ses divagations. Des images se bousculaient, véritable kaléidoscope qui tournait,

tournait... Il revoyait la famille réunie autour d'une table. « Elle » menait la conversation, posait des questions sur ses travaux de recherche, l'encourageait à décliner l'offre des laboratoires Foster et à rester là où il était le plus heureux. Il revoyait la femme, qui, tel un oiseau de proie, avait fondu sur Mme Casey pour avoir ébranlé la confiance de Penny, et qui avait, plus tard, trouvé un moyen de libérer Cliff de son gang de voleurs. Il revoyait la femme qui avait procuré à Linda un emploi à *La Brocante*, pour lui donner une chance de réussir par elle-même. Il revoyait celle qui avait intimidé Rita MacMillan, au point de la forcer à l'accompagner au bureau de Lloyd Strauss, blanchir Garth et faciliter sa nomination au poste de directeur de l'institut de Génétique.

Pourquoi?

Parce que ce rôle l'amusait? Ou parce qu'elle aimait ceux qu'elle aidait? Parce qu'elle était amoureuse?

Elle aimait Cliff et Penny. Il le savait maintenant.

La porte s'ouvrit. Garth leva les yeux. Madeline Kane.

– Excusez-moi. Dolorès se demande si vous désirez vous joindre à nous pour le dîner.

– Je ne crois pas. J'ai... du travail à faire chez moi. Dolorès comprendra.

– Avant de partir, pourriez-vous me dire... Je ne veux pas avoir l'air inquisiteur... mais... pourriez-vous me dire quand Stéphanie pense revenir?

Garth hésita.

– Je ne sais pas. Je ne peux rien vous dire. Voudriez-vous m'excuser auprès de Dolorès?

Il prit son pardessus et sortit discrètement par la porte de service.

La nuit était froide; dans le silence, ses pas craquaient sur la neige amoncelée. Il plongea ses mains dans ses poches et prit la direction du parc, le long du lac; il hâta le pas, solitaire, dans ce grand espace blanc, vierge, qui miroitait sous la pleine lune.

Depuis douze ans, Stéphanie avait pris soin d'eux, attentive à tous leurs désirs. Elle faisait partie intégrante de leur univers. Pourtant, devant cette crise, apeurée, elle avait fui. Elle n'aurait pas poussé Mme Casey dans ses derniers retranchements, menacé puis incité Rita MacMillan à tout avouer, ou même pris Cliff de front quand il avait volé.

« Tout cela, je le savais, pensa Garth; je le savais, mais il me plaisait de croire que c'était sa façon à elle d'éviter que notre couple ne parte à la dérive. »

Mais Sabrina, lady Sabrina Longworth, qui n'avait pas de famille, pas de responsabilités, qui menait une vie extravagante, n'avait que des relations superficielles... Elle, elle dominait, mettait les gens devant le fait accompli, tranchait toute difficulté, énergiquement. En fait, Stéphanie avait envié à Sabrina sa façon de résoudre les problèmes, de prendre l'offensive, pour la bonne cause. Mais lady Longworth était-elle le style de femme à se soucier de petits problèmes quotidiens? Aurait-elle aimé Penny et Cliff? Aurait-elle aimé Garth Andersen?

Il avait le visage gelé, les doigts engourdis. Garth arriva chez lui. Il glissa sur le verglas dans les derniers mètres et se mit à courir. La maison était plongée dans le silence; Penny et Cliff lui avaient laissé un demi-bol de pop-corn et étaient allés se coucher.

Frissonnant, il alluma un feu dans la cheminée, grimpa l'escalier quatre à quatre, enfila un vieux jean et un pull. Dans la cuisine, il se prépara un plateau de sandwichs, de la bière, fit chauffer du café. Il porta son plateau dans le salon, où le feu crépitait, et s'approcha de la cheminée. Tirant un fauteuil, il s'assit, le regard fixé sur les flammes, laissant la chaleur, peu à peu, envahir son corps. Soudain, il eut l'impression d'être extraordinairement bien.

Pourquoi? Il se le demandait. Mais il connaissait la réponse. En parfait homme de science, il avançait dans ses investigations, faisait des découvertes qui tournaient toutes autour d'une seule, au cœur du puzzle : la femme avec laquelle il vivait depuis ces trois derniers mois n'était ni sa femme ni sa belle-sœur, mais une personne différente; exactement ce qu'elle avait dit à New York, une femme avec les attentions, l'amour et l'affection de Stéphanie, et l'indépendance, la force de Sabrina. *Voilà la raison pour laquelle il ne s'était pas rendu compte de la duperie.*

Pourtant, la cause de son aveuglement était bien plus complexe. Les explications auxquelles il se raccrochait, pour éviter les soupçons gênants, n'étaient pas suffisantes; il avait tenté de se persuader qu'elle voulait rabibocher leur couple, qu'elle était sous le choc après l'accident, pleurait sa sœur ou s'identifiait à elle. Un fait était certain : il n'avait pas fallu longtemps à Sabrina Longworth pour s'intégrer totalement à la vie de sa sœur. « Ce sont des jumelles, pensa Garth. Installées chacune dans la maison de l'autre, dans les pensées de l'autre. Elle a pris ce qu'il y avait de meilleur chez sa sœur et l'a assimilé au point de devenir Stéphanie Andersen. L'idée qu'elle pût être quelqu'un d'autre aurait semblé absurde. »

Voilà ce qui lui était arrivé. Elle était devenue, comme lui, la victime de cette mystification; incapable de lui avouer son amour, tant qu'elle n'avait pas été sûre que tout était terminé entre eux. Elle avait été prise au piège; ni l'un ni l'autre ne s'en était rendu compte. Et puis, bien sûr, il y avait une autre raison qui le poussait à croire que cette femme était la sienne;

il était tombé éperdument amoureux d'elle : elle avait été pour lui tout ce qu'il avait rêvé de trouver, d'aimer, et bien plus encore. Elle faisait partie de sa vie. Même maintenant, il la considérait toujours comme sa femme.

L'assiette de sandwichs était vide; la bière, terminée. « Ce soir, je me suis rattrapé », pensa Garth, après ces trois semaines de jeûne. Il attisa le feu, ajoutant du bois, puis il se versa une tasse de café. La tasse dans sa main, il regardait les flammes orange, jaunes et bleues, qui dévoraient les bûches, craquaient et grésillaient, alors que la sève s'écoulait.

Il n'y avait plus de place pour la colère, plus de place pour la haine. Il pleurait celle qu'il avait épousée, des années auparavant, qui avait fui leur foyer, en quête de son identité, et n'avait rencontré que la mort. Il se rappelait l'amour qu'ils avaient éprouvé l'un pour l'autre; il songea avec douleur à tous ces malentendus, à ce sentiment d'échec qui, tout au long des années, s'était accentué.

Mais, dans cet imbroglio qu'elle avait créé avec sa sœur, en échangeant leurs rôles, Garth ne voyait qu'une solution : un nouveau départ. « On l'aurait trouvé, de toute façon, pensa-t-il. Après douze années de mariage, nous avions changé, tous les deux; peut-être étions-nous arrivés au point critique où nous aurions pu bâtir un nouvel amour, un nouveau couple. Au lieu de tout cela, sa sœur fit irruption dans notre vie, s'y intégra, devint mon univers, mon plus cher amour, ma femme. »

Dans la quiétude de la chambre, il esquissa un sourire devant les flammes.

Après un long cheminement, sa pensée arrivait à son terme : il fallait qu'ils se marient.

25

Chaque matin, Dimitri téléphonait. Deux jours après le mariage, comme Sabrina fermait *Les Ambassadeurs* pour les vacances, il vint l'inviter à déjeuner.

– J'ai pensé que vous aviez le cafard; voir votre amie mariée, et vous retrouver seule ici, à Noël, sans votre famille.

Dans le pub, un groupe entonnait un chant de Noël.

– Je connais cette mélodie, dit Sabrina. On la chantait, à l'institut Juliette, ma sœur et moi.

– Je veux vous parler. Comment puis-je vous donner ce que vous désirez, si vous refusez de vous confier à moi?

– Je vous l'ai dit, Dimitri, je ne cherche que l'amitié.

– Cela signifie partager des sentiments, tout se dire... (Elle se taisait.) Bien, parlons de ma villa à Athènes. Mes sœurs et leurs enfants vivent tout près. C'est un endroit idéal pour passer Noël. (Il lui prit la main.) On pourrait être seuls et ne voir personne, ou bien s'intégrer à ma famille, au milieu du bruit, de la musique, des embrassades. Nous ferions tout ce qui vous plairait. Venez avec moi, Stéphanie. Je n'exigerai rien en contrepartie; au lieu de rester seule, vous seriez entourée d'une famille, d'amis. (Le groupe termina son chant de Noël sur un accord harmonieux; un autre suivit. Dimitri sourit.) Nous pourrions vous apprendre des chants grecs.

La tentation était très forte. Etre au sein d'une

famille, même si ce n'était pas la sienne, changer de décor, loin de tout ce qui rappelait une sœur morte... Mais ce n'était pas juste pour Dimitri. Elle n'était pas entièrement disponible. A maintes reprises, elle lui avait confié ses craintes : l'accompagner à Athènes signifiait un premier pas. Pourrait-il vraiment le considérer comme un simple séjour, entre amis? Elle secoua la tête.

– Un jour, peut-être, Dimitri, mais pas encore.

– Vous ne seriez pas seule, insista-t-il.

– Parfois, il est important d'être seul. Comment pourrions-nous autrement dialoguer avec nous-même, prendre des décisions concernant l'avenir?

– Des amis peuvent vous aider, Stéphanie, je n'exigerai rien de vous.

Elle retira sa main de la sienne et prit son verre. Elle désirait tant le croire.

– Puis-je vous donner une réponse demain?

Son visage s'illumina.

– Je vous téléphonerai dans la matinée. On partirait dans l'après-midi du 24. Ça irait? Enfin... on verra demain.

Ils terminèrent le repas. Dimitri parla de sa famille, de ses amis grecs, de ses voisins.

– Vous pourriez m'aider à décorer ma villa, dit-il, quand ils quittèrent le pub, comme s'il cherchait le petit truc qui la pousserait à accepter.

– Peut-être, répondit-elle en souriant.

Ils évoquèrent le soleil éclatant du sud de la Grèce, si différent des autres pays, tout en se promenant dans la grisaille londonienne, éclairée seulement par les guirlandes scintillantes de Noël.

Les guirlandes de Noël : même la brume de décembre ne pouvait les obscurcir. Ils marchèrent le long d'Oxford Street, passèrent devant *Selfridge's*, où des gens s'agglutinaient devant les vitrines, attentifs à l'histoire de Pinocchio, jouée par des marionnettes, dans des villages miniatures; ils allèrent jusqu'à Trafalgar Square, par Piccadilly Circus, où l'énorme sapin offert chaque année à Londres par la ville d'Oslo scintillait, avec une myriade d'étoiles posées sur ses branches sombres. Plus loin, après Hyde Park Corner, tout était illuminé : chaque linteau de porte, chaque porche, chaque vitrine, même le dôme de chez *Harrod's.*

Dimitri se taisait, laissant Sabrina à ses pensées. Elle lui dit que les vacances ne signifiaient rien pour elle, que les lumières, les chants de Noël ne l'affectaient pas; mais chaque fois qu'elle voyait une famille, avec deux enfants volubiles levant les yeux vers leurs parents, elle se détournait rapidement, fixant son regard ailleurs. Dans ces moments-là, elle était reconnaissante à Dimitri, qui respectait son besoin de solitude; elle apprécia beaucoup le fait qu'il se retire, poliment, quand ils arrivèrent à Cadogan Square.

Elle trouva Mme Thirkell, le regard tourné vers un petit arbre, dans le salon.

– J'ai pensé qu'il pourrait vous égayer, milady, mais je le mettrai dans ma chambre, en haut, s'il vous rappelle trop de souvenirs.

– Non, laissez-le. Voulez-vous le décorer?

– Oh oui! milady, mais j'ai pensé qu'on pourrait le faire ensemble.

Milady. Elle ne corrigeait plus Mme Thirkell; souvent, elle n'y prêtait même plus attention. Et puis, quelle importance? Cela rendait Mme Thirkell heureuse, et elles y étaient toutes deux habituées.

La sonnerie du téléphone retentit. Sabrina eut un pincement au cœur, ses mains se crispèrent. Chaque fois que le téléphone sonnait, elle pensait... Mais jamais, jamais, ce n'était ce qu'elle attendait.

– Une autre invitation, dit Mme Thirkell.

– Alors un autre refus, répondit Sabrina, en échangeant un sourire complice avec Mme Thirkell.

« Etrange, pensa-t-elle, nous voilà amies maintenant. Lady Longworth ne l'aurait jamais fait; une trop grande barrière sociale les séparait. » Même si Mme Thirkell l'appelait milady, elle se considérait aussi comme une Américaine qui n'avait jamais épousé de vicomte. Elles n'étaient pas cependant de vraies amies, mais deux femmes qui vivaient sous le même toit; Sabrina se sentait moins seule qu'elle ne l'avait craint.

Mme Thirkell s'occupa du flot d'invitations qui affluèrent la semaine précédant Noël : soirées, voyages dans le sud de la France, ski à Saint-Moritz, réveillon. A tous, elle répondait que Mme Andersen n'acceptait aucune invitation pour les vacances. Les appels continuèrent, la veille de Noël.

– Vous êtes très demandée, dit Mme Thirkell avec satisfaction, parce que vous êtes un mystère. Un peu irréelle, si vous voyez ce que je veux dire.

Mme Thirkell sortit.

« Oui, pensa Sabrina. Je sais ce que vous voulez dire. » Mais elle prêtait l'oreille. Chaque fois que le téléphone sonnait, elle ne pouvait s'empêcher d'espérer : son corps se figeait, dans l'attente.

– M. Karras, milady. Si vous me permettez de vous donner un conseil, vous devriez partir en Grèce avec lui. Cela vous ferait du bien.

Sabrina effleura les aiguilles du petit sapin qu'elles avaient décoré. Il fleurait bon les forêts et les montagnes, les coins sereins, intimes.

– J'irai peut-être, dit-elle.

Son visage s'assombrit lorsqu'elle prit l'appareil. D'une voix gaie et fébrile, il lui dit qu'il viendrait la prendre à seize heures. Elle se sentit coupable. « Ce n'est pas juste. Je veux Garth, seulement Garth, pensa-t-elle. Comment puis-je parler et rire avec un autre, quand je tourne autour du téléphone, espérant un geste de Garth. »

Mme Thirkell la trouva dans le bureau, quelques instants plus tard.

– Le courrier, milady. Des cartes, mais aussi ces paquets.

Sabrina les reconnut, avant même de les ouvrir. Il y en avait deux. Un de Cliff, l'autre de Penny. Rien de Garth. Rien. Pas même un mot. Elle défit les paquets, chacun recouvert d'un emballage de couleur, chacun avec son cachet particulier. « Maman, joyeux Noël, écrivait Cliff, avec plein de bonnes choses et de cadeaux. J'espère que tu as trouvé ce que tu cherchais. J'aurais aimé savoir ce que c'était. Je t'aime. Ton fils qui t'aime. Cliff. » « Maman chérie, écrivait Penny, j'espère que mon cadeau te plaira et que tu en seras heureuse. Je préférerais te le donner, mais c'est impossible, alors papa va te l'envoyer. Nous allons tous bien, mais nous sommes si tristes. Cliff et moi, on parle beaucoup de toi. Je t'embrasse. Penny. »

« *Je ne veux pas pleurer. Je savais que tout cela devait arriver, j'y étais préparée. Je ne veux pas pleurer.* »

Doucement, elle replia leurs lettres; puis elle ouvrit les boîtes. Cliff avait envoyé une broche, une paire de petits oiseaux en émail jaune, sur une branche également en émail, avec deux petites feuilles vert jade. Une note se trouvait à l'intérieur de la boîte : « C'est toi et papa. »

La boîte de Penny, longue et étroite, contenait un

stylo et un porte-mine en argent, avec les initiales S. A. Au-dessous, était écrit : « Pour que tu nous écrives. »

« Les enfants nous font toujours faire ce qu'ils veulent », pensa Sabrina. Elle prit le téléphone.

– Je vais déjeuner dans ma chambre, madame Thirkell.

Emportant ses cadeaux, elle grimpa l'escalier. La pluie martelait la fenêtre; sa chambre était glaciale. Elle alluma un feu, se blottit dans un fauteuil devant la cheminée, avec une couverture en angora, le regard attendri, posé sur les oiseaux en émail, les stylos et le feu éclatant qui dansait.

Elle aurait dû préparer ses bagages; dans quelques instants, elle partirait pour Athènes, mais elle restait là, immobile, regardant ce feu qui reflétait les rêves qui la hantaient, jour et nuit.

Elles s'étaient montrées si inconséquentes, elle et sa sœur, si incroyablement inconséquentes...

Et si cette triste histoire s'était terminée autrement? Et si elle avait fini par trouver le moyen d'aimer Garth et d'être aimée de lui sans être culpabilisée, un moyen de vivre avec lui, de construire une vie avec lui : « Nous aurions pu avoir un enfant, pensa-t-elle. Une surprise pour Penny et Cliff. » Un pâle sourire effleura le coin de ses lèvres; elle s'imaginait auprès de Garth, jouant à pile ou face pour savoir qui allait donner le biberon.

Elle aurait pu s'associer avec Madeline, décorer et restaurer de vieilles demeures, tandis que Linda se serait occupée des ventes immobilières. Quelle équipe elles auraient formée, toutes les trois, surtout si elles avaient regroupé *La Brocante* et *Les Ambassadeurs*! Elles auraient eu les objets d'art et les meubles les plus beaux des deux continents. Avec Garth, ils auraient récupéré l'argent de la vente de Cadogan Square, et Mme Thirkell l'aurait suivie, à coup sûr, en Amérique. Ils auraient pu voyager à Londres, à Paris où Gaby et Brooks allaient vivre la plupart du temps; même à Rio, pour voir Alexandra et finir par rencontrer les Guaranis. Ils auraient pu vivre à la fois dans le tourbillon de la vie londonienne et la quiétude d'un foyer et d'une communauté qu'elle aimait, à Evanston. Tout devenait possible. Ils auraient même pu faire arranger la maison, en commençant par les chambres. Elle aurait acheté à Garth la veste de cuir qu'il avait vue chez *Mark Shale*, lors d'une promenade ensemble.

La veste. Les valises. Elle avait juste le temps de se préparer. Elle sortit du placard sa petite valise. Qu'allait-elle emporter? Chaque robe évoquait des moments de joie, de gaieté, d'éclats de rire, de lumière; tout en les passant en revue, une évidence s'imposa à elle; ce voyage, elle ne pouvait le faire. Pas encore. Elle pensait trop à Garth. Il était si présent qu'elle avait l'impression qu'il lui suffisait de tendre la main pour caresser son visage et poser ses lèvres sur les siennes; il faisait tellement partie de son moi le plus profond qu'elle n'avait qu'un seul souhait : lui dire qu'elle l'aimait, qu'elle voulait partager sa vie. Il n'y avait que lui; personne d'autre au monde ne comptait.

Elle appela Dimitri et déclina son invitation. Peut-être un jour serait-ce possible? Peut-être envisageraient-ils l'avenir ensemble? elle ne le savait pas. Ce n'était pas juste. Elle perçut une pointe de déception dans sa voix. Tout ce qu'elle entreprenait engendrait du chagrin. Peut-être devrait-elle simplement ne plus quitter sa chambre et se laisser mourir? Ainsi, toutes deux, elles ne seraient plus. Sabrina et Stéphanie

Hartwell, élevées ensemble, ayant échangé leurs vies et plus tard, disparu.

Elle attisa le feu, mit une autre bûche, et retourna s'asseoir, sous une couverture. Ses rêves étaient toujours là, dans les flammes, plus vivaces que jamais. « Ils ne me quittent pas, pensa-t-elle; ils ne s'estompent même pas. Les jours et les nuits s'écoulent, le téléphone sonne, les présents de deux enfants qui m'aiment me parviennent; les jours et les nuits se succèdent, les gens vont et viennent dans notre vie, mais les rêves demeurent, vifs, nets. »

Elle entendit Mme Thirkell monter précipitamment. « C'est l'heure du repas, pensa-t-elle. Ensuite, je travaillerai un peu. J'ai tellement à faire aux *Ambassadeurs* : des catalogues à remettre à jour, des livres à examiner, du courrier à parcourir. Suffisamment de travail pour occuper toutes mes vacances. Si je me concentre, je peux oublier le reste... »

Mme Thirkell frappa à la porte, et apparut, essoufflée, rayonnante.

– Milady, il y a un visiteur qui...

Elle n'eut pas le temps de finir. Derrière elle, Garth apparut. Il pénétra dans la pièce, le regard fou d'amour.

Sabrina poussa un cri. Elle bondit de son fauteuil, mais Garth s'arrêta, hésitant, au milieu de la pièce. Le souvenir des paroles violentes échangées lui revint en mémoire. Sabrina lui tendit les mains et murmura :

– Je n'ai cessé de penser à toi; tu hantais mon esprit...

Comme si ses paroles l'avaient libéré, il courut vers elle, la prit dans ses bras, l'étreignit. Elle posa sa tête sur sa poitrine. Mme Thirkell s'esquiva discrètement.

Tout contre Garth, elle percevait les battements

effrénés de son cœur; Garth effleura ses cheveux de ses lèvres.

– Mon amour, mon amour chéri, tous ces jours vides sans toi...

Elle frémit dans ses bras, leva les yeux, et sa bouche s'unit à la sienne. Le feu crépitait. A travers ses paupières closes, elle voyait les flammes rougeoyantes.

« *Tout est réel! Ce n'est plus un rêve. Le cauchemar est fini.* »

Garth sentit le contact de son corps svelte, il respira le parfum de sa peau satinée qui le hantait depuis des semaines. Au plus profond de lui, il sentait son anxiété, ses tourments s'apaiser.

– Enfin!

– Oui, dit-elle dans un murmure, comme s'il avait exprimé sa pensée à haute voix. (Elle ouvrit les yeux, rencontra son regard, sombre, intense.) Oui, enfin!... *Mais... Nous n'avons pas...* Garth, nous n'avons pas parlé... Tant de choses restent inachevées...

– Non, mon amour. (Il embrassa ses yeux, sa bouche, son cou.) Pas inachevées. A peine commencées. Et pas avec des mensonges, avec la vérité que tu m'as révélée.

– La vérité? Je t'ai dupé...

– Honteusement. Mais nous as-tu menti, à Penny, Cliff et moi, quand tu disais que tu voulais partager notre vie?

Elle secoua la tête.

– Mais, par-dessus tout cela...

– Par-dessus tout cela, il y a l'amour. Ma chérie, grâce à toi, nous formons un vrai couple, une vraie famille; voilà la vérité que tu nous as révélée. Cependant, il y a autre chose... (Il se mit à rire.) Mon amour chéri, je veux t'épouser, je veux te ramener à la maison, unir le passé au présent, unir nos vies...

Elle prit son visage dans ses mains, y chercha des traces d'amertume, de ressentiment. Tout s'était envolé; il avait effacé à jamais le souvenir de leur discorde; dans ses yeux, elle ne lisait qu'amour, désir, passion. Elle l'embrassa longuement, lentement. Garth l'étreignit de tout son cœur, de toutes ses forces; sa main caressait sa poitrine.

– Mon amour... dit-il en soupirant.

Elle se pelotonna contre lui. Ils se dirigèrent vers le lit...

– Oh... Attends. (Elle le repoussa.) On a oublié... Qu'as-tu dit à Penny et Cliff?

Garth remarqua son visage radieux, son regard illuminé à l'idée de ce qui allait suivre. Il savait qu'il était le reflet de son propre regard. Tous leurs rêves se réalisaient à la fois.

– Que j'essaierais de te ramener à la maison, dit-il.

– Sont-ils chez Vivian?

– Oui.

Il l'aimait tant qu'il en tremblait; les mots restaient au fond de sa gorge.

Elle prit le téléphone, fit le numéro. Quand Vivian décrocha, Sabrina se blottit contre Garth.

– Vivian? Stéphanie. Pourrais-je parler à mes enfants? J'aimerais leur dire que je rentre à la maison.

Romans sentimentaux

Depuis les ouvrages de Delly, publiés au début du siècle, la littérature sentimentale a conquis un large public. Elle a pour auteur vedette chez J'ai lu la célèbre romancière anglaise Barbara Cartland, la Dame en rose, qui a écrit près de 300 romans du genre. À ses côtés, J'ai lu présente des auteurs spécialisés dans le roman historique, Anne et Serge Golon avec la série des Angélique, Juliette Benzoni, des écrivains américains qui savent faire revivre toute la violence de leur pays (Kathleen Woodiwiss, Rosemary Rogers, Janet Dailey), ou des auteurs de récits contemporains qui mettent à nu le coeur et ses passions, tels que Theresa Charles ou Marie-Anne Desmarest.

BÉARN Gaston & Myriam de
L'or de Brice Bartrès 2514/**4***

BENZONI Juliette
Marianne 601/**4*** & 602/**4***
Un aussi long chemin 1872/**4***
Le Gerfaut :
- Le Gerfaut 2206/**6***
- Un collier pour le diable 2207/**6***
- Le Trésor 2208/**5***
- Haute-Savane 2209/**5***

CARTLAND Barbara
Les seigneurs de la côte 920/**2***
Le secret de Sylvina 1032/**2***
La splendeur de Ventura 1155/**2***
Les deux cousines 1384/**3***
Le port du bonheur 1522/**2***
Un amour imprévu 1538/**2***
L'ingénue criminelle 1553/**2***
La fiancée pour rire 1554/**2***
Un souhait d'amour 1792/**2***
Thérésa et le tigre 1912/**2***
Pour l'amour d'un roi 1913/**2***
La force d'une passion 1990/**2***
La princesse oubliée 1991/**2***
Le marquis et l'ingénue 2068/**2***
Prise au piège 2082/**2***
L'amour retrouvé 2130/**2***
Le baiser devant le Sphinx 2217/**2***
Loin de l'amour 2243/**2***
Le secret de l'Écossais 2257/**2***
La gondole d'or 2286/**2***
Toujours plus haut l'amour 2301/**2***
Le chemin de l'amour 2318/**2***
Le secret d'Anouchka 2335/**2***
Le signe de l'amour 2349/**2***

	Un cœur triomphant 2384/2*
	La perfection de l'amour 2401/2*
	La rivière de l'amour 2418/2*
	L'ombre du péché 2428/2*
	L'irrésistible charme d'Helga 2429/2*
	La magie de l'amour 2446/2*
	Le jardin de l'amour 2447/2*
	De l'enfer au paradis 2464/2*
	Dans les bras de l'amour 2465/2*
	Un été indien 2479/2*
	L'amour se joue des sortilèges 2480/2*
	Le château du bonheur 2515/2*
	La trahison diabolique 2516/2*
	A la découverte du paradis 2531/2*
	Le secret surpris 2532/2*
	Duel pour l'amour 2547/2*
	Évasion pour le bonheur 2548/2*
	Princesse rebelle 2567/2*
	La demoiselle en détresse 2568/2*
	Au secours mon amour 2588/2*
	Le prince russe 2589/2*
	Un mariage improvisé 2605/2*
	La déesse de l'amour 2606/2*
CHARLES Theresa	*Le chirurgien de Saint-Chad* 873/3*
	Inez, infirmière de Saint-Chad 874/3*
	Un amour à Saint-Chad 945/3*
	Crise à Saint-Chad 994/2*
	Lune de miel à Saint-Chad 1112/2*
	Thea 1873/4*
COOKSON Catherine	*L'orpheline* 1886/5*
	L'homme qui pleurait 2048/4*
	Le mariage de Tilly 2219/4*
	Le destin de Tilly Trotter 2273/3*
	Le long corridor 2334/3*
	La passion de Christine Winter 2403/3*
	L'éveil à l'amour 2587/4*
COSCARELLI Kate	*Destins de femmes* 2039/4*
DAILEY Janet	*Le cavalier de l'aurore* 1701/4*
	La Texane 1777/4*
	Le mal-aimé 1900/4*
	Les ailes d'argent 2258/5*
	Pour l'honneur de Hannah Wade 2366/3*
	Le triomphe de l'amour 2430/5*
	Les grandes solitudes 2566/6*

DAILEY (suite)	La saga des Calder :
	- La dynastie Calder 1659/4*
	- Le ranch Calder 2029/4*
	- Prisonniers du bonheur 2101/4*
	- Le dernier des Calder 2161/4*
DESMAREST Marie-Anne	Torrents 970/3*
FIELDING Joy	La femme piégée 1750/3*
GOLON Anne et Serge	Angélique, marquise des Anges 2488/7*
	Angélique, le chemin de Versailles 2489/7*
	Angélique et le Roy 2490/7*
	Indomptable Angélique 2491/7*
	Angélique se révolte 2492/7*
	Angélique et son amour 2493/7*
	Angélique et le Nouveau Monde 2494/7*
	La tentation d'Angélique 2495/7*
	Angélique et la Démone 2496/7*
	Le complot des ombres 2497/5*
	Angélique à Québec 2498/5* & 2499/5*
	La route de l'espoir 2500/7*
	La victoire d'Angélique 2501/7*
HULL E.M.	Le Cheik 1135/2*
LAKER Rosalind	La femme de Brighton 2190/4*
	Le sentier d'émeraudes 2351/5*
	Splendeur dorée 2549/4*
LINDSEY Johanna	Un si cher ennemi 2382/3*
	Samantha 2533/3*
McBAIN Laurie	Les larmes d'or 1644/4*
	Lune trouble 1673/4*
	L'empreinte du désir 1716/4*
	Le Dragon des mers 2569/4*
	Les contrebandiers de l'ombre 2604/4*
MONSIGNY Jacqueline	Michigan Mélodie (Un mariage à la carte) 1289/2*
(voir aussi p. 12)	Les nuits du Bengale 1375/3*
	L'amour dingue 1833/3*
	Le palais du désert 1885/2*
MULLEN Dore	Le lys d'or de Shanghai 2525/3*
NICOLSON Catherine	Tous les désirs d'une femme 2303/4*
PARETTI Sandra	L'oiseau de paradis 2445/4*
ROGERS Rosemary	Amour tendre, amour sauvage 952/4*
	Jeux d'amour 1371/4*
	Le grand amour de Virginia 1457/4*
	Au vent des passions 1668/4*
	La femme impudique 2069/4*

	Le métis 2392/5*
	Esclave du désir 2463/5*
	Insolente passion 2557/6*
	Le feu et la glace 2576/6*
	Le désir et la haine 2577/7*
STANFILL Francesca	*Une passion fatale* 2320/4*
STEEL Danielle	*Leur promesse* 1075/3*
	Une saison de passion 1266/4*
	Un monde de rêve 1733/3*
	Celle qui s'ignorait 1749/5*
	L'anneau de Cassandra 1808/4*
	Palomino 2070/3*
	Souvenirs d'amour 2175/5*
	Maintenant et pour toujours 2240/6*
WOODIWISS Kathleen E.	*Quand l'ouragan s'apaise* 772/4*
	Le loup et la colombe 820/4*
	Une rose en hiver 1816/5*
	Shanna 1983/5*
	Cendres dans le vent 2421/7*
	L'inconnue du Mississippi 2509/3*

1845

Impression Brodard et Taupin
à La Flèche (Sarthe) le 28 avril 1989
6987A-5 Dépôt légal avril 1989
ISBN 2-277-21845-6
1er dépôt légal dans la collection : juin 1985
Imprimé en France
Editions J'ai lu
27, rue Cassette, 75006 Paris
diffusion France et étranger : Flammarion